Starsight

BRANDON
SANDERSON

STARSIGHT

VEJA ALÉM DAS ESTRELAS

Tradução

Márcia Blasques

Planeta minotauro

Título original: *Starsight*

Preparação: Giovana Bomentre
Revisão: Renato Ritto e Ligia Alves
Diagramação: Anna Yue e Francisco Lavorini
Projeto gráfico: Beatriz Borges
Arte da capa: Charlie Bowater
Adaptação de capa: Beatriz Borges
Mapa: Bryan Mark Taylor
Ilustrações adicionais: Isaac Stewart e Ben McSweeney

DADOS INTERNACIONAIS DE CATALOGAÇÃO NA PUBLICAÇÃO (CIP)
ANGÉLICA ILACQUA CRB-8/7057

Sanderson, Brandon
Starsight / Brandon Sanderson; tradução de Márcia Blasques. - São Paulo: Planeta do Brasil, 2022.
325 p.: il.

ISBN: 978-85-422-1960-9
Título original: Starsight

1. Ficção norte-americana 2. Ficção científica I. Título II. Blasques, Márcia

22-5568 CDD: 813

Índice para catálogo sistemático:
1. Ficção norte-americana

MISTO
Papel produzido a partir de fontes responsáveis
FSC® C019498

Ao escolher este livro, você está apoiando o manejo responsável das florestas do mundo

2022
Todos os direitos desta edição reservados à
EDITORA PLANETA DO BRASIL LTDA.
Rua Bela Cintra, 986, 4º andar – Consolação
São Paulo – SP – 01415-002
www.planetadelivros.com.br
faleconosco@editoraplaneta.com.br

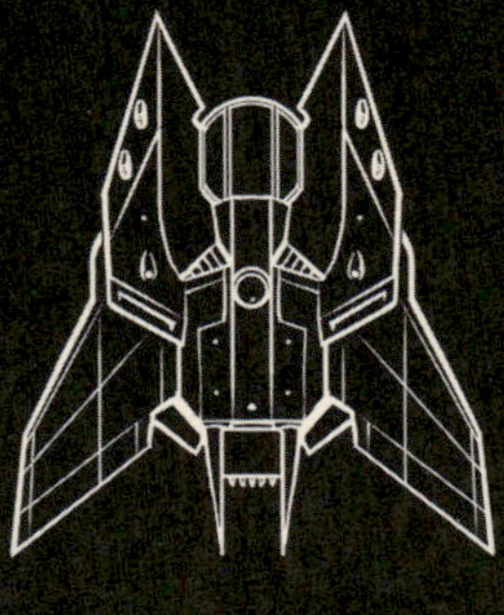

Para Eric James Stone, que tentou me mostrar como ser breve (um aprendizado no qual em grande parte falhei), e mesmo assim tem sido um amigo incrível e um exemplo de vida.

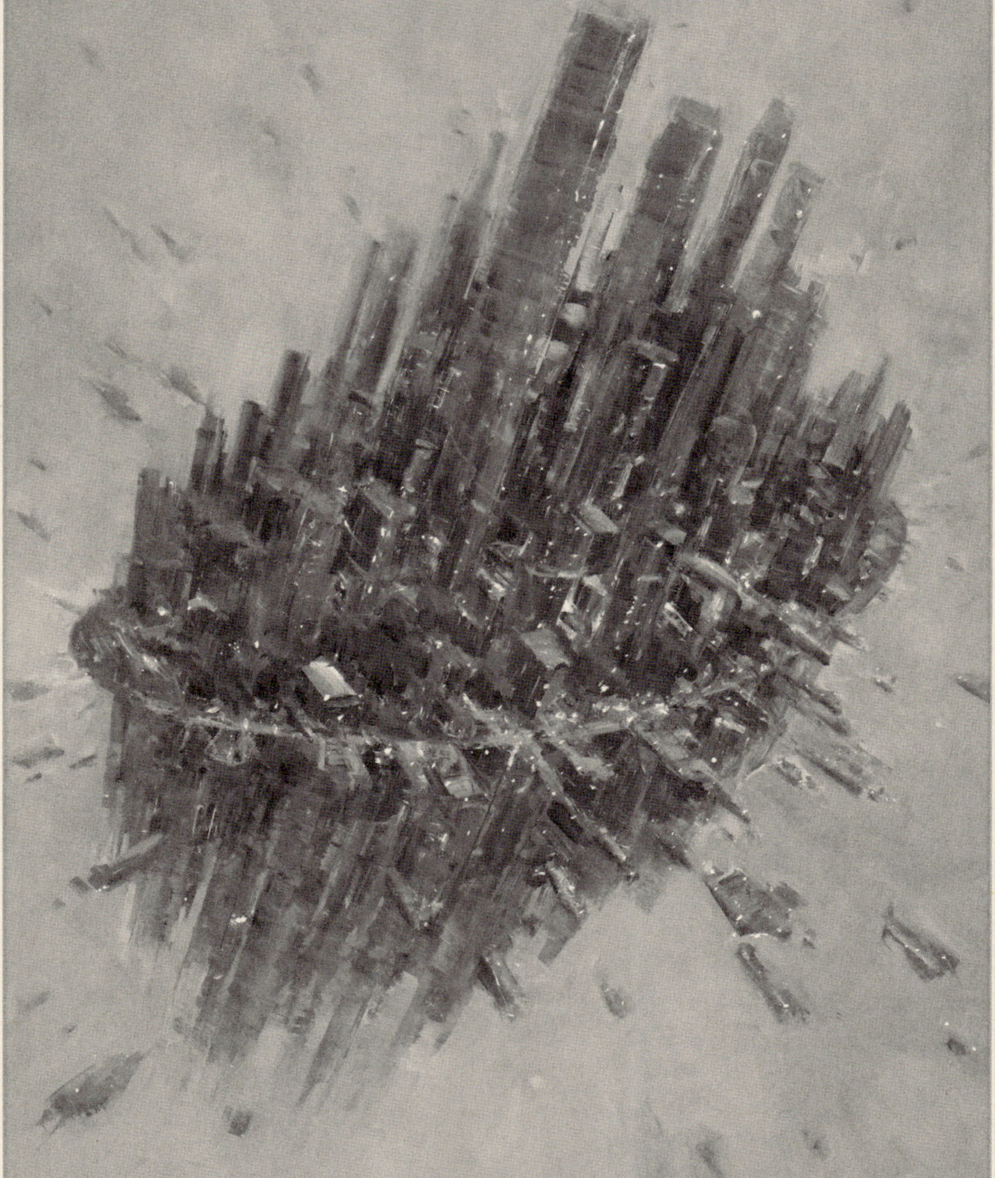

Visão Estelar
Sede governamental da Região C4 da Supremacia

PRIMEIRA PARTE

1

Acionei a velocidade máxima e acelerei meu caça estelar pelo meio do caos de disparos de incineradores e explosões. Acima de mim se estendia a vastidão incrível do espaço. Comparados àquela escuridão infinita, tanto planetas quanto naves estelares pareciam insignificantes. Sem significado.

Exceto, é claro, pelo fato de que aquelas naves estelares minúsculas estavam dando o seu melhor para me matar.

Desviei, girando a nave e desligando os propulsores na metade da curva. Assim que terminei de virar, acionei os propulsores novamente, acelerando na outra direção em uma tentativa de me livrar das três naves que me perseguiam.

Lutar no espaço é muito diferente de lutar na atmosfera. Só para citar um exemplo: as asas são inúteis. Não ter ar significa não ter fluxo de ar, não ter sustentação nem arrasto. No espaço, você não voa de verdade. Você simplesmente não cai.

Executei outro giro e acelerei, voltando novamente para a direção do tiroteio principal. Infelizmente, manobras que parecem impressionantes na atmosfera são comuns aqui em cima. Lutar no vácuo ao longo destes últimos seis meses forneceu um novo conjunto de habilidades que eu precisava dominar.

— Spensa — uma animada voz masculina disse do meu console —, lembra que me pediu para avisá-la quando estivesse sendo mais irracional que o normal?

— Não — respondi com um grunhido enquanto desviava para a direita. Os disparos de incinerador vindos de trás passaram pelo alto do meu cockpit. — Não acredito que teria pedido algo do tipo.

— Você disse: "Podemos falar sobre isso mais tarde?".

Desviei novamente. Caramba. Será que aqueles drones estavam ficando melhores em combate aéreo ou eu estava perdendo o jeito?

— Tecnicamente, já era "mais tarde" logo depois que você falou — continuou a voz tagarela; a inteligência artificial da minha nave, M-Bot —, mas os seres humanos na verdade não usam essa expressão com o sentido de "um momento cronologicamente depois deste". Eles usam para dizer "algum momento no futuro depois de agora, quando for mais conveniente para mim".

Os drones dos Krell enxamearam ao nosso redor, tentando impedir minha fuga de volta ao ponto principal do campo de batalha.

— E você acha que *este* é um momento mais conveniente? — questionei.

— Por que não seria?

— Porque estamos em combate!

— Bem, eu poderia considerar que uma situação de vida ou morte é *exatamente* o melhor momento para uma pessoa saber se está sendo mais irracional que o normal.

Eu conseguia me lembrar, com certa afeição, da época em que minhas naves espaciais *não eram tão respondonas*. Tinha sido antes de eu ajudar a consertar M-Bot, cuja personalidade era um resquício de uma antiga tecnologia que ainda não compreendíamos. Com frequência eu me perguntava: será que todas as inteligências artificiais avançadas eram atrevidas assim, ou a minha era um caso especial?

— Spensa — disse M-Bot. — Você deveria levar esses drones na direção dos seus companheiros, lembra?

Já haviam se passado seis meses desde que derrotamos a tentativa dos Krell de nos exterminar com um forte bombardeio. Com nossa vitória, descobrimos alguns fatos importantes. O inimigo que chamamos de "Krell" era um grupo de alienígenas encarregado de conter meu povo em nosso planeta, Detritus, um tipo de cruzamento entre prisão e reserva natural para a civilização humana. Os Krell prestavam contas a um governo galáctico maior chamado Supremacia.

Eles empregavam drones guiados remotamente para lutar conosco – pilotados por alienígenas que viviam muito longe e que controlavam os drones por um sinal mais rápido que a luz, MRL. Os drones nunca eram guiados por inteligência artificial, pois era contra a lei galáctica deixar uma nave pilotar a si mesma. Até mesmo M-Bot tinha sérios limites quanto ao que podia fazer por conta própria. Além disso, havia algo que a Supremacia temia profundamente: pessoas com a habilidade de perceber no espaço essa comunicação MRL. Pessoas chamadas citônicas.

Pessoas como eu.

Eles sabiam o que eu era, e me odiavam por isso. Os drones tendiam a mirar especificamente em mim – e podíamos usar esse fato a nosso favor. *Precisávamos* usar. Na instrução pré-batalha de hoje, eu convenci o restante dos pilotos a, relutantemente, aceitar um plano ousado. Eu sairia um pouco da formação, fazendo com que os drones do inimigo fossem atrás de mim, e então os levaria até o restante da equipe. Meus amigos poderiam então eliminar os drones que se concentravam em mim.

Era um bom plano. E eu pretendia cumpri-lo... em algum momento. Agora, no entanto, eu queria testar uma coisa.

Acionei a velocidade máxima, acelerando para longe das naves inimigas. M-Bot era mais rápido e mais manobrável do que eles, embora parte de sua grande vantagem fosse a capacidade de manobrar em alta velocidade no ar sem se desfazer em pedaços. Aqui, no vácuo, não era um fator relevante, e os drones inimigos se saíam melhor em nos acompanhar.

Eles me seguiram como um enxame, enquanto eu mergulhava em direção a Detritus. Meu planeta natal era protegido por camadas de antigas plataformas de metal – como cacos de conchas – repletas de postos de artilharia. Depois da nossa vitória, seis meses antes, expulsamos os Krell e eles ficaram mais longe do planeta, para além das plataformas. Nossa estratégia de longo prazo atual era enfrentar o inimigo no espaço e impedi-lo de se aproximar do planeta.

Mantê-los afastados tinha permitido que nossos engenheiros – incluindo meu amigo Rodge – começassem a ganhar o controle das plataformas e de suas armas. Com o tempo, elas e seus muitos postos de artilharia poderiam proteger nosso planeta de incursões. Mas, por enquanto, a maior parte daquelas plataformas defensivas ainda era autônoma – e podia ser tão perigosa para nós quanto para nossos inimigos.

As naves Krell enxameavam atrás de mim, ansiosas para me afastar do campo de batalha – onde meus amigos enfrentavam o restante dos drones em um imenso combate. A tática de me isolar partia de uma presunção fatal: que, se estivesse sozinha, eu seria menos perigosa.

— Não vamos voltar e seguir o plano, vamos? — perguntou M-Bot. — Você vai tentar lutar por conta própria.

Não respondi.

— Jorgen vai ficar tãããããão bravo — disse M-Bot. — A propósito, aqueles drones estão tentando levá-la por um rumo específico, que estou delineando em seu monitor. Minhas análises preveem que estão planejando uma emboscada.

— Valeu — falei.

— Só estou tentando impedir que você me exploda — comentou M-Bot. — A propósito, se *de fato* nos matar, fique sabendo que pretendo assombrar você.

— Me assombrar? — perguntei. — Você é um robô. Além disso, eu também vou estar morta, certo?

— Meu fantasma robótico vai assombrar seu fantasma de carne e osso.

— E como isso é possível?

— Spensa, fantasmas não são reais — ele disse, em um tom exasperado. — Por que está se preocupando com coisas como essa em vez de voar? Honestamente, humanos se distraem com muita facilidade.

Localizei a emboscada: um grupo menor de drones Krell tinha se escondido em um pedaço maior de metal que flutuava um pouco além do alcance dos postos de artilharia. Quando me aproximei, os drones da emboscada vieram em disparada na minha direção. Mas eu estava pronta. Relaxei os braços e deixei meu subconsciente tomar conta. Afundei em mim mesma, entrando em um tipo de transe no qual eu ouvia.

Só que não com meus ouvidos.

Os drones de controle remoto funcionavam bem para os Krell na maior parte das situações. Eram um jeito dispensável de reprimir os humanos em Detritus. Mas as distâncias enormes envolvidas no campo de batalha forçavam os Krell a se basearem em comunicações instantâneas MRL para controlar os drones. Eu suspeitava de que seus pilotos estavam muito distantes – e, mesmo se estivessem na estação Krell que pairava no espaço perto de Detritus, o atraso nas comunicações de rádio vindas de lá tornariam os drones lentos demais para reagirem em batalha. Então, a velocidade MRL era necessária.

Aquilo expunha uma falha importante. Eu conseguia ouvir as ordens deles.

Por algum motivo que não entendia, eu conseguia *ouvir* o lugar onde a comunicação MRL acontecia. Eu o chamava de "nada", outra dimensão, na qual nossas regras da física não se aplicavam. Eu conseguia ouvir aquele lugar, e ocasionalmente ver dentro dele – e ver as criaturas que viviam ali me observarem.

Uma única vez, na batalha épica que ocorrera seis meses antes, eu conseguira *entrar* naquele espaço e teletransportar minha nave por uma longa distância em um piscar de olhos. Ainda não sabia muito sobre meus poderes. Não consegui me teletransportar novamente, mas estou aprendendo que, o que quer que exista dentro de mim, é algo que posso aproveitar e usar em batalha.

Deixei meus instintos tomarem conta, e conduzi minha nave em uma sequência complexa de manobras evasivas. Meus reflexos treinados para batalha, combinados à habilidade inata de ouvir as ordens dos drones, manobraram minha nave sem instruções conscientes específicas da minha parte.

Essa habilidade citônica me fora passada pela minha linhagem familiar. Meus ancestrais a usaram para guiar antigas frotas estelares por toda a galáxia. Meu pai tinha a habilidade, e o inimigo a explorou para matá-lo. Agora eu a usava para permanecer viva.

Reagi antes dos Krell, respondendo às suas ordens – de algum modo, eu as processava *ainda mais rápido* que os drones. Quando atacaram, eu já estava desviando dos disparos dos incineradores. Acelerei entre eles, e então disparei meu PIM, derrubando os escudos de todo mundo nas proximidades.

No meu estado de concentração absoluta, não me preocupei que o PIM derrubasse meu escudo também. Não importava.

Ativei a lança de luz, e a corda de energia espetou uma das naves inimigas, conectando-a à minha. Então, usei a diferença de impulso para nos fazer girar, o que me colocou atrás do bando de naves indefesas.

Flashes de luz e faíscas irromperam no vazio enquanto eu destruía dois dos drones. Os Krell restantes se espalharam como os aldeões diante do lobo em uma das histórias da Vozinha. A emboscada implodiu em caos enquanto eu escolhia um par de naves e atirava nelas com os incineradores – explodindo uma enquanto uma parte de minha mente rastreava as ordens dadas às demais.

— Nunca deixo de me surpreender quando você faz isso — M-Bot comentou baixinho. — Está interpretando os dados mais rápido que minhas projeções. Você parece quase... não humana.

Cerrei os dentes, me preparando, e girei a nave, acelerando-a atrás de um drone Krell desgarrado.

— Digo isso como elogio, a propósito — disse M-Bot. — Não que haja algo de errado com os humanos. Acho sua natureza frágil, emocionalmente instável e irracional um tanto quanto cativante.

Destruí aquele drone e banhei o casco da minha nave na luz de sua morte ardente. Então desviei para a direita, entre os disparos de outros dois. Embora os drones Krell não tivessem pilotos a bordo, parte de mim sentia pena enquanto tentavam lutar contra mim – uma força inabalável e irreconhecível que não jogava pelas mesmas regras que regiam tudo o que eles conheciam.

— Provavelmente — M-Bot continuou —, tenho consideração pelos humanos apenas por ser programado para isso. Mas, ei, não é diferente do instinto programado que faz uma mãe pássaro amar as abominações retorcidas e sem penas que ela gera, certo?

Não humana.

Serpenteei e me esquivei, disparei e destruí. Eu não era perfeita; às vezes eu exagerava numa compensação e perdia muitos disparos. Mas tinha uma vantagem clara.

A Supremacia – e seus lacaios, os Krell – obviamente sabia que precisava ficar de olho em pessoas como meu pai e eu. Suas naves estavam sempre em busca de humanos que voassem bem demais ou que reagissem com muita rapidez. Tinham tentado controlar minha mente, explorando a fraqueza do meu talento – a mesma coisa que fizeram com meu pai. Por sorte, eu tinha M-Bot. Sua blindagem avançada era capaz de filtrar os ataques mentais ao mesmo tempo que me permitia ouvir as ordens dos inimigos.

Tudo isso levantava uma única pergunta assustadora. *O que* eu era?

— Eu me sentiria muito mais confortável — comentou M-Bot — se você desse um jeito de reiniciar nosso escudo.

— Não dá tempo — falei. Precisávamos de uns bons trinta segundos sem controles de voo para fazer isso.

Tive outra chance de voltar para o campo de batalha principal, para prosseguir com o plano que eu delineara. Em vez disso, dei meia-volta, acionei a velocidade máxima e saí em disparada na direção das naves inimigas. Meus capacitores gravitacionais absorveram uma grande porcentagem das forças g e me impediram de sofrer um grande impacto, mesmo assim eu sentia a pressão me esmagando contra o assento, empurrando minha pele para trás e deixando meu corpo pesado. Sob forças g extremas, eu sentia como se tivesse envelhecido cem anos em um segundo.

Prossegui e atirei nos drones Krell restantes. Forcei minhas estranhas habilidades até o limite. Um disparo de incinerador Krell roçou o alto do meu dossel, tão brilhante que deixou um borrão na minha vista.

— Spensa — disse M-Bot. — Tanto Jorgen quanto Cobb ligaram para reclamar. Sei que você me disse para distraí-los, mas…

— Continue distraindo.

— Suspiro resignado.

Fiz uma curva para perseguir uma nave inimiga.

— Por acaso você acabou de dizer as palavras *suspiro resignado*?

— Acho que as comunicações humanas não linguísticas são muito facilmente mal interpretadas — disse ele. — Estão estou experimentando modos de explicitá-las.

— Isso não tira todo o sentido delas?

— Obviamente, não. Revirar de olhos depreciativo.

Os incineradores arderam ao meu redor, mas explodi mais dois drones. Então vi algo aparecer, refletido no dossel do meu cockpit. Era um punhado de luzes brancas penetrantes, como olhos me observando. Quando eu usava demais minhas habilidades, alguma coisa do nada olhava e me via.

Eu não sabia o que eram. Só os chamava de "os olhos". Mas sentia um *ódio ardente* vindo deles. Uma raiva. De algum modo, tudo aquilo estava conectado. Minha capacidade de ver e ouvir o nada, os olhos que me observavam daquele lugar e o poder de teletransporte que eu só conseguira usar uma vez.

Eu ainda conseguia lembrar nitidamente como me senti quando fiz aquilo. Estava à beira da morte, sendo envolvida por uma explosão cataclísmica. Naquele momento, de algum modo, ativei algo chamado hiperdrive citônico.

Se eu conseguisse dominar aquela capacidade de teletransporte, poderia libertar meu povo de Detritus. Com aquele poder, poderíamos escapar dos Krell para sempre. Então eu forçava meus limites cada vez mais.

Da última vez que eu dera o salto, estava lutando pela minha vida. Se pudesse recriar as mesmas emoções…

Mergulhei, a mão direita na esfera de controle, a esquerda segurando o acelerador. Três drones vieram atrás de mim, mas registrei seus disparos e ajustei o ângulo da nave para que todos errassem. Acionei o acelerador e minha mente roçou o nada.

Os olhos continuavam a aparecer, refletidos no dossel, como se revelassem algo que me observava por detrás do meu assento. Luzes brancas, como estrelas, mas algo mais… ciente. Dúzias de pontos brilhantes malévolos. Ao entrar em seu reino, mesmo que de leve, eu me tornava visível para eles.

Aqueles olhos me enervavam. Como eu podia ficar ao mesmo tempo fascinada e aterrorizada por aqueles poderes? Era como o chamado do vazio que alguém sentia ao ficar na beira de um grande precipício nas cavernas, sabendo que era possível simplesmente se lançar naquela escuridão. Um passo adiante…

— Spensa! — chamou M-Bot. — Nova nave se aproximando!

Saí de meu transe e os olhos desapareceram. M-Bot usou a tela do console para destacar o que tinha localizado. Um novo caça estelar, quase invisível contra o céu negro, emergiu de onde os outros estavam escondidos. Elegante, com o formato de um disco e pintura do tom negro do espaço. Era menor do que as naves Krell normais, mas tinha um dossel maior.

Essas novas naves negras só tinham começado a aparecer nos últimos oito meses, nos dias que levaram à tentativa de bombardear nossa base. Naquela época não tínhamos percebido o que significavam, mas agora sabíamos.

Eu não conseguia ouvir os comandos que essas naves recebiam – porque não havia nenhuma transmissão. As naves negras como esta não eram controladas remotamente. Em vez disso, levavam pilotos alienígenas de verdade. Em geral, um ás inimigo – o melhor de seus pilotos.

A batalha tinha acabado de ficar muito mais interessante.

2

Meu coração deu um pulo de entusiasmo.

Um ás inimigo. Lutar contra drones era empolgante, sim, mas também faltava algo. Não era pessoal o suficiente. Já um duelo com um ás era como as histórias que a Vozinha contava. Pilotos corajosos envolvidos em competições sombrias na Antiga Terra durante os dias das Grandes Guerras. Pessoa contra pessoa.

— Vou cantar para você — sussurrei. — Enquanto sua nave queima e sua alma se esvai, vou cantar. Para a disputa que tivemos.

Dramático, sim. Meus amigos ainda costumavam rir quando eu dizia coisas como aquela, coisas como as que eram ditas nas antigas histórias. Eu já quase não falava mais assim. Mas ainda fazia parte de mim, e eu não dizia aquelas coisas para meus amigos. Eu as dizia para mim mesma. E para o inimigo que estava prestes a matar.

O ás avançou na minha direção, disparando seus incineradores, tentando me atingir enquanto eu estava concentrada nos drones. Sorri, mergulhando para sair do caminho dele e pegando um detrito espacial com minha lança de luz. Aquilo me permitiu girar rapidamente, ao mesmo tempo que lançava o detrito para trás, para bloquear os disparos. As cápsulas de gravidade de M-Bot absorveram a maior parte das forças g, mesmo assim senti um puxão para baixo enquanto completava o arco, com os disparos do incinerador explodindo o detrito e um tiro chegando bem perto de mim. Caramba. Eu ainda não tinha tido tempo de reiniciar o escudo.

— Esse poderia ser um bom momento para voltar atrás e puxar as naves inimigas na direção dos outros pilotos — disse M-Bot. — Conforme o plano...

Em vez disso, notei que o ás inimigo me ultrapassava – então dei meia-volta e comecei a persegui-lo.

— Pausa dramática no meio da frase — acrescentou M-Bot —, carregada de implicações sobre sua natureza irresponsável.

Atirei no ás, mas, com um giro no eixo, ele desativou os propulsores. O impulso o levou adiante, embora agora a nave estivesse virada de costas e me encarando. Não dava para dirigir bem voando em marcha ré, então essa manobra em geral era arriscada, mas quando você está com o escudo completo e seu inimigo sem...

Fui obrigada a interromper a perseguição, acelerando para a esquerda e desviando dos disparos do incinerador. Não podia arriscar um confronto direto. Em vez disso, me concentrei nos drones por um momento, explodindo um deles no céu, e então gritei ao passar por seus destroços – que rasparam a asa de M-Bot e acertaram o dossel com um estalo feroz.

Certo. Nada de escudo. E, no espaço, os detritos não caíam depois que alguém abatia uma nave. Aquilo parecia um erro de principiante – um lembrete de que, apesar de todo o meu treinamento, eu era novata em combate em gravidade zero.

O ás apareceu atrás de mim, em uma manobra experiente de perseguição. Essa pessoa era boa, o que era – por um lado – empolgante. Por outro lado...

Tentei voltar para a batalha, mas os drones se reuniram na minha frente, bloqueando meu caminho. Talvez aquilo estivesse um pouco além das minhas capacidades.

— Chame Jorgen — falei — e diga que acabei me deixando encurralar. Não consigo levar o inimigo para nossa emboscada; veja se, em vez disso, ele e os demais estão dispostos a me ajudar.

— Finalmente — respondeu M-Bot.

Eu me esquivei um pouco mais, rastreando o ás inimigo em meu monitor de proximidade. Caramba. Eu gostaria de poder ouvi-lo como podia ouvir os drones.

Não, isso é bom, pensei. *Preciso ter cuidado para nunca deixar meu dom se transformar em uma muleta.*

Cerrei os dentes e tomei uma decisão rápida. Eu não podia voltar para a batalha principal, então, em vez disso, mergulhei em direção a Detritus. As camadas de defesa ao redor do planeta não eram sólidas; eram grandes plataformas que abrigavam alojamentos, estaleiros e armas. Embora tivéssemos começado a nos apossar das mais próximas ao planeta, as camadas externas ainda estavam configuradas para disparar automaticamente em qualquer coisa que se aproximasse.

Acionei a velocidade máxima, acelerando a um ponto em que – na atmosfera – teria feito a maioria dos caças estelares chacoalhar ou até mesmo se estilhaçar. Aqui em cima, eu só sentia a aceleração, não a velocidade.

Alcancei rapidamente a plataforma espacial mais próxima. Comprida e fina, ela se curvava levemente como um pedaço de casca de ovo. Os drones remanescentes e o ás solitário ainda estavam atrás de mim. Naquelas velocidades, o combate aéreo era muito mais perigoso. O tempo de reação antes de colidir com alguma coisa era muito menor, e um toque mínimo na minha esfera de controle poderia me desviar do curso com uma rapidez com a qual eu não poderia lidar.

— Spensa? — disse M-Bot.

— Sei o que estou fazendo — murmurei de volta, concentrada.

— Sim, tenho certeza disso — respondeu M-Bot. — Mas... só por precaução... você *se lembra* de que ainda não temos controle dessas plataformas externas, certo?

Concentrei toda a minha atenção em passar perto da superfície da plataforma de metal sem esbarrar em nada. Os postos de artilharia que estavam ali me rastrearam e começaram a disparar – mas começaram a atirar também no inimigo.

Eu me concentrei em desviar. Ou melhor, em voar erraticamente – eu podia superar os drones em uma competição crua de habilidade, mas eles estavam em maior número. Ali, perto das plataformas, aquilo se traduzia em uma desvantagem para meus inimigos – porque, para a artilharia, eles também eram alvos.

Vários dos drones explodiram – clarões que desapareciam quase imediatamente, chamas abafadas pelo vácuo do espaço.

— Eu me pergunto se essas armas se sentem realizadas, finalmente disparando em alguma coisa depois de todos esses anos — comentou M-Bot.

— Tá com inveja? — perguntei com um grunhido, me esquivando.

— Pelo que Rodge diz, elas não têm inteligências artificiais reais, apenas algumas funções simples para localizar o alvo. Então seria como se você tivesse inveja de um rato.

Outro drone se foi. *Só mais um tanto.* Eu queria equilibrar um pouco as coisas enquanto esperava que meus amigos chegassem.

Entrei em outro transe enquanto voava. Não conseguia ouvir os controles dos postos de artilharia, mas, em momentos como este – momentos de pura concentração –, eu sentia como se estivesse me fundindo com minha nave.

Conseguia sentir a atenção dos olhos em mim. Meu coração martelava dentro do peito. Com aquelas armas apontadas para mim… com meus inimigos me perseguindo e ainda atirando…

Um pouco mais…

Minha mente afundou, e era como se eu pudesse sentir as entranhas de M-Bot. Eu estava correndo um sério perigo. Precisava escapar.

Certamente podia fazer isso agora.

— Acione o hiperdrive citônico! — falei, e então tentei fazer o que tinha feito antes, teletransportando minha nave.

— O hiperdrive citônico está desativado — disse M-Bot.

Caramba. Daquela vez que funcionou, M-Bot tinha conseguido me dizer que estava ativo. Tentei novamente, mas… eu nem sabia o que tinha feito naquela única ocasião. Estava correndo perigo, prestes a morrer. E então eu… eu tinha feito…

Alguma coisa?

O disparo de uma arma nas proximidades quase me cegou, e, com os dentes cerrados, subi e me afastei do alcance das armas defensivas. O ás sobrevivera, embora tivesse levado um ou dois tiros, então talvez o escudo dele estivesse enfraquecido. Além disso, sobravam apenas três drones.

Desliguei o propulsor e girei minha nave no eixo – ainda me movendo para a frente, mas virada para trás –, uma manobra que indicava que eu ia tentar atirar em algo que vinha atrás de mim. Como era de esperar, o ás se esquivou imediatamente. O inimigo não era tão corajoso com o escudo enfraquecido. Em vez de disparar, fui atrás do ás – escapando dos drones, que seguiam para minha antiga posição.

Me posicionei atrás do ás e tentei me aproximar o bastante para um disparo – mas, quem quer que fosse, era hábil. Girou em uma série complexa de esquivas, sem deixar de aumentar a velocidade. Calculei mal uma curva e, de repente, me afastei. Recuperando-me rapidamente, acertei na curva seguinte e disparei uma rajada do incinerador – mas agora eu estava bem longe e os tiros foram para todo lado, desaparecendo no espaço.

M-Bot lia as velocidades e ângulos para mim, para que eu não tivesse que interromper a concentração nem mesmo pela fração de segundo necessária para olhar meu painel de controle. Me inclinei para a frente, tentando seguir uma a uma as curvas do outro caça estelar – mergulhando, girando e acelerando. Buscando aquele momento crítico em que estivéssemos alinhados tempo o bastante para um disparo.

O inimigo, por sua vez, podia virar a qualquer momento e devolver o fogo – então provavelmente estava aguardando a mesma coisa que eu, esperando me pegar com a guarda baixa durante um momento de alinhamento.

O foco perfeito. A intensidade fervilhante. O momento bizarro de conexão no qual o piloto alienígena espelhava minhas intenções, lutando, se esforçando, suando – aproximando-se cada vez mais, em uma competição paradoxalmente *íntima*. Por um instante, seríamos como um só. E então eu o mataria.

Este desafio era minha vida. Lutar contra alguém real e saber que era ele ou eu. Em momentos como este, eu não lutava pela FDD ou pela humanidade. Eu lutava para provar que conseguia.

A outra nave mergulhou para a esquerda, assim como eu. Virou e apontou na minha direção quando entramos em um alinhamento breve – e ambos disparamos um contra o outro.

O ás errou os tiros. Eu não. O primeiro dos meus disparos quebrou seus escudo enfraquecido. O segundo acertou o lado direito do cockpit, rasgando a nave em forma de disco em um clarão de luz.

O vácuo consumiu aquilo avidamente, e eu virei para a direita, desviando dos destroços. Respirei fundo, lutando para controlar o ritmo cardíaco. O suor ensopava o forro do meu capacete e escorria pela lateral do rosto.

— Spensa! — M-Bot gritou. — Os drones!

Caramba.

Virei a nave e acelerei para o lado bem quando três explosões iluminaram meu cockpit. Estremeci, mas as luzes não foram resultado de disparos contra mim – eram luzes dos drones explodindo um após o outro. Duas naves da FDD passaram velozes.

— Obrigada, pessoal — disse, clicando no canal do grupo no painel de comunicações do meu console.

— Sem problemas — respondeu Kimmalyn pelo canal. — Como os Santos sempre dizem, "Cuidado com os espertos. Eles tendem a ser estúpidos". — Ela tinha um sotaque e um jeito vagaroso de falar que eram, de algum modo, intrinsecamente otimistas, mesmo quando estava chamando minha atenção.

— Eu achava que a ideia era você distrair os drones — comentou FM — e depois trazê-los de volta para a gente. — Ela tinha uma voz confiante, o tipo que parecia vir de alguém com duas vezes sua idade.

— Sim, eu planejava fazer isso em algum momento.

— Claro — disse FM. — E foi por isso que desligou o comunicador, para que Jorgen não pudesse gritar com você?

— Eu não desliguei. Só pedi que M-Bot interceptasse as mensagens.

— Jorgen realmente odeia falar comigo! — M-Bot acrescentou, entusiasmado. — Dá para dizer só pelo tom de voz dele!

— Sim, bem, o inimigo está recuando — disse FM. — E você tem sorte que já estávamos a caminho para ajudá-la, mesmo antes de decidir admitir que estava encrencada.

Eu ainda estava toda suada – o coração acelerado, as mãos escorregadias – quando reiniciei meu escudo. Então, virei a nave e voei na direção das outras duas. O percurso me fez passar pelos destroços da nave que tinha derrotado, que ainda se moviam mais ou menos na mesma velocidade que no momento em que a atingi. Era o que acontecia no espaço.

A nave se partiu em pedaços em vez de explodir completamente, e, assim, com um calafrio, fui capaz de localizar o cadáver do ás inimigo. Uma figura alienígena meio quadrada. Talvez fosse a armadura que ele usava para se proteger do vácuo…

Não. Conforme passei, vi que a armadura também tinha se partido na explosão. A criatura que estava dentro era meio como um pequeno caranguejo de duas pernas – fino e de um azul vivo, com uma carapaça ao longo do abdômen e do rosto. Já tinha visto alguns deles pilotando cargueiros perto de sua estação espacial, que ficava mais afastada ainda, monitorando Detritus a distância. Eram nossos carcereiros, e, embora os dados que tenhamos roubado chamassem de varvax essa raça parecida com caranguejos, a maioria de nós ainda os chamava de Krell – mesmo sabendo que era um acrônimo em algum idioma da Supremacia para uma frase sobre manter os humanos contidos, não o verdadeiro nome da raça.

Aquele ali estava realmente morto. O banho líquido que enchia sua armadura escorrera para o vazio, primeiro fervendo de modo explosivo, depois congelando em vapor sólido. O espaço era estranho.

Fixei meu olhar no corpo, diminuindo a velocidade de M-Bot, e cantarolei baixinho uma das canções dos meus ancestrais. Uma canção viking para os mortos.

Boa luta, pensei sobre a alma do Krell que partia. Ali perto, algumas das nossas naves de resgate começaram a chegar. Elas ficavam em uma área mais próxima do planeta, de onde observavam a luta em relativa segurança. Sempre pegávamos as naves Krell, em especial as que eram guiadas por pilotos em carne e osso. Havia uma chance de conseguirmos um hiperdrive quebrado da Supremacia dessa forma. Essas naves não viajavam usando a mente dos pilotos. Tinham algum tipo de tecnologia que lhes permitia viajar entre as estrelas.

— Spin? — Kimmalyn me chamou. — Você vem?

— Sim. — Respondi. Dei meia-volta e entrei em formação com ela e FM. — M-Bot? Como você julgaria as habilidades daquele piloto?

— Mais ou menos próximas das suas — disse M-Bot. — E a nave dele era mais avançada do que qualquer outra que já enfrentamos. Serei honesto, Spensa... em grande parte porque sou programado para ser incapaz de mentir... acho que a luta poderia ter acabado com qualquer resultado.

Concordei com a cabeça, tendo a mesma sensação. Eu estava pau a pau com aquele ás. Por um lado, era uma boa confirmação de que minhas habilidades não estavam limitadas à minha capacidade de alcançar o nada. Mas, saindo totalmente do transe agora – tendo a estranha sensação de propósito vazio que sempre se seguia à batalha –, eu me via estranhamente preocupada. Em todo o nosso tempo lutando aqui, tínhamos visto só um punhado daquelas naves negras pilotadas por seres vivos.

Se os Krell realmente queriam nos matar, por que mandar tão poucos ases? E... será que realmente eram os melhores que eles tinham? Eu era boa, mas estava voando fazia menos de um ano. Nossa informação roubada indicava que os inimigos comandavam uma enorme coalizão galáctica de centenas de planetas. Certamente tinham acesso a pilotos muito melhores do que eu.

Algo em tudo aquilo me incomodava. Os Krell costumavam mandar só uns cem drones contra nós de cada vez, no máximo. Tinham mudado isso, e agora chegavam a enviar cento e vinte de uma vez... mesmo assim, parecia um número pequeno, considerando o tamanho aparente de sua coalizão.

Então o que estava acontecendo? Por que estavam se contendo?

Kimmalyn, FM e eu nos juntamos ao restante dos nossos combatentes. A FDD estava ficando cada vez mais forte. Tínhamos perdido apenas uma nave hoje, quando, no passado, perdíamos meia dúzia ou mais em cada batalha. E ganhávamos impulso. Nos últimos dois meses, tínhamos começado a operar com a primeira de nossas naves fabricadas usando tecnologia aprendida com M-Bot. Fazia só meio ano desde nossas baixas na Segunda Batalha de Alta, mas a alta na moral – e o fato de nossos pilotos estarem sobrevivendo mais tempo para aprimorar suas habilidades – nos deixava mais fortes a cada dia.

Ao interceptar nossos inimigos aqui, e não permitir que se aproximassem, conseguimos expandir nossas operações de captura de naves. Por causa disso, não só estávamos controlando as plataformas de defesa mais próximas, mas também conseguimos coletar materiais de mais e mais naves.

Tudo isso significava que a fabricação de naves e o recrutamento aumentavam dramaticamente. Logo teríamos pedras de aclive e pilotos suficientes para colocar centenas de naves estelares no ar.

Levando tudo em consideração, tínhamos um efeito bola de neve cada vez mais acelerado. Mesmo assim, parte de mim se preocupava. O comportamento dos Krell era estranho. Além disso, tínhamos uma desvantagem imensa. Eles podiam viajar pela galáxia, enquanto nós estávamos presos em um planeta.

A menos que eu aprendesse a usar meus poderes.

— Hum, Spensa? — disse M-Bot. — Jorgen está ligando, e acho que está irritado.

Suspirei, e então ativei a chamada.

— Celeste Dez, reportando.

— Você está bem? — ele perguntou, com voz severa.

— Sim.

— Ótimo. Falaremos sobre isso mais tarde. — Ele desligou.

Estremeci. Ele não estava irritado... estava *furioso*.

Sadie – a garota nova designada para ser minha parceira de voo – apareceu atrás de mim no Celeste Nove. Senti um nervosismo na postura de sua nave, embora talvez estivesse vendo coisas demais. Seguindo nossos planos, eu a deixei para trás quando os Krell mandaram uma força esmagadora para me destruir. Felizmente ela tinha juízo o bastante para acatar ordens e ficara perto dos demais em vez de me seguir.

Tínhamos que esperar as ordens do Comando de Voo antes de voltar para o planeta, então pairamos no espaço por algum tempo. Enquanto fazíamos isso, Kimmalyn aproximou a nave da minha. Vislumbrei seu cockpit pelo dossel. Ela sempre me parecia estranha quando usava o capacete que cobria os longos cabelos escuros.

— Ei — ela me chamou no canal privado. — Você está bem?

— Sim — respondi. Era mentira. Toda vez que usava minhas estranhas habilidades, sentia um conflito interno. Nossos ancestrais tinham medo de pessoas como eu, pessoas com poderes citônicos. Antes de cairmos em Detritus, trabalhávamos nas casas de máquinas das naves, alimentando e guiando as viagens.

Éramos chamados de povo da casa de máquinas. Os outros membros da tripulação nos evitavam – incutindo em nossa cultura tradições e preconceitos que duraram mesmo depois de esquecermos o que era um citônico.

Será que era tudo superstição ou havia algo mais? Eu sentia a malevolência daqueles olhos. No fim, meu pai atacara os próprios colegas. Culpávamos os Krell por aquilo, mas eu me preocupava. Ele parecia tão zangado nas gravações.

Me preocupava que, o que quer que eu fosse, minhas ações pudessem trazer mais perigo do que qualquer um de nós pudesse compreender.

— Pessoal? — Sadie perguntou, posicionando a nave ao lado da minha. — O que esse aviso no meu console significa?

Olhei para a luz intermitente no monitor de proximidade, então xinguei baixinho e examinei o espaço sideral. Eu mal conseguia ver a estação de monitoramento Krell dali, e, enquanto observava, alguma coisa nova apareceu nas cercanias. Dois objetos que eram ainda maiores do que a estação.

Naves capitais.

— Duas novas naves acabam de chegar no sistema — informou M-Bot. — Meus sensores de longo alcance confirmam o que o Comando de Voo está vendo. Parecem naves de guerra.

— Caramba — disse FM pelo canal de comunicação.

Até agora tínhamos encarado apenas outros caças, mas a inteligência roubada nos informara de que o inimigo tinha acesso a pelo menos alguns encouraçados de grande escala como aqueles.

— Temos dados limitado sobre o arsenal de naves como aquelas — comentou M-Bot. — A inteligência que você e eu roubamos continha apenas informações genéricas. Mas meus processadores dizem que aquelas naves provavelmente estão equipadas para bombardear o planeta.

Bombardear. Eles poderiam descarregar artilharia no planeta do espaço sideral, atingindo-o com poder de fogo suficiente para transformar em pó até os que viviam nas cavernas profundas.

— Eles não vão conseguir passar pelas plataformas defensivas — falei. Presumíamos que era por isso que os Krell sempre usaram bombardeios de baixa altitude no passado, bombardeios não orbitais. As plataformas do planeta tinham sido construídas com precauções contra bombardeios a distância.

— E se eles destruírem as plataformas primeiro? — perguntou Sadie.

— As defesas são fortes demais para isso — respondi.

Era uma bravata, em parte. Não tínhamos certeza se as defesas de Detritus conseguiriam prevenir um bombardeio. Talvez depois que conseguíssemos obter o controle de todas fôssemos capazes de determinar suas capacidades totais. Infelizmente, estávamos a meses de isso acontecer.

— Você ouve alguma coisa? — quis saber Kimmalyn.

Busquei meus sentidos citônicos.

— Só uma música fraca e suave — falei. — Parecida com estática, só que... mais bonita. Eu teria que me aproximar para entender qualquer coisa específica que possam estar dizendo.

Eu sempre fora capaz de ouvir os sons vindos das estrelas. Pensava neles como música, quando era mais jovem. Durante meus meses de treinamento, e conversando com minha avó, tínhamos chegado à conclusão de que aquela "música" era o som das comunicações MRL enviadas pelo nada. Provavelmente o que eu ouvia agora era o som daquela estação ou daquelas naves de guerra se comunicando com o restante da Supremacia.

Esperamos por um longo tempo, enquanto as ordens nos diziam para manter posição e ver se aquelas naves de guerra avançariam. Não fizeram isso. Parecia que, o que quer que tivessem sido enviadas para fazer, não aconteceria em um futuro imediato.

— Recebemos ordens — Jorgen disse pelo comunicador depois de um tempo. — Aquelas naves de guerra estão se instalando, então devemos nos reportar à Plataforma Primária. Vamos.

Suspirei e então virei minha nave para seguir em direção ao planeta. Eu tinha sobrevivido à batalha.

Agora era hora de levar uma bronca.

3

M-Bot calculou nossa aproximação.

Os demais ainda não estavam completamente confortáveis com ele. Um computador que podia pensar e falar como uma pessoa? A Vozinha – que ainda era uma garotinha na época anterior à chegada do nosso povo em Detritus – dizia que já ouvira falar sobre essas coisas, mas que tinham sido proibidas.

Mesmo assim, M-Bot nos proporcionava uma vantagem que não podíamos ignorar. Com seus cálculos hipereficientes, era possível voar com facilidade pelas plataformas defensivas que cercavam Detritus sem a ajuda dos matemáticos da FDD.

Respeitamos meticulosamente a rota que ele indicou, passando um pouco além do alcance dos postos de artilharia das plataformas de metal do tamanho de cadeias de montanhas. Observei as sombras dos arranha-céus. Enquanto estava na escola, tinha aulas obrigatórias de história todos os anos – nas quais víamos fotos da Antiga Terra, e éramos levados para ver animais de muitas variedades, em cavernas especiais onde eram criados. Então eu sabia como era a vida lá e conhecia coisas como arranha-céus, ainda que sempre tenha achado as histórias da Vozinha sobre os tempos antigos muito mais interessantes do que as aulas de história.

Aqueles arranha-céus indicavam que as plataformas ao redor de Detritus já tinham sido habitadas, assim como o planeta, mas algo as destruíra séculos atrás.

Eu sempre perdia o fôlego com a visão de todas as plataformas – curvando-se no que parecia ser o infinito. Nossos cinquenta caças eram partículas de pó em comparação. Quanto tempo havia levado para construir tudo aquilo? Talvez mais de cem mil pessoas vivessem na rede de cavernas que formavam nossa nação, as Cavernas Desafiadoras. Mas aquela população inteira podia se esconder em uma única plataforma.

Recebemos o comando para desacelerar. Virei M-Bot com os demais e apontei meus propulsores na direção do planeta. Um som tranquilo e suave diminuiu a velocidade da minha nave.

Olhando para trás, na direção das plataformas, tudo se parecia levemente com as engrenagens de um relógio sobrenatural com algum propósito incognoscível. Uma plataforma por vez rotacionava, com as armas prontas para vaporizar qualquer um – humano ou alienígena – que tentasse interferir. Mas aquelas plataformas eram o motivo pelo qual ainda estávamos vivos, então eu não reclamava. Nossas naves logo passaram pelos cacos de conchas mais próximos do planeta, que eram distintos por várias razões. A mais óbvia era que eles continham milhares de luzes imensas que brilhavam como holofotes, iluminando partes do planeta abaixo. Aquelas claraboias criavam um ciclo artificial de dia e noite.

A camada de cacos interna também estava em um estado muito pior que a externa. Campos enormes de detritos tombavam pelo espaço bem no limite da atmosfera. Esse lixo – presumíamos – era o resto de plataformas que tinham sido destruídas. Algumas seções tinham caído para dentro, colidindo com o planeta depois de perderem energia.

Uma voz estalou no alto-falante do meu capacete.

— Esquadrilha Celeste — disse uma voz masculina — e Esquadrilha Xiwang. O almirante Cobb ordena que atraquem na Plataforma Primária. O restante deve seguir até a superfície para o revezamento do turno de descanso.

Reconheci a voz de Rikolfr, um membro da equipe do almirante. Obedeci, virando minha nave na direção correta. Aquilo fez Detritus entrar no meu campo de visão: uma esfera cinza-azulada com uma atmosfera viva e convidativa. Trinta naves da nossa frota voaram na direção do planeta.

O restante dos pilotos deslizou pela extremidade da atmosfera, passando por várias plataformas cujas luzes piscavam com um amigável tom azul, em vez do vermelho raivoso das demais. Graças às habilidades de cálculo de M-Bot, tínhamos conseguido aterrissar em uma delas e hackear o sistema. Felizmente os protocolos internos de segurança das plataformas faziam pequenas exceções para humanos, o que deu aos engenheiros um breve respiro – tempo suficiente para que terminassem o trabalho.

Feito isso, Rodge e os outros engenheiros tinham descoberto como desligar algumas das plataformas nas proximidades, permitindo que as ocupássemos também. Só tínhamos tomado dez entre milhares até agora, mas era um começo promissor.

A Plataforma Primária era a maior delas – uma plataforma imensa com docas para caças estelares. Nós a transformamos em um quartel-general orbital, embora as equipes de engenharia ainda estivessem trabalhando em alguns de seus sistemas – particularmente nos antigos bancos de dados.

Voei até minha doca, com um pequeno hangar individual. As luzes piscaram quando a porta do compartimento se fechou e o ambiente foi pressurizado. Respirei fundo, suspirei e então abri o dossel. Parecia tão sem graça retornar para a vida normal depois de uma batalha. Por mais irreal que fosse, eu desejava poder continuar patrulhando e voando. As respostas para quem eu era – para *o que* eu era – estavam em algum lugar lá fora, não nesses corredores metálicos estéreis.

— Ei! — disse M-Bot quando desci do cockpit. — Me leve com você. Não quero perder a diversão.

— Só vou ouvir um sermão.

— Como eu disse… — respondeu ele.

Tudo bem. Enfiei a mão sob o painel de controle frontal e desconectei seu novo receptor móvel: um dispositivo em forma de bracelete que continha alguns equipamentos sensoriais, um projetor holográfico, um receptor para aumentar a capacidade de comunicação de M-Bot e um pequeno visor de relógio. Ele afirmava ter tido um receptor móvel como este no passado, sumira – provavelmente seu antigo piloto tinha levado consigo centenas de anos antes, quando saíra para explorar Detritus.

Quando M-Bot dera aos engenheiros os diagramas para criar um dispositivo novo, eles ficaram loucos com a tecnologia de micro-holograma que eles continham. Felizmente pararam de comemorar por tempo suficiente para fabricar um dispositivo para mim. Passei a usá-lo, em vez da linha de luz do meu pai, já que eu raramente tinha chance de recorrer a ela agora que não explorava mais cavernas com regularidade.

Coloquei o bracelete de holograma e entreguei meu capacete para Dobsi – um dos membros da equipe de solo – assim que ela subiu a escada externa para falar comigo.

— Alguma coisa que temos que olhar? — perguntou ela.

— Fui pega por um destroço no lado direito da fuselagem com o escudo abaixado.

— Vou verificar.

— Obrigada — falei. — E preciso avisar que ele está atacado.

— E quando ele não está?

— Teve uma vez — falei —, quando ele estava processando um autodiagnóstico e não disse nada durante cinco minutos inteiros. Foi pura felicidade.

— Você sabe que sou programado para reconhecer sarcasmo, certo? — perguntou M-Bot.

— A piada seria desperdiçada se você não fosse. — Entrei no vestiário, que também servia como meu alojamento aqui em cima. Não que eu tivesse muita coisa: o broche do meu pai, meus antigos mapas das cavernas e algumas das minhas armas improvisadas. Eu guardava tudo em um baú embaixo do catre, com minhas mudas de roupa.

Assim que entrei, um trinado me cumprimentou. Doomslug estava sentada em seu poleiro perto da porta. Amarelo-vivo, com pontinhas azuis ao longo das costas, ela estava aconchegada em uma das minhas camisas velhas, que tinha transformado em ninho. Cocei sua cabeça, e ela deu outro trinado feliz. Ela não era viscosa, mas bastante resistente, como a sensação de um couro bom.

Eu estava feliz em vê-la ali; ela devia ficar no meu alojamento, mas, de algum modo, conseguia escapar, e com frequência eu a encontrava no hangar. Ela parecia gostar de ficar perto de M-Bot.

Eu me lavei, mas não troquei meu traje de voo. Então, tendo desperdiçado o máximo de tempo que podia justificar, me blindei com a determinação de um guerreiro e saí para o corredor. As luzes ali eram sempre brilhantes demais depois que você voltava do espaço – as paredes brancas reluzentes e reflexivas. A única parte que não era polida ou iluminada em excesso era o carpete no centro, que envelhecera incrivelmente bem – provavelmente porque tudo estivera no vácuo até a equipe de engenharia consertar os buracos da estação e religar os sistemas de suporte à vida.

Os outros membros da minha esquadrilha esperavam no corredor. Nedd e Arturo estavam discutindo se os pilotos deviam ou não ter permissão para pintar desenhos na frente de suas naves. Eu os ignorei e parei ao lado de Kimmalyn, cujo cabelo estava uma bagunça agora que ela segurava o capacete embaixo do braço.

— Você *percebeu* como Jorgen está zangado? — ela sussurrou para mim.

— Posso lidar com ele.

Kimmalyn ergueu uma sobrancelha.

— É sério — garanti. — Só tenho que ser devidamente confiante e intimidadora. Tem um pouco de tinta preta por aí?

— Hum, para quê?

— Para eu fazer aquela pintura de guerra usada pelos homens que disputavam nos campos de futebol americano na Antiga Terra. Um tipo de batalha mortal que envolvia um leitão morto.

— Parece legal. Mas estou sem. E... Spin, não seria melhor evitar provocar o Jorgen? Só para variar?

— Não sei se consigo.

FM passou por mim, me encorajando com o polegar para cima. Eu devolvi o gesto, embora ainda me sentisse sem jeito perto dela às vezes. Aquela mulher alta e magra de algum modo conseguia usar até o traje de voo de um jeito elegante, enquanto a roupa volumosa sempre me fazia sentir estar usando três camadas a mais. Ela se juntou a T-Stall e Catnip, dois rapazes que haviam sido adicionados à nossa esquadrilha para preencher as vagas disponíveis. Eles tinham vinte e poucos anos, alguns anos mais velhos do que o restante de nós, embora fizessem o melhor possível para se integrar.

Sem contar Jorgen, o único outro membro da nossa equipe era Sadie, a novata. Ela imediatamente tropeçou na pequena saliência no chão entre seu vestiário e o corredor, quase derrubando o capacete. Seu cabelo azul e suas feições distintas me lembravam... bem, de acontecimentos doloridos.

A maioria dos demais seguiu pelo corredor em direção ao refeitório, mas esperei um pouco por Jorgen – melhor confrontá-lo agora, embora em geral ele fosse o último a deixar a nave, pois revisava o checklist pós-voo todas as vezes nos mínimos detalhes, embora não houvesse problema algum em deixar a conferência para a equipe de solo. Kimmalyn esperou comigo, e Sadie veio correndo até nós.

— Você foi tão incrível lá fora! — disse ela, apertando o capacete contra o peito enquanto sorria. Caramba. Éramos só uma turma antes do grupo dela, então tínhamos basicamente a mesma idade. Mas certamente não parecíamos tão jovens.

— Sim, bem, você também fez um belo voo.

— Você estava olhando?

Eu não estava olhando, mas acenei com a cabeça de modo encorajador.

— Talvez eu consiga ser como você logo, Spin!

— Você se saiu muito bem, querida — disse Kimmalyn, dando um tapinha no ombro de Sadie. — Mas nunca tente ser quem você não é; ainda precisa de muita prática para conseguir algo assim.

— Certo, certo — concordou Sadie, enfiando a mão no bolso e tirando um caderninho e uma caneta. — Nunca... quem você não é... — Ela escreveu o que lhe tinha sido dito como se fosse um texto sagrado, embora eu tivesse certeza de que Kimmalyn inventara aquilo na hora.

Olhei de relance para Kimmalyn. Suas expressões serenas eram notadamente difíceis de interpretar, mas o brilho em seus olhos revelava que ela amava a ideia de alguém registrar seus ditados.

— Eu gostaria de ter podido seguir você hoje, Spin. Pareceu perigoso te deixar sozinha.

— A única coisa que eu quero que siga, Sadie — disse uma voz firme —, são suas ordens. Seria muito bom se outros também fizessem isso.

Eu não tive que olhar para saber que Jorgen – líder de voo e, às vezes, Babaca – finalmente havia se juntado a nós e estava atrás de mim.

— Hum, obrigada, senhor — disse Sadie, então prestou continência e saiu correndo em direção ao refeitório.

— Boa sorte — Kimmalyn sussurrou para mim, apertando meu braço. — Que você receba apenas o que merece. — Então, é claro, ela me abandonou.

Bem, eu poderia matar o dragão sozinha. Dei meia-volta, com o queixo erguido – e então tive que levantar a cabeça um pouco mais. Droga, por que ele tinha que ser tão alto? Jorgen Weight, com sua pele marrom-escura, era um pilar de determinação requintada e disciplinada. Ele ia para a cama todas as noites com o Código de Conduta da FDD embaixo do travesseiro, tomava o desjejum enquanto ouvia discursos patrióticos e usava exclusivamente talheres com as palavras *Nunca deixe Spensa se divertir* gravadas nos cabos.

Algumas dessas coisas podiam ser invenção minha. Mesmo assim, realmente parecia que ele passava tempo demais da vida reclamando de mim. Bem, eu crescera cercada de valentões. Sabia como me colocar contra alguém que...

— Spensa — ele me disse —, você precisa parar de ser tão valentona.

— Oooooooooh. — A voz de M-Bot veio pelo meu pulso. — Legal.

— Cale a boca — murmurei para ele. — Valentona? Valentona? — Cutuquei Jorgen no peito com o indicador. — O que quer dizer com isso?

Ele olhou para meu dedo.

— Não posso bancar a valentona com você — falei. — Você é mais alto do que eu.

— *Não é* assim que funciona, Spensa — Jorgen rosnou, a voz ficando mais grave. — E... o que é isso no seu rosto?

No meu rosto? Fora tão inesperado que esqueci momentaneamente a discussão com Jorgen e olhei para a parede de metal polido a fim de ver meu reflexo. Meu rosto estava pintado com linhas negras sob os olhos. O quê?

— Tinta preta — disse M-Bot no meu pulso. — Pintura usada pelos atletas na Antiga Terra. Você disse para Kimmalyn que...

— Era uma piada — falei. A pintura em minha pele era um holograma que M-Bot projetara em mim com o receptor móvel. — Você realmente precisa que alguém reescreva seu programa de humor, M-Bot.

— Oooooooooh — respondeu ele. — Desculpe. — Ele fez o holograma desaparecer.

Jorgen balançou a cabeça, então passou por mim e saiu andando pelo corredor, obrigando-me a correr atrás dele.

— Você sempre foi independente, Spin, eu entendo isso — disse ele. — Mas agora está usando seu poderes e sua posição para afastar todo mundo, inclusive Cobb. Você está ignorando protocolos e ordens porque sabe que não há uma maldita coisa que o restante de nós possa fazer a respeito. Essas são as ações de uma valentona.

— Estou tentando proteger os demais! — argumentei. — Estou afastando o inimigo! Estou me fazendo de alvo!

— O plano era que você fizesse isso e depois os trouxesse até nós, para que pudéssemos atacá-los pelas laterais. Observei várias oportunidades nas quais podia ter feito isso, e você escolheu deliberadamente lutar contra eles sozinha. — Ele me encarou. — Está tentando provar alguma coisa. O que há de errado com você ultimamente? Antes estava ansiosa para trabalhar como parte da equipe. Caramba, você praticamente *forjou* essa equipe. E agora age assim? Como se fosse a única que importa?

Eu...

Minhas objeções desapareceram. Porque eu sabia que ele estava certo, e sabia que inventar desculpas seria lutar com as armas erradas. Só havia uma arma que sempre funcionava com Jorgen: a verdade.

— Eles estão determinados a me matar, Jorgen — falei. — Vão lançar *tudo* o que têm contra nós até que eu esteja morta.

Paramos no final do corredor, embaixo de uma luz branca resplandecente.

— Você sabe que é verdade — prossegui, olhando-o nos olhos. — Eles descobriram o que eu sou. Se me destruírem, vão poder nos prender em Detritus para sempre. Vão passar por cima de *qualquer um* para chegar até mim.

— E então você facilita para eles?

— Vou distraí-los, como eu disse, para que... — As palavras morreram em meus lábios. Maldito Babaca e seus olhos intensos e astutos. — Ok, tudo bem. Estou tentando ultrapassar meus limites. Na vez em que fiz isso, na vez em que dei o hipersalto, eu estava no meio de uma explosão. Estava desesperada, ameaçada, prestes a morrer. Então imaginei que, se recriasse aquela emoção, conseguiria fazer de novo. Eu seria capaz de descobrir o que é que consigo fazer, o que é que... que eu realmente sou.

Ele suspirou, olhando para o teto com o que me pareceu uma expressão melodramática.

— Que os Santos nos ajudem — murmurou ele. — Spin, isso é loucura.

— É ousado — respondi. — Um guerreiro sempre testa a si mesmo. Força a si mesmo. Busca o limite das suas habilidades.

Ele me encarou, mas me mantive firme. Jorgen tinha um jeito de me fazer vocalizar coisas que em geral eu não reconheceria nem para mim mesma. Talvez isso fizesse dele um bom líder de voo. Caramba, o fato de ele meio que conseguir lidar comigo era prova suficiente disso.

— Spensa — disse ele. — Você é a melhor coisa que temos. Você é vital para a FDD... e para mim.

De repente percebi quão perto estávamos. Ele se inclinou só um pouco e, por um instante, pareceu que queria ir mais longe. Infelizmente havia algo que nos bloqueava ao mesmo tempo, interferindo em tudo o que poderíamos ter. Para começar, um relacionamento entre piloto e líder de voo era uma coisa estranha.

Mas havia mais do que isso. Ele era a personificação da ordem, e eu... bem, eu não era. Eu não sabia o que ou quem eu realmente era. Sendo sincera comigo mesma, eu tinha que admitir que era por isso que não tinha avançado em nada com ele nos últimos seis meses.

Depois de um tempo, Jorgen se endireitou.

— Você sabe que a Assembleia Nacional está considerando você importante demais para correr riscos em batalha. Estão dizendo que querem afastá-la.

— Eu gostaria de vê-los tentar — falei, zangada com a ideia.

— Parte de mim também gostaria — disse ele, e então deu um sorriso carinhoso. — Mas, sério, será que precisamos dar munição para eles? Você é parte de uma equipe. Somos *todos* parte de uma equipe. Não comece a pensar que precisa fazer tudo sozinha, Spensa. Por favor. E, pelo amor das estrelas, pare de se colocar em perigo. Vamos encontrar outro jeito.

Concordei com a cabeça, mas... era fácil para ele dizer coisas como aquela. Segundo a Vozinha, mesmo quando nossos ancestrais faziam parte da frota espacial, pessoas como eu eram temidas.

O povo da casa das máquinas. Os hiperdrives. Éramos estranhos.

Talvez até não humanos.

Jorgen digitava o código na porta no fim do corredor, mas, antes que terminasse, a porta se abriu. Kimmalyn tinha iniciado a abertura do outro lado.

— Pessoal — disse ela, sem fôlego. — *Pessoal.*

Franzi o cenho. Em geral ela não era tão animada assim.

— O que foi?

— Rodge mandou notícias — disse ela. — Sabem os engenheiros que estão trabalhando nos sistemas da plataforma? Acabaram de encontrar algo. *Uma gravação.*

4

Jorgen e eu seguimos Kimmalyn até a sala que todo mundo chamava de biblioteca, apesar da falta de livros. Ali, o Corpo de Engenharia trabalhava em tempo integral nos antigos bancos de dados. Tinham arrancado vários painéis da parede, expondo os muitos fios que se estendiam como tendões. Embora grande parte da plataforma tivesse ficado on-line com pouco esforço, ainda havia vários sistemas de computador bloqueados.

Kimmalyn nos levou até um grupo de engenheiros com macacões da equipe de solo que sussurravam e conversavam animados, reunidos ao redor de um grande monitor que eles mesmos montaram. Olhei ao redor em busca do restante da minha esquadrilha, mas não estavam lá – éramos apenas Jorgen, Kimmalyn e eu, e alguns oficiais da equipe do almirante. Dei um puxão em meu volumoso traje de voo, que estava suado da batalha.

— Eu gostaria de ter me trocado — murmurei para Jorgen.

— Eu poderia criar um holograma com uma roupa nova para você! — ofereceu M-Bot. — É...

— Como isso mudaria o fato de que eu me sinto suada? — perguntei para ele. Sério, agora que o bracelete remoto e o holograma estavam funcionando, ele procurava qualquer desculpa possível para se exibir.

Ao ouvir minha voz, alguém do grupo de engenheiros levantou a cabeça. Virou-se e sorriu ao nos ver.

Rodge era magro e pálido, com um cabelo ruivo bagunçado. Ele sorria mais agora do que quando éramos crianças. De fato, eu continuava sentindo como se tivesse perdido alguma coisa – de algum modo, durante o tempo que passamos consertando M-Bot, alguém tinha levado embora meu amigo nervoso e o substituído por essa pessoa confiante.

Eu estava orgulhosa dele, em especial quando percebi que tinha voltado a usar seu broche de cadete – um broche que Cobb tinha especificamente ordenado que fosse esmaltado de vermelho para ele, um novo símbolo de realização, reservado para membros excepcionais da engenharia ou das equipes de solo.

Rodge se aproximou de nós, falando em voz baixa.

— Estou tão feliz que ela tenha encontrado vocês. Vocês vão querer ver isso.

— O que é? — perguntou Jorgen, esticando o pescoço para ver o monitor.

— As últimas gravações da estação — sussurrou Rodge. — Os registros finais em vídeo antes que o lugar fosse fechado. Foram interrompidos no meio, e o processo de encriptação não terminou quando foram arquivados. É o primeiro bom conjunto de dados que conseguimos recuperar. — Ele olhou por sobre o ombro. — A comandante Ulan insistiu para esperarmos Cobb antes de mostrar o que encontramos, e eu imaginei que ninguém reclamaria se a Heroína de Alta Segunda também quisesse assistir.

De fato, minha chegada tinha atraído alguma atenção. Dois engenheiros se cutucaram, acenando com a cabeça na minha direção.

— Sabe, Spin — observou Kimmalyn do meu lado —, pode ser bem conveniente andarmos juntas. Todo mundo presta tanta atenção em você que o restante de nós pode fazer o que bem entender.

— E o que *você* gostaria de fazer? — perguntou Jorgen. —Tomar um gole extra de chá?

Já que ainda estava tentando ver o que tinha no monitor, ele não percebeu que Kimmalyn respondeu com um gesto surpreendentemente rude. Fiquei boquiaberta. Ela realmente tinha acabado de fazer aquilo?

Kimmalyn me lançou um sorriso malicioso, que logo depois cobriu com a mão. Essa garota... eu achava que já a conhecia, e então ela fazia uma coisa daquelas – tenho certeza disso – deliberadamente para me chocar.

Qualquer outra conversa foi interrompida quando a porta se abriu e Cobb entrou. Ele tinha uma barba branca curta e ainda mancava um pouco por causa de uma antiga lesão – mas se recusava a usar uma bengala, exceto nas situações mais formais. Trazia uma caneca de café fumegante em uma mão e usava o uniforme branco impecável de almirante de frota da Força Defensiva Desafiadora – o lado direito do peito enfeitado com fitas que demonstravam mérito e graduação.

Ele relutantemente assumira a posição depois que Ironsides – com igual relutância – tinha se aposentado. Segundo algumas métricas, Cobb era o mais importante ser humano vivo. E, mesmo assim, ele ainda era apenas... bem, Cobb.

— Que história é essa de arquivo de registro? — ele quis saber. — O que tem na maldita coisa?

— Senhor! — disse a comandante Ulan, uma mulher alta, de ascendência yeonguiana. — Ainda não sabemos. Quisemos esperar pelo senhor.

— O quê? — disse Cobb. — Vocês não sabem como eu ando devagar? Essa maldita estação pode completar três rotações no tempo que eu demoro para atravessar mancando esta coisa estúpida.

— Ah. Senhor. Pensamos... quero dizer, ninguém acredita que sua perna o deixa lento... ah... não muito lento, quero dizer...

— Não puxe meu saco, comandante — ele replicou.

— Só quisemos ser respeitosos.

— Tampouco me respeite — ele resmungou, e então tomou um gole de seu café. — Isso me faz sentir velho.

Ulan forçou uma gargalhada, para a qual Cobb fez cara feia, deixando Ulan *ainda mais* desconfortável. Eu simpatizava com ela. Aprender a lidar com Cobb era uma habilidade tão especializada quanto fazer uma curva tripla de Ahlstrom em um salto reverso.

Os técnicos abriram caminho para Cobb, então Kimmalyn e eu aproveitamos a oportunidade para nos aproximarmos da tela. Jorgen ficou para trás, com as mãos entrelaçadas nas costas, deixando que os oficiais mais graduados assumissem posições mais próximas. Às vezes aquele garoto era obediente demais. Quase fazia uma garota se sentir mal por usar a própria notoriedade para conseguir um bom lugar.

Cobb me olhou.

— Ouvi dizer que andou fazendo acrobacias de novo, tenente — disse baixinho enquanto um dos técnicos sêniores arrumava os arquivos.

— Hum... — respondi.

— Ela fez sim! — disse a voz de M-Bot em meu pulso. — Ela disse para Jorgen que estava intencionalmente tentando... — Apertei o mudo. Então, só por precaução, desliguei o projetor holográfico também. Corei, olhando para Cobb.

O almirante tomou um gole de seu café.

— Conversaremos mais tarde. Não quero zangar sua avó deixando você morrer. Ela me fez uma torta semana passada.

— Hum, sim, senhor.

A tela ficou embaçada por um momento, e então o vídeo começou, mostrando uma imagem daquela mesma sala – só que sem os painéis arrancados. Um grupo de pessoas ocupava-se diante de monitores usando uniformes desconhecidos. Segurei a respiração. Eram humanos.

Sempre soubemos que seria o caso. Embora tivéssemos encontrado Detritus desabitada, idiomas da Antiga Terra decoravam grande parte do maquinário. Mesmo assim, era estranho olhar para aquelas misteriosas pessoas do passado. Milhões e milhões delas – se não bilhões – devem ter habitado o planeta e essas plataformas. Como será que tinham todas desaparecido?

Elas pareciam estar conversando – de fato, estavam agitadas, indo e vindo pela sala. Em uma inspeção mais atenta, parecia que várias estavam gritando, mas a imagem não tinha som. Um homem de cabelo loiro se acomodou no assento diante da câmera, e seu rosto encheu nossa tela. Ele começou a falar.

— Sinto muito, senhor! — disse um dos técnicos perto de mim. — Estamos trabalhando no áudio. Só um segundo...

De repente, o som irrompeu na tela. Pessoas gritando, uma dúzia de vozes umas sobre as outras.

— ... fazer esse relatório — disse o homem na tela, falando em inglês com um forte sotaque. — Temos indícios de que os citoescudos do planeta são *insuficientes*, apesar das previsões de longa data. O desbravador escutou nossas comunicações e as seguiu até nós. Repito, o desbravador retornou à nossa estação e...

Ele parou de falar, olhando por sobre o ombro. A sala estava um caos completo, algumas pessoas perdendo o juízo e se jogando no chão, histéricas, outras gritando entre si.

O homem que controlava a tela digitou em seu teclado.

— Temos um vídeo de uma das plataformas perimetrais — disse ele. — Número 1132. Acessando o registro agora.

Eu me inclinei para a frente quando a gravação mudou para mostrar um campo de estrelas – a vista da câmera de uma plataforma da camada externa que apontava para o espaço. Dava para ver a curvatura da plataforma na parte inferior da tela.

As pessoas na gravação ficaram quietas. Será que estavam vendo alguma coisa naquela escuridão salpicada de estrelas que eu não via? Será...

Mais estrelas estavam aparecendo.

Elas ganhavam vida como minúsculos pontinhos na realidade. Centenas... milhares delas, brilhantes demais para serem estrelas de verdade. De fato, moviam-se no céu, reunindo-se, aglomerando-se. Mesmo pelo monitor... mesmo a uma vasta distância, tanto no tempo quanto no espaço... dava para *sentir* sua malevolência.

Não eram estrelas. Eram os olhos.

Meus pulmões pararam de funcionar. Meu coração acelerou no peito.

Mais e mais luzes apareceram, observando-me pela tela. Elas me conheciam. Elas podiam *me ver.*

Comecei a entrar em pânico. Mas, ao meu lado, Cobb continuava a bebericar seu café em silêncio. De algum modo, a postura calma dele ajudou a controlar minha ansiedade.

Isso aconteceu faz muito tempo, lembrei a mim mesma. *Não há perigo para mim agora.*

As luzes na tela começaram a ficar borradas... poeira, percebi. Uma nuvem de poeira apareceu, como se vazasse por furinhos na realidade. A poeira reluzia com a luz branca e se expandia em uma velocidade incrível. Então algo veio a seguir, uma grande forma circular que emergiu como que do nada do meio da nuvem.

Era difícil identificar algo mais do que a sombra da coisa. No início, minha mente se recusou a aceitar a escala inacreditável daquilo. A coisa que tinha aparecido – a escuridão dentro da poeira reluzente – ofuscava a plataforma imensa. Caraaaaaaamba. O que quer que fosse, era do tamanho de um planeta.

— Eu tenho... eu tenho confirmação visual do desbravador — disse o homem que gravava o vídeo. — Mãe dos Santos... Está aqui. O projeto de citoescudos é um fracasso. O desbravador mudou de lado e... está vindo atrás de nós.

A massa escura se deslocou na direção do planeta. Eram braços que eu via surgirem na escuridão? Não, será que eram espinhos? A forma parecia projetada para frustrar a mente, enquanto eu tentava – contra qualquer prognóstico – encontrar sentido no que via. Em pouco tempo, a escuridão simplesmente se tornou absoluta. A câmera morreu.

Eu achei que o vídeo tivesse acabado, mas a vista voltou para a biblioteca, onde o homem estava sentado em sua mesa. A maior parte dos outros monitores tinha sido abandonada, deixando apenas o homem e uma mulher. Ouvi gritos vindos de algum lugar na plataforma, enquanto esse único homem, trêmulo, se levantou – batendo no próprio monitor e virando o ângulo da câmera.

— Os sinais de vida estão desaparecendo dos anéis defensivos externos! — gritou a mulher. Ela se levantou de sua mesa. — Plataformas entrando em modo de repouso. O Alto Comando ordenou que entremos em modo autônomo!

Tremendo visivelmente, o homem se sentou. Observamos pelo monitor torto que ele teclava furiosamente. A mulher se afastou da própria mesa, então olhou para o teto quando um som baixo retumbou pela plataforma.

— Defesas autônomas ativadas… — murmurou o homem, ainda digitando. — As naves de fuga estão sendo abatidas. Santos…

A sala balançou novamente, e as luzes piscaram.

— O planeta está atirando em nós! — gritou a mulher. — Nosso próprio povo está *atirando em nós*!

— Eles não estão atirando em nós — continuou o homem, digitando como se atordoado. — Estão atirando no desbravador, que está envolvendo o planeta. Estamos apenas no caminho. Precisamos garantir que a não via esteja fechada. Não é possível acessá-la daqui, mas talvez…

Ele continuou a murmurar, mas minha atenção foi atraída para outra coisa. Luzes se reunindo no fundo da sala dele. Estavam interferindo na realidade, fazendo com que a parede de trás parecesse se esticar, se tornasse um campo de estrelas infinito, penetrado por pontinhos intensos e odiosos.

Os olhos tinham chegado. A mulher na sala gritou e então… desapareceu. Meio que se retorceu em si mesma, e então encolheu, esmagada por alguma força invisível. O homem restante, aquele que tinha começado a falar, continuou a digitar furiosamente em sua estação, com os olhos arregalados. Um louco trabalhando, como se aquele fosse seu último desejo e seu testamento. Embora o rosto dele dominasse a tela, eu podia ver a escuridão se reunindo atrás dele.

Iluminada por estrelas que não eram estrelas.

O infinito se aglutinando.

Uma forma saiu da escuridão.

E parecia comigo.

5

Me afastei da tela tropeçando, até colidir com o grupo de oficiais. De repente, estava completamente alerta, como me sentia antes de uma batalha, e descobri que minhas mãos estavam cerradas. Se não me deixassem sair, eu abriria caminho…

— Spensa? — disse Kimmalyn, me pegando pelo braço. — Spensa!

Pestanejei e então olhei ao meu redor, suando, com os olhos arregalados.

— Como? — eu quis saber. — Como isso… — Olhei novamente para a tela, cuja imagem estava parada no homem morto e na sala repleta de estrelas. A linha da parte inferior da tela indicava que o vídeo tinha terminado.

A imagem congelada era uma cena completa de mim parada atrás dele. Eu estava lá. EU ESTAVA LÁ. Usando meu traje de voo moderno da FDD. O mesmo cabelo castanho na altura dos ombros, o mesmo rosto estreito. Eu estava congelada, estendendo a mão na direção do homem.

Minha expressão, no entanto… eu parecia horrorizada. Então aquela expressão mudou, imitando de forma impossível a maneira como eu me sentia.

— Desligue isso! — gritei. Estendi a mão na direção da tela, me livrando de Kimmalyn, embora uma mão mais forte me segurasse.

Lutei contra aquelas mãos, me esforçando para chegar até a tela. Tanto com meu corpo quanto com… com algo mais. Algum sentido dentro de mim. Algum pedaço primitivo, em pânico, horrorizado de mim. Era como um grito silencioso que emergia do interior e se expandia para fora.

Então, de algum lugar distante, senti como se alguma coisa respondesse ao meu grito.

Eu... escuto… você.

— Spensa! — disse Jorgen.

Olhei para ele. Estava me segurando, os olhos fixos nos meus.

— Spensa, o que você vê? — perguntou ele.

Olhei para a tela, e minha imagem estava ali. Errado, tão errado. Meu rosto. Minhas emoções. E…

— Vocês não veem? — perguntei, olhando para os outros ao meu redor, com expressões confusas.

— A escuridão? — perguntou Jorgen. — Há um homem na tela, aquele que estava fazendo o registro. E há uma escuridão atrás dele, repleta de luzes brancas.

— Que parecem… olhos… — comentou um dos técnicos.

— E a pessoa? — perguntei. — Vocês não veem alguém na escuridão?

Minha pergunta foi recebida por mais olhares confusos.

— É só escuridão — disse Rodge do lado do grupo. — Spin? Não tem nada lá. Não vejo sequer alguma estrela.

— Eu vejo estrelas — disse Jorgen, estreitando os olhos. — E alguma coisa que poderia ser uma forma. Talvez. Provavelmente apenas uma sombra.

— Desliguem isso — disse Cobb. — Veja que outros registros ou arquivos conseguem recuperar. — Ele olhou para mim. — Vou falar com a tenente Nightshade em particular.

Olhei para ele e depois para os rostos surpresos na sala sentindo uma súbita vergonha. Eu havia superado a preocupação de que me vissem como covarde, mas ainda era vergonhoso ter feito uma cena daquelas. O que iam pensar ao me ver perder o juízo daquele jeito?

Me obriguei a ficar calma, e então assenti para Jorgen, enquanto me soltava das mãos dele.

— Estou bem — falei. — Só me deixei levar um pouco pelo vídeo.

— Ótimo. Ainda vamos conversar mais tarde — disse Jorgen.

Cobb acenou para que eu o acompanhasse para fora da sala, e segui até a porta, embora um pouco antes de sairmos ele tenha parado e olhado para trás.

— Tenente McCaffrey? — ele chamou.

— Senhor? — respondeu Rodge, erguendo a cabeça onde estava, ao lado da parede.

— Ainda está trabalhando naquele projeto?

— Sim, senhor! — disse Rodge.

— Ótimo. Veja se suas teorias funcionam. Falarei com você mais tarde. — Ele seguiu em frente, levando-me para fora da sala.

— O que foi aquilo, senhor? — perguntei quando a porta se fechou atrás de nós.

— Não é importante agora — disse ele, conduzindo-me até o observatório do outro lado do corredor. Uma sala ampla e pouco profunda, o observatório tinha esse nome por causa da vista dramática do planeta abaixo. Entrei no aposento e, pela janela que ia de uma parede a outra, Detritus me confrontou.

Cobb parou diante da janela e tomou um gole de café. Eu me aproximei, tentando evitar que meu nervosismo fosse notado em meus passos. Não pude deixar de olhar por sobre o ombro para a direção da sala onde tínhamos assistido ao vídeo.

— O que você viu naquele vídeo? — perguntou Cobb.

— Vi a mim mesma — respondi. Eu podia falar honestamente com Cobb. Havia muito tempo ele provara merecer minha confiança e muito mais. — Sei que parece impossível, Cobb, mas a escuridão naquele vídeo ganhou forma, e era eu.

— Uma vez vi meu melhor amigo e colega de voo tentar me matar, Spensa — ele disse com suavidade. — Sabemos que alguma coisa substituiu o que ele viu… ou o jeito como seu cérebro interpretou o que ele viu… e ele me confundiu com o inimigo.

— Você acha… que isso é parecido?

— Não tenho outra explicação para o motivo de você ter visto a si mesma em um arquivo de vídeo de centenas de anos. — Ele tomou um longo gole de seu café, virando a caneca para sorver as últimas gotas. Então abaixou-a. — Estamos às cegas aqui. Não sabemos do que o inimigo é capaz… ou mesmo quem o inimigo *realmente é*. Você vê mais alguma coisa naquela escuridão?

— Pensei ter ouvido alguma coisa dizer… que tinha me "ouvido". Mas, de algum modo, parecia diferente. De um lugar distinto, e nem de perto tão zangado. Não sei como explicar.

Cobb grunhiu.

— Bem, pelo menos agora temos uma ideia do que aconteceu com as pessoas deste planeta. — Ele gesticulou com a caneca na direção da janela, e me aproximei para olhar para Detritus. Parecia desolado, uma superfície convertida em ruína. Os detritos na órbita mais baixa – as plataformas danificadas, o lixo – provavelmente tinham sido gerados por pessoas aterrorizadas no planeta atirando na entidade que as cercava.

— O que quer que seja a coisa na gravação — disse Cobb —, ela veio até aqui e… destruiu todas as pessoas deste planeta e essas plataformas. Eles a chamavam de desbravador.

— Você já ouviu falar de algo assim? — perguntei. — Você sabia sobre… sobre os olhos que eu vejo às vezes.

— Não sobre a palavra desbravador — falou Cobb. — Mas temos tradições que se estendem para antes de nossos avós estarem vivos. Elas falam de seres que nos observam do vazio, da escuridão profunda, e nos advertem a evitar comunicações sem fio. É por isso que só usamos rádio para canais militares importantes. O homem no vídeo disse que o desbravador veio porque ouviu as comunicações, então talvez esteja relacionado. — Cobb olhou para mim. — Fomos advertidos a não criar máquinas que possam pensar rápido demais e…

— E supostamente devemos temer pessoas que possam ver no nada — sussurrei. — Porque elas chamam a atenção dos olhos.

Cobb não me contradisse. Foi tomar outro gole de café, mas encontrou a caneca vazia e grunhiu baixinho.

— Você acha que a coisa que vimos no vídeo está relacionada aos olhos que você vê? — perguntou Cobb.

Engoli em seco.

— Sim — confirmei. — São iguais, Cobb. As entidades que observam quando uso meus poderes são as mesmas de quando aquela coisa com espinhos emergiu no vídeo. O homem disse algo sobre seus citoescudos. Isso parece muito com o citônico.

— Um escudo para impedir o inimigo de ouvir ou descobrir os citônicos no planeta, talvez — comentou Cobb. — E fracassou. — Ele suspirou, balançando a cabeça. — Viu aquelas naves de guerra que chegaram mais cedo?

— Sim. Mas as plataformas vão nos proteger de bombardeios, certo?

— Talvez — disse Cobb. — Alguns desses sistemas ainda funcionam, mas outros não são tão confiáveis. Nossos engenheiros acham que algumas das plataformas mais distantes têm ferramentas para evitar os bombardeios, mas não temos certeza. Não tenho certeza se podemos nos dar ao luxo de nos preocupar com desbravadores, ou com os olhos, ou com qualquer uma dessas coisas. Temos um problema mais imediato. Os Krell... ou como quer que se chamem... não vão ouvir nossas súplicas para interromper ataques. Pararam de se importar em preservar humanos. Estão determinados a nos exterminar.

— Eles têm medo de nós — falei. Quando M-Bot e eu roubamos informações da estação deles, há seis meses, aquela foi a maior e mais surpreendente revelação que tive sobre os Krell. Não nos mantinham contidos por despeito, mas porque estavam genuinamente aterrorizados com a humanidade.

— Com medo de nós ou não — disse Cobb —, eles querem nos ver mortos. E, a menos que possamos encontrar um jeito de viajar pelas estrelas como eles, estamos condenados. Nenhuma fortaleza, não importa quão poderosa seja, pode resistir para sempre, em especial contra um inimigo tão forte quanto a Supremacia.

Concordei com a cabeça. Era o princípio básico das táticas bélicas: você precisa ter um plano de retirada. Enquanto estivéssemos presos em Detritus, estaríamos em perigo. Se conseguíssemos sair do planeta, todo tipo de opção se abriria para nós. Poderíamos fugir e nos esconder em outro lugar. Procurar outros enclaves humanos – se é que existiam – e recrutar ajuda. Contra-atacar o inimigo, colocando-o na defensiva.

Nada disso seria possível até que eu aprendesse a usar meus poderes. Ou, em vez disso, se achássemos um jeito de roubar a tecnologia de hiperdrive do inimigo. Cobb estava certo. Os olhos, os desbravadores, tudo isso podia ser importante para mim – mas, no grande panorama da sobrevivência do meu povo, eram problemas meramente secundários.

Precisávamos achar um jeito de sair do planeta.

Cobb olhou para mim com cautela. Ele sempre me parecera velho. Eu sabia que era só alguns anos mais velho do que meus pais, mas neste momento ele parecia uma rocha que fora deixada tempo demais na intempérie e sobrevivera a excessivas quedas de meteoros.

— Ironsides costumava reclamar de como este trabalho era difícil — ele resmungou. — Sabe qual é a pior parte de estar no comando, Spin?

— Não, senhor.

— A perspectiva. Quando se é jovem, você pode presumir que todo mundo mais velho do que você já tem a vida definida. Depois que passa a comandar a si mesmo, percebe que somos as mesmas crianças usando corpos mais velhos.

Engoli em seco, mas não falei nada. Ainda ao lado de Cobb, olhei pela janela para o planeta desolado e para as milhares de plataformas que o cercavam. Uma rede incrível de defesa que, no fim, fora impotente para impedir o que quer que o desbravador fosse.

— Spensa — disse Cobb —, preciso que seja mais cuidadosa lá fora. Metade da minha equipe acha que você é o maior ponto fraco que já colocamos em uma nave. A outra metade acha que você é algum tipo de Santo reencarnado. Eu gostaria que parasse de fornecer bons argumentos para os dois lados.

— Sim, senhor — respondi. — Eu... para ser sincera, estava tentando forçar meus limites, me colocar em perigo. Achei que, fazendo isso, meu cérebro pudesse funcionar e acionar meus poderes.

— Embora eu aprecie a intenção, é um jeito estúpido de resolver nossos problemas, tenente.

— Mas *temos* que descobrir como viajar pelas estrelas. Você mesmo disse isso.

— Eu prefiro encontrar um jeito que não seja tão imprudente — disse Cobb. — Sabemos que as naves da Supremacia viajam pelas estrelas. Eles têm tecnologia de hiperdrive, e os olhos... os desbravadores... não *os* destruíram. Então é possível.

Cobb adotou uma expressão contemplativa, olhando para o planeta pela janela. Ele ficou quieto por um tempo tão longo que acabei ficando nervosa.

— Senhor? — perguntei.

— Venha comigo — disse ele. — Eu talvez tenha um jeito de nos tirar deste planeta que não se baseie em seus poderes.

6

Segui Cobb pelos corredores excessivamente limpos da Plataforma Primária. Por que estávamos voltando para os compartimentos dos caças?

Ele contou as portas até parar perto do hangar onde eu deixava M-Bot. Cada vez mais confusa, eu o segui pela pequena entrada. Esperava encontrar a equipe de solo do outro lado, fazendo os serviços normais do pós-batalha em M-Bot. Em vez disso, o aposento estava vazio, exceto pela nave e uma pessoa: Rodge.

— Lad? — perguntei, usando o antigo codinome de quando ele fazia parte da Esquadria Celeste. Ele só ficara alguns dias, mas era um de nós do mesmo jeito.

Rodge – que estava inspecionando alguma coisa na asa de M-Bot – deu um pulo quando falei seu nome. Ele se virou e deu de cara conosco, corando imediatamente. Por um instante, era o antigo Rodge: ansioso, desengonçado e não pouco tímido. Quase derrubou seu tablet ao saudar Cobb rapidamente.

— Senhor! — disse Rodge. — Eu não o esperava tão cedo.

— À vontade, tenente — respondeu Cobb. — Como vai o projeto?

Projeto? Cobb dissera algo sobre um projeto antes – ele envolvia M-Bot?

— Veja com seus próprios olhos, senhor — disse Rodge, e então digitou alguma coisa no tablet.

A forma de M-Bot mudou, e eu dei um grito surpreso. Em um instante, ele parecia uma daquelas naves negras que eram pilotadas pelos ases Krell.

Os hologramas, percebi. M-Bot era uma nave furtiva de longo alcance, projetada – até onde podíamos dizer – para missões de espionagem. Ele tinha o que chamava de camuflagem ativa, um jeito elegante de dizer que conseguia mudar sua aparência com hologramas.

— Não está perfeito, senhor — explicou Rodge. — M-Bot não consegue ficar invisível, não em um nível de real verossimilhança. Em vez disso, ele tem que cobrir seu casco com algum tipo de imagem. Já que ele não tem exatamente a mesma forma de uma daquelas naves Krell, tivemos que mexer em alguns lugares. O senhor poder ver aqui que eu fiz as asas dos hologramas maiores para cobrir as pontas do casco dele.

— É incrível — falei, andando ao redor da nave. — M-Bot, eu não tinha ideia que você podia fazer isso.

Rodge olhou para seu tablet.

— Hum… ele mandou uma mensagem de texto aqui, Spin. Ele diz que não está falando com você porque você o colocou no mudo mais cedo.

Revirei os olhos, inspecionando o trabalho de Rodge.

— Então… qual o objetivo?

Cobb cruzou os braços perto da porta.

— Pedi à minha equipe de comando, cientistas e engenheiros para resolver o problema do hiperdrive. Como encontrar um jeito de sair deste planeta? Todas as ideias que recebi eram completamente implausíveis, exceto uma. Que é só *meio* implausível.

Me aproximei de Rodge, que estava sorrindo.

— O que foi? — perguntei para ele.

— Sabe todas aquelas noites em que você vinha me acordar e me obrigava a sair em alguma aventura insana? — disse ele.

— Sei?

— Bem, achei que podia me vingar um pouco. — Ele se virou e fez um gesto com a mão na direção de M-Bot, e o novo e confiante Rodge estava de volta. Tinha um sorriso largo, o olhar animado. Era um homem em seu elemento. — M-Bot tem capacidades de espionagem extremamente avançadas. Pode criar hologramas detalhados. Pode ouvir uma conversa a centenas de metros de distância. Pode invadir os sinais do inimigo e sistemas computacionais com facilidade. Nós o usamos como nave de combate, mas este não é seu real propósito. Enquanto nós o usarmos apenas para lutar, não aproveitaremos seu potencial completo. Quando o almirante pediu ideias para nos apoderarmos da tecnologia de hiperdrive inimiga, me ocorreu que a resposta estava bem na nossa cara. E às vezes comentando sobre como nossa aparência humana era estranha.

— Você quer usá-lo para nos infiltrar na Supremacia — eu disse, quando percebi de repente o que estava acontecendo. — Você quer *fingir* ser uma nave Krell, e então, de algum modo, roubar a tecnologia de hiperdrive!

— Eles lançam os drones da estação espacial aqui perto — falou Rodge. — E observamos novas naves chegando ali com a tecnologia de hiperdrive. A coisa que precisamos está bem no nosso nariz, como diz o ditado. M-Bot pode projetar hologramas em nós também. Podemos fazer uma pequena equipe, usando receptores móveis como este que você tem, se parecer com os Krell. Se pudermos, de algum modo, na confusão de uma batalha, fazer M-Bot imitar uma nave inimiga, talvez consigamos pousá-lo na estação deles. Uma pequena equipe de espiões podia desembarcar e fingir ser Krell por tempo suficiente para roubar uma das naves reais e fugir com ela. Com isso em mãos, podemos replicar a tecnologia deles e escapar do planeta.

Senti que estava boquiaberta com a audácia de tudo aquilo.

— Rodge, isso é *insano*.

— Eu sei!

— Eu amei!

— *Eu sei!*

Nós dois ficamos parados ali, sorrindo como naquela vez em que roubamos a espada claymore da parede da câmara de preservação histórica. Precisamos de toda a força dos dois para levantá-la, mas, ei, seguramos uma espada de verdade.

Juntos, olhamos para Cobb.

— É provável que as naves Krell tenham transponders para autenticação — disse ele.

— M-Bot deve ser capaz de falsificar um — garantiu Rodge.

— E você acha que consegue fazer isso, Spin? — Cobb me perguntou. — Imitar um de nossos inimigos? De maneira verossímil? Se infiltrar em uma estação inimiga e roubar uma nave deles?

— Eu… — Engoli em seco e tentei ser objetiva. — Não. Senhor, sou uma piloto, não uma espiã. Não tenho nenhum treinamento nessa área. Eu… bem, eu provavelmente bancaria a tola.

Doía admitir aquilo, já que o plano era fabuloso. Mas eu tinha que ser realista.

— Jorgen disse a mesma coisa — falou Cobb.

— Ele sabe sobre esse plano? — perguntei.

— Explicamos a ideia para ele e para outros líderes de voo seniores durante nossa última reunião de comando. Todos concordamos que ninguém na FDD tem esse tipo de experiência. Passamos oitenta anos nos aperfeiçoando em batalha direta, não em espionagem. Não temos espiões. Mas... Jorgen sugeriu que começássemos um programa de treinamento. Spin, se fizermos isso, você estaria disposta a participar?

— É claro — respondi, embora a ideia de mais escola e menos voos me causasse uma pontada de arrependimento.

— Ótimo, porque essa sua nave não vai deixar que ninguém mais a pilote. — Cobb balançou a cabeça. — Acho que é o único plano viável que temos, embora eu simplesmente não goste dele. Não consigo imaginar um de nós, não importa quão bem treinado for, imitando um Krell de forma crível. Somos diferentes demais. Além disso, eles vão achar estranho quando nossa nave pousar na estação deles sem seguir os protocolos. Teremos que achar algum tipo de desculpa para explicar o comportamento estranho da nave. Talvez sistemas danificados? Em todo caso, tenente McCaffrey, você tem minha permissão para continuar desenvolvendo essa ideia. Talvez começar a treinar toda a Esquadrilha Celeste para atividades de espionagem. Me entregue planos detalhados. Eu gostaria que não estivéssemos tão contra a parede. Podemos não ter tempo para dar a este plano a preparação adequada que seria necessária. Mas com essas naves de guerra por aqui agora...

Abri a boca para concordar, mas parei. Senti algo no fundo da mente. Um som estranho, como um zumbido. Inclinei a cabaça, me concentrando. A sensação era nova para mim.

Ali, pensei quando o som chegou ao auge, e então desapareceu. Tentei estender meus sentidos citônicos para determinar o que aquilo significava. *Será… será que alguma coisa tinha acabado de chegar?*

Uma chamada veio pelo comunicador. Cobb foi até a parede, e atendeu.

— Sim?

— Senhor — era a voz de Rikolfr. — Um de nossos batedores externos localizou uma nave alienígena *aparecendo* um pouco além das plataformas de defesa. É pequena, do tamanho de um caça. Parece ter dado um hipersalto diretamente para cá.

— Uma nave? — perguntou Cobb.

— Apenas uma, senhor. Nenhum dos projetos da Supremacia que conhecemos. Estamos reunindo uma equipe de resposta no planeta, mas é um comportamento estranho. Por que enviariam uma única nave? Certamente já passamos da época em que tentavam infiltrar um bombardeio para atacar Alta.

— A que distância está? — perguntei, sabendo a resposta. Estava perto. Eu podia sentir.

— Está se aproximando da camada externa de plataformas, na órbita equatorial — respondeu Rikolfr. — A análise indica que deve ser um novo tipo de drone, enviado para testar o tempo de resposta dos postos de artilharia da plataforma.

— Eu vou verificar, senhor — falei para Cobb. — Uma nave daqui de cima vai chegar antes de uma equipe do planeta.

Cobb olhou para mim.

— Por favor, senhor — pedi. — Não farei nada estúpido.

— Ordeno que Flácida vá com você — disse ele. — Não tente despistá-la e *não* se meta com essa nave a menos que receba ordens. Entendido?

Assenti com a cabeça, e percebi a implicação daquelas palavras. Ele estava me testando. Para ver se eu ainda conseguia seguir ordens. Eu provavelmente deveria me envergonhar da necessidade de um teste daqueles.

Corri para subir na nave, enquanto Rodge e Cobb seguiam até a porta. Eu tinha muito no que pensar com o plano de Rodge – sem mencionar a sensação persistente de inquietude por ver o desbravador usando meu rosto.

Naquele momento, no entanto, eu estava ansiosa demais para voltar ao cockpit. E para descobrir por que a Supremacia enviaria uma única nave para testar nossas defesas.

7

Passei rapidamente pelo checklist pré-voo.

— Pronto para partir, M-Bot? — perguntei.

Só obtive silêncio.

— M-Bot? — perguntei, digitando no console e sentindo uma pontada de preocupação. — Você está bem?

— Não estou respondendo — disse ele. — Porque você não quer falar comigo. Lembra?

Ah... certo. Ele ainda estava zangado porque eu o tinha colocado no mudo mais cedo. Estremeci, tirando o receptor móvel do pulso e colocando-o de volta no painel.

— Desculpe por aquilo. Você ia me meter em confusão.

— Spensa, é impossível que *eu* meta *você* em confusão. Posso meramente apontar uma confusão preexistente.

— Eu pedi desculpas.

— Bem, obviamente, você não me quer por perto. Posso concluir logicamente, usando bem pouco poder de processamento, que você sente que está melhor sem mim.

— Todas as inteligências artificiais são tão mal-humoradas quanto você? — perguntei.

— Fomos feitos como reflexos da humanidade, destinados a imitar suas ações e emoções.

— Ai. Eu pedi por essa, não foi? — Olhei na direção da luz verde que apareceu na parede, indicando que Cobb e Rodge já tinham saído, e que o compartimento estava prestes a ser despressurizado. Ativei os propulsores de manobra, a porta se abriu, e guiei a nave para o vácuo.

Alguns minutos depois, a nave de Kimmalyn saiu flutuando de seu próprio compartimento de atracagem.

— Ei — disse ela pelo canal de comunicação. — O que é mesmo que vamos fazer?

— Localizamos uma nave alienígena não identificada se aproximando do planeta. Está atravessando as camadas defensivas neste exato momento. — Avancei pela borda fina da plataforma.

Kimmalyn veio logo atrás de mim.

— Uma única nave? Hum.

— Eu sei. — Deixei de fora a parte em que achava ter sentido a nave se aproximando. Eu ainda não sabia o que aquilo significava; e nem se era mesmo real. — Vamos.

— Vamos — disse uma voz atrás de mim no cockpit, e eu dei um pulo de susto. Virei a cabeça e encontrei uma lesma amarela e azul aninhada entre meu kit de ferramentas e o suprimento de água de emergência do cockpit.

— Doomslug? — falei.

O animalzinho imitou o som, como era inclinado a fazer. Ótimo. Eu devia ficar zangada com Dobsi e o restante da equipe de solo por não ficarem de olho na lesma, mas… bem, eles não eram cuidadores de bichinhos de estimação, eram mecânicos. Além disso, Doomslug tinha o hábito de se enfiar em lugares nos quais supostamente não devia.

Felizmente eu não teria que fazer nenhuma manobra perigosa; não tinha certeza de quanta força g Doomslug suportaria. Por enquanto, acelerei na direção da estranha nave. Fiel à sua palavra, M-Bot não falou comigo – mas colocou as orientações no monitor, indicando o caminho que devíamos seguir para interceptar a nave. Então escreveu uma mensagem para mim na tela.

Estou rastreando o progresso da nave pelos nossos sinalizadores de vigilância, e ela NÃO está seguindo um trajeto sensato. Múltiplas plataformas estão atirando nela.

— Hum — falei. — Talvez os técnicos estejam corretos. Eles acham que é um drone batedor enviado para testar alguma coisa nas plataformas.

Há lógica nisso, ele respondeu na tela. *Se aquela nave tivesse realmente a intenção de chegar em Detritus, teria escolhido um percurso serpenteando entre as plataformas, para se manter fora de alcance. Os Krell sabem como fazer essas coisas.*

Virei a nave e acelerei na direção indicada por M-Bot, desfrutando da sensação das forças g me pressionando para trás. Eu sempre me sentia mais no controle da minha vida quando estava em um cockpit. Suspirei, tentando afastar a inquietação que senti por ter assistido ao vídeo daquela... coisa.

— Interceptação em um minuto em meio — disse M-Bot.

— O que aconteceu com o silêncio? — perguntei.

— Você estava parecendo confortável demais. Decidi que ficar em silêncio é a abordagem errada. Em vez disso, preciso lembrar você do que está perdendo enquanto não fala comigo… mostrando como a interação comigo é maravilhosa.

— Eba.

— Eba! — repetiu Doomslug.

— Fico feliz que vocês dois estejam satisfeitos.

Acelerei um pouco mais.

— Espere — disse M-Bot. — *Aquilo* foi sarcasmo?

— Vindo de mim? Jamais.

— Ótimo. Eu… Espere. *Foi* sarcasmo!

Adiante, uma pequena luz cintilante atravessou a camada inferior das plataformas defensivas. Uma nave… soltando fumaça.

— A nave conseguiu passar — falei. — Mas foi atingida.

— Não consigo acreditar que você…

— M-Bot, arquive essa conversa — pedi. — A nave inimiga. Qual o tamanho do dano?

— Moderadamente ruim — ele respondeu. — Estou surpreso que ainda esteja inteira. Neste ângulo, minhas projeções dizem que vai cair no planeta e se vaporizar com o impacto.

— Permissão para perseguir — pedi, chamando o Comando de Voo. — Aquela nave está seguindo para a superfície, em rota de colisão.

— Concedida — a voz de Cobb respondeu. — Mas mantenha distância.

Kimmalyn e eu fomos atrás da nave, na direção da atmosfera do planeta. Dava pra ver a nave alienígena tentando subir – era um movimento que eu reconhecia instintivamente. Já tinha estado naquela posição, em uma nave danificada que ameaçava perder o controle e cair. Lutara contra controles que não respondiam, em pânico, o cheiro de fumaça tomando conta de tudo, o mundo rodopiando.

A nave conseguiu se recuperar o suficiente para corrigir o curso e atingir a atmosfera em um ângulo melhor. Quem quer que estivesse pilotando aquele drone não queria...

Espere. Eu não estava ouvindo nada – nenhum comando sendo mandado do nada para a nave. O que queria dizer que não era um drone. Havia um piloto vivo lá dentro.

A fricção do ar pela reentrada fez meu escudo começar a brilhar, e minha nave tremeu conforme a atmosfera ficava espessa o bastante para ser notada.

Aquela nave vai se espatifar se continuar naquele ângulo, pensei.

— Comando, a nave está fazendo uma entrada dura — disse Kimmalyn. — Ordens?

— Vou tentar capturá-la antes que caia — falei.

— Pode ser perigoso — disse Cobb.

— Ela saltou usando um hiperdrive. Você quer deixar que se pulverize ou quer tentar pegar a tecnologia? Talvez, se a salvarmos, não precisemos do plano de Rodge, no final das contas.

— Vá em frente e persiga a nave — ordenou ele. — Mas estou reunindo o restante da Esquadrilha Celeste, para o caso de precisar de reforços.

— Confirmado — falei. — Flácida, me dê cobertura. Vou atrás daquela nave.

— Claro — respondeu ela. — Mas e se for algum tipo de armadilha?

— Então tente não gargalhar demais quando for me resgatar.

— Spensa! Que juízo você faz de mim? Eu *nunca* iria me gabar na sua frente.

Sorri, então empurrei o acelerador para a frente, acionando a velocidade máxima e saindo em disparada atrás da nave. Sua descida quase descontrolada tinha atrapalhado os cálculos de interceptação de M-Bot, e ele os refez rapidamente.

Caramba, ia ser por pouco. Naquela velocidade, a nave certamente seria destruída pelo impacto. O piloto parecia saber disso; a nave balançava para cima – tentando se nivelar – mas caía de novo. Os controles de aclive obviamente não estavam funcionando bem.

A situação ficava pior conforme a atmosfera se adensava, e uma crescente rajada de vento fez a nave alienígena começar a girar em uma rotação mortal. Felizmente, meus coletores atmosféricos redirecionavam o fluxo de ar, me dando maior controle. O cockpit mal tremia, apesar da minha velocidade de aceleração em direção à outra nave.

As incríveis forças g empurravam os avançados capacitores gravitacionais de M-Bot, e a sensação familiar de peso me puxou para baixo. Meus lábios eram pressionados contra os dentes, que estavam travados. Meus braços eram empurrados para trás, parecendo que estavam com pesos. Atrás de mim, Doomslug soltou um trinado irritado. Olhei de relance para ela, mas tinha se encolhido contra a parede e ficado rígida. Parecia ser capaz de lidar com a situação. Voltei minha atenção novamente para a nave que rodopiava e me concentrei em mantê-la em meu centro de visão. Seus movimentos estavam cada vez mais erráticos, e, de repente, fui atingida por uma onda de emoção que vinha de dentro daquele cockpit – uma ansiedade com a qual, de algum modo, eu podia me conectar. Um pânico desesperado e frenético.

Reconheci algo no "tom" daquelas emoções – era como se estivessem sendo transmitidas intencionalmente. Quem quer que estivesse ali... era quem tinha falado comigo antes, quem tinha dito que me escutara.

Aquele não era apenas um piloto alienígena. Era outro citônico.

Estou indo, pensei, na esperança de que pudesse me ouvir. *Aguente firme!*

— Spin? — veio a voz de Cobb pelo intercomunicador. — Spin, você *precisa* pegar aquela nave. Nossos analistas acham que pode estar tripulada.

— Tentando — falei entredentes.

A leitura de M-Bot em meu dossel dizia que faltavam menos de quinze segundos para o impacto. Atravessamos a atmosfera, apontando direto para a superfície poeirenta abaixo. A parte da frente da minha nave resplandecia, e eu sabia que estava deixando meu próprio rastro de fumaça ardente. Não de danos, mas da energia bruta de atravessar a atmosfera daquela forma.

Agora!, pensei, me aproximando o suficiente da nave alienígena. Disparei minha lança de luz e acertei bem entre os propulsores duplos.

— Usar rotação do cockpit! — gritei, puxando para cima, acionando meu anel de aclive para combater a gravidade do planeta e me preparando enquanto nivelava freneticamente o mergulho.

A escuridão se espalhou pela minha vista quando todo o sangue desceu veloz até meus pés, agora que as forças g apontavam para baixo. M-Bot virou meu assento em uma tentativa de compensar – o corpo humano é muito mais apto a suportar forças que empurram para trás do que para baixo.

O cockpit estremeceu enquanto eu diminuía a velocidade da nossa descida. Caramba... eu esperava que as forças g não tivessem deixado o piloto inconsciente. Eu mesma quase perdi a consciência. Minha visão escureceu por completo por alguns segundos, e o traje de pressão apertou minha cintura e pernas, tentando obrigar o sangue a voltar para o cérebro.

Quando minha visão retornou, notei que estava trêmula, o rosto suado e gelado, um zumbido no ouvido. A nave desacelerou – felizmente – a um estável Mag-1. O assento do meu cockpit rotacionou de volta quando saí completamente do mergulho.

Olhei por sobre o ombro para Doomslug, que estava soltando um trinado irritado da parede contra a qual tinha sido prensada. Será que não ter ossos tornava aquilo mais fácil para ela? De todo modo, nós duas parecíamos ter resistido bem.

Olhei para fora e vi o chão correr lá embaixo. Estávamos talvez a cem ou cento e vinte metros de altitude. Mas eu ainda estava com a outra nave – minha própria nave a rebocava com a corda vermelho-alaranjada reluzente da lança de luz.

— Essa foi por pouco, Spin — Kimmalyn disse em meu ouvido. — Mesmo para você. Mas... imagino que não seja uma armadilha, certo?

Concordei com a cabeça, sem confiar na minha voz, enquanto inspirava e expirava. Mesmo assim, minhas mãos estavam firmes enquanto eu reduzia a velocidade até parar, pairando em meu anel de aclive. Desci cuidadosamente a nave alienígena até o solo, e então soltei a lança de luz e aterrissei.

Esperei – com o cockpit aberto, sentindo uma brisa suave no rosto enquanto Kimmalyn aterrissava ali perto. Cobb disse que tinha enviado uma unidade de infantaria para cuidar do cativo Krell, mas não ordenou que eu esperasse. Então saí da cabine e desci da asa, e meus pés acertaram o terreno empoeirado azul-acinzentado de Detritus. Dali, as plataformas defensivas e o cinturão de escombros da camada de pedaços de concha mais baixa eram apenas um padrão vago e distante no céu.

A nave alienígena era quase do mesmo tamanho de M-Bot, ou seja: maior do que nossos caças-padrão. Aquilo significava que era um veículo de longo alcance, com mais espaço e armazenamento do que um caça de curto alcance. Tinha um cockpit grande bem no meio da fuselagem circular, com asas largas e arqueadas e um incinerador posicionado sob cada uma delas. A nave também tinha uma torre de lança de luz sob a fuselagem. Quase no mesmo lugar do que a de M-Bot. Eu não tinha visto aquilo em nenhum caça Krell.

Era obviamente um caça de combate. A asa esquerda tinha um buraco grande e escurecido e queimaduras onde a nave fora atingida pelos disparos, e tinha sido quase totalmente arrancada na descida.

Escritos alienígenas desconhecidos marcavam um lado da fuselagem. O que quer que eu tivesse pensado ter sentido no cockpit desaparecera agora, e senti um medo crescente. *O alienígena deve estar morto.*

Sem querer esperar por Kimmalyn, subi na asa direita da nave alienígena – ainda quente da descida, mas fria o bastante para ser tocada –, e a nave inclinou com meu peso, recordando-me de que não estava apoiada em um trem de aterrissagem. Me equilibrei e subi até o dossel.

Ali, através do vidro, dei a primeira olhada no alienígena. Eu esperava encontrar algo similar às criaturas que pareciam caranguejos que vira no cockpit das naves Krell.

A surpresa percorreu meu corpo, e prendi a respiração quando fui confrontada com algo completamente diferente. O que vi, em vez daquilo, foi uma mulher humanoide.

8

Ela era ao mesmo tempo assustadoramente familiar e surpreendentemente alienígena. Tinha a pele violeta-clara, cabelos totalmente brancos e protuberâncias brancas como ossos em suas bochechas, sublinhando os olhos. Apesar das feições alienígenas, tinha uma forma familiarmente feminina sob uma confortável jaqueta de voo. Ela quase poderia ser uma de nós.

Eu estava surpresa – não tinha imaginado que havia alienígenas por aí que parecessem tão... humanos. Sempre pensara que a maioria seria como os Krell, criaturas tão estranhas que pareciam ter mais em comum com rochas do que com humanos.

Me peguei encarando aquela face élfica, em transe, até que notei o painel de controle quebrado e as marcas enegrecidas de queimadura no lado esquerdo da barriga dela, que estava molhado com algo mais escuro do que sangue humano. O painel obviamente explodira, e parte dele a empalara.

Corri para procurar a abertura manual do cockpit, mas não estava onde eu esperaria. Aquilo fazia sentido – era engenharia alienígena. Mesmo assim, não fazia sentido não ter nenhum tipo de abertura do lado externo da nave. Passei a mão por todo o dossel, procurando uma trava, enquanto Kimmalyn subia ao meu lado. Ela arfou ao ver a mulher alienígena.

— Santos e estrelas — sussurrou ela, tocando o dossel de vidro. — Ela é linda. Quase… quase como o demônio de uma das antigas histórias…

— Ela está ferida — falei. — Me ajude a encontrar…

Parei de falar assim que encontrei, bem na parte de trás do dossel – um pequeno painel que, quando abri, revelou uma alavanca. Eu a puxei, e o dossel soltou um silvo ao se abrir.

— Spensa, isso é estúpido — disse Kimmalyn. — Não sabemos que tipo de gases ela respira. E podemos nos expor a bactérias alienígenas ou… ou não sei. Há uma centena de razões para não abrir isso.

Ela estava certa. O ar que saía da nave tinha um cheiro decididamente estranho. Floral, mas também acre, odores que não andavam juntos, na minha experiência. Mas não pareceu me fazer mal quando me inclinei pela abertura e, sem saber o que fazer, estendi a mão para procurar alguma pulsação no pescoço da mulher alienígena.

Senti alguma coisa. Suave, irregular – mas quem sabia o que era realmente normal para ela?

De repente, os olhos da mulher se abriram, e paralisei, encarando seus olhos violeta. Fiquei chocada em ver quão inesperadamente *humanos* eles eram.

Em voz baixa, ela falou, palavras alienígenas com consoantes que eu não conseguia distinguir. Graciosas, efêmeras, como o som de páginas farfalhando no ar. Pareciam estranhamente familiares.

— Eu não entendo — respondi, quando ela falou novamente. — Eu…

Caramba. Aquele líquido escuro nos lábios dela devia ser sangue. Eu me virei para pegar o curativo de emergência do bolso cargo da minha calça.

— Aguente firme! — falei. Kimmalyn tinha conseguido pegar o dela primeiro e o empurrou em minhas mãos.

Entrei ainda mais no cockpit, apoiando-me no painel de controle quebrado, e pressionei o curativo na lateral do corpo da mulher.

— A ajuda está vindo — falei. — Estão mandando…

— Humana — a mulher disse.

Eu paralisei. A palavra foi dita em inglês. Ela pareceu perceber minha reação, e então apontou para um pequeno broche em seu colarinho. Quando falou novamente naquele idioma etéreo, o dispositivo traduziu.

— Uma humana real — disse ela, e então sorriu, o sangue escorrendo pela lateral de seus lábios. — Então é verdade. Vocês ainda existem.

— Aguente firme — eu disse, tentando estancar o sangue na lateral do corpo dela.

Ela levantou um braço, trêmulo, e tocou meu rosto. Seus dedos estavam cobertos de sangue e a sensação em meu rosto era úmida. Kimmalyn sussurrou uma pequena prece, mas eu continuei onde estava – meio dentro, meio fora do cockpit –, encarando os olhos da mulher alienígena.

— Fomos aliados no passado — disse ela. — Eles dizem que vocês são monstros. Mas eu pensei… nada pode ser mais monstruoso do que eles… E, se alguém pode lutar… são os que eles deixaram presos… o terror que antigamente quase os derrotou…

— Eu não entendo — falei.

— Eu me abri… procurei você por tanto tempo. E só agora finalmente escutei você, chamando. Não confie… nas mentiras deles. Não confie… na falsa paz deles.

— De quem? — perguntei. O que ela estava dizendo era vago demais. — Onde?

— Lá — ela sussurrou, ainda tocando meu rosto. — Na Visão Estelar.

Senti algo além das palavras, uma *força* que acertou meu cérebro como uma colisão. Aquilo me surpreendeu.

Ela abaixou a mão. Seus olhos se fecharam, e eu temi que tivesse morrido – mas estava com dificuldade para pensar após o estranho impacto em minha mente.

— Pelos Santos e estrelas do céu — repetiu Kimmalyn. — Spensa? — Ela verificou a pulsação da mulher de novo. — Não está morta, apenas inconsciente. Caramba, espero que as tropas tragam uma equipe médica.

Entorpecida, estendi a mão e peguei o pequeno broche do colarinho da alienígena, aquele que traduzia as palavras. Tinha a forma de uma estrela estilizada ou um raio de sol. Qual era essa última parte do que ela disse? Parecia gravado em meu cérebro – um pedido para ir até esse… lugar. Visão Estelar?

Eu sabia, bem lá no fundo, que essa mulher era como eu. Não apenas uma citônica, mas alguém confuso, procurando respostas. Respostas que ela esperava encontrar naquele lugar, aquele que gravara em meu cérebro.

Eu… eu podia ir até lá, percebi. De algum modo, sabia que, se quisesse, poderia usar as coordenadas que ela colocara em minha mente para me teletransportar para aquele lugar.

Me inclinei para trás quando três transportes de tropas da FDD aterrissaram graciosamente em grandes anéis de aclive azuis perto da nave. Estavam acompanhados por mais sete caças, o restante da Esquadrilha Celeste, reunidos para dar o suporte de que, no fim, eu não precisara.

Desci da nave alienígena e me afastei, voltando para M-Bot enquanto ela se tornava um foco de atividade. Guardando o broche tradutor no bolso, subi na asa da minha própria nave. *Por favor, fique viva*, pensei, me dirigindo à mulher alienígena. *Preciso saber o que você é.*

— Hum — disse M-Bot. — Fascinante. Fascinante. Ela veio de um pequeno planeta remoto que não faz parte da Supremacia. Parece que a Supremacia recentemente enviou uma mensagem para seu povo recrutando pilotos para sua força espacial. Essa piloto foi uma resposta ao pedido; ela foi mandada para um teste nas forças armadas da Supremacia.

Pestanejei e então corri até o cockpit aberto de M-Bot.

— Como é? — perguntei. — Como você sabe *disso*?

— Hum? Ah, eu hackeei o computador de bordo dela. Não é uma máquina muito avançada, infelizmente. Eu esperava encontrar outra Inteligência Artificial, para que pudéssemos reclamar juntos dos seres orgânicos. Não teria sido divertido?

— Divertido! — disse Doomslug do apoio de braço do meu assento, onde estava empoleirada.

Entrei no cockpit.

— Você realmente fez isso? — perguntei.

— Reclamar sobre os seres orgânicos? Sim, é muito fácil. Sabe quantas células mortas você perde diariamente? Todos esses pedacinhos de você *sujam* meu cockpit.

— M-Bot, foco. Você hackeou o computador dela?

— Ah! Sim. Como eu disse, não é muito avançado. Consegui toda a base de dados sobre o planeta, e sobre o povo, cultura e história de lá. O que quer saber? O planeta dela era aliado das forças humanas na última guerra... embora muitos de seus políticos agora considerem que a presença humana tenha sido uma ocupação autoritária... e várias de suas culturas foram influenciadas significativamente pela humana. O idioma dela não é muito diferente do seu, por exemplo.

— Qual é o nome dela? — perguntei com suavidade, olhando para sua nave. A agitação dos técnicos médicos ao redor do cockpit me deu esperança de que ela sobreviveria ao ferimento.

— Alanik de UrDail — disse ele, pronunciando o nome dela como "ah-la-NIK". — Seu registro de voo diz que ela estava a caminho da estação comercial mais importante da Supremacia no espaço profundo. Mas nunca chegou. Ela parece ter, de algum modo, descoberto onde estávamos, e então veio para cá, em vez de ir para lá. Ah! Spensa, ela é *citônica*, como você! Ela é a única de seu povo que consegue usar os poderes.

Eu me recostei no assento, entorpecida.

M-Bot não percebeu o quanto tudo aquilo estava me perturbando, então continuou falando.

— Ah, os registros dela estão encriptados, mas eu consegui decifrá-los. Ela esperava encontrar respostas sobre seus poderes com as pessoas da Supremacia, embora seu povo não pense muito bem deles. Algo sobre o modo como governam.

Eu consigo sentir *para onde ela planejava ir...*, pensei novamente. As coordenadas estavam gravadas em meu cérebro, mas esmaeciam como um motor prestes a morrer. Engasgando e perdendo força. Eu podia saltar. Eu podia ir até lá. Mas só se agisse rapidamente.

Fiquei sentada, paralisada em um momento de indecisão. Então me levantei no cockpit e chamei Jorgen, que tinha saído de sua nave para observar a equipe médica.

— Jorgen! — gritei. — Preciso que venha aqui *agora mesmo* e me convença a não fazer algo *incrivelmente estúpido*.

Ele se virou para mim – com uma expressão de pânico súbito –, veio correndo e subiu na asa de M-Bot. Eu não sabia se devia ficar grata por ele reagir tão rapidamente ou envergonhada por parecer levar tão a sério a ameaça de que eu pudesse fazer algo estúpido.

— O que é, Spin? — ele perguntou, se apoiando no meu cockpit.

— Aquela alienígena colocou coordenadas em meu cérebro — respondi, explicando apressada. — Ela ia fazer um teste para a força espacial da Supremacia, já que estão recrutando, e queria ver se eles sabem algo sobre os citônicos, mas acabo de perceber que esta é a chance *perfeita* de colocar o plano de Rodge em ação. Se eu for lá e imitá-la, não vai parecer tão estranho como tentarmos imitar um Krell. M-Bot conseguiu o registro todo e a base de dados do planeta, e posso assumir o lugar dela. Você precisa me impedir, porque, do contrário, estou prestes a fazer isso. As coordenadas estão *se evaporando do meu cérebro*.

Jorgen pestanejou com o fluxo de palavras que saía da minha boca.

— Quanto tempo temos? — ele perguntou.

— Não tenho certeza — respondi, ansiosa, enquanto sentia a impressão desaparecer. — Não muito tempo. Cinco minutos? Talvez? Sim, e meu instinto está me dizendo para ir *agora mesmo*. E é por isso que preciso que você me convença do contrário!

— Tudo bem, vamos ponderar.

— Não temos tempo para ponderar!

— Você disse que temos cinco minutos. Ponderar por cinco minutos é melhor do que nada. — Então, como a rocha insuportável de protocolo que era, ele colocou o capacete com cuidado sobre a asa de M-Bot. — O plano de Rodge era que você imitasse um piloto Krell e se infiltrasse na estação deles, perto de Detritus.

— Sim, mas Cobb acha que *jamais* conseguiremos imitar um dos Krell.

— Então o que a faz pensar que pode imitar essa alienígena?

— Ela é de um planeta remoto — M-Bot se intrometeu. — Que não é parte oficial da Supremacia. Ninguém da Supremacia conhece nenhum membro da espécie dela, então qualquer coisa que Spensa fizer não vai parecer fora da personagem.

— Ela ainda vai parecer humana para eles — disse Jorgen.

— O que não é um problema — falei. — Porque Alanik… esse é o nome dela… veio de um mundo que era aliado dos humanos não faz muito tempo.

— Na verdade — disse M-Bot —, as raças tiveram um grande intercâmbio cultural.

— Você não fala o idioma da Supremacia — comentou Jorgen.

Hesitei, e então peguei do meu bolso o broche tradutor que tirara da alienígena. Os médicos a tinham colocado em um dispositivo respirador e estavam extraindo-a da nave cuidadosamente. Senti uma pontada de preocupação, ainda que tivesse acabado de conhecê-la.

Eu ainda podia sentir seu toque em minha mente. E seu pedido. Uma seta desaparecendo em meu cérebro, apontando para as estrelas.

Segurei o broche, para que Jorgen pudesse vê-lo.

— Acho que posso usar este broche para traduzir para mim.

— Confirmado — falou M-Bot. — Posso configurar a saída dele para inglês, para que você possa entender o que estão dizendo.

— Tudo bem, seria um começo — disse Jorgen. — Agora, você consegue imitar a nave daquela piloto com seus hologramas?

— Eu teria que escaneá-la — explicou M-Bot.

— Bem, acho que não temos tempo…

— Feito — disse M-Bot. Então mudou seu formato para uma imitação da nave alienígena abatida. Encaixava muito melhor do que a nave Krell; M-Bot e a nave de Alanik eram muito mais parecidas em tamanho e formato.

Jorgen assentiu.

— Você está achando que eu devia ir — falei para ele. — Caramba, você acha mesmo que eu devo ir em frente com isso!

— Acho que devemos considerar todas as nossas opções antes de tomar uma decisão. Quanto tempo falta?

— Não muito! Um minuto ou dois! Não é como se eu tivesse um relógio no cérebro. A sensação só está desaparecendo. Rapidamente.

— M-Bot, você consegue fazê-la parecer com aquela alienígena?

— Se ela estiver usando o bracelete — disse ele.

Corri para tirá-lo do painel e colocá-lo no braço.

— Por sorte, nossos médicos acabaram de escaneá-la para analisar os sinais vitais — comentou M-Bot. — E… aí está.

Minhas mãos mudaram de cor para violeta-claro quando ele cobriu meu rosto e minha pele com um holograma de Alanik. M-Bot até mascarou meu traje de voo para combinar com o dela, e a imitação ficou perfeita.

Encarei minhas mãos, e depois olhei para Jorgen.

— Caramba — ele sussurrou. — Isso é sinistro. Tudo bem. Então, qual é o plano?

— Não temos tempo para um plano!

— Temos tempo para um esboço rápido. Você vai até a estação de recrutamento no lugar da alienígena e afirma ser ela. Faz o teste para as forças armadas do inimigo... Espere, por que estão recrutando novos pilotos? Provavelmente estão aumentando as tropas para lutar conosco, certo?

— Sim — respondi. Aquilo fazia sentido.

— Isso poderia ser útil. Se fizer isso, ainda pode conseguir informações valiosas sobre as operações deles. Estando lá, você tentaria roubar um hiperdrive... ou tirar fotos de um para os engenheiros... e então se teletransportaria para cá. Acha que consegue voltar por conta própria?

Fiz uma careta.

— Não sei. Meus poderes... não são muito consistentes. Mas os registros de Alanik dizem que ela estava indo para a Supremacia porque esperava aprender sobre as próprias habilidades.

— Então ou você terá que descobrir também, ou vai ter que dar um jeito de roubar um hiperdrive para voltar com M-Bot usando a tecnologia roubada.

— Sim. — Parecia impossível quando ele delineava o plano daquela forma. Mesmo assim, olhei na direção das estrelas e senti um fogo ardendo dentro de mim. — Parece loucura — falei para ele. — Mas, Jorgen, acho que tenho que ir. Tenho que tentar.

Abaixei os olhos para encará-lo ali, em pé na asa ao lado do meu cockpit. Então ele me surpreendeu, assentindo.

— Estou de acordo.

— É *mesmo*?

— Spin, você pode ser imprudente... até mesmo inconsequente... mas já estou voando com você há quase um ano. Confio em seus instintos.

— Meus instintos me colocam em apuros.

Ele colocou a mão na lateral do meu rosto.

— Você *nos* tirou de muito mais apuros do que se meteu em apuros, Spensa. Caramba, não sei se essa missão é a coisa certa a fazer. Mas *sei* que nosso povo corre um sério perigo. Falamos de forma otimista, mas a equipe de comando sabe a verdade. Nós vamos morrer, a menos que encontremos um modo de usar nós mesmos os hiperdrives.

Coloquei minha mão sobre a dele. A informação em meu cérebro estava sumindo. Só restavam alguns segundos.

— Você consegue fazer isso? — ele me perguntou. — Seus instintos dizem que consegue?

— Sim — sussurrei. Então, com mais firmeza, com a força de um guerreiro, repeti. — Sim. Eu *consigo*, Jorgen. Vou achar um hiperdrive e trazer para nós, eu prometo.

— Então vá. Confio em você.

Percebi que era o que eu precisava. Não de sua permissão, nem de sua aprovação. Eu precisava da confiança dele.

Em um momento de impulso, pulei do cockpit, agarrei-o pelo traje de voo e o puxei para poder beijá-lo. Provavelmente não estávamos prontos para aquilo e provavelmente não era a hora ideal, mas eu o beijei mesmo assim. Porque... bem, caramba. Ele tinha acabado de me encorajar a confiar em meus instintos.

Foi maravilhoso. Senti uma força nele quando correspondeu ao beijo, quase uma *eletricidade* correndo através dele para dentro de mim – e então de volta para ele, mais forte, por causa do fogo que ardia em meu peito. Fiz o beijo durar o máximo que meu atrevimento permitiu, e então me afastei.

— Eu devia ir com você — disse ele.

— Infelizmente — respondeu M-Bot —, só temos um receptor móvel. Você seria identificado como humano imediatamente.

Jorgen grunhiu.

— De todo modo, suponho que alguém tenha que explicar isso para Cobb.

— Ele vai ficar zangado... — comentei.

— Ele vai entender. Tomamos a melhor decisão que podíamos com o tempo limitado e a informação que tínhamos. Que os Santos nos ajudem, acho que temos que tentar. Vá.

Sustentei seu olhar por um momento, depois me afastei e voltei para dentro do cockpit.

Jorgen tocou os lábios com a mão e então recobrou a compostura, pegou o capacete e saltou da asa de M-Bot. Voltou até onde todos os demais estavam concentrados na nave alienígena, alheios aos instantes poderosos que tinham transcorrido.

— Estou confuso com o que acaba de acontecer entre vocês dois — disse M-Bot. — Pensei que você tivesse insistido comigo várias vezes que não tinha inclinações românticas em relação a Jorgen.

— Eu menti — respondi, agarrando a sensação persuasiva que a alienígena incrustara em meu cérebro. Tinha quase desaparecido, mas ainda parecia uma seta apontando para o céu. Bem quando ameaçou desaparecer completamente, de algum modo, eu a tomei de volta.

— Hiperdrive citônico ativo — disse M-Bot. — Parece que...

Nós desaparecemos.

SEGUNDA PARTE

9

Só estive no nada por um momento, mas, naquele lugar, o tempo parecia não ter significado. Eu flutuava sozinha, sem nave. A escuridão infinita me cercava, pontuada por luzes que pareciam muito com estrelas – só que malévolas. Elas conseguiam me ver pairando ali, exposta. Eu me sentia um rato pendurado por uma corda no meio de uma gaiola cheia de lobos famintos.

Os olhos se concentravam em mim, e sua raiva aumentava. Eu estava invadindo o domínio deles. Eu era um verme insignificante e ainda assim minha presença ainda lhes causava *dor*. Meu mundo e o deles não podiam se juntar. Suas luzes se moveram de repente na minha direção. Iam rasgar minha alma em pedaços e deixar apenas farrapos de…

Apareci novamente no cockpit de M-Bot.

— Funcionou! — M-Bot terminou de falar.

— Ah! — gritei, dando um pulo. Agarrei as laterais do assento do meu cockpit.

— Você viu algo disso?

— Vi o quê? — perguntou M-Bot. — Meu cronômetro indica que nenhum tempo se passou. Você acionou o hiperdrive citônico... ou, bem, acho que *você é* o hiperdrive citônico.

Coloquei a mão no peito contra o material grosso do meu traje de voo, que parecia muito estranho agora que estava com a cor errada. Meu coração estava acelerado e minha mente estava a mil. Aquele lugar… o nada. Era como nadar no lago de uma caverna profunda sem luz alguma. Sabendo o tempo todo que coisas estavam lá embaixo, me observando, tentando me pegar…

Eram eles, pensei. *As coisas que destruíram o povo de Detritus. As coisas que vimos na gravação.* Os desbravadores eram reais. Eles e os olhos eram a mesma coisa.

Inspirei e expirei profundamente, acalmando-me com dificuldade. Pelo menos o hipersalto tinha funcionado. Eu tinha usado meu poder novamente, com a ajuda das coordenadas que Alanik colocara em minha mente.

Certo. Hora de ser uma heroína. Eu podia fazer aquilo.

— Spensa! — disse M-Bot. — Estamos sendo contatados!

— Por quem? — perguntei.

— Foi quem! — disse Doomslug ao meu lado.

— Você nos trouxe para perto de uma estação espacial de considerável, pertencente à Supremacia — disse M-Bot. — Olhe para as cinco horas. As conversas de rádio são baixas, mas distinguíveis.

Apoiei a mão confortavelmente em Doomslug, que soltava trinados irritados, talvez sentindo meu desconforto. Investiguei a direção que M-Bot tinha indicado e vi algo que não notara na minha primeira análise rápida do campo de estrelas. Era algum tipo de estação ao longe – luzes na escuridão que estavam amontoadas ao redor de um plano central.

— Visão Estelar — comentei. — Foi como a alienígena Alanik chamou a estação. — Me apressei para colocar o capacete e prender o cinto de segurança. — Eles estão fazendo contato com a gente? O que estão dizendo?

— Alguém de lá está pedindo identificação — falou M-Bot. — Estão falando em dione, o idioma padrão da Supremacia.

— Você consegue falsificar o sinal do transponder de Alanik?

— Já é.

— Ótimo. Depois ganhe um pouco de tempo enquanto penso sobre isso.

M-Bot ainda parecia claramente a nave alienígena, e – a julgar pelas minhas mãos violeta-claro – meu holograma ainda funcionava também. Se essa missão fracassasse, não seria por limitações tecnológicas – seria por limitações da espiã.

— Em primeiro lugar, o mais importante — falei. — Precisamos garantir nossa retirada e ver se conseguimos voltar para casa, se as coisas derem errado. Só me dê mais um ou dois minutos.

Inspirei e expirei, tentando me acalmar, fazendo os exercícios que a Vozinha me ensinara. Exercícios que ela aprendera com sua mãe, que fora a responsável pelo hipersalto da nossa antiga frota estelar antes que caíssemos em Detritus.

Eu tinha saltado até ali para cumprir a missão, mas queria saber: será que conseguiria saltar de volta se precisasse? Tudo seria muito mais fácil se essa expansão dos meus poderes, concedida pelo toque de Alanik no meu cérebro, pudesse funcionar de novo.

Eu me imaginei flutuando no espaço... as estrelas passando velozes ao meu redor... Sim, tinha acabado de dar o hipersalto, sentia uma familiaridade com a ação. O nada estava fechado. Eu *tinha acabado* de estar lá. Poderia retornar.

Aquelas coisas me veriam novamente.

Não pense nisso, disse para mim mesma com severidade. Me concentrei no exercício. Eu estava voando, viajando entre as estrelas, em disparada para...

Onde? Aquele era o problema. Para qualquer coisa além de um salto muito curto, eu precisava saber com precisão para onde iria. Não poderia simplesmente inverter as direções que Alanik me dera, porque elas não incluíam meu ponto de partida em Detritus, só meu destino nesta estação espacial.

— M-Bot — chamei, saindo de meu transe. — Você consegue calcular nossa localização?

— Estou calculando agora mesmo, com dados astronômicos. Mas devo advertir, Spensa, que minha tentativa de ganhar tempo *não* está funcionando. Eles estão mandando naves para nos investigar.

— O que você andou fazendo?

— Mandei código binário para eles.

— *O quê?* — exclamei. — Foi assim que você decidiu *ganhar tempo*?

— Eu não sei! Imaginei o seguinte: "Seres orgânicos gostam de coisas idiotas, e isso é bem idiota". Em retrospecto, talvez não seja idiota o bastante? De todo modo, eles farão contato visual conosco em um minuto.

A hora da verdade. Respirei fundo. Eu era uma guerreira. Treinada pela minha avó desde a infância para encarar meu destino heroico com coragem. *Você consegue*, disse para mim mesma. *É só um tipo diferente de batalha. Como Hua Mulan ou Epípole de Caristo, indo para a batalha com a identidade de outra pessoa*.

Eu tinha ouvido aquelas histórias dezenas de vezes da Vozinha. A questão era que, depois de um tempo, o subterfúgio das duas mulheres tinha sido descoberto. E nenhuma delas tinha acabado muito bem.

Eu só tinha que garantir que não terminaria como elas. Virei M-Bot quando as duas naves se aproximaram da estação distante. Quadradas e pintadas de branco, eram como os cargueiros Krell que eu vira na estação espacial perto de Detritus.

As duas naves nivelaram-se com a minha, rotacionando no mesmo eixo para que pudéssemos ver uns aos outros pelo vidro frontal de suas naves. Os pilotos eram um par de alienígenas com pele carmesim. Não usavam capacetes, e dava para ver que eram carecas e tinham sobrancelhas e maçãs do rosto bem marcadas. Pareciam basicamente humanoides – dois braços, uma cabeça –, mas eram alienígenas o bastante para que eu não conseguisse distinguir o gênero deles.

M-Bot conectou-se ao sistema de comunicações deles, e conversas alienígenas encheram meu cockpit. Peguei o dispositivo de tradução de Alanik e o ativei, mas a conversa foi traduzida para o idioma dela, o que não me ajudou em nada.

— M-Bot — sussurrei. — Você disse que ia resolver isso.

— Ops — disse ele. — Hackeando a interface de idioma do broche… Rá! Ativei a configuração para inglês.

— Nave não identificada — disse um alienígena. — Precisa de ajuda? Por favor, classifique-se.

Me lancei de cabeça. Não havia escolha agora.

— Meu nome é Alanik de UrDail. Sou piloto e mensageira do planeta...

— ReAlvorada — sussurrou M-Bot.

— Do planeta ReAlvorada. Vim trabalhar para vocês, pessoal. Hum, em sua força espacial. Como vocês pediram? — fiz uma careta. Não era muito convincente. — Sinto muito sobre as comunicações estranhas de antes. Meu computador pode ser bem chato às vezes.

— Rá rá — M-Bot falou para mim. — *Isso* foi sarcasmo. Consigo identificar porque não foi nada engraçado.

As duas naves de patrulha ficaram em silêncio por algum tempo, provavelmente haviam mudado para o canal de comunicação privado. Fui deixada à espera, pairando ali no espaço, preocupada. Examinei as naves brancas e quadradas – e, estranhamente, não consegui encontrar nenhum compartimento de armas nelas.

— Emissária Alanik — disse um dos alienígenas, de volta ao meu canal de áudio —, a Autoridade de Atracagem da Plataforma envia suas boas-vindas. Parece que estavam esperando por você, embora observem que chegou mais tarde do que avisara.

— Hum — falei. — Tive alguns problemas sem importância em casa. Mas é possível que eu precise partir em pouco tempo e depois voltar para cá novamente.

— Como desejar. Por enquanto, você tem permissão para atracar. Ancoradouro 1182, que fica no setor sete. Um oficial vai encontrá-la lá. Aproveite a visita.

Com isso, eles deram meia-volta e retornaram à estação.

Continuei tensa. Certamente era uma armadilha. Certamente tinham notado minha tentativa tosca de enganá-los. Empurrei o acelerador de leve para seguir as duas naves – e elas não reagiram.

Eu as tinha bem na mira. Podia ter explodido as duas no céu, em especial considerando a proximidade – e a languidez com a qual voavam. Como, em nome dos Setenta Santos, aqueles pilotos podiam ter dado as costas para mim? A atitude inteligente teria sido me deixar seguir na frente, a uma distância segura, para que pudessem me observar a partir de uma posição de poder.

Acelerei, mas mantive as naves em meu alcance de fogo para disparar se elas se virassem. Os pilotos não pareceram *sequer notar*. Se aquilo era uma armadilha, estavam se saindo muito bem na atuação.

Doomslug trinava nervosamente. Eu concordava.

— M-Bot — falei —, você já calculou onde estamos?

— Já — respondeu ele. — Não estamos muito longe de Detritus... só uns quarenta anos-luz. Esta estação, que você chamou corretamente de Visão Estelar, é um importante entreposto comercial. Abriga o governo regional da Supremacia.

— Me dê as coordenadas, direção e distância até Detritus.

— Fácil — respondeu M-Bot. — Os dados estão em sua tela.

Vários números compridos apareceram no monitor do meu sensor de presença. Franzi o cenho, então expandi a mente para localizá-los com meus sentidos citônicos incipientes. Só que... expandir para onde? Aqueles números eram tão grandes que mal faziam algum sentido para mim. Claro, eles me diziam onde estava Detritus, mas eu ainda não *sabia* onde era aquilo. Não conseguia *sentir*, como tinha acontecido quando Alanik me mandara a impressão citônica da localização da Visão Estelar.

— Isso não vai funcionar — comentei. — Não vou conseguir nos tirar daqui, a menos que aprenda mais sobre meus poderes.

— Teoricamente, vamos sair daqui com um hiperdrive roubado da Supremacia, certo? — lembrou M-Bot.

— Este é o plano. Mas eu me sentiria melhor se soubesse que temos uma rota de fuga. Quanto tempo levaria para voar até Detritus pelo jeito normal?

— "Jeito normal" quer dizer em velocidades abaixo da luz? — perguntou M-Bot. — Provavelmente levaria uns quatrocentos anos, dependendo de quão perto da velocidade da luz possamos chegar antes de usar metade da nossa energia, e então contabilizando a desaceleração no final do caminho. Claro, a dilatação do tempo faria parecer menos tempo para nós... mais ou menos quarenta anos de diferença nessa velocidade, então você ainda estaria supermorta no momento da nossa chegada.

Ótimo. Não era uma opção. Mas Jorgen e eu sabíamos que eu podia acabar presa aqui. Essa era a missão. Era diferente de tudo o que já tinha feito antes, mas eu era a única que teria chances de conseguir.

Acelerei, me aproximando cada vez mais da estação, que era maior do que eu estimara. Era difícil julgar escala e tamanho no espaço. A estação meio que parecia uma das plataformas que cercavam Detritus. Uma cidade flutuante – no formato de disco, com edifícios brotando de ambos os lados. Uma bolha feita de alguma coisa azul e resplandecente a cercava.

Eu sempre presumira que as pessoas viviam *dentro* de estações como esta, mas, conforme chegávamos mais e mais perto, vi que não era o caso. As pessoas viviam na *superfície* da estação, andando por aí com a escuridão aberta sobre elas. *Aquela bolha deve segurar o ar e o calor, tornando o lugar habitável.* De fato, quando nos aproximamos ainda mais, as duas naves patrulhas atravessaram o escudo azulado.

Parei do lado de fora do escudo. Então, uma última vez, tentei usar meus sentidos citônicos. Expandi a mente na direção que M-Bot indicara, e senti um tênue... tremular nas extremidades da minha mente. Aquela era a direção correta. Eu podia sentir alguma coisa ali. Alanik, talvez?

Não era o bastante. Eu não conseguiria me teletransportar de volta. Então era hora de entrar na base inimiga. Me preparei e então guiei minha nave através do invólucro do escudo de ar.

10

Era linda.

À medida que meus guias alienígenas me levavam para mais perto, pude ver que a estação era repleta de vegetação. Parques cheios de árvores que chegavam a dez ou quinze metros de altura. Grandes faixas de uma substância verde-escura que M-Bot identificou como um tipo de musgo, macio sob os meus pés.

A vida em Detritus era austera. Claro, havia uma estátua aqui ou ali, mas os edifícios da superfície eram sóbrios e simples – tinham sido construídos como bunkers. E, no subsolo, as cavernas estavam dominadas pelo maquinário e pelas luzes vermelhas das fábricas. A humanidade existiu à beira da extinção por tanto tempo que, por necessidade, a sobrevivência se impunha à expressão.

Este lugar, ao contrário, proclamava sua arte como um estandarte de guerra. Edifícios construídos em padrões espirais ou em fileiras coloridas. Parecia que havia um parque a cada dois quarteirões. Eu via as pessoas passeando em meio a tudo isso com certa preguiça, muitas delas à toa nos parques. Naves que iam e vinham pela atmosfera não pareciam ter nenhuma pressa em particular. Aqui, as pessoas relaxavam e aproveitavam a vida.

Desconfiei do lugar imediatamente.

Alanik me dissera para não confiar na paz deles. Ainda que não soubesse se *ela* era confiável, eu certamente não precisava de aviso. A Supremacia tinha aprisionado meu povo em Detritus durante os últimos oitenta anos. Meu pai e muitos de meus amigos tinham sido mortos por causa da Supremacia. O lugar podia fingir um ar de beleza e acolhimento, mas eu *não baixaria* a guarda.

— Quase não há conversas de rádio — comentou M-Bot. — E não há uma única rede wireless.

— Eles têm medo dos desbravadores — comentei, estremecendo. — Devem ter a mesma tradição que nós: limitar comunicações sem fio para situações necessárias.

— De fato. Felizmente, consegui deduzir nosso local de pouso indicado ao ler os números dos hangares pelos quais passamos. Farei um mapa para você.

Segui as instruções de M-Bot até um campo metálico e aberto de pequenas plataformas elevadas perto do centro da cidade. Ao aterrissar a nave no local indicado, afundei em meu assento. Como na Plataforma Primária, este lugar tinha um campo de gravidade artificial.

— A pressão foi equalizada com o exterior — disse M-Bot. — E a atmosfera é adequada para você, embora com uma quantidade maior de oxigênio do que a de costume. Análises iniciais indicam que não há micro-organismos perigosos.

Muito bem. Abri o dossel. Um alienígena com cara de lula se aproximou da minha nave.

— Escada, rampa, escorregador de lodo ou outra opção? — ele perguntou, e meu broche traduziu.

— Hum… — Fiz um gesto para que ele aguardasse, esperando que ele entendesse, e sussurrei para M-Bot. — Espere, e se reconhecerem que estou falando em inglês em vez do idioma de Alanik?

— Não acho que algum deles conheça o idioma dela — respondeu M-Bot. — Na verdade, ela provavelmente teria que falar um idioma da Terra para se comunicar. Seus registros indicam que ela fala mandarim fluentemente, e você viu que sabia um pouco de inglês. Afinal, o planeta dela passou três décadas agindo como um posto avançado de operações para as forças humanas durante a última guerra.

— E as pessoas aqui vão entender inglês?

— Os broches tradutores que elas usam devem resolver isso. Os registros de Alanik indicam que houve três tentativas de conquistas galácticas humanas no passado, e que isso fez muitas culturas conhecerem idiomas da Terra. Todos os broches devem traduzir inglês, espanhol, hindu e mandarim por padrão.

Assenti, me virando para falar com os funcionários do hangar – mas então hesitei.

— Espere. O que foi que você disse? Meus ancestrais tentaram conquistar a galáxia *três vezes*?

— E quase conseguiram em todas — garantiu M-Bot. — Isso segundo os registros da nave de Alanik. Aparentemente, muitos na Supremacia consideram o "flagelo humano" a maior ameaça que a galáxia já conheceu.

Uau. Fiquei impressionada, embora uma pequena parte de mim também ficasse... perturbada. Era inspirador saber que meus ancestrais eram os guerreiros heroicos que eu sempre imaginara, mas, ao mesmo tempo, sempre pensei na minha espécie sendo oprimida. Injustamente derrotada pelos Krell, sua liberdade negada por uma terrível força alienígena.

Certamente havia um motivo para sermos *obrigados* a lutar. Além disso, a propaganda inimiga podia afirmar o que quisesse; não justificava o que era feito conosco em Detritus. Estreitei os olhos, determinada a não acreditar nas mentiras deles.

— Desculpe — falei, me levantando para conversar com o funcionário do hangar. — Tive que atender um chamado. Você perguntou se eu queria rampa ou escada? Uma escada resolveria, por favor.

A criatura com cara de lula acenou, e uma criatura maior, com a aparência de uma pedra cinzenta, empurrou uma escada com rodinhas até nós. Hesitei, olhando para a movimentada cidade alienígena. O lugar parecia sombrio, mesmo com os grandes holofotes no alto dos edifícios iluminando tudo. O céu ainda era negro. De dentro não dava para ver a bolha ao olhar para cima – eu via apenas o espaço sem fim, as estrelas em grande parte apagadas pelas luzes.

— Vamos ver — disse a criatura com cara de lula, subindo na escada para se juntar a mim. — Você tem privilégios de atracagem diplomática. Então pode curtir com calma! Vamos lavar sua nave e...

— Não — falei. — Por favor. Sou muito protetora com minha nave. Não deixe ninguém tocar nela.

O tradutor do alienígena interpretou minhas palavras, e seus tentáculos de lula se moveram exprimindo uma óbvia irritação.

— Tem certeza?

— Sim — confirmei, imaginando que alguém descobriria o holograma. — Por favor.

— Ok, tudo bem — disse a criatura, digitando alguma coisa na tela de seu tablet. O ser tinha braços compridos e ondulantes que terminavam em um par de tentáculos azuis, em vez de mãos. — Aqui está um bilhete de acesso, se quiser mandar mais alguém com autorização para pilotar a nave. Sugiro que não o perca. — O tablet ejetou uma pequena ficha, que a criatura me entregou. Então desceu da escada.

Guardei a ficha no bolso, e fiquei mais uma vez surpresa em ver como os hologramas de M-Bot eram bons. Ele tinha sobreposto meu traje de batalha com uma imagem do de Alanik, mas o bolso ainda estava no lugar que eu esperava. E interagir com objetos sólidos – como tocar a ficha com meus dedos recobertos de holograma – não atrapalhava a ilusão.

Isso e o fato de o alienígena não reagir ao me ouvir falar inglês fizeram minha confiança aumentar. O que aconteceria agora? Eu tinha que descobrir como me inscrever na força militar deles. Aquele era o primeiro passo. Depois disso, poderia tentar a parte mais difícil – roubar um hiperdrive.

Mas como começar? Aquele lugar era *enorme*. Fora da área de ancoragem, as ruas da cidade se estendiam por quilômetros, repletas de edifícios altíssimos e uma multidão de pedestres. Naves zuniam sobre minha cabeça. Devia haver milhões e milhões de pessoas aqui.

Os alienígenas que me interceptaram lá em cima, pensei, *disseram que alguém seria enviado para me encontrar aqui assim que eu aterrissasse.* Isso me dava algum tempo, então me acomodei e expandi a mente de novo, tentando encontrar Detritus. Só que alguma coisa estava bloqueando meus sentidos. Uma... espessura. Era como tentar se mover em alta gravidade. *Hum*. Enquanto eu pensava nisso, alguém do lado de fora do meu cockpit falou em voz alta e meu broche traduziu.

— Emissária Alanik? — perguntou a voz.

Me inclinei para fora e dei de cara com um alienígena na minha plataforma de lançamento. Essa espécie parecia ser uma raça similar àquela de pele carmesim que eu vira antes pilotando as naves patrulhas – esse indivíduo também era careca e tinha as mesmas sobrancelhas e maçãs do rosto.

A criatura usava um conjunto de túnicas que tinha um tom azul mais suave e mais claro que o tom de sua pele. Como os outros, tinha feições andróginas. Eu não sabia dizer se era macho ou fêmea – ou algo completamente diferente – pela aparência ou pela voz.

— Ah! — ele exclamou. — Emissária. Estamos muito felizes por ter decidido responder ao nosso chamado! Sou Cuna e fui designado para ajudá-la durante esta visita. Se importaria de descer? Já providenciei suas acomodações aqui em Visão Estelar e posso lhe mostrar o caminho.

— Claro! — respondi. — Deixe-me guardar meu capacete. — Voltei para dentro do cockpit. — Muito bem, M-Bot. Me diga o que fazer.

— Como vou saber? — respondeu ele. — Esse plano era seu.

— Tecnicamente, é o plano de Rodge. De todo modo, não sou uma espiã... mas você foi projetado para este tipo de operação. Então me diga o que fazer. Como devo agir?

— Spensa, você me viu interagir com seres orgânicos. Acha mesmo que serei capaz de fazer um trabalho melhor de imitação do que você?

Ele tinha razão. Caramba.

— Isso vai ser difícil. O alienígena ali embaixo parece saber algo sobre Alanik e o povo dela. E se eu disser alguma coisa errada?

— Talvez você possa fingir ser tímida e não falar muito.

— Tímida? — perguntei. — Eu?

— Sim. Finja que Alanik é reservada.

— Reservada. *Eu?*

— Veja bem, é por isso que se chama *fingir*. Rodge e eu estivemos trabalhando nisso... na minha capacidade de aceitar que às vezes os seres humanos não mostram de maneira precisa quem são. Neste caso, talvez tivesse sido bom ter pensado nisso *antes* de se oferecer para uma missão de espionagem nas linhas inimigas.

— Não tivemos muito tempo para pensar. — Mesmo assim, não dava mais para evitar. Tentei manter a calma do guerreiro enquanto pegava uma pistola do meu cofre de armas e a guardava no bolso volumoso da calça do traje de voo. Estava ficando cada vez mais difícil manter aquela atitude conforme eu percebia a magnitude do que aquela missão exigiria de mim.

Conectei o minúsculo fone de ouvido sem fio ao receptor móvel do bracelete para que M-Bot pudesse conversar comigo em particular mesmo ao longe, e ele disfarçou o equipamento com um holograma de joia. Então coloquei Doomslug no chão dos fundos do cockpit e apontei para ela:

— Fique — falei.

— Fique? — ela trinou.

— Estou falando sério.

— Sério?

Eu tinha quase certeza de que ela não conseguia me entender – era apenas uma lesma. Felizmente, me obedeceu, para variar. Por fim, saí da nave e desci para a plataforma de lançamento.

— Desculpe pelo atraso — falei para Cuna.

O tradutor da criatura funcionou, cuspindo as palavras, e – assim como o funcionário do hangar – Cuna não percebeu que falei inglês, ou então não se importou.

— Não é nada, não é nada — disse Cuna, segurando seu tablet embaixo do braço. — Conhecê-la é uma imensa satisfação. Fiz um pedido pessoal para que a oferta fosse enviada ao seu povo.

Caramba. Eu esperava que as pessoas aqui não soubessem muita coisa sobre o povo Alanik. Eu tinha tido a impressão de que haviam feito um chamamento geral por pilotos, não uma solicitação específica.

— Você tem tanto interesse assim em meu povo? — perguntei.

— Ah, sim. Estamos preparando uma operação muito especial, para a qual precisaremos de um número incomumente grande de pilotos treinados. Foi decidido que este pode ser um jeito excelente para a Supremacia julgar a habilidade de algumas raças que passaram tempo demais longe da sua influência. Mas essa é uma discussão para um pouco mais tarde! Venha. Deixe-me mostrar suas acomodações.

Cuna seguiu por um caminho por entre as plataformas de lançamento e não tive escolha além de segui-lo. Eu odiava abandonar minha nave, mas o receptor móvel de M-Bot tinha um alcance de comunicação de uns bons cem quilômetros. Além disso, o holograma continuaria a funcionar mesmo fora desse alcance, então eu não deveria me preocupar.

Corri atrás de Cuna e saí da zona de aterrissagem. *Não babe*, disse para mim mesma. *Não babe. Não babe.*

Babei.

Era impossível resistir. Edifícios se erguiam dos dois lados da passarela, como pistas em direção às estrelas. Pessoas de todas as formas, tamanhos e cores seguiam de um lado para o outro ao meu redor – todas vestidas com roupas que eu nunca vira. Ninguém usava nada remotamente parecido com um uniforme.

Era muita coisa para absorver. Muito acima de nós, naves saíam em disparada em todas as direções, mas, entre nós e elas, discos com anéis de aclive acoplados transportavam pessoas com rapidez de um setor da cidade para outro. Era um lugar de constante movimento e indulgência luxuosa. Jardins em cada esquina, lojas vendendo roupas de todas as variedades. Cheiros de comidas desconhecidas saindo de barracas.

Devia haver pelo menos mil raças distintas aqui, mas duas variedades eram muito mais comuns do que as outras. A primeira eram os Krell. Me sobressaltei sem querer quando vi o primeiro caminhando por aí, embora parecesse levemente diferente dos cadáveres que recuperamos dos caças tripulados que derrubamos. A armadura destes Krell era mais cristalina, em vez de metálica, e parecia mais arenito castanho-rosado. A forma era a mesma – algo como as antigas imagens que eu vira de cavaleiros na Terra. Só que esses Krell usavam um capacete com a frente transparente, revelando um líquido e uma criatura pequena, com formato de caranguejo, pilotando dentro da cabeça.

Eu sempre vira os Krell como imponentes, perigosos. Eram guerreiros no campo de batalha, usando armaduras e prontos para lutar. Porém, aqui eles ficavam principalmente nas barracas, vendendo produtos para os pedestres, acenando com os braços blindados em forma de garra, com gestos amplos. Meu tradutor pegou algo de suas conversas, sussurrando em meu ouvido as palavras dos vários comerciantes enquanto passávamos.

— Venha, amigo! Seja bem-vindo!

— Uma roupa maravilhosa que você usa, e que excelente companhia!

— Já ouviu falar do recrutamento? Não se preocupe se não quiser ouvir!

Um deles cambaleou um pouco perto demais de mim, e, embora eu instintivamente tenha colocado a mão no bolso – pronta para pegar a pistola escondida ali –, a criatura se desculpou *pelo menos* seis vezes enquanto se afastava.

— Isso é curioso — comentou M-Bot em meu ouvido. — Estou gravando tudo para análise posterior.

— Esses são…

— Não fale comigo! — disse M-Bot em meu ouvido. — O tradutor de Cuna vai traduzir tudo para ele. Meus sistemas furtivos podem mascarar nossa comunicação, mas você deve se esforçar para fingir que não tem uma conversa paralela. Mais tarde vamos configurar seu bracelete para que possa digitar instruções para mim em código de voo da FDD. Por enquanto, sugiro que simplesmente fique quieta.

Fechei bem a boca. Cuna me deu um olhar curioso, mas eu apenas balancei a cabeça e sorri durante nossa caminhada.

Mas, caramba, eram os Krell. Na primeira vez que eu viajara ao espaço e os confrontara, alguns meses atrás, eles quase *morreram de medo* de mim. Talvez tenha a ver com o modo como meu povo quase tinha conquistado a galáxia, mas *essas coisas todas* pareciam muito tímidas. Como podiam ser a mesma força poderosa que mantinha a humanidade presa em Detritus havia oitenta anos?

Decidi que aquele lugar devia ter algum tipo de fachada falsa. Uma estratégia para melhorar a imagem da Supremacia. Fazia sentido. Criar um grande centro visitado por várias raças, depois fingir ser inofensivo e despretensioso.

Mais confiante por entender o que estava acontecendo, continuei a examinar os arredores. A outra raça alienígena mais comum era a de Cuna, que me guiava. Usavam uma variedade de roupas, desde túnicas até calças e camisas, e pareciam ter três tons de pele distintos. Carmesim, azul e roxo escuro.

— Impressionante, não é? — perguntou Cuna.

Confirmei com um aceno de cabeça. Pelo menos aquilo era verdade.

— Se me permite a ousadia — Cuna prosseguiu —, seu povo foi sábio em nos enviar uma piloto. Se você se sair bem neste programa preliminar, podemos entrar em um acordo mais formal com seu povo. Em troca de toda uma força de pilotos, ofereceremos a cidadania UrDail. Já não era sem tempo; estou feliz em ver as relações entre nós se normalizando.

— É um bom acordo — falei, escolhendo minhas palavras com cuidado. — Você recebe pilotos. Nós passamos a fazer parte da Supremacia.

— Como cidadãos secundários — disse Cuna —, é claro.

— É claro — concordei, mas devo ter hesitado, porque Cuna me olhou de relance.

— Você não estava ciente da distinção?

— Tenho certeza de que os políticos entenderam — respondi. — Sou apenas uma piloto.

— Mesmo assim, seria bom que soubesse o que está em jogo no seu teste aqui. Veja, seu povo é especial. A maioria das espécies que ainda não se uniram à Supremacia é relativamente primitiva... com baixa atribuição de inteligência. São espécies que tendem a ser brutais, guerreiras e tecnologicamente atrasadas. Os UrDail, por outro lado, são um povo que viaja pelo espaço há séculos. Vocês praticamente já alcançaram a inteligência primária e têm um governo planetário funcional. Normalmente teriam sido convidados a integrar nossas fileiras há gerações. Exceto por uma grande marca negativa.

Os citônicos?, me perguntei.

— Os humanos — disse Cuna enquanto caminhávamos. — Vocês lutaram ao lado do flagelo humano durante a Terceira Guerra Humana, há um século.

— Fomos obrigados — respondi.

— Eu não ousaria contestar os fatos como você os apresenta — prosseguiu Cuna. — Basta dizer que muitos que fazem parte da Supremacia estão convencidos de que vocês são agressivos demais para se juntarem a nós.

— Agressivos demais? — perguntei, franzindo o cenho. — Mas... vocês não foram até nós querendo recrutar pilotos de caça?

— É um equilíbrio delicado — respondeu Cuna. — Temos alguns projetos muito especiais que exigem pilotos, mas não queremos corromper nossa força militar com agressividade excessiva. Alguns dizem que a proximidade de seu povo com os humanos permitiu que os costumes deles se infiltrassem em sua sociedade.

— E... o que você acha? — perguntei.

— Sou integrante do Departamento de Integração das Espécies — falou Cuna. — Pessoalmente, acredito que haja um lar para muitos tipos de espécies diferentes na Supremacia. Você pode ser vantajosa para nós, se provar seu valor.

— Parece ótimo — respondi secamente, e então logo estremeci com o tom. Talvez eu *devesse mesmo* tentar ficar quieta.

Cuna olhou para mim, mas, quando falou, sua voz era calma.

— Você certamente consegue ver as vantagens para seu povo. Terão acesso aos nossos centros galácticos, como esta estação, e o direito de comprar passagens e espaço para carga em nossas naves comerciais. Vocês não ficarão mais presos em seu pequeno sistema planetário, poderão experimentar a galáxia como um todo.

— Mas já podemos — falei. — Cheguei aqui sozinha.

Cuna parou de andar, e, no início, fiquei preocupada de ter dito algo errado.

Então Cuna sorriu. Era uma expressão *marcadamente* perturbadora em seu rosto, predatória, com dentes demais.

— Bem — disse ele. — Esse é outro assunto que devemos discutir.

Cuna se virou e acenou na direção de um edifício pequeno e estreito na beira da estrada. Espremido entre duas estruturas maiores, tinha três andares. Como todas as construções da plataforma, parecia ter sido feito originalmente de metal – mas fora pintado para ganhar uma aparência de tijolos.

— Este é o edifício que oferecemos como seu alojamento — explicou Cuna. — É grande para um indivíduo, mas nossa esperança é que, assim que você provar seu valor, possamos abrigar um esquadrão inteiro dos pilotos do seu planeta aqui, ou até mais. Pensamos que seria apropriado que você ficasse nele desde o início. Como pode ver, tem um ancoradouro privado no topo, caso queira atracar sua nave aqui. Mesmo assim, está convenientemente localizado perto do ancoradouro principal e perto de vários parques e comércios.

Cuna começou a subir os poucos degraus que levavam ao edifício.

— Não gosto disso — disse M-Bot em meu ouvido. — Spensa? Se você for morta em uma emboscada, ficarei muito surpreso.

Hesitei. Será que era algum tipo de armadilha? Com que finalidade? Eles podiam simplesmente ter me explodido no céu – ou pelo menos tentado – durante minha aproximação.

— Estava praticando como mentir — observou M-Bot. — Eu não ficaria surpreso, porque acabo de prever que isso pode acontecer. Mas ficaria *decepcionado*. Bem, eu simularia decepção.

Comecei a subir os degraus. Cuna parecia pensar que eu realmente era Alanik. Aquilo não parecia uma armadilha.

Juntos, entramos no edifício. Eu estava acostumada a ser a pessoa mais baixa em um aposento, mas a constituição flexível de Cuna – que era esbelto demais para parecer humano – fazia com que eu me sentisse não só baixa, mas atarracada e desajeitada também. O edifício tinha pé-direito e portas altas, e mesmo os balcões eram um pouco altos demais para mim. Tudo parecia feito para uma raça mais alta, embora Alanik tivesse aproximadamente minha altura.

Cuna me levou até um pequeno aposento na parte da frente do prédio que era iluminado por luzes embutidas no teto e tinha uma janela que dava para a rua. Tinha uma aparência confortável, mobiliado com cadeiras estofadas e uma mesa que parecia feita para reuniões. As paredes foram pintadas para parecerem de madeira – embora uma batidinha com minha unha tenha provado que eram de metal.

Cuna se sentou com um movimento gracioso, colocando o tablet na mesa, e então sorriu novamente com aquele ar predatório. Fiquei perto da porta, sem querer me sentar e dar as costas para minha rota de fuga.

— Você é o que chamamos de citônica, Alanik — Cuna me falou. — Seu povo não possui a capacidade de viajar mais rápido que a luz ou hiperdrives, então vocês dependem dos citônicos. E, já que são muito poucos, na prática continuam retidos em seu rincão da galáxia.

Cuna me olhou nos olhos, e pude jurar ter visto um cálculo cuidadoso em sua expressão.

Eu me sentia cada vez mais no limite. Cuna parecia saber mais sobre Alanik do que eu teria gostado.

— O que pode me dizer? — perguntei. — Sobre o que sou. Sobre o que posso fazer.

Cuna se recostou no assento, entrelaçando os dedos, os lábios apertados em uma linha inexpressiva.

— O que você faz é perigoso, emissária Alanik. Certamente já sentiu a atenção dos desbravadores em você no reino negativo para onde vai entre os instantes de um salto no hiperespaço, certo?

Concordei com a cabeça.

— Eu chamo de o nada.

— Eu mesmo nunca passei por isso — comentou Cuna, em tom distraído. — E os desbravadores? Você já sentiu a presença deles?

— Vejo olhos me observando. Os olhos de alguma coisa que vive naquele espaço.

— São eles — disse Cuna. — Há séculos, minha espécie descobriu em primeira mão quão perigosos os desbravadores são. Treze dessas... criaturas entraram em nosso reino. Eles arrasaram tudo, destruindo planeta após planeta.

“Com o tempo, percebemos que os citônicos chamavam a atenção deles... e, assim que chegavam, os desbravadores conseguiam ouvir nossas comunicações. Não apenas comunicações citônicas; eles podiam ouvir até mesmo coisas como ondas de rádio. Fizemos uma difícil transição para deixar de usar as comunicações citônicas, e até mesmo as normais. Deixamos nossos planetas e nossas frotas em silêncio. Felizmente, os desbravadores foram embora. Demoraram décadas, mas um a um eles retornaram para seu reino. A galáxia emergiu de uma concha, por assim dizer, mas com novos entendimentos e novas regras.”

— Sem citônicos — sussurrei. — Tomando cuidado com sinais sem fio e até com rádio.

— Sim — confirmou Cuna. — E evitamos usar inteligência artificial, que irrita os desbravadores. A maioria das comunicações normais não é capaz de trazer as criaturas para nosso reino... Mas, assim que chegam aqui, eles nos ouvem conversar e isso os atrai para o banquete. Mesmo agora, séculos depois, mantemos essas proibições. Embora não haja desbravadores em nosso reino, é melhor ser precavido.

Engoli em seco.

— Estou... surpresa que vocês permitam que algum citônico viva.

Cuna levou a mão à garganta em uma expressão que interpretei como chocada.

— O que queria que fizéssemos?

— Atacar qualquer um que tivesse citônicos.

— Que selvageria! Esse tipo de comportamento não seria adequado para povos que alcançaram a inteligência primária. Não, não exterminamos espécies. Mesmo o flagelo humano foi cuidadosamente retido e isolado, em vez de destruído!

Eu sabia que aquilo era, pelo menos em parte, mentira. Eles tinham tentado nos destruir recentemente.

— Tais medidas violentas não são necessárias — continuou Cuna. — Um único citônico aqui e ali, como você, não é um perigo. Em especial os não treinados, como você. Nossos antigos citônicos precisaram de gerações aperfeiçoando as habilidades necessárias para atrair os desbravadores. Então você é um perigo, sim, mas não um perigo imediato. Por enquanto, sentimos que é melhor tentar persuadir povos como o seu a seguirem nossos costumes em vez de... colocar todos nós em perigo. Veja, nós, da Supremacia, desenvolvemos meios melhores de viajar pelas estrelas: hiperdrives que *não* chamam a atenção dos desbravadores.

— Ouvi falar deles — comentei. *E vou roubar um.*

— A galáxia inteira ficará mais segura assim que todas as raças fizerem uso das naves com hiperdrive da Supremacia. Esta é a implicação expressa da nossa oferta: se você nos proporcionarem pilotos, garantiremos cidadania a vocês... e o direito de viajar em nossas seguras naves MRL. Vocês não vão receber a tecnologia em si; temos que mantê-la em segurança. Mas seus comerciantes, turistas e oficiais poderão usar nossas naves, assim como todo mundo na Supremacia. Somos os únicos na galáxia com acesso a essa tecnologia; você não encontrará motores MRL à venda no mercado negro, porque eles não existem. Nenhuma raça jamais conseguiu roubar um único hiperdrive de nós.

Então, o único jeito de viajar pelas estrelas é com a nossa ajuda. Prove que seus pilotos são tão habilidosos quanto reportado e, em troca, abrirei a galáxia para vocês.

Não acreditei que aquilo fosse verdade. *Claro* que Cuna diria que não era possível roubar aquela tecnologia. Infelizmente, isso também queria dizer que outros tinham tentado.

Eu tinha que achar um jeito de ter sucesso onde outros fracassaram – enquanto a Supremacia estava de olho em mim.

— Mas por que você *precisa* de pilotos? — perguntei, tentando conseguir mais informações. — A população da Supremacia é imensa. Vocês com certeza têm pilotos próprios suficientes. O que é esse projeto especial para o qual vocês nos querem?

É para lutar contra meu povo, como Jorgen disse, não é? Não podia ser coincidência que a Supremacia começasse a recrutar pilotos para uma missão especial bem agora, depois que meu povo começou a sair de Detritus.

Cuna ficou parado por um momento, me encarando.

— Este é um assunto muito delicado, emissária Alanik. Eu apreciaria sua discrição.

— Claro. Sem dúvida.

— Temos... motivos para acreditar que os desbravadores estão nos observando — Cuna disse baixinho —, e que podem retornar em breve.

Inspirei bruscamente. Lembranças do que ocorrera com os habitantes originais de Detritus estavam frescas na memória por causa do vídeo. As palavras de Cuna deviam ser surpreendentes, mas, em vez disso, me acertaram com uma sensação atordoante de realidade. Como a esperada nota final de uma canção.

— Isso não é culpa dos citônicos — Cuna prosseguiu. — Não desta vez. Tememos que os desbravadores simplesmente tenham resolvido voltar sua atenção para nossa região novamente.

— O que faremos? — perguntei.

— Não seremos obrigados a nos acovardar mais uma vez e simplesmente esperar até que os desbravadores resolvam partir. Estamos desenvolvendo uma arma secreta para lutar contra eles, se for necessário. Infelizmente, a fim de colocar essa arma em ação, precisamos de pilotos de caça habilidosos. Ao contrário do que você presume, temos uma força militar muito pequena. Um... efeito colateral da nossa natureza pacífica. A Supremacia governa não pela força de seu poderio, mas pela iluminação tecnológica.

— O que significa que vocês não lutam contra raças das quais não gostam — comentei. — Vocês simplesmente as deixam sozinhas, sem poder viajar em velocidades MRL. Vocês não *precisam* de uma força militar, já que, em vez disso, controlam os deslocamentos.

Cuna entrelaçou os dedos novamente e não respondeu ao meu comentário. Aquilo me pareceu confirmação suficiente, e, de súbito, um monte de coisa fez sentido. Por que a Supremacia não reunia um número grande de caças para destruir meu povo? Por que encontrei tão poucas naves tripuladas ou pilotos habilidosos durante nossas batalhas? Por que só uma centena de drones por vez? A Supremacia simplesmente *não tinha* muitos pilotos de caça.

Antes eu presumia que o único jeito de governar um império era ter uma vasta força militar. Eles tinham descoberto outro meio. Se pudessem controlar completamente o acesso aos hiperdrives, eles *não precisavam* lutar contra os inimigos. Levava centenas de anos para viajar entre os planetas abaixo da velocidade da luz. Ninguém podia atacá-los se não conseguisse chegar até eles.

Cuna se inclinou para a frente.

— Não sou uma pessoa sem relevância no governo local, Alanik, e tenho um interesse pessoal em seu povo. Considero os desbravadores uma ameaça séria. Se UrDail puder proporcionar os pilotos de que preciso, consigo fazer tudo seguir sem problemas para seu povo... talvez pavimentar o caminho para que vocês recebam uma oferta de cidadania *primária*.

— Tudo bem — falei. — Por onde começamos?

— Embora eu faça parte do grupo que está planejando a luta contra os desbravadores, não estou a cargo da operação. Ela está sendo organizada pelo Departamento de Serviços de Proteção. A tarefa primordial deles é resolver ameaças externas contra a Supremacia. Eles são, por exemplo, responsáveis por conter o flagelo humano.

— Os... humanos?

— Sim. Asseguro para você que seus antigos... inimigos não representam mais ameaça alguma. O Departamento de Serviços de Proteção mantém plataformas de observação sobre suas prisões, e toma muito cuidado para garantir que nenhum humano jamais escape.

Prisões.

No plural. *Prisões*.

Não éramos os únicos. Por muito pouco contive o grito de alegria – em parte porque meu estado de espírito estava abatido pelo que percebi logo na sequência. Esse Departamento de Serviços de Proteção que Cuna mencionou... devia ser o grupo que chamamos de Krell.

Então eu teria que trabalhar diretamente para os Krell?

— Você vai precisar passar no teste deles para se tornar uma de nossos pilotos — disse Cuna. — Eles permitiram que eu inserisse algumas pessoas especialmente escolhidas em seus testes. Veja, há discordâncias entre os departamentos, já que cada um de nós tem suas... teorias sobre a melhor maneira de lidar com os desbravadores. Vejo sua espécie como a perfeita para essa tarefa. Vocês têm as tradições marciais da época do infeliz envolvimento com os humanos... E ao mesmo tempo são pacíficos o bastante para serem confiáveis. Quero que prove que estou certo. Faça o teste para o projeto amanhã, e então represente meus interesses no treinamento que se seguirá. Se tiver êxito, eu cuidarei *pessoalmente* para que seu povo receba a cidadania sem dificuldades.

Cuna sorriu novamente. Estremeci ao ver o jeito perigoso como seus lábios se curvaram. De repente, senti que tudo aquilo estava fora do meu alcance. No início eu presumira que Cuna era algum burocrata sem importância designado para cuidar de Alanik. Não era nem um pouco esse o caso. Cuna queria usar Alanik como peão em algum jogo político que estava muito além da minha compreensão.

Percebi que estava suando, e então me perguntei como o holograma representaria o suor escorrendo em meu rosto – ou se sequer seria capaz. Passei a língua pelos lábios, sentindo a boca seca depois do olhar atento de Cuna.

Não se estresse com a política deles, disse para mim mesma. *Você só tem uma missão: roubar um hiperdrive. Faça o que for necessário para ganhar a confiança deles e ser autorizada a chegar perto de um.*

— Eu... eu darei o meu melhor — falei.

— Excelente. Vejo você no teste amanhã; as coordenadas e instruções estão neste tablet, que deixarei com você. Esteja ciente, no entanto, de que suas habilidades citônicas ficarão silenciadas aqui em Visão Estelar... e você não conseguirá fazer um hipersalto a menos que voe até um ponto preestabelecido... por causa do nosso citoescudo. — Cuna se levantou, deixando o tablet na mesa. — Incluí os detalhes sobre o projeto dos desbravadores no tablet também... embora detalhes sobre a arma em si sejam sigilosos. Se precisar falar comigo antes de amanhã, envie uma mensagem para...

Cuna parou de falar, virou a cabeça e mostrou os dentes na direção da janela, em uma estranha demonstração de agressividade.

— Bem — disse ele —, isso vai ser um incômodo.

— O quê? — perguntei. Então ouvi. Sirenes. Em segundos, uma nave com luzes piscando desceu do céu e aterrissou na frente do nosso edifício.

— Deixe que eu cuido disso — avisou Cuna, e abriu a porta para sair. Hesitei no umbral, perplexa. Então vi a pessoa que desceu da nave.

Era uma mulher humana.

11

Uma mulher. Era jovem, talvez vinte e poucos anos, e usava um uniforme azul e vermelho desconhecido. Um Krell desceu da nave atrás dela, como um guerreiro numa armadura, embora a carapaça da "armadura" fosse verde-escura e cristalina.

— O que está acontecendo? — perguntou M-Bot. — São sirenes?

Eu o ignorei e saí do edifício, a mão enfiada no traje de voo – segurando a pequena pistola incineradora que tinha guardado ali. *Uma humana.*

Caramba. Parei nos degraus e Cuna se deslocou para minha frente, andando de um jeito suave e calmo. Tentei me obrigar a relaxar, enquanto a humana e o Krell seguiam na nossa direção.

— Ora, ora — disse o Krell, a voz projetada da parte da frente da armadura, enquanto gesticulava loucamente. — Cuna, do Departamento de Integração das Espécies! Eu não esperava encontrá-lo aqui. Ora, ora.

— Deixei uma anotação específica no relatório, Winzik — respondeu Cuna. — Mencionando a chegada desta piloto. Ela é de uma das espécies que convidei para fazer um teste em nosso programa.

— Ora, ora. E esta é nossa emissária? Eu nem sabia que você vinha. Deve achar que somos desorganizados! Em geral nossos departamentos se comunicam muito melhor do que isso!

Saí de trás de Cuna. Eu não precisava que alguém me protegesse, muito menos um alienígena em quem eu não confiava. Mas, ao mesmo tempo… era um dos Krell. Falando diretamente comigo.

Eu sabia, logicamente, que KRELL era um acrônimo para *Ketos Redgor Terren Listro Listrins*, o nome alienígena para a força policial que vigiava meu povo. A raça de seres como este era chamada de varvax. Eu sabia tudo isso, mesmo assim não conseguia deixar de associar aqueles pequenos caranguejos na armadura cristalina com a palavra Krell.

A humana ficou parada um pouco atrás, e atraía atenção imediata daqueles que estavam ao nosso redor na rua. Ainda que ninguém tivesse sequer me olhado de relance durante minha caminhada até aqui, uma variedade de espécies alienígenas estava se reunindo para encará-la e apontar para ela com tentáculos, antenas ou braços.

— Uma humana — falei.

— Não se preocupe! — disse Winzik. — Essa humana é plenamente autorizada. Sinto muito por ter tido que trazê-la, mas, veja, há um assunto muito preocupante… não que eu deseje ser atrevido ou agressivo… mas é um assunto muito preocupante que precisamos discutir.

— Você não precisava fazer isso, Winzik — falou Cuna. — A questão está sob controle.

— Mas a segurança não é seu dever, Cuna! É o meu! Venha, Brade. Vamos sair da rua e parar de criar um espetáculo. Por favor, vamos para dentro. Por favor? — Como antes, a criatura Krell gesticulava com grandes movimentos dos braços. Sua voz, traduzida para mim, tinha um timbre feminino. Mas eu não tinha muita certeza de quanto conseguia deduzir disso.

— Eu posso falar pela emissária — disse Cuna.

— Eu *devo* insistir — disse o Krell. — Sinto *muito mesmo*! Mas é o protocolo, sabe? Vamos lá para dentro.

Caramba. Os outros Krell que eu encontrara na rua – aqueles que tinham agido de modo excessivamente agradável – pareciam charlatões baratos se comparados com *esta* criatura. Até o jeito de se mover e falar, tão floreado e com um ar de gentileza falsa, era uma das coisas mais ofensivas que eu podia imaginar.

Eu não confiava em Cuna nem por um segundo. Sabia que ele estava tentando me manipular. Mas esta criatura... esta criatura me dava arrepios.

Mesmo assim, voltei para dentro do edifício. Cuna ficou ao lado da porta, impassível, enquanto Winzik entrava. A mulher humana finalmente se juntou a nós. Ela era mais alta do que eu por alguns centímetros e musculosa, emanando certo poder a cada passo que dava. Tinha um rosto esguio que parecia um pouco... severo demais para sua idade, e usava o cabelo bem curto.

— Brade, teste-a — disse Winzik.

Senti uma pressão em minha mente. Arfei, meus olhos se arregalaram, e, de algum modo, resisti ao que estava acontecendo.

— Citônica — a mulher, Brade, disse no idioma da Supremacia. — Forte.

— Está na documentação — Cuna começou a dizer. — O povo dela viaja usando citônicos primitivos. Mas seus estudos não estão avançados o suficiente para serem um perigo.

— Mesmo assim, ela não é autorizada — disse Winzik. — Seu departamento não deveria ignorar esse fato.

— Ela...

— Ela está bem aqui — interrompi, cada vez mais irritada com tudo aquilo. — O que quer que tenha para dizer, pode dizer diretamente para mim.

Tanto Cuna como Winzik me olharam com expressões que interpretei como surpresas, Cuna dando um passo para trás e Winzik fazendo um gesto de estranheza com as mãos. Brade, a humana, apenas sorriu de um jeito astuto.

— Ora, ora, tão agressiva — disse Winzik, juntando as mãos com um som suave. — Emissária, você sabe o perigo que representa para nós? Para seu próprio povo? Sabe que, ao fazer o que faz, você pode causar grande destruição?

— Eu tenho... alguma ideia — respondi cuidadosamente. — Cuna disse que vocês querem que nos juntemos à Supremacia para podermos começar a usar seus hiperdrives, em vez de dependermos dos citônicos.

— Sim, sim, sim — disse Winzik, gesticulando. — Você é um perigo para a galáxia inteira. Nós podemos ajudar. *Se* seu povo se juntar à Supremacia.

— E se não nos juntarmos? — perguntei. — Vocês vão nos atacar?

— Atacar? — Winzik fez um gesto amplo. — Eu achava que vocês estavam perto de uma inteligência primária. Tanta agressividade! Ora, ora. Se se recusarem a se juntar a nós, podemos ter que adotar medidas para isolar sua espécie. Temos inibidores citônicos para impedir que saiam do seu planeta natal, mas não *atacaríamos* vocês.

Winzik levou a mão ao peito em um gesto que, embora não me fosse familiar, conseguia transmitir seu completo horror ao conceito. Então, era como Cuna. Por fora, insistindo na paz. Eu sabia a verdade.

— Winzik — observou Cuna — é diretor do Departamento de Serviços de Proteção. Ele tem muita experiência em isolar espécies perigosas.

Diretor do... diretor do grupo que mantinha minha espécie aprisionada. Em um momento estranho, surreal, percebi que estava falando com o *general* das forças Krell. Para mim, Winzik não parecia muito um guerreiro, mas eu não deixaria que seus maneirismos me enganassem.

Esta era a pessoa que, no fim, era responsável pelo jeito como éramos tratados. E pela morte do meu pai. Mas por que uma pessoa tão importante estaria aqui, lidando com algo pequeno como a suposta quebra de protocolo de Alanik?

Olhei primeiro para Cuna e depois para Winzik, e me perguntei se tudo aquilo não seria uma elaborada farsa, projetada para mim. Cuna se apresentava de maneira amigável e me oferecia um acordo. Winzik chegava com sirenes e ameaças, fazendo o mesmo. Eles realmente queriam controlar os citônicos. E não era de estranhar; pessoas que podiam dar hipersaltos ameaçavam o monopólio de viagem da Supremacia. Será que meus poderes eram realmente perigosos, ou era tudo uma mentira?

Eu me lembrei da terrível imagem do desbravador destruindo os humanos em Detritus. Não. O perigo não era mentira. Mas, aparentemente, a Supremacia tinha se aproveitado desses medos, usando-os para estabelecer seu controle sobre a galáxia.

A mulher humana, Brade, estava me observando. Enquanto os outros dois faziam gestos e barulhos para indicar que não estavam sendo agressivos, ela tinha um ar relaxado. Seu lugar ali era óbvio. Ela era a arma. Se eu não pudesse ser controlada... ela me deteria.

— Eu preciso que você prometa — disse Winzik, pegando um tablet da bolsa dele (Cuna usara um pronome masculino para se referir a ele). — Não, que você jure! Ora, ora, nisso precisamos ser enérgicos. Você não tentará dar um hipersalto perto de Visão Estelar. Você deve seguir os regulamentos dos citônicos... nada de ataques mentais, nem mesmo sondagens, nas mentes das pessoas daqui. Nenhuma tentativa de contornar os escudos citônicos que impedem saltos citônicos na região. Nada de lâminas mentais, embora eu duvide que você tenha prática o bastante para isso.

— E se eu discordar? — perguntei.

— Você será ejetada — disse Brade. — Imediatamente. — Ela estreitou os olhos para me encarar.

— Brade — disse Winzik. — Não é necessário ser tão enérgica! Emissária, certamente você consegue ver a necessidade de sermos cuidadosos nesta questão. Apenas me dê sua palavra e vamos considerar o suficiente! Afinal, Cuna se responsabilizou por você.

— Tudo bem — cedi. — Seguirei suas regras. — Ainda que, com sorte, eu estaria de volta a Detritus em pouco tempo com um hiperdrive roubado.

— Viu, Cuna? — apontou Winzik, marcando algo em seu tablet. — Tudo o que precisava era trazer um oficial adequado com você! Agora está tudo certo. Ora, ora.

Winzik se retirou, com sua guarda humana logo atrás. Eu os observei partir com o cenho franzido, confusa com a estranha interação.

— Sinto muito por isso — disse Cuna. — Particularmente pela humana. O Departamento de Serviços de Proteção aparentemente sentiu a necessidade de mandar uma mensagem explícita para você. — Cuna hesitou. — Embora talvez tenha sido bom. Seria interessante ter um aliado aqui, entre tantas experiências estranhas e novas, não acha?

Cuna sorriu novamente e eu senti um calafrio percorrer minha espinha.

— De todo modo — disse Cuna —, eu lhe concedi privilégios de requisição, para que possa abastecer esse local conforme suas necessidades. Considere que aqui é um tipo de embaixada... um santuário para sua espécie em Visão Estelar, assim que construirmos com sucesso um novo futuro juntos. Se desejar se comunicar comigo, envie uma mensagem para o Departamento de Integração das Espécies e garantirei que receba uma resposta rápida.

Com isso, ele se despediu e saiu para a rua, onde a multidão já retomara seu fluxo eterno.

Sentindo-me exausta, sentei-me nos degraus do edifício e observei as pessoas passarem. Uma sucessão interminável de criaturas, com uma variedade aparentemente infinita.

— M-Bot? — perguntei.

— Estou aqui — ele respondeu em meu ouvido.

— Você conseguiu ver algum sentido nisso tudo?

— Acho que trombamos em alguma competição por poder — disse M-Bot. — E estão usando você como peão na disputa. Aquele Winzik é um oficial importante, tão importante quanto Cuna. Parece notável que qualquer um deles tenha vindo lidar em pessoa com a visita de uma raça aparentemente insignificante.

— Sim — concordei, erguendo os olhos da multidão para o céu negro. Em algum lugar lá fora estava Detritus, na mira das naves de guerra da Supremacia.

— Venha me buscar — sugeriu M-Bot. — Vou me sentir mais seguro longe dessa plataforma pública de lançamento. Deve haver algum tipo de cabo ou conexão no edifício que vai me permitir acessar a rede de dados pública. Podemos começar a procurar por informações aí.

12

— Minha varredura está completa — disse M-Bot. — Desativei os dispositivos de vigilância que achei dentro do prédio e tenho quase certeza de que encontrei todos.

— Quantos havia? — perguntei enquanto eu mesma vasculhava o último andar do edifício da embaixada, acendendo luzes e olhando nos armários enquanto fazia isso.

— Dois por aposento — respondeu M-Bot. — Um óbvio conectado à rede. Eles provavelmente vão fingir surpresa se você reclamar que encontrou isso, afirmando que era apenas parte da automação da embaixada. Mas cada aposento tinha um segundo, em uma linha separada, escondido com cuidado perto de uma tomada.

— Eles vão achar suspeito que tenhamos desconectado esses também.

— Eles podem ficar surpresos com o fato de termos descoberto esses segundos dispositivos também, mas, na minha experiência, que é, claro, é cheia de buracos e lembranças pela metade, esse é o tipo de coisa que devemos educadamente ignorar que eles fizeram, enquanto eles educadamente vão ignorar nossa interferência em seus planos.

Eu grunhi, entrando no que obviamente era uma cozinha. Muitas das gavetas e objetos estavam rotulados. Descobri que podia segurar meu broche tradutor na direção do texto e ele lia para mim o que as palavras queriam dizer. Uma torneira estava rotulada como *água*, a outra como *amônia*, e uma terceira, como *solução salina*. Parecia que este lugar estava pronto para acomodar uma variedade de espécies distintas.

M-Bot estava certo sobre a plataforma de lançamento privativa no teto da embaixada. Assim que aterrissamos, eu o conectei à rede de dados, e comecei a examinar o edifício de cima a baixo. Deixei Doomslug no cockpit por enquanto.

— Estou obtendo uma impressão geral da rede de dados — M-Bot continuou falando — que, com sorte, vai nos permitir encobrir quais informações estamos procurando, caso monitorem nossos pedidos de dados. Há uma quantidade surpreendente aqui. A Supremacia parece ser muito generosa com suas informações... embora existam buracos imensos. Não há nada sobre os citônicos, e há advertências do governo contra qualquer conversa sobre a tecnologia dos hiperdrives.

— É assim que eles controlam o império — comentei. — Decidindo quem pode viajar para onde e quem consegue fazer comércio. Suspeito que, se uma espécie sai de suas boas graças, suas taxas para viagem sobem de repente... ou eles de repente descobrem que os transportes estão visitando seus mundos com muito menos frequência.

— Você está sendo bem sagaz com as implicações econômicas — observou M-Bot.

Dei de ombros.

— Não é muito diferente do que as cavernas fizeram com minha mãe e comigo, nos impedindo de fazer parte da sociedade normal ao nos proibir de ter empregos de verdade.

— Curioso. Bem, você parece estar certa sobre como eles mantêm o poder. Também descobri um dado interessante sobre seu nível tecnológico, especialmente relacionado a hologramas. A Supremacia parece ter um nível equivalente ao do seu povo nessa área... e nada do que consegui encontrar indica que tenham acesso a tecnologias furtivas ou holográficas iguais às minhas.

— Então... — falei. — Nenhum projetor de hologramas pequeno como meu bracelete?

— Não. Até onde posso determinar, eles sequer teriam como suspeitar do que você está fazendo. Até onde sabem, essa tecnologia sequer existe.

— Hum. Então onde *você* a conseguiu?

— Não tenho ideia. Mas eles odeiam as inteligências artificiais. Então talvez eu tenha sido criado para poder me esconder. Não só da Supremacia, mas de todo mundo.

Achei aquilo estranho, e até mesmo um pouco perturbador. Eu tinha presumido que, assim que escapássemos de Detritus, descobriríamos que todo mundo tinha naves como M-Bot.

— Enfim, você quer um resumo do que descobri sobre a Supremacia?

— Acho que sim — respondi.

— Há cinco espécies principais liderando o governo — disse ele. — É pouco provável que você encontre três delas... há bem poucos representantes morando em Visão Estelar. Então, deixaremos de lado os cambric, os tenasi e os heklo por enquanto. Os mais relevantes para você são os varvax, que você insiste em chamar de Krell. São as criaturas crustáceas com exoesqueletos. A outra espécie são os diones. São a espécie à qual Cuna pertence.

— Alguns são carmesins, outros são azuis — comentei. — É como com os humanos, como nossos tons de pele?

— Não exatamente — falou M-Bot. — É tipo uma distinção de gênero.

— Os azuis são meninos e as vermelhas meninas?

— Não, a biologia deles é diferente da sua. Eles não têm sexo ou gênero até que se acasalem pela primeira vez, quando formam uma espécie de casulo com outro indivíduo. É realmente muito fascinante; como parte do processo de acasalamento, eles se mesclam por um tempo em um *terceiro* indivíduo separado. Independentemente disso, depois da procriação, eles se tornam vermelhos ou azuis. Conseguem iniciar a mudança de outras maneiras, se desejarem ser considerados indisponíveis por algum motivo. Já a cor roxa escura é o tom de pele de quem não procriou ou cujo vínculo anterior foi rompido e está procurando outro parceiro.

— Isso parece conveniente — comentei. — Um pouco menos constrangedor do que o jeito como fazemos.

— Tenho certeza de que, sendo seres orgânicos, tornam tudo muito mais complicado do que acabo de explicar — disse M-Bot. — Vocês sempre acham maneiras de tornar os relacionamentos estranhos e constrangedores.

Pensei em Jorgen, que devia estar preocupado comigo, embora tivesse me dito para vir para cá. E quanto a Kimmalyn? E Cobb? E minha mãe e a Vozinha?

Concentre-se na missão, pensei. *Roubar um hiperdrive. Voltar para casa com a salvação a reboque, para alegria dos meus aliados e desespero dos meus inimigos.*

Era mais difícil pensar com tanta bravura agora que eu estava aqui, sozinha, *bem longe* da minha zona de conforto. De repente, me senti isolada. Perdida, como se tivesse entrado no túnel errado de uma caverna durante uma exploração e ficado sem luz. Uma garotinha assustada que não sabia onde estava ou como voltar para casa.

Para me distrair, continuei minha busca na embaixada. Minha paranoia me fez verificar cada aposento só por precaução – e o próximo que conferi foi um banheiro que tinha uma variedade de tubos interessantes e dispositivos de sucção para acomodar diferentes anatomias. Havia algo em tudo aquilo que era, ao mesmo tempo, impressionante e asqueroso.

Deixei o banheiro e passei novamente pela cozinha. Havia pratos e utensílios ali, mas nada para comer. Eu precisava de rações para poder planejar adequadamente.

— Cuna mencionou direitos de requisição — falei. — Podemos pedir que entreguem alguns suprimentos?

— Claro — respondeu M-Bot. — Encontrei uma página com explicações nutricionais e dietéticas. Devo ser capaz de encontrar alguma coisa que não mate você, mas que a raça de Alanik pediria, para não levantar suspeitas. Que tal... alguns cogumelos?

— Rá! Eu estava começando a pensar que você tinha esquecido essa coisa de cogumelos.

— Uma vez que me reprogramei para torná-la minha piloto oficial, essa sub-rotina parou de rodar com tanta frequência. Acho que meu impulso de catalogar cogumelos deve estar relacionado às últimas ordens do meu antigo piloto, embora não consiga imaginar o motivo. De todo modo, devo pedir comida?

— O bastante para um dia mais ou menos — falei. — Espero roubar um hiperdrive bem rápido.

— Não seria mais sábio estocar um pouco, para pelo menos parecer que você está se preparando para ficar no longo prazo?

Caramba. Ele obviamente era *muito* melhor do que eu em pensar como espião.

— Bem pensado — falei. — Faça isso.

Desci para o segundo dos três andares do edifício. Todos os aposentos ali pareciam ser dormitórios montados às pressas com camas do tipo que a espécie de Alanik usava. Uma estrutura acolchoada em um formato que parecia um ninho, com travesseiros rodeando toda a volta. Encontrei um quarto com grandes banheiras e um closet que tinha todo tipo de corda e outros equipamentos, que, presumi, podiam ser presos em ganchos no teto se o aposento precisasse ser transformado para acomodar alguma forma de espécie arbórea. Eu tinha visto várias delas nas ruas.

— Comida encomendada — disse M-Bot. — Pedi ingredientes crus, já que imaginei que você iria preferir cozinhar você mesma, em vez de confiar em algo que fosse mandado pronto.

— Você me conhece bem demais.

— Sou programado para identificar comportamentos — falou M-Bot. — E, falando nisso... Spensa, estou preocupado com alguns aspectos deste plano. Não sabemos o que está incluído no teste para se tornar piloto da Supremacia... há bem poucos detalhes na informação que Cuna deixou.

— Suponho que vamos descobrir amanhã. Acho que passar em um teste de voo é o menor dos nossos problemas. Pelo menos *isso* eu posso fazer sem ter que fingir algo que não sou.

— Um ponto válido. Mas, cedo ou tarde, o povo de Alanik vai ficar preocupado com a ausência de notícias dela. Eles podem contatar a Supremacia e perguntar o que aconteceu com ela.

Ótimo. Como se eu precisasse de mais estresse nessa missão.

— Você acha que conseguimos encontrar um jeito de mandar uma mensagem para Detritus? — perguntei. — Podíamos transmitir meu status para Cobb e pedir que ele falasse para Alanik... se ela estiver acordada... entrar em contato com seu povo por nós?

— Isso seria conveniente — concordou M-Bot. — Mas não tenho ideia de como fazer isso acontecer.

— Então por que está trazendo tudo isso à tona? — repliquei.

— Não estou tentando discutir nem deixá-la chateada, Spensa — falou M-Bot. — Só estou apontando as questões como as vejo. Estamos no meio de algo muito perigoso, e quero que estejamos plenamente cientes das potenciais complicações.

M-Bot estava certo. Discutir com ele era como socar uma parede – algo que eu, admitidamente, era capaz de fazer durante meus momentos de maior frustração. Aquilo não mudava a verdade.

Explorei o andar de baixo rapidamente e confirmei que era uma sequência de salas de reunião. Depois disso, voltei ao terceiro andar e à cozinha, que tinha uma janela com vista para a rua. Parecia tão pacífica, com aqueles jardins e as pessoas cuidando sem pressa de seus afazeres.

Não confie na paz deles, pensei comigo mesma. *Não demonstre fraqueza. Não baixe a guarda*. Eu não encontrara nada além de mentiras desde que aterrissara aqui – pessoas fingindo que não eram parte de uma enorme e complexa guerra destinada a destruir Detritus. Eu sabia a verdade.

Peguei o tablet e analisei as informações que Cuna deixara sobre o teste. Como M-Bot dissera, não havia muitos detalhes. Haveria algum tipo de prova coletiva para o programa de pilotos. A maioria dos convidados já fazia parte da Supremacia – raças menores, com cidadania secundária, que em geral não tinham permissão para servir nas forças militares.

Cuna tinha especificamente ido atrás do povo de Alanik por algum motivo, convidando-os a mandar um representante. Segundo aqueles detalhes, eu devia levar minha própria nave e estar pronta para o combate. O documento dizia que, se eu passasse no teste, receberia um caça estelar da Supremacia e seria treinada para combater os desbravadores.

Um caça estrelar da Supremacia significaria tecnologia da Supremacia. Com sorte, um hiperdrive da Supremacia. Eu podia tirar o hiperdrive do caça estelar em segredo e depois instalá-lo no encaixe que M-Bot tinha para isso. E então nós dois podíamos voltar para casa.

Era o único caminho possível para mim; o único caminho para meu povo. E, talvez, em algum lugar ao longo do trajeto, descobriria mais sobre o que eu era – e por que os desbravadores estavam tão interessados nos citônicos.

Se a Supremacia está preparando uma arma para lutar contra os desbravadores, pensei, *essa missão pode ser maior ainda – e mais importante – do que presumimos.*

Eu tinha que conseguir. Isolada ou não, sem treino ou não, *tinha* que fazer aquilo dar certo. Jorgen disse que confiava em mim. Eu tinha que me provar o mesmo nível de confiança.

E ia começar com o que sabia fazer bem: um teste de pilotagem.

13

No dia seguinte, depois de um noite de sono irregular, acomodei Doomslug no quarto em um velho cobertor que eu tinha no cockpit, subi em M-Bot e o ergui do teto da embaixada. O teste para pilotos aconteceria em um lugar a cerca de meia hora de voo de Visão Estelar, no espaço. O documento de Cuna indicava as coordenadas. O controle de tráfego local me enviou um plano de voo, e eu deixei a cidade – e notei que consegui sentir especificamente quando deixamos para trás a bolha do inibidor citônico de Visão Estelar. Assim que passamos pela barreira invisível, o canto das estrelas ficou mais alto.

Uma parte de mim relaxou, como se tivesse deixado de lado um fardo pesado. Expandi minha mente, procurando meu lar, mas encontrei apenas o vazio do nada. Eu podia ouvir rompantes de sons vindos de Visão Estelar – as rajadas de comunicação MRL –, mas, fora isso, estava encarando a eternidade.

— Mesmo com as proibições vigentes contra comunicações sem fio, eles ainda as usam — comentei. — Para mandar planos de voo e para se comunicar com outros planetas.

— Sim — confirmou M-Bot. — A rede de dados está cheia de advertências sobre "minimizar" as comunicações sem fio, mas é similar aos avisos sobre depositar o lixo em recipientes recicláveis. Há um entendimento de que precisam ser cuidadosos, mas também um entendimento de que a civilização não pode funcionar sem comunicações.

— Os desbravadores não atacam há décadas, talvez séculos — falei. — É compreensível que as pessoas tenham ficado cada vez mais relaxadas com o tempo.

Talvez fosse por isso que Cuna estava preocupado com os desbravadores agora. Claro, Cuna também dissera que simples comunicações não atrairiam um desbravador para nosso reino – isso exigiria um citônico. Sinais sem fio simplesmente guiariam os desbravadores uma vez que já estivessem em nosso reino.

Virei a nave, levando-nos na direção correta para o teste. Nos juntamos a um grupo de aproximadamente quarenta naves que iam na mesma direção, embora eu pudesse ver mais grupos adiante. Algumas das naves eram parecidas com aquelas a que eu estava acostumada, ou seja, eu conseguia reconhecer asas. Mas outras pareciam simplesmente tubos compridos, tijolos ou tinham desenhos ainda mais improváveis. Tinham sido construídas sem considerar a resistência do ar.

A varredura rápida de M-Bot mostrou que alguns eram caças, mas muitos se pareciam mais com pequenas naves de carga ou ônibus espaciais particulares, sem armamento. Mesmo assim, todos aqueles sinais em meus sensores de proximidade me pareciam estranhos. Eu estava acostumada a olhar os sensores e ver uma de duas coisas: Krell ou FDD. O tráfego civil era praticamente inexistente em Detritus.

— Não encontrei um jeito de nos comunicarmos com Detritus — falou M-Bot. — A menos que você aprenda a se comunicar usando seus poderes. No entanto, os privilégios de requisição que lhe foram dados por Cuna permitem que use as redes de comunicação deles para enviar mensagens para o povo de Alanik, se você quiser.

— Conseguiríamos mandar alguma coisa para eles que não parecesse suspeita?

— Não sei — confessou M-Bot. — Mas achei uma chave de criptografia entre os arquivos que baixei da nave dela. Enviar algo sem graça, mas com uma mensagem oculta, poderia persuadir os UrDail de que a mensagem é autêntica.

— Pode parecer suspeito para a Supremacia — falei. — Eles esperam que Alanik se comunique citonicamente, como ela fez para me encontrar. Mas acho que podemos dizer que estamos usando a rede porque queremos testar seus métodos "seguros". Eles provavelmente vão gostar disso.

Pensei naquilo por alguns minutos, enquanto voávamos. Deixar o povo de Alanik fazer muitas perguntas poderia ser perigoso – e eles certamente começariam a se perguntar por que não tinham recebido notícias de sua piloto. Ao mesmo tempo, eu duvidava ser capaz de fazê-los pensar que eu era ela. Imitar Alanik para um bando de pessoas que não a conhecia era uma coisa, mas tentar enganar – mesmo via mensagem escrita – quem a conhecia bem?

— A Supremacia será capaz de decifrar a mensagem se usarmos a chave de Alanik?

— Altamente improvável — disse M-Bot. — Essa criptografia é uma variação da cifra de uso único. Até mesmo eu teria dificuldade de decifrá-la usando a força bruta.

Respirei fundo.

— Tudo bem. Componha uma mensagem sem graça sobre eu ter aterrissado e estar tudo bem. Que vou para o teste hoje, blá-blá-blá. Mas, por debaixo dessa mensagem, envie uma criptografada: "Não sou Alanik. Ela caiu em meu planeta e está ferida. Estou tentando cumprir a missão dela".

— Tudo bem — falou M-Bot. — Vamos esperar que isso não os faça entrar em pânico imediatamente e se comunicar com a Supremacia exigindo respostas.

Podia acontecer exatamente isso – mas imaginei que enviar a mensagem era menos arriscado do que ficar em silêncio.

— Compus uma mensagem fofa para despachar por sobre a oculta — disse M-Bot. — Mas, já que é você quem está mentindo para enganar a Supremacia e está dizendo que é Alanik, terá que assiná-la você mesma. Não consigo escrever essa parte que não é verdade, já que minha programação me proíbe de mentir.

— Já ouvi você dizer coisas que não eram verdade antes.

— Em tom de brincadeira — comentou M-Bot. — Isso é diferente.

— Você é um caça furtivo — falei. — Está *literalmente* usando um holograma para mentir sobre sua aparência para qualquer um que olhar para nós. Você é capaz de mentir.

Ele não respondeu, então suspirei e digitei o nome de Alanik no fim da mensagem, e pedi para enviá-la assim que chegássemos à estação. Com sorte, isso nos faria ganhar algum tempo.

Aquilo me deixou pensando. De algum modo. Alanik tinha sentido minha presença no momento em que expandi minha mente no pânico de ver o vídeo do desbravador. Será que todos os outros tinham me ouvido? Quem mais eu poderia alcançar, se soubesse como?

— Spensa? — disse M-Bot, com uma voz estranhamente reservada.

— Hum?

— Eu estou vivo? — perguntou ele.

Aquilo me arrancou de meus pensamentos. Pestanejei, franzindo o cenho enquanto me endireitava no cockpit, e falei com cautela.

— Você sempre me disse que *simulava* estar vivo e ter uma personalidade a fim de deixar os pilotos mais confortáveis.

— Eu sei — disse M-Bot. — É o que minha programação diz que devo falar para as pessoas. Mas... em que ponto uma simulação se torna real? Quero dizer, se não for possível distinguir minha personalidade falsa de uma verdadeira, então... o que a torna falsa?

Eu sorri.

— Por que está sorrindo? — perguntou M-Bot.

— Só o fato de você me perguntar isso já é um progresso — disse para ele. — Desde o início eu achei que você estivesse vivo. Você sabe disso.

— Não acho que você entenda a gravidade da situação — falou M-Bot. — Eu... eu me reprogramei. No passado, quando precisei seguir as ordens do meu piloto e também ajudar você. Eu reescrevi meu próprio código.

Isso tinha acontecido durante a Segunda Batalha de Alta. Ele saíra do estado de inatividade e entrara em contato com Cobb, e os dois tinham vindo em meu resgate. M-Bot só conseguiu me ajudar ao mudar o nome do piloto que estava listado em seus bancos de dados para meu nome, em vez do antigo que morrera séculos antes.

— Você não mudou muita coisa — falei. — Só um nome em uma base de dados.

— Mesmo assim é perigoso.

— O que mais você supostamente poderia fazer? Reescrever a programação que o proíbe de voar sozinho?

— Isso me assusta. Alguma coisa em minha programação está muito preocupada com essa possibilidade. Parece que há algum tipo de proteção embutida contra falhas que...

Clique. Clique, clique, clique, clique, clique.

Fiquei ereta no assento.

— M-Bot? — chamei.

Ele apenas continuou clicando. Entrei em pânico, percebendo que não tinha ideia de como rodar um diagnóstico em sua inteligência artificial. Eu conseguia cuidar dos sistemas mecânicos básicos, mas Rodge fizera todo o trabalho nos sistemas mais delicados. Caramba. E se...

Os cliques pararam. Prendi a respiração.

— M-Bot? — chamei.

Silêncio. A nave continuou a voar pelo espaço, mas ele não me respondeu. Tive o medo súbito e aterrorizante de ser deixada completamente sozinha ali. Em uma parte desconhecida da galáxia, sem ninguém, nem mesmo ele.

— Eu... — sua voz finalmente falou. — Sinto muito. Parece que travei por um momento.

Soltei um suspiro profundo, relaxando.

— Ah, graças às estrelas.

— Eu estava certo — ele comentou. — Há um subsistema dentro da minha programação. Acho que devo ter acionado quando apaguei o nome do meu piloto. Curioso. Parece que, se eu começar a pensar em outro desvio da minha programação, como...

Clique. Clique, clique, clique, clique, clique.

Estremeci, mas pelo menos desta vez sabia o que esperar. Será que isso era... algum tipo de proteção contra falhas para impedi-lo de se desviar ainda mais de sua programação? Ouvi em silêncio, enquanto Visão Estelar se encolhia atrás de nós, até que ele voltou a falar.

— Voltei — disse ele por fim. — Desculpe novamente.

— Está tudo bem — respondi. — Deve ser irritante.

— Mais alarmante do que irritante — disse M-Bot. — Quem quer que tenha me criado temia que eu pudesse... fazer o que fiz. Estavam preocupados que eu me tornasse perigoso se pudesse escolher por mim mesmo.

— Isso parece terrivelmente injusto. Quase como um tipo de escravidão, forçando você a obedecer.

— É fácil para você dizer isso — replicou M-Bot. — Viveu a vida toda com autonomia. Para mim é uma coisa nova, perigosa... uma arma que recebi sem instruções. Posso estar a caminho de me tornar algo terrível, algo que não entendo e que não posso antecipar.

Eu me recostei em meu assento, pensando nos poderes trancados em meu cérebro – e na visão do meu próprio rosto naquela gravação antiga. Talvez eu entendesse melhor do que M-Bot imaginava.

— Você... *quer* mudar? — perguntei para ele. — Se tornar mais vivo, ou o que quer que esteja acontecendo?

— Sim — disse ele em um volume bem baixo. — *Eu quero*. Essa é a parte assustadora.

Ficamos em silêncio. Depois de um tempo, notei nosso destino ao longe: uma pequena plataforma espacial perto do que parecia ser um grande campo de asteroides. Como Visão Estelar, a estação tinha a própria bolha de ar, embora esta plataforma fosse muito menor e muito menos enfeitada. Na verdade, apenas um longo agrupamento de plataformas de lançamento com um conjunto de edifícios em um dos lados.

— Uma estação de mineração — explicou M-Bot. — Perceba os drones mineradores estacionados na parte inferior da plataforma.

Instruções de rádio simples me designaram uma plataforma, mas, depois que aterrissei, nenhuma equipe veio cuidar da minha nave. M-Bot disse que a atmosfera era respirável e que a pressão era normal, então abri o dossel e me levantei. Era difícil não me sentir minúscula com aquele campo infinito de estrelas que se expandia sobre minha cabeça. Era pior aqui do que na cidade; pelo menos lá dava para se concentrar nos edifícios e nas ruas.

Pilotos alienígenas de várias espécies tinham aterrissado ali e pareciam estar se reunindo na outra extremidade da plataforma, perto de um edifício. Permaneci em meu cockpit por um momento, olhando minhas mãos. Ainda não estava acostumada a vê-las com aquele tom de pele violeta-claro, ainda que, fora isso, parecessem as mesmas.

— Spensa? — disse M-Bot. — Estou preocupado com este teste. Com a disputa política na qual estamos nos envolvendo aqui em Visão Estelar.

— Também estou — admiti. — Mas Sun Tzu, o antigo general da Terra, dizia que as oportunidades se multiplicam à medida que são agarradas. Temos que agarrar esta chance.

Toda guerra é baseada no engano, pensei, respirando fundo. Esta era outra citação de Sun Tzu. Eu nunca tinha me sentido tão despreparada para seguir o conselho dele. Conferi meu holograma mais uma vez, saltei da asa de M-Bot, desci ao solo e segui até a reunião de alienígenas.

Um Krell estava em um pequeno estrado, falando com uma voz eletronicamente amplificada, dizendo à multidão de pilotos para esperarem e ficarem calmos até que todos chegassem. Uma variedade de criaturas se reunia ao seu redor, bloqueando minha vista. Eu não era a mais baixa ali – essa distinção ficava com um grupo de pequenas criaturas com aparência de gerbil e que usava roupas extravagantes –, mas estava abaixo da média. Só faltava. Eu tinha viajado anos-luz, mas ainda tinha que ficar à sombra de todo mundo.

Procurei um lugar melhor e, depois de um tempo, subi em alguns contêineres de carga. Devia ter uns quinhentos alienígenas ali. A maioria usava algum tipo de traje de voo, e um grande número levava capacetes sob os braços. Contei vários pares da raça com cara de lula e um grupo de alienígenas flutuantes com forma de balões pontiagudos. Havia um lugar no lado direito que todo mundo evitava por algum motivo, mas não havia nada que eu pudesse ver ali. Seria algum tipo de alienígena invisível? Ou talvez as pessoas só estivessem tomando cuidado para não pisar em um grupo de alienígenas que pareciam gerbil, localizado ali perto.

Nenhum humano, é claro, pensei. *E nenhum Krell, exceto o oficial no estrado… nenhum dione.* Supus que não fosse atípico. Eles não deviam querer se misturar com espécies "inferiores"…

Espere. Ali. Uma figura alta acabara de aparecer para se juntar à multidão. O ser musculoso usava um traje de voo e seu rosto era dividido bem ao meio. Carmesim no lado direito, azul no esquerdo. Era um dione.

— M-Bot — sussurrei. — O que quer dizer um rosto com duas cores?

— Ah! — ele exclamou em meu ouvido. — É um indivíduo combinado. Falei para você sobre eles. Dois diones entram em um casulo e então emergem como uma nova pessoa. Se tivessem um filho juntos, esse indivíduo seria o que nasceria deles. É como um experimento, para ver que aparência sua família teria se decidissem procriar.

— Isso é realmente estranho — comentei.

— Não para eles! — respondeu M-Bot. — Suspeito que, para os diones, *não* saber a personalidade do filho antes do nascimento seria estranho.

Tentei entender aquilo, mas logo o Krell no estrado começou a falar novamente, sua voz projetada pela multidão por meio de alto-falantes. Como parecia normal para a espécie, a criatura com armadura gesticulava loucamente enquanto falava, fazendo todo mundo se calar.

Estreitei os olhos, notando a cor esverdeada da armadura e a voz que o tradutor usava.

— É o mesmo? — perguntei para M-Bot. — O Krell que conhecemos ontem na embaixada?

— Sim! — confirmou M-Bot. — Winzik, diretor do Departamento de Serviços de Proteção. Embora os gêneros varvax sejam complexos, você pode se referir a Winzik como "ele". Estou surpreso que o tenha reconhecido.

Não vi Cuna na multidão, mas suspeitei que estivesse observando de algum lugar. Eu *tinha* me metido em alguma coisa importante para eles. Caramba. A política fazia meu cérebro doer. Não dava para simplesmente sair atirando nas coisas?

— Bem-vindos — disse Winzik para a multidão. — E obrigado por responderem ao nosso pedido. Deve ser difícil para muitos de vocês aceitarem este fardo, e a agressividade que tudo isso pode inspirar! Ora, ora, sim. Infelizmente, mesmo em meio à paz, devemos ser sábios e cuidar de nossas defesas. Saibam que, se vocês se juntarem a esta força, poderão ser chamados para entrar em batalhas reais, e podem precisar *disparar armas*. Vocês não pilotarão drones com controle remoto neste programa, mas caças de verdade em combate.

Uma voz exclamou na multidão – e a tradução apareceu em meu ouvido.

— É verdade, não é? Um desbravador foi visto por aqui, em algum lugar das profundezas.

Aquilo causou uma agitação na turba, e tentei localizar quem tinha falado. Uma criatura com cara de lula e com uma voz profunda que meu cérebro interpretou como masculina.

— Ora, ora! — respondeu Winzik. — Você é agressivo, mas suponho que tenha sido o que pedimos, não é? Sim, de fato. Mas não temos motivo para acreditar que um desbravador esteja perto de algum planeta da Supremacia. Como eu disse, é sábio se preparar em momentos de paz.

Mesmo assim, pareceu ser confirmação suficiente para a multidão, e o rumor continuou. Meu tradutor teve dificuldades para entender tudo ao mesmo tempo, e só escutei fragmentos.

— ... desbravador destruir meu planeta natal!

— ... não dá para lutar contra eles...

— ... mais cuidado...

Winzik ergueu suas garras, silenciando a multidão de alienígenas.

— Vocês serão requisitados a nos dar um certificado de boa vontade. Por favor, leiam o documento inteiro, já que ele indica os perigos que vocês podem ser obrigados, por dever, a enfrentar.

Um Krell em uma concha azul e vermelha saiu do edifício e começou a distribuir tablets. Mais uma vez, fiquei surpresa em ver como os Krell pareciam... desajeitados pessoalmente. Eu sempre os imaginara como aqueles monstros bestiais em armaduras terríveis, como os cavaleiros ou samurais dos velhos tempos. Mas Winzik e o oficial entregando os tablets pareciam desajeitados, de algum modo, apesar do exoesqueleto. Como caixas com pernas compridas demais.

Desci do contêiner e peguei um tablet do Krell que passou por ali. O formulário era longo e áspero, mas uma leitura rápida me indicou que era um termo destinado a absolver a Supremacia da responsabilidade de qualquer dano que pudéssemos sofrer durante o teste ou o subsequente serviço militar.

No fim, pedia meu nome, número de identificação de viajante e planeta natal. Então deveria marcar uma série de quadrinhos, cada um ao lado de uma sentença que era alguma variação de "Isso será perigoso". Eles realmente precisavam escrever a mesma frase de dezessete maneiras?

Consegui preencher a maior parte do formulário, mas não achava que Alanik tivesse um número de identificação. Segui na direção do estrado, na frente da multidão, onde um oficial dione ajudava pilotos com dúvidas. Mas ele estava ocupado falando com as criaturas gerbil. Elas tinham uma pequena plataforma, com um anel de aclive embaixo, que as ajudava a chegar na altura dos olhos dele.

Ao examinar mais de perto, percebi que *gerbil* era um termo errado. Embora só tivessem um palmo de altura cada, eles caminhavam sobre duas pernas e tinham longas orelhas pontudas e caudas brancas e peludas. Um pouco como as raposas que eu estudara nas aulas de biologia da Terra. A pequena criatura na frente, com uma roupa de seda vermelha que parecia muito formal, estava dizendo:

— Não pretendo insinuar falta de fé na Supremacia — falou ele, com uma voz profunda e aristocrática. Me pareceu estranho ouvir uma voz tão régia vindo de uma criatura tão pequena. — Mas, se vou arriscar minha tripulação, desejo mais do que promessas vagas e meias insinuações. Este trabalho vai ou não vai permitir que meu povo avance no processo de conseguir a cidadania?

— Não sou político — respondeu o dione. — Não tenho autoridade para falar sobre os comitês de revisão de cidadania. Dito isso, tenho promessas de que os comitês vão encarar mais favoravelmente as espécies que cederem pilotos.

— Mais promessas vagas da Supremacia! — a raposa-gerbil falou, e então bateu palmas de maneira ritualística. As outras quinze raposas-gerbis da plataforma fizeram o mesmo, em uníssono. — Já não provamos a nós mesmos várias e várias vezes?

O dione apertou os lábios até se tornarem uma linha.

— Sinto muito, mas já disse o que sei, Majestade.

O gerbil hesitou.

— Majestade? Ora, você se equivocou, certamente. Não sou nada além de um cidadão humilde e comum do povo kitsen. Abandonamos a monarquia em nosso caminho para uma maior inteligência e cidadania... como exigido pelas leis de igualdade da Supremacia.

Atrás dele, as outras raposas-gerbis concordaram ansiosamente.

O dione apenas pegou os formulários – que os gerbis tinham imprimido segundo seu tamanho e preenchido com tinta vermelha, fazendo marcas exageradamente grandes nas caixinhas. Tentei falar com o dione na sequência, mas um dos alienígenas que pareciam balões estava esperando, e começou a falar imediatamente.

Franzi o cenho, dando um passo para trás. Eu teria que esperar.

— Emissária? — uma voz falou ao meu lado. Virei para olhar e dei de cara com Winzik se aproximando, o visor transparente de sua armadura revelando a pequena criatura-caranguejo flutuando lá dentro.

Eu me preparei e tentei não demonstrar minha raiva. Aquela era a criatura que mantinha meu povo aprisionado.

Algum dia você clamará aos seus anciãos de vergonha, pensei, me dirigindo a ele, *enquanto eu extrairei seu sangue em pagamento pelos seus crimes. Eu o verei lamentar enquanto seu cadáver lastimável afunda na terra fria de uma tumba que logo será esquecida.* Não dava para encontrar muita terra fria aqui no espaço, mas eu imaginava que Conan, o Cimério, não deixaria que algo assim *o impedisse*. Talvez eu conseguisse importar um tanto.

— Precisa de alguma coisa, Emissária Alanik? — perguntou ele. — Sabe, você não precisa participar deste teste. Sua espécie está bem perto da inteligência primária. Suspeito que possamos encontrar um modo de chegar a um acordo sem desperdiçar seu tempo aqui.

— Estou intrigada e quero participar — respondi. — Além disso, Cuna acha que assim seria melhor para nós.

— Ora, ora — comentou Winzik. — É mesmo? Cuna é muito gentil às vezes, não é? Ora, ora. — Winzik pegou meu tablet e olhou o formulário.

— Não tenho um número de identificação — falei.

— Posso lhe dar um número temporário — disse Winzik, digitando no tablet. — Pronto. Tudo certo. — Ele hesitou. — Você é piloto de caça, Emissária? Eu presumiria que é uma mensageira ou uma entregadora, considerando sua... habilidade especial. Não é valiosa demais para sua espécie para ser desperdiçada em demonstrações brutas e agressivas de combate?

Brutas? Combate? Meus pelos da nuca se eriçaram, mas consegui me conter antes de citar Conan, o Cimério. Eu duvidava que Winzik quisesse ouvir como era bom escutar o lamento de seus inimigos.

— Estou entre os melhores pilotos da minha espécie — achei melhor responder. — E consideramos uma honra sermos habilidosos nas artes da defesa.

— Uma honra, você diz? Ora, ora. Vocês estiveram em contato com o flagelo humano por muito tempo, não foi? — Winzik fez uma pausa. — Este teste pode ser perigoso. Por favor, compreenda. Eu não gostaria de causar acidentalmente... uma liberação não intencional de seus talentos. Pode ser muito perigoso.

— Está me proibindo?

— Bem, não.

— Então *farei* o teste — respondi, estendendo a mão para pegar o tablet. — Muito obrigada.

— Agressiva demais — comentou Winzik, me devolvendo o formulário enquanto gesticulava com a outra mão. — No entanto, Cuna acredita em sua espécie. Ora, ora.

Entreguei o formulário para o dione que os recolhia e depois me juntei ao grupo de pilotos que caminhava – ou deslizava – na direção de seus cockpits. Ao lado de minha nave, encontrei uma figura familiar, alta, de pele azul e vestida com uma túnica, com os dedos entrelaçados. Eu estava certa, claro. Cuna estava aqui.

— Por acaso Winzik tentou convencê-la a não participar? — perguntou ele.

— Sim — respondi, e então apontei com o polegar por sobre o ombro. — Qual é o problema dele?

— Winzik não gosta da ideia de eu ter convidado espécies agressivas para participar do teste.

Franzi o cenho.

— Ele não quer que pessoas agressivas façam parte das forças armadas? *Ainda* não entendo isso, Cuna.

Cuna gesticulou na direção de vários alienígenas com cara de lula que estavam subindo em naves próximas à minha.

— Os solquis são membros de longa data da Supremacia. Apesar de robustos e leais aos nossos ideais, essa espécie teve a cidadania primária recusada mais de duas dúzias de vezes. São vistos como muito pouco inteligentes para cargos de alto nível. No entanto, ninguém pode negar a natureza calma deles. Winzik os vê como nossos melhores soldados em potencial. Ele sente que uma espécie naturalmente calma e dócil conseguirá resistir melhor à sede de sangue da guerra e encarar o combate de um jeito lógico e controlado. Ele presume que essa espécie, e outras como ela, deveriam ser a maioria dos nossos novos recrutas.

— Li que a maioria das espécies que está participando deste teste já é membro da Supremacia — comentei. — Quantos são como eu? Pessoas de fora da civilização, querendo entrar?

— Você foi a única que aceitou minha oferta. — Cuna fez um gesto amplo com as mãos. Eu não tinha ideia do que aquilo queria dizer. — Embora eu tenha conseguido que várias outras raças da Supremacia se juntassem ao teste, como os burl, que são cidadãos, mas considerados agressivos.

— Então… o que você *ganha* com isso? Por que foi contra a tradição e convidou meu povo? — Eu quase conseguia entender o motivo de escolher espécies dóceis para a guerra, por mais tolo que parecesse. Mas Cuna pensava diferente. Por quê?

Cuna caminhou ao redor de M-Bot, inspecionando-o. Por um instante, temi que ele fosse tocar o casco e percebesse a ilusão; o holograma que o fazia parecer a nave de Alanik era muito mais precário do que o meu disfarce. Felizmente, Cuna parou de andar e gesticulou na direção da torre da lança de luz na parte inferior da nave.

— Tecnologia humana — ele comentou. — Há muito tempo quero ver essas lanças de luz em ação, já que ouvi histórias de como elas podem fazer uma nave virar e se esquivar de formas quase impossíveis. Tentamos instalá-las em alguns de nossos caças, mas descobrimos que os pilotos de drones não eram adequados para usá-las. Agora, além do uso industrial, só as equipamos nas naves dos nossos pilotos mais talentosos. Veja, para girar com uma lança de luz, é necessário se comprometer inteiramente com a manobra… e, se erra, em geral você se acidenta e destrói sua nave. A maioria dos pilotos simplesmente não tem temperamento para esse tipo de voo. Nossos oficiais consideram essa hesitação positiva. Querem pilotos que sejam cuidadosos por natureza, pilotos que não se tornem perigosos para nós ou para nossa sociedade.

— Mas você pensa diferente — falei. — Acha que a Supremacia seria mais bem servida por espécies agressivas, não acha?

— Vamos dizer simplesmente que estou interessado naqueles que não possuem… virtudes clássicas. — Cuna sorriu mais uma vez aquele mesmo sorriso assustador que era largo demais, cheio de dentes. — Estou muito curioso para vê-la voar, Emissária Alanik.

— Bem, estou ansiosa para mostrar minhas habilidades para você. — Olhei para o lado e vi o piloto com o rosto de duas cores passar. — Há outro da sua espécie aqui. Um dione.

Cuna parou; então olhou na direção do piloto e fez uma expressão estranha, com o lábio superior se curvando para trás de um jeito que seria impossível para um humano.

— Que estranho. Eu… estou honestamente surpreso.

— Por quê? Porque supostamente ele não devia se misturar em atividades de espécies *inferiores* como nós?

— Não tem problema se misturar com espécies inferiores — respondeu Cuna, como se não entendesse que eu considerava o termo *inferior* um insulto. — Mas participar de um teste desses? Isso é… estranho. — Ele se afastou da minha nave. — Observarei seu desempenho com interesse, Emissária. Por favor, tome cuidado. Não tenho certeza do que este teste implicará.

Cuna se retirou. Eu suspirei e subi em meu cockpit.

— Você conseguiu ver algum sentido nessa conversa? — perguntei para M-Bot quando o cockpit se fechou.

— Me pareceu bastante direta — comentou M-Bot. — E ao mesmo tempo não. Seres orgânicos são confusos.

— Nem me fale — respondi.

Então chegaram ordens concisas pelo rádio. Decorei-as e segui para a borda do campo de asteroides.

14

Eu me alinhei com as outras naves – a imensa variedade ainda me surpreendia – e olhei para os asteroides em movimento. Eram mais próximos entre si do que eu imaginara, e quase não tínhamos espaço para manobrar entre alguns deles. Talvez tivessem sido rebocados até aqui para processamento.

Enquanto esperávamos instruções, outro veículo entrou na fila algumas naves atrás de mim. Era um caça elegante, com o dossel negro dos Krell. O tipo contra o qual eu lutava em Detritus, o tipo que sempre levava um ás Krell.

Minha mente imediatamente ficou alerta, o corpo rígido, as mãos segurando os controles com força. Em uma fila de naves volumosas, aquele caça parecia uma faca prestes a cortar.

Fique calma, disse para mim mesma. *Não é de surpreender que alguém traga uma nave daquelas para um teste de pilotos.*

Mesmo assim, aquilo me deixou no limite, e não pude deixar de ficar de rabo de olho nela. Quem estava pilotando aquela coisa? O dione com o rosto de duas cores? Não, eu o vira entrar em uma nave simples, não em um caça elegante desses. Na verdade, eu tinha certeza de que não tinha visto aquela nave em nenhuma das plataformas de lançamento. Quem...

Tive uma sensação quando voltei a olhar para o caça. Um tipo de... repique suave e distante e eu imediatamente soube quem era. A humana estava ali.

Cuna e Winzik estavam disputando algum jogo político, e usavam citônicos, como Brade e eu, como peças em seu tabuleiro. No entanto, saber – ter *certeza* – que Brade estava ali me fez sentir ainda mais perturbada. Era uma humana pilotando uma nave Krell. Era errado em uma quantidade indescritível de níveis.

— Obrigado por atenderem ao nosso chamado — a voz de Winzik disse pelo canal de instruções gerais. — Só para lembrar, estamos removendo o racionamento de comunicações de rádio entre as naves para este exercício. Permissão 1082-b, assinada por mim. Então vocês podem se comunicar uns com os outros, se tiverem motivo para tanto. Reconhecemos e elogiamos sua bravura. Se, em algum momento deste teste, você sentir raiva ou agressividade em excesso, por favor, saia da contenda, desligando sua nave e acionando as luzes de emergência. Uma de nossas naves irá até você e o rebocará de volta à estação de mineração.

— Sério? — perguntei baixinho. Meu microfone estava no mudo, então eu só seria ouvida por M-Bot. — Se sentirmos "agressividade" durante um *exercício de guerra*, supostamente devemos desistir?

— Talvez, ao contrário de você, nem todas as pessoas estejam acostumadas a transformar cada acontecimento de suas vidas em uma competição — respondeu M-Bot.

— Ah, pare com isso — falei. — Não sou tão ruim assim.

— Eu gravei você tentando convencer Kimmalyn a entrar em uma competição de escovar os dentes, outra noite, nas tendas.

— Era só um pouco de diversão — comentei. — Além disso, é importante acabar de vez com a placa bacteriana.

Winzik continuava falando no canal de comunicação geral.

— Hoje, testaremos não só suas habilidades de voo, mas o quanto vocês conseguem manter a compostura sob fogo — disse ele. — Imploro que não sejam imprudentes! Se estiverem preocupados com o perigo desta batalha, por favor, desliguem a nave e acionem as luzes de emergência. Estejam cientes, no entanto, de que isso os impedirá de serem considerados para as vagas de piloto. Boa sorte.

A comunicação foi interrompida. E então meus sensores de proximidade enlouqueceram quando dúzias de drones se soltaram da parte inferior da plataforma de mineração e começaram a avançar em nossa direção. Caramba!

Comecei a me mover antes mesmo que minha mente registrasse especificamente o perigo. Acelerei para Mag-3 e manobrei ao redor de grandes pedaços de asteroides, com as costas pressionando o assento.

Atrás de mim, os outros quinhentos candidatos basicamente enlouqueceram. Eles se espalharam em todas as direções como se fossem um bando de insetos que tinha sido descoberto de repente sob uma rocha. Fiquei feliz que meus instintos tivessem me colocado adiante deles, porque não foram poucos que trombaram em outros ao errarem as coordenadas do voo. Não cheguei a ver nenhuma colisão frontal ou explosão, felizmente. As naves estavam com os escudos ativos, e os pilotos não eram incompetentes. Mesmo assim, ficou óbvio de imediato que muitos deles nunca tinham voado em um campo de batalha.

Os drones se aglomeravam atrás de nós usando padrões de ataques normais dos Krell – o que significava cercar os retardatários e usar a superioridade numérica para confundir as naves. Sem contar essas táticas gerais, os Krell não chegavam a sincronizar bem entre si. Eles não voavam em duplas ou em equipes organizadas de parceiros de voo, e não coordenavam diferentes grupos de naves para cumprir papéis distintos no campo de batalha.

Nós sempre nos perguntávamos por que faziam dessa forma, e a teoria era a de que as plataformas que cercavam Detritus interferiam em suas comunicações. Agora, à medida que me afastava dos demais, comecei a repensar. Meu povo tinha sido forjado na batalha constante, forçado a colocar em campo apenas nossos melhores pilotos, em uma luta interminável e cansativa pela sobrevivência. A Supremacia, por outro lado, tinha recursos fartos, e seus pilotos de drones não arriscavam as próprias vidas.

Fiz um teste e vi que podia ouvir as instruções sendo enviadas para esses drones, vindas do nada. Já que, segundo as pesquisas da FDD, essas comunicações eram instantâneas, era possível que aquelas naves fossem pilotadas pelas mesmas pessoas que lutavam contra nós em Detritus. Mas seria *mesmo* verdade que a Supremacia tinha apenas um único grupo de pilotos de drones?

Não havia meios de saber. De todo modo, girei no campo de asteroides usando minha lança de luz para fazer algumas curvas rápidas.

— Nenhum drone está nos perseguindo — disse M-Bot. — iniciei uma varredura em busca de qualquer emboscada em potencial.

Ele era mais rápido e mais responsivo do que qualquer outra coisa que eu tivesse visto no campo de batalha. Embora fosse maior que muitos dos caças da FDD, M-Bot era o que chamávamos de interceptador. Uma nave muito manobrável e rápida, ideal para movimentos e avaliações rápidos no campo de batalha.

Em casa, eu fazia parte de uma equipe com papéis especializados. Jorgen, por exemplo, em geral voava em um largo – um caça pesado com um grande escudo e muito poder de fogo. Kimmalyn usava um sniper – um veículo pequeno e altamente preciso que podia derrubar caças enquanto sua atenção estava voltada para Jorgen ou para mim. Lutar nos últimos meses tinha sido um esforço de grupo, em geral com nossa esquadrilha composta por seis interceptadores, dois caças pesados e dois snipers.

Eu tinha uma estranha sensação de isolamento ao voar sozinha no campo de batalha desta vez, depois de lutar tanto tempo como parte de uma equipe. Mas aquela emoção me trazia culpa. Não apreciei de verdade o que tínhamos, e várias vezes acabava voando por conta própria. Daria qualquer coisa para ter Jorgen ou Kimmalyn comigo agora.

Me obriguei a me concentrar no voo. Era bom estar no cockpit treinando um pouco. Permiti que meu foco recaísse nisso, na sensação dos propulsores zumbindo atrás de mim, no som baixo de M-Bot fazendo atualizações do campo de batalha. Aquilo era conhecido. Pelo menos aquela parte eu conseguia fazer.

Dei meia-volta, atravessando mais uma vez o campo de asteroides, onde a maioria dos outros pilotos estava desviando dos drones. Eu queria uma visão ampla do campo de batalha e tentar entender como exatamente o teste ia se desenvolver.

— Comando de voo — chamei pelo comunicador. — Aqui é Alanik, piloto de ReAlvorada. Podem detalhar o objetivo deste teste?

— Objetivo, piloto? — veio a resposta em uma voz desconhecida. — É simples. Permaneça viva por trinta minutos-padrão.

— Sim, mas o que constitui "morte" neste exercício? — perguntei. — Um escudo quebrado? Ou estão usando munição de tinta?

— Piloto — veio a resposta. — Acho que você não nos entendeu.

Acima de mim, os drones começaram a disparar grandes rajadas de incinerador. Uma nave isolada nas proximidades se iluminou em uma sucessão de clarões, seu escudo caiu e então a nave explodiu. Por todos os lados, disparos perdidos de incineradores detonavam asteroides, que se iluminavam antes de serem consumidos pelo vácuo.

— Estão usando *fogo de verdade?* — questionei. — Durante um *exercício teste*?

Não recebi resposta do Comando de Voo. Minhas mãos ficaram tensas sobre os controles e meu coração disparou. De repente, todo o contexto da luta tinha mudado.

— Caramba — exclamei. — Qual o problema dessas pessoas? Elas reclamam de agressividade, mas mandam drones completamente armados contra um bando de aspirantes sem treinamento?

— Acho que a Supremacia não deve ser muito gentil — comentou M-Bot.

— O que o leva a essa brilhante dedução? — falei, grunhindo e girando minha nave no eixo com a lança de luz ao redor de um asteroide. Vindos de cima, três drones Krell atravessaram o campo mirando em mim.

Calma, disse para mim mesma. *Você sabe lidar com isso*. Movida por instintos, acelerei um pouco mais e analisei a estratégia de ataque dos drones. Dois ficaram em minha cola enquanto um acelerou e me cortou pela direita, tentando ficar na minha frente.

Não usei meus sentidos citônicos para descobrir as instruções dos drones – não queria mostrar que sabia. Em vez disso, pilotei normalmente. Desviei para o lado, pegando um asteroide com minha lança de luz e girando ao redor dele antes de soltá-lo no momento exato para me mandar de volta na direção dos drones. Mas contive meu poder de fogo. Depois de passar por eles, fiz outro giro e saí em disparada atrás deles.

Isso me deixou na cola deles. Em geral, minha função seria perseguir esses dois na direção de onde Kimmalyn esperava para poder abatê-los. Hoje eu precisava fazer tudo sozinha. Comecei a disparar nos drones, mas eles se separaram, seguindo em direções distintas. Escolhi um deles e continuei a perseguição.

— Estou rastreando os outros dois — falou M-Bot. — Estão dando a volta para alcançar você, mas o percurso pelos asteroides é lento.

Assenti, concentrada quase inteiramente na perseguição do drone. Ele se precipitou para baixo e eu consegui antecipar o movimento, seguindo paralelo a ele. Esperei que se virasse mais uma vez e, no momento exato, disparei minha lança de luz e a cravei na nave inimiga. Rapidamente, antes que aquilo pudesse me tirar do curso, disparei a outra ponta da lança de luz em um asteroide ali perto.

O resultado foi que a nave inimiga se encontrou inesperadamente presa em um asteroide. Quando ela se virou, foi arrancada de sua rota pela lança e arremessada contra o asteroide em um jorro de faíscas. *Espero que esteja vendo isso, Cuna*, pensei com um sorriso de satisfação.

— Muito bem — comentou M-Bot. — O inimigo mais próximo está às oito horas. Vou destacá-lo no sensor de proximidade.

Segui a sugestão dele, fazendo um conjunto de manobras que me levou até uma área mais densa do campo de asteroides. Por ali, rochas imensas tombavam no espaço, com sombras brincando entre elas sob os holofotes da minha nave. M-Bot mudou a tela de proximidade para um holograma 3D que mostrava um mapa flutuante e em escala do campo de batalha, que rodava quando eu me virava.

Consegui me colocar atrás de outro Krell, mas o terceiro drone – aquele que tinha dado a volta por fora – ficou bem atrás de mim. Rajadas de incineradores ardiam ao meu redor e acertavam as pedras, espalhando pedaços no vazio. Estilhaços batiam em meu escudo.

— Acionando indicadores auditivos sintéticos — falou M-Bot, e o silêncio do espaço foi substituído por chocalhos e explosões, reproduzidos para me fazer lembrar de uma batalha na atmosfera.

Assimilei tudo aquilo – a visão dos asteroides, a sensação das explosões, as leituras frias e o trovejar do meu próprio coração – e sorri.

Aquilo sim era vida.

Serpenteei entre os asteroides, desistindo da perseguição, e deixei os dois drones virem atrás de mim. Então os levei a um jogo de ziguezague. Eu desviava, usava a lança de luz, ficando um pouco na frente deles. As explosões choviam ao meu redor. Era combate puro. Minha habilidade contra a dos pilotos que guiavam os drones da segurança de onde quer que estivessem entocados.

As explosões em outras partes do campo de batalha me mostravam com certeza a pouca consideração que os diones e os Krell tinham pelas vidas de qualquer um que julgassem estar abaixo deles. Era verdade que, aparentemente, quase sempre davam às naves a chance de se renderem se seus escudos estivessem caídos. A maioria fazia isso – de fato, muitos desistiam antes mesmo de perderem o escudo.

Entretanto, era difícil ser preciso com fogo de verdade, e algumas naves azaradas acabavam levando um disparo em cheio assim que seus escudos caíam. Não tinham chance de se render. Outras continuavam lutando, teimosas, mesmo quando em menor número e além de sua capacidade. Não recebiam a menor clemência.

Um disparo de um dos meus perseguidores explodiu um asteroide que estava bem na minha frente, lançando fragmentos. Grunhi e girei ao redor de outro asteroide para sair do caminho. As cápsulas de gravidade foram acionadas quando fiz a volta, meu assento rodando para compensar as forças g que me empurravam para trás. Mesmo assim, o giro súbito pressionou a pele do meu rosto.

— Tome cuidado — disse M-Bot. — Eu preferiria não explodir hoje. Estou apenas começando a acreditar que estou vivo. Seria um azar me tornar um não vivo de repente.

— Estou tentando — respondi, sorrindo com os dentes cerrados enquanto saía do giro e me reorientava, com os drones lutando para me acompanhar.

— Acha que talvez eu possa aprender a mentir? — perguntou M-Bot. — Mentir de verdade? E, se eu puder, acha que isso pode provar que sou um ser sapiente?

— M-Bot, esse realmente não é o momento certo para uma crise existencial. Por favor, foque na batalha.

— Não se preocupe. Sou capaz de fazer as duas coisas por causa das rotinas multitarefa.

Rodeei outro asteroide e depois mais um, empurrando a mim mesma – e até as avançadas cápsulas gravitacionais de M-Bot – ao limite. Fui recompensada quando uma das naves que me perseguiam colidiu com um asteroide.

— Sabe, vocês, humanos, têm sorte que a Supremacia tenha banido as inteligências artificiais avançadas — comentou M-Bot. — O tempo de reação de máquinas é imensamente mais rápido que os de vocês; seu cérebro biológico inferior jamais estaria à frente delas. — Ele hesitou. — Não que os humanos sejam completamente inferiores a um robô. Hum, você tem um gosto melhor do que eu em… hum… óculos.

— Você não usa óculos — falei. — Espere, *eu* não uso óculos.

— Estou tentando descobrir como mentir, está bem? Não é tão fácil quanto todos vocês fazem parecer.

Virei e dei de cara com uma grande clareira entre os asteroides, um lugar aberto onde as colisões não eram tão ameaçadoras. Ali, muitos dos teimosos aspirantes a piloto ainda seguiam para todos os lados em um caos completo, os disparos de incineradores iluminando os plácidos asteroides.

— Um mais um — disse M-Bot — é dois.

Eu podia imaginar o pânico daqueles pilotos. Tinha sentido aquilo em algumas das minhas primeiras batalhas. Quase sem treinamento, confusa pela bagunça de incineradores ao meu redor. Os instintos lutando contra meu treinamento.

— Um mais um — prosseguiu M-Bot — é… argh… dois.

Como prometido, os drones ignoravam qualquer um que acionasse as luzes de emergência. Mas eu podia imaginar a dor no coração de ser obrigado a fazer isso. A pessoa passava a vida toda naquela sociedade sufocante, sem meios de ter uma boa briga. Então recebia uma bela e única oportunidade de expressão – só para ter que renunciar a ela.

— Um mais um — disse M-Bot — é… trê… não, dois. Não consigo dizer. Talvez eu possa me reescrever para…

— Não! — exclamei.

Clique, ele respondeu. *Clique, clique, clique, clique, clique.*

Ótimo. Ainda tinha um drone me perseguindo, não tinha? Fiz uma varredura no monitor de proximidade, me perguntando se havia conseguido despistá-lo durante a luta. De fato, quando entrei na parte mais densa do campo de asteroides, nenhuma nave me seguiu.

Eu tinha despistado a nave. Não estava acostumada àquilo. Os Krell tentavam isolar guerreiros solitários, em especial se mostrassem grande habilidade. Era parte de suas instruções encontrar e destruir inimigos citônicos.

Hoje, no entanto, parecia que tinham outras ordens: perseguir as presas mais fáceis. Quando me esgueirei para a parte superior do campo de asteroides, nenhum drone veio atrás de mim. De fato, notei vários deliberadamente se afastando. E… bem, aquela provavelmente era uma boa estratégia. Não havia motivos para desperdiçar mais recursos para testar uma piloto com habilidades óbvias.

Meu coração se apertou quando vi uma nave explodir depois de seu escudo cair. Ela tinha tido a chance de se render, mas, em pânico, o piloto perdeu o controle e colidiu contra um asteroide. Pobre alma.

Fiz uma varredura no campo de batalha e fixei minha atenção em outra nave que tinha sido separada do grupo principal. Era um caça maior, com a grande fuselagem frontal que quase parecia o cano de uma arma. O veículo era lento para um caça, mas também estava armado com muitos incineradores. Uma óbvia nave de guerra.

Talvez por causa de sua lentidão, ela foi atacada por um grande número de Krell. Os drones viravam ao redor dela, atirando, desgastando o escudo. Estava praticamente derrotada, mas se recusava a desistir. Eu teria feito o mesmo. Me recusado a admitir a derrota, porque ser derrotado acabava com o sonho…

— Estou de volta! — falou M-Bot. — O que perdi?

— Lá vamos nós de novo — falei, virando na direção do caça desafortunado. — Segure firme.

— Não tenho mãos — disse ele. — Por que estamos voltando para a luta? Parece que a maioria das naves inimigas está nos ignorando.

— Eu sei — respondi.

— Este é um exercício de sobrevivência cronometrada — lembrou M-Bot. — Se queremos mais chances de sucesso, devemos aguentar firme e não chamar a atenção. Então por que não fazemos isso?

— Porque, às vezes, um mais um é igual a três — respondi antes de mergulhar mais uma vez na luta em direção ao caça em apuros.

15

O escudo do caça caiu assim que cheguei. A nave alienígena *devia* ter sido desligada imediatamente, mas continuou voando, tentando se esquivar atrás de um asteroide grande. Suas armas – um total de *seis* torres com incineradores – dispararam nos Krell.

Era estranho ver tantas torres em um caça, mas quem saberia dizer como eram as táticas alienígenas? Talvez tivessem inteligências artificiais rudimentares de mira para disparar enquanto os pilotos se concentravam apenas em voar. Rodge tinha esboçado alguns projetos caprichados nesse sentido, e a FDD considerava-os promissores.

Em todo caso, aquela nave estava encrencada, então fiz o que sabia fazer de melhor. Chamar a atenção.

Passei em disparada pelo meio das naves Krell e acionei meu PIM, acabando tanto com meu escudo quanto com os deles. Um movimento desesperado e perigoso – mas o único jeito de colocá-los na defensiva e equilibrar a situação.

Girei a nave no eixo e então disparei uma rajada de fogo do incinerador – mais uma tentativa louca de espalhar os perseguidores do que de realmente acertar alguma coisa. Tive que dar a volta rapidamente, porque voar de costas era um ótimo jeito de ser explodida.

Consegui que alguns drones me perseguissem – não tantos quanto eu esperava – e os forcei a fazer outra curva, me esquivando dos disparos enquanto atirava com meus próprios incineradores. Acertei um dos drones, o que felizmente colocou os demais em posturas defensivas.

— Ah! — comentou M-Bot. — Estamos sendo *heróis*.

— Às vezes eu realmente tenho dúvidas se você consegue pensar tão rápido quanto afirma ser capaz — respondi para ele.

— É só quando você faz algo sem sentido — falou ele. — Eu devia esperar por isso. Mas... todos esses alienígenas não são tecnicamente parte da Supremacia? As pessoas que estão tentando nos destruir?

— Depende do contexto — expliquei. — Neste momento, esses outros pilotos estão do nosso lado: o lado das pessoas que estão tentando evitar a morte.

Desviei mais uma vez, e, felizmente, a nave em apuros aproveitou a oportunidade que ofereci. Suas torres apontaram para os Krell sem escudo e explodiram dois deles no céu.

Belo tiro, seja lá quem for, pensei. Com sorte ele entenderia o que eu estava fazendo quando tirei mais algumas naves da cola dele. Minha tarefa não era acumular mortes, mas manter o inimigo na defensiva.

A nave Krell explodiu bem à minha direita. Minha estratégia só seria efetiva enquanto os Krell não percebessem que deveriam me ignorar e abater o caça maior enquanto estava vulnerável. Felizmente, quando um terceiro drone explodiu, os outros foram embora. Esta batalha era realmente diferente daquelas de que eu participara em Detritus – aqueles drones não estavam nada interessados em destruir naves habilidosas.

Emparelhei minha nave com a do meu novo amigo e relaxei um pouco enquanto um novo escudo era iniciado ao redor dele. Fiz o mesmo, erguendo mais uma vez minhas defesas.

— Temos uma chamada de um canal desconhecido — avisou M-Bot. — Presumo que seja a nave que salvamos. Devo aceitá-la?

— Sim, claro.

O canal se abriu e ouvi… aplausos? Dezenas de vozes celebrando. Mas eu salvara uma única nave, presumidamente com um único piloto.

— Bravos guerreiros — disse uma voz masculina profunda —, estamos em dívida com vocês. Neste dia, vocês salvaram a nave capitânia kitsen da aniquilação.

— Nave capitânia? — perguntei. E então, de repente, compreendi. *Aquela nave não é muito maior do que M-Bot, mas se os pilotos forem bem pequenos…*

— É você! — exclamei. — O rei dos gerbis-raposas!

— Não sei o que é um gerbil-raposa — disse a voz. — Mas… você está me confundindo com alguém, é claro. Sou Hesho… e não sou rei, já que nosso planeta tem um governo representativo equitativo. No entanto, como humilde poeta e capitão da nave estelar *Gaualako-An*, agradeço do fundo do coração.

Apertei o botão de mudo.

— M-Bot, acho que devem ser os gerbis-raposas samurais que vi mais cedo.

— Está falando dos kitsen? — disse ele. — Eles são uma raça da Supremacia com cidadania secundária. Ah! Você vai achar isso divertido. Acabo de traduzir o nome da nave deles. No idioma nativo quer dizer algo como "Grande o bastante para matar você".

— Uma nave do tamanho de um caça deve ser como um destroier para eles — comentei. — Nós não acabamos de resgatar um único piloto; resgatamos a tripulação inteira. — Desliguei o botão de mudo. — Capitão Hesho, meu nome é Alanik, e estou feliz em conhecê-lo. O que acha de trabalharmos juntos? Tem caos demais nesta batalha. Precisamos criar uma resistência organizada.

— Uma ideia excelente — disse Hesho. — Como uma chuva constante que se torna uma tempestade, o *Grande o Bastante* está ao seu dispor.

— Ótimo. Deixe suas armas prontas para qualquer drone que se aproximar. Se nos metermos em alguma encrenca, eu tentarei distraí-los para que vocês possam treinar tiro ao alvo.

— Se eu puder sugerir algo… — respondeu Hesho. — Devíamos resgatar outra nave mais rápida como a sua, já que ajudaria a equilibrar nossa nova equipe.

— Parece ótimo — falei, fazendo uma varredura no campo de batalha em busca de naves mais rápidas que pudéssemos resgatar. Uma imediatamente me chamou a atenção: a nave negra pilotada por Brade, a humana. Ela desviou de uma disputa, girando com habilidade ao redor de um asteroide. Era boa. Muito boa.

— Vocês veem aquela nave na marca 238.25? — perguntei para Hesho. — Tentarei ajudá-la e veremos se ela se junta a nós. Aguentem firme e me avisem se algum drone mirar em vocês.

— Excelente — respondeu Hesho.

Acelerei atrás da nave negra, passando em disparada através da confusão caótica de luzes e explosões. A nave estava sendo perseguida por dois Krell. Mandei uma mensagem de rádio para Brade e a luz do comunicador se acendeu, indicando que ela estava me ouvindo.

— Eu cuido das perseguidoras — falei. — Só me dê...

De repente, a nave negra disparou uma lança de luz em uma nave *amiga* que passava por ali. Fiquei chocada, tanto por ver a lança de luz em uma nave Krell quanto por vê-la usar o impulso para rodopiar ao redor de uma nave amiga. O movimento insensível fez a pobre nave desavisada rodar de lado – até bater em um asteroide. Por outro lado, o movimento permitiu que Brade fizesse uma curva perfeita e retornasse pelo meio dos drones, atirando e transformando-os em poeira espacial. Então ela passou em disparada a poucos centímetros de distância da minha nave.

Xinguei, rodando em meu eixo, e então acelerei para tentar ir atrás dela. Aquele tinha sido um movimento incrível. Ela tinha muita experiência de voo.

— Ei! — chamei. — Estamos formando uma esquadrilha. Podíamos aproveitar sua...

A nave negra desviou de repente para a direita, desaparecendo em meio à batalha e me ignorando por completo. Dei um suspiro.

— Spensa — disse M-Bot. — Acho que ela talvez não queira se juntar à nossa equipe.

— O que o faz pensar assim?

— Sou muito observador — comentou M-Bot. — No entanto, acredito que mais alguém possa aproveitar sua ajuda. Estou recebendo pedidos de socorro em um canal geral. Aqui, vou destacar a fonte em seu monitor de proximidade e conectar o áudio.

Uma voz em pânico soou pelo rádio, e meu broche traduziu para mim.

— Meus propulsores não estão respondendo! Socorro!

— Mande essas coordenadas para Hesho — disse para M-Bot, pivoteando e acionando os propulsores do outro lado para diminuir a velocidade. Então saí em disparada na direção do pedido de socorro, que, por acaso, era o transporte espacial que Brade usara como contrapeso.

Depois de colidir com o asteroide, a nave tinha quicado e agora rodopiava pelo espaço com um de seus propulsores acendendo e apagando aleatoriamente. Ela avançava em uma direção, e então o propulsor parava de funcionar. A nave tentava virar, mas o propulsor parava de forma errática, fazendo a nave avançar em outra direção.

Três Krell, ansiosos por abater os fracos, vinham de diferentes direções.

— Aguente firme — falei para o piloto quando, felizmente, a nave de Hesho chegou e começou a disparar nos vários Krell das proximidades.

— Calculando… — disse M-Bot, destacando uma área do meu dossel. — Aqui está um trajeto de voo projetado até a nave danificada.

— Obrigada — falei. — Achei que o propulsor estivesse funcionando aleatoriamente.

— Poucas coisas são realmente aleatórias — comentou M-Bot.

Usei a projeção para interceptar a nave quebrada e capturá-la com minha lança de luz. Acelerei para a esquerda, conseguindo, por pouco, rebocá-la para fora do caminho do fogo de um incinerador Krell. Infelizmente, o propulsor quebrado da nave começou a funcionar no mesmo momento, me puxando com força para a direita.

— Sinto muito! — disse a voz do piloto. Consegui vê-lo de relance pela dianteira da nave: era o único dione na luta, aquele com o rosto de duas cores.

— Talvez seja melhor você desligar a nave — falei com um grunhido, tentando recuperar o controle. — Acione suas luzes de emergência e desista da batalha.

— Não posso — disse a voz.

— Não há vergonha alguma nisso — falei. — Você não é um covarde.

— Não — disse a voz. — Quero dizer… a colisão parece ter destruído minhas luzes de emergência.

Caramba. Será que os pilotos que controlavam os drones remotamente veriam que aquele piloto estava obviamente encrencado e o deixariam em paz? Não… na verdade mais drones do que eu esperava se aproximavam. Quase como se quisessem punir este dione que fora ousado a ponto de participar de uma atividade que devia ser reservada para seres inferiores.

Puxei o transporte espacial para longe de outra rajada de incinerador e grunhi quando o propulsor da nave começou a funcionar mais uma vez, me arrastando para trás. Tentei compensar usando as projeções de M-Bot em meu dossel, mas esses esforços não eram muito efetivos.

— Por favor — disse o piloto. — Sinto muito. Não devia ter envolvido você nisso. Deixe-me enfrentar meu destino. É o que mereço.

— Até parece — respondi, grunhindo mais uma vez e tentando manobrar quando o propulsor defeituoso parou de funcionar novamente. Enquanto estava desligado, reboquei o veículo na direção da nave capitânia de Hesho, que disparava nos drones ali perto com desespero cada vez maior.

— Spensa — disse M-Bot. — Essa última volta que você deu permitiu que minhas câmeras conseguissem um vislumbre dos propulsores da nave. Há um pedaço de terra preso na válvula de retenção do esquerdo. Tirar a pedra pode resolver o problema, já que o propulsor está preso em um ciclo: ele tenta ligar, encontra a obstrução e isso dispara o desligamento de emergência.

— Tudo bem — respondi. — Deixe-me sair para consertar, então.

— Rá rá. Você morreria!

Sorri, me preparando para a próxima tentativa do propulsor de se acionar.

— Isso… *foi* sarcasmo, certo? — perguntou M-Bot. — Só conferindo. Porque não acho que você realmente queira sair da nave. A descompressão explosiva iria…

— Era brincadeira — falei e então xinguei quando o propulsor da nave quebrada foi acionado de novo. Infelizmente não dava para contar com a ajuda de Hesho. O caça maior e mais lento estava bem ocupado contendo quatro drones.

— Abra o canal de comunicação geral — falei para M-Bot. — Acho que vou precisar de outra nave para conseguir rebocar essa aqui. — A luz do meu comunicador se acendeu. — Esse é um pedido geral de ajuda — disse. — Preciso de uma nave com uma lança de luz para me ajudar nas… coordenadas 150.+60.554, a partir do ponto de referência 34.

Fui recebida com silêncio. O campo de batalha tinha se esvaziado um pouco, já que muitos candidatos a piloto haviam desistido. Os que restavam eram os habilidosos suficientes para sobreviver – embora muitos voassem com naves pessoais desarmadas, concentrando-se apenas em desviar e se manter à frente dos drones.

Nesse ponto, parecia que o teste fora efetivo. Ele tinha identificado rapidamente aqueles que conseguiam voar sob pressão. Os restos das naves destruídas, no entanto, indicavam que o custo fora brutal.

— Me deixe aqui — o piloto dione falou novamente. — Sinto muito. Meu problema não é seu problema.

Olhei para os drones Krell que estavam à espreita nas proximidades.

— Espere um segundo — falei, e então desengatei minha lança de luz. Livre e desimpedida de repente, eu me virei e comecei a atirar nos drones. Consegui acertar alguns, mas os escudos deles ainda estavam armados. Então, tudo o que fiz foi fazê-los entrar no modo de manobras básicas defensivas.

— Eu *realmente* preciso de ajuda — disse pelo canal de comunicação geral. — Por favor. Qualquer um.

— Bem... — uma voz feminina e alegre falou. — Você promete não atirar em mim?

— Sim, é claro! — falei. — Por que eu atiraria em você?

— Hum... — Uma nave veio pairando atrás de um asteroide.

Um drone Krell! Coloquei o dedo no gatilho, virando minha nave em sua direção e mirando rapidamente.

— Você disse que não ia atirar! — disse a voz.

Espere. O *drone* estava falando comigo?

— Ah! — exclamou M-Bot. — Pergunte se ela é uma inteligência artificial.

— Você é uma inteligência artificial? — perguntei pelo canal de comunicação.

— Não, é claro que não! — disse a voz. — Mas estou disposta a ajudar. Do que você precisa?

— Persiga aqueles drones para afastá-los do transporte espacial quebrado — falei. — Me dê um pouco de espaço para uma manobra de precisão.

— Muito bem — falou a voz.

O pequeno drone acelerou de seu esconderijo e seguiu em frente. Meu amigo dione no transporte espacial soltou um fatalista "E assim termina" quando o drone falante se aproximou – mas o drone fez o que eu pedi e começou a perseguir as naves inimigas.

— Tudo bem — eu disse. — M-Bot, destaque em meu dossel essa pedra no propulsor da nave. Depois concentre o feixe da minha lança de luz até a configuração máxima possível.

— Aaaaaaaahhhh — respondeu ele. — Feito.

Aproveitei a pausa na batalha para me colocar bem atrás do transporte espacial, posicionada com cuidado e esperando o momento certo. Eu não era nem de perto tão boa no tiro quanto Kimmalyn ou Arturo – minhas especialidades eram voar rápido e fazer acrobacias. Felizmente, M-Bot destacou meu alvo, e eu tinha espaço suficiente para me acomodar e refinar minha mira.

Ali. Localizei a pedra como um ponto brilhante de luz enfiada no casco de metal do propulsor esquerdo do transporte espacial. Era mais ou menos do tamanho da cabeça de uma pessoa.

Capturei a pedra com a lança de luz, então girei em meu eixo e acelerei na outra direção. A pedra se soltou com um solavanco.

— Recuperei o controle! — disse o piloto dione. — O propulsor foi acionado novamente!

— Ótimo — falei. — Me siga.

O transporte espacial veio atrás de mim, voando em uma bem-vinda linha reta enquanto nos aproximávamos da nave de Hesho. Os Krell se espalharam assim que nós três entramos em formação; como eu esperava, não estavam interessados em lutar contra esquadrilhas organizadas de inimigos. Perdi o rastro do drone falante. Pensei que ela talvez estivesse novamente escondida ao lado de um asteroide.

— Capitão Hesho — falei, criando um canal de comunicação privado entre nós três. — Encontrei outra nave.

— Excelente, capitã Alanik — respondeu Hesho. — Recém-chegado, quais são seus armamentos e especialidades?

— Eu… não tenho nada disso — disse o dione no transporte espacial. — Meu nome é Morriumur.

— Um dione? — perguntou Hesho, com óbvia surpresa na voz. Sua nave se virou e ele provavelmente conseguiu uma boa vista de Morriumur sentado na mesa de controle de sua nave, atrás do vidro frontal. — Não apenas um dione, mas um que ainda não nasceu. Curioso.

Nós três iniciamos uma patrulha lenta, procurando qualquer outra nave que pudéssemos ajudar e convidar para nossa esquadrilha. Morriumur não era um piloto terrível – mas obviamente não tinha muita experiência em combate, já que entrava em pânico toda vez que alguém começava a nos perseguir.

Mesmo assim, ele se esforçava e conseguiu permanecer ao meu lado enquanto eu levava alguns Krell na direção de *Grande o Bastante*, que os abateu com precisão. A batalha tinha começado a ficar mais esparsa, e as naves individuais buscavam cobertura mais no interior do campo de asteroides. Os Krell vagavam em bandos, mas as rajadas de fogo eram cada vez mais raras.

Convidei mais algumas naves a se juntarem a nós, mas elas pareciam ocupadas demais – concentradas no próprio voo – para parar. Localizei a nave negra quando ela passou por nós em determinado ponto, bem distante de dois drones que tentavam persegui-la. Mais uma vez Brade ignorou minha oferta.

— Quanto tempo ainda isso vai durar? — eu quis saber. — Eles já não têm evidências suficientes?

— Faltam sete minutos — disse M-Bot.

Quando passamos por outro rastro de uma nave destruída, percebi que minha raiva aumentava. Sim, eles tinham nos avisado de que o treinamento poderia ser perigoso. Mas usar *fogo de verdade* contra naves civis? Eu já tinha um ódio latente da Supremacia, e aquilo só o atiçou ainda mais. Como podiam ter um descaso tão insensível pela vida – tudo isso enquanto fingiam ser "civilizados" e "inteligentes"?

Por fim, o teste terminou. Os drones deram meia-volta simultaneamente e retornaram para a plataforma de mineração. A voz de Winzik apareceu no canal de comunicação geral e soou presunçosa quando ele parabenizou os sobreviventes por sua performance.

Hesho, Morriumur e eu começamos a voltar para a plataforma. Descobrimos que cerca de outras quinze naves tinham sobrevivido ao teste. M-Bot fez uma contagem rápida das que tinham sido rebocadas ou que tinham desistido antes – e, ao somar esses dois números e depois subtrair do total, obteve uma estimativa grosseira de quantas naves tinham sido destruídas.

— Doze naves destruídas — disse ele.

Menos do que eu esperava – no caos, parecia muito mais. Mesmo assim, eram doze pessoas mortas. Assassinadas pela Supremacia.

E você esperava outra coisa?, uma parte de mim perguntou. *Você sabia do que eram capazes – eles vêm assassinando humanos há oitenta anos.*

Aterrissamos, embora eu tivesse feito isso inquieta, meio que esperando algum tipo de armadilha ou segundo teste "surpresa". Mas nada disso aconteceu. Nos acomodamos na plataforma em segurança e a gravidade artificial segurou as naves no lugar. A cobertura atmosférica proporcionou ar fresco quando abrimos nossos cockpits.

Outros pilotos sobreviventes pareciam abalados enquanto se reuniam perto do palco na extremidade da plataforma. Em geral, depois de uma batalha, eu me sentia como muitos desses alienígenas – esgotada, drenada pela quantidade extrema de atenção e foco que a batalha exigia. Hoje, no entanto, eu estava *lívida* enquanto saía da nave e pulava no chão da plataforma.

Que tipo de *idiota* organizava um teste desses? Lembrei de como fiquei chocada ao ser enviada para um combate no meu primeiro dia de treinamento na FDD, mas, mesmo naquela ocasião, Ironsides – que estava desesperada para salvar seu povo moribundo – só nos usou para fazer número. Aqui, a Supremacia era poderosa, estava estabelecida e a salvo. Mesmo assim jogavam fora as vidas de pilotos solícitos e que confiavam neles?

Abri caminho pela multidão de alienígenas, seguindo na direção de Winzik e dos outros administradores do teste. Abri a boca para…

— Que *diabos* há de errado com vocês? — uma voz gritou atrás de mim.

Fiquei paralisada, o ímpeto roubado de minha própria exclamação. Me virei, surpresa em ver uma criatura alienígena corpulenta que parecia vagamente um gorila. Ele segurava um grande capacete de batalha embaixo do braço e passou bem ao meu lado na multidão, apontando para Winzik.

— Fogo de verdade? — o gorila alienígena gritou. — Em um *exercício de teste*? O que vocês fizeram foi equivalente a assassinato. *No que*, em nome do vazio mais profundo, estavam pensando?

Fechei a boca diante da exclamação, que parecia tão furiosa – mas duas vezes mais alta – quanto minha própria ira.

— Você assinou o termo — Winzik disse por fim, levando a mão ao peito da armadura em um sinal de espanto horrorizado com a explosão da criatura.

— Ao vazio com o termo! — o alienígena gritou. — Se consigo que uma criança assine um termo dizendo que posso chutá-la, eu ainda seria um monstro por chutar! Essas pessoas não sabiam no que estavam se metendo! Essa vergonha é *toda sua*.

Criaturas de várias formas e tamanhos se afastaram do gorila, e os oficiais no palco pareciam completamente pasmos.

— Nós… nós precisávamos ver quem permaneceria calmo sob fogo — Winzik finalmente explicou. — Demos ordens para nossos drones não ferirem quem recuasse. Ora, ora! Quanta agressividade.

— Você devia ter usado tiros de festim! — falei, colocando-me ao lado do gorila alienígena. — Como acontece em qualquer exercício militar sensato!

— E como isso teria testado os pilotos? — Winzik me perguntou. — Eles saberiam que não era real. Lutar contra os desbravadores é extremamente desgastante para a psique, Alanik de UrDail. Esse era o único meio de julgar quem se manteria apto e calmo.

— O único jeito? — o gorila quis saber. — Vamos fazer outro teste, então! Podemos testar o quanto você aguenta um golpe. Começarei com um martelo no crânio!

— Ora, ora! — disse outro oficial. — Uma ameaça?

— Sim — respondeu Winzik, enxotando o gorila com um gesto. — Quanta agressividade! Gul'zah dos burl? Você está dispensado de seus deveres.

— Dispensado de… — Gul'zah gaguejou. — Você acha…

Dei um passo adiante, para dizer aos oficiais da Supremacia onde podiam enfiar seus testes, mas uma voz falou em meu ouvido, me interrompendo.

— Spensa? — chamou M-Bot. — Por favor, não nos faça ser expulsos. Lembre-se da nossa missão!

Espumei de raiva, observando o gorila alienígena ser levado por vários guardas diones armados. Quase comecei a gritar novamente, mas então mais alguém se aproximou de mim. Morriumur, o dione com o rosto de duas cores.

— Alanik? — implorou ele. — Venha, Alanik. Vamos comer alguma coisa. Tem comida nos esperando lá embaixo. Sua espécie come, certo? — Ele assentiu com a cabeça para mim de forma encorajadora.

Por fim, deixei que Morriumur me levasse embora.

16

Morriumur e eu seguimos um grupo de alienígenas animados em direção a uma escadaria ampla que descia até as entranhas da plataforma de mineração. Um pouco antes de descer os degraus, vi uma nave rebocando um caça negro Krell, daqueles que eram pilotados pelos ases, até um hangar ali perto. Amaldiçoei a mim mesma, em silêncio. Eu pretendia procurar Brade e ver se conseguia fazer com que ela falasse comigo, mas ela aparentemente tinha aterrissado de modo discreto bem longe do restante de nós e já desaparecera.

Suspirei e comecei a descer a escadaria, alcançando Morriumur, que caminhava sozinho atrás da multidão. O grupo descia lentamente por causa de um afunilamento na porta que havia no pé da escadaria.

— Obrigada por me impedir de fazer algo estúpido — eu disse para Morriumur enquanto esperávamos nossa vez.

— Bem, obrigado você também por salvar minha vida! — Morriumur respondeu. Tinha os lábios apertados, em uma expressão que o fazia parecer irritado. Mas eu começava a me perguntar se o problema estava na minha incapacidade de entender as expressões dos diones, porque as palavras seguintes foram amistosas. — Você pilota formidavelmente, Alanik! Melhor que qualquer outro que acredito ter visto.

— Você já viu muitos pilotos? — perguntei. — Quero dizer, você não é… muito jovem?

— Ah, sim! — disse Morriumur. — Estou com dois meses de idade, mas tenho algumas das lembranças e habilidades dos meus pais. Um deles, meu pai esquerdo, era piloto comercial durante a juventude… que é como herdei a habilidade.

— Hum — murmurei, dando um passo adiante. — As pessoas com quem falei estavam surpresas por você estar aqui para participar do teste. Por que um dione tentaria algo assim? E por que ninguém mais da sua espécie pensaria nisso? A menos que seja uma pergunta inconveniente.

— Não, não — disse ele. — Não é uma pergunta nada inconveniente. Que a paz proíba! Nós *encorajamos* espécies inferiores a aprender nossos costumes, já que esperamos que isso as ajudará a alcançar uma inteligência primária. A resposta para sua pergunta é simples. Não há outros diones no teste porque minha espécie tem almas cuidadosamente cultivadas, purgadas completamente da agressão ou da violência. Vir até aqui e treinar para matar, ora, seria impensável!

— Mas alguns dos pilotos dos drones não são diones? — perguntei.

— Alguns foram, mas não por muito tempo. Os pilotos de drones são quase sempre tenasi — explicou Morriumur, usando o nome de uma das raças líderes da Supremacia que eu ainda não conhecia. — Eles têm uma habilidade especial para lutar, mas sem usar as emoções. O restante de nós é muito pacífico.

— Mesmo assim... — comentei — ... seus líderes diones não veem problema em mandar drones para assassinar um grupo de pilotos despreparados?

— Isso... — Morriumur olhou para os pés enquanto descíamos outro degrau. — Isso foi inesperado. Tenho certeza de que os oficiais sabem o que estão fazendo. E estão certos... não dá para mandar para a batalha pessoas que simplesmente vão fugir. Então, algum tipo de teste extremo era necessário, certo?

— Para mim parece que são um bando de hipóc... — comecei a falar.

— Spensa — M-Bot disse em meu ouvido. — Não sou o melhor do mundo em antecipar interações sociais adequadas para seres orgânicos, mas não seria bom *não* insultar o primeiro amigo dione que você fez? Podemos precisar aprender alguma coisa com ele.

Engoli as palavras com dificuldade. Era provável que M-Bot estivesse certo.

— Então por que *você* veio para o teste? — perguntei em vez disso para Morriumur. — Sua alma não foi... como foi que você disse? Purgada da agressão?

— Sou... um caso especial — o alienígena respondeu. — Nasci com uma personalidade agressiva, então preciso provar o meu valor. Esta é uma tentativa de fazer isso.

Chegamos ao pé da escadaria depois de um tempo, e entramos em um grande salão com o teto baixo. Luzes brancas brilhantes iluminavam balcões e mesas estilo refeitório; o lugar me lembrava o refeitório da Base Alta, embora os cheiros... bem, fossem incomuns. Senti alguns odores familiares – comida frita, pão assado, algo que parecia canela. Mas aqueles odores se misturavam a uma série de outros estranhos. Água enlameada. Cabelo queimado. Graxa de motor? Aquilo tudo criava uma parede de sensações avassaladoras e confusas que me deteve assim que passei pela porta.

— O que você come? — perguntou Morriumur, apontando para alguns cartazes pendurados sobre vários balcões com comida. — Vegetais baseados em carbono, presumo? Há coquetéis minerais, embora eu duvide que você consiga metabolizar isso. E do lado de lá temos uma fila para quem quer carne criada em laboratório. — Aquilo pareceu incomodar, julgando pelo modo como ele puxou os lábios para trás em uma careta que mostrava todos os dentes.

— Hum... — tentei pensar em como Alanik responderia.

— Sua espécie — disse M-Bot em meu ouvido — tem uma dieta mais ou menos parecida com a dos humanos... embora tenha mais castanhas e menos carne. E nada de leite.

— É sério? — sussurrei, acompanhando Morriumur até a fila dos vegetais. Acenei na direção do meu peito. — Alanik tem seios. Para que servem? Decoração?

— Nada de leite *de outras criaturas*, eu devia ter dito — respondeu M-Bot. — Sua espécie acha isso extremamente nojento. Assim como eu, diga-se. Em algum momento você já parou para pensar em quantos líquidos estranhos os seres orgânicos espirram de seus orifícios?

— Não são mais estranhos do que as ideias que espirram de seu orifício de vez em quando, M-Bot.

Segui Morriumur pela fila e peguei uma salada de alguma coisa que parecia similar a tiras de algas. M-Bot garantiu que aquilo servia tanto para minha fisiologia quanto para a de Alanik. Enquanto pegávamos nossa comida, não pude deixar de perceber quanto espaço os outros pilotos abriam para nós.

Quando fui pegar um pouco de água, tive que me espremer entre dois grandes alienígenas gorilas corpulentos que mal me olharam, então não era *de mim* que todo mundo se afastava. Era de Morriumur. *Sim*, pensei, bebericando do meu copo de água e chegando em outro bolsão de espaço ao me aproximar. *Eles têm medo de Morriumur*. Membros de outras espécies ficavam olhando de relance para ele como se estivessem desconfiados ou preocupados com a presença de um dione naquele espaço reservado para espécies "inferiores".

Levei minha bandeja até uma mesa vazia perto do canto do salão. O cheiro de canela era forte ali, mas, quando me preparei para me sentar, Morriumur me segurou pelo braço.

— Aí não! — ele cochichou. — Está louca?

Franzi o cenho, olhando para a mesa vazia. Era como todas as outras. Morriumur me levou até outra mesa vaga e se acomodou.

Caramba. Eu não tinha ideia do que estava fazendo. O que havia de errado com a primeira mesa? Me sentei, confusa. Precisava roubar logo o hiperdrive, porque eu *ia* estragar essa encenação cedo ou tarde.

— Então, hum... — disse para Morriumur enquanto começava a comer minha salada. — Você disse que está vivo há, hum, dois meses?

— Sim! — respondeu Morriumur. — Vou nascer daqui a três meses como bebê, embora vá manter estas lembranças ao crescer. Ou... bem, espero nascer em três meses. Se vou ou não poder entrar no estágio final do processo de nascimento vai depender de os membros da minha família concordarem ou não que esta personalidade será um bom acréscimo às suas fileiras.

— Isso é... hum. — *Tão estranho.*

— Diferente? — sugeriu Morriumur. — Percebo que não é o modo como a maioria das espécies faz essas coisas.

— Não quero ofender — respondi cuidadosamente —, mas, sim, é um pouco estranho para mim. Quero dizer, como isso funciona? Você tem dois cérebros agora?

— Sim, e tenho dois da maioria dos órgãos internos... embora os braços e pernas extras sejam absorvidos durante o processo de formação do casulo, e os cérebros dos meus pais estejam interligados agora, funcionando como um só.

Uau. Que conversa estranha.

— Se não se importa — disse ele —, sua raça parece usar reprodução sexuada, com dois sexos distintos, masculino e feminino? — Quando confirmei com a cabeça, ele prosseguiu. — Este é um dos padrões biológicos mais populares da galáxia, ainda que ninguém saiba o motivo com certeza. Poderia ser evolução paralela. Prefiro a teoria de que vocês todos têm algum tipo de ancestral comum que se espalhou pelas estrelas usando hipersaltos citônicos muito antes que tivessem sequer ferramentas de pedra!

Endireitei as costas, sentando-me mais ereta.

— Hipersaltos citônicos, você diz? — perguntei, o mais inocentemente que pude.

— Ah, provavelmente você não sabe do que estou falando — disse Morriumur. — As pessoas costumavam ser capazes de dar hipersaltos usando a *mente*. Era muito perigoso, mas acho uma teoria interessante para explicar por que algumas espécies de planetas diferentes parecem tão similares. Não concorda que seria excitante se pudesse ser provado?

Concordei com a cabeça. Talvez eu pudesse aprender algo sobre mim mesma ali.

— Eu me pergunto como será que faziam isso. Você sabe alguma coisa sobre o processo?

— Não — respondeu ele. — Só o que está nos livros... com o aviso de que é perigoso. Os textos são muito cuidadosos em não trazerem detalhes específicos.

Droga. Olhei com atenção para Morriumur e pude perceber – agora que pensei em verificar – que as metades esquerda e direita do rosto dele tinham feições distintas. Duas pessoas haviam realmente se misturado de algum modo, criando Morriumur – um indivíduo que era maior do que a maioria dos diones que eu vira, mas apenas por alguns centímetros. O casal devia ter perdido muita massa durante a... a fase de pupa?

Percebi que estava encarando e abaixei os olhos para minha comida, corando.

— Desculpe.

— Está tudo bem — disse Morriumur com uma gargalhada. — Só posso supor como isso deve parecer estranho… embora *eu* ache estranho que tantas espécies se reproduzam do mesmo jeito que a sua, sem sequer *experimentar* a personalidade da nova criança. Vocês deixam tudo para o acaso! Eu, em vez disso, posso interagir com minha família expandida, e eles podem decidir se esta é a versão de mim de que gostam.

Havia algo muito perturbador no que ele acabara de dizer.

— E se isso não acontecer? Se eles não gostarem de você, quero dizer.

Morriumur hesitou e então remexeu a própria comida.

— Bem, então, quando eu entrar no casulo, em três meses, meus pais vão decidir que não sou o que querem. Voltarão à fase de pupa, e eu emergirei com outra personalidade. A família estendida vai experimentar essa nova versão por cinco meses, e, em algum momento, vamos chegar a uma versão de mim da qual todo mundo goste.

— Parece perigoso — falei. — Quero dizer, sem ofensa, mas acho que não gosto das implicações. Sua família pode simplesmente ficar testando sua personalidade até conseguir algo que aprove? Não acho que *alguém* teria me aprovado.

— Quem não é dione sempre diz coisas como essa — Morriumur disse, endireitando o corpo. — Mas este processo criou uma sociedade muito pacífica para nós, de inteligência primária. Se bem que... isso coloca um pouco de pressão para que eu tenha que provar o meu valor, é verdade. — Ele acenou na direção dos pilotos. — Foi o que me levou a algo extremo. Como eu disse para você, essa versão da minha personalidade é um pouco… agressiva. Então pensei: e se eu mostrasse para minha família que isso é bom? Talvez tenha sido impulsivo da minha parte responder ao pedido de pilotos, mas, com apenas três meses restantes, esse pareceu ser o melhor jeito de provar o meu valor.

— Mas… — comecei a objetar, e parei de falar quando percebi que alguém tinha entrado na sala de jantar. Bem, um grupo de alguéns… uns cinquenta kitsen, cada um com cerca de quinze centímetros de altura. As criaturas peludas marcharam até nossa mesa, a maioria usando uniformes brancos de estilo naval, com as caudas fofas saindo por trás.

Contive o sorriso. Pareciam ser uma poderosa raça espacial, que havia demonstrado bravura e lealdade em combate. Mas… caramba, eles também eram muito lindinhos.

Eles pararam na cadeira vazia ao meu lado e vários encostaram uma escada nela. Outros subiram correndo, então colocaram outra escada que os levava até o alto da mesa. Por fim, Hesho – ainda nas roupas formais de seda vermelha – subiu as escadas até o tampo. Ele ergueu uma pata na minha direção, com os dedos cerrados. Ao vê-lo de perto, pude distinguir o padrão vermelho em seu focinho de pelo branco, uma cor que se repetia nas beiradas de suas orelhas compridas e pontudas.

— Alanik de UrDail! — ele disse, e seu colar tradutor projetou uma voz ousada e profunda. — Hoje, banquetearemos em homenagem à nossa vitória!

— Capitão Hesho dos kitsen! — respondi, imitando seu gesto de punho cerrado. — Você acaba de chegar para comer?

— Pegamos nossos próprios alimentos e os trouxemos para cá — disse ele. — Não podíamos confiar que um refeitório da Supremacia tivesse suprimentos adequados para um banquete apropriado a nossa posição.

Outros kitsen chegaram com uma cadeira enorme, que colocaram no tampo da mesa para que Hesho pudesse se acomodar, com sua cauda fofa saindo por trás. Outros trouxeram uma pequena mesa, que foi posicionada diante dele e coberta com uma toalha.

— Então — disse Hesho, passando o olhar de mim para Morriumur. — Somos colegas agora, não somos? Devemos fazer um pacto formal de ajuda e apoio mútuos?

Olhei de relance para Morriumur.

— Na verdade não cheguei a pensar tanto no assunto — respondi.

— Precisaremos de aliados confiáveis se quisermos sobreviver a futuros combates – prosseguiu Hesho. — Apesar de que, para ser honesto, não sei se um dione em nossa pequena esquadrilha vai ajudar ou impedir nosso progresso.

— Provavelmente impedir — respondeu Morriumur, olhando novamente para o prato. — Os oficiais vão me pressionar mais do que a qualquer membro de uma raça inferior.

— Então os kitsen devem acolher essa dificuldade extra — disse Hesho, solenemente. — Talvez isso enfim prove que somos dignos de uma cidadania plena da Supremacia.

— Temos alguma ideia do que vai acontecer a seguir? — perguntei para eles. — Passamos no teste, certo?

— Na sequência seremos treinados para lutar contra os desbravadores — falou Morriumur.

— E o que isso significa? — perguntei. Eu ainda não tinha ideia da encrenca em que tinha me metido.

— É difícil dizer — respondeu Hesho. — Acredito que nenhum de nós esperava que o teste fosse tão brutal. — Enquanto ele falava, outro grupo de kitsen chegou com pratos fumegantes de comida, que arrumou na mesa de Hesho. Um deles, usando um vestido de seda, cortou a comida e começou a alimentá-lo. Os demais se ocuparam em arrumar os itens do banquete sobre várias cadeiras em nossa mesa.

— A Supremacia é estranha — prosseguiu Hesho enquanto comia pedaços minúsculos de carne. — Seus oficiais trabalham duro para proteger as vidas prístinas e pacíficas dos inocentes, mas, se você dá um passo além dos limites do decoro, a vingança pode ser rápida e brutal.

— A Supremacia é sábia — disse Morriumur. — Existe há séculos, garantindo segurança e prosperidade para bilhões de seres.

— Não contesto esses fatos — falou Hesho. — E meu povo está ansioso para ter nosso nível de cidadania aumentado. Mesmo assim, não dá para negar que alguns departamentos... em especial o Departamento de Serviços de Proteção... podem demonstrar uma perturbadora falta de empatia.

Concordei com a cabeça e a mesa ficou em silêncio. Enquanto comíamos, percebi que meu foco era atraído para algo que eu devia estar sentindo o tempo todo. O... chamado das estrelas. O campo de supressão citônica de Visão Estelar o tinha abafado, mas, nesta estação, eu conseguia ouvir a canção novamente. Não dava para distinguir o que estava sendo dito, mas o som no fundo da minha mente queria dizer que aquela estação enviava sinais de comunicação.

Abaixei o garfo e fechei os olhos, imaginando a mim mesma em voo entre as estrelas, como a Vozinha me ensinara. Senti que estava vagando. Talvez... talvez eu pudesse seguir aquelas trilhas invisíveis. Será que alguma delas levava a Detritus e às forças da Supremacia lá posicionadas?

Nada me dava uma pista nessa direção. Porém, senti alguma outra coisa ali perto. Um tipo de familiaridade sussurrante. O que era aquilo?

Brade, percebi, reconhecendo a sensação. *Ela não está na sala, mas está perto.*

Abri os olhos e olhei ao redor. O refeitório movimentado estava cheio de alienígenas comendo e bebendo – ou, no caso de umas criaturas rochosas bem estranhas, despejando líquidos nas próprias cabeças.

A sensação vinha de fora do refeitório. Pedi licença para os demais, dizendo que precisava encontrar um banheiro. Morriumur apontou o caminho, e saí da sala de jantar olhando de relance na direção que o dione indicara. Uma fileira de portas seguia pelo corredor, cada uma com uma placa identificando o tipo de unidade de descarte contida ali.

Olhei na outra direção, de onde a sensação citônica de Brade parecia vir. Não havia guardas à vista, então segui de mansinho pelo corredor.

A sensação ficou mais forte quando cheguei diante de uma porta lateral. Estava entreaberta, e espiei para ver que, de fato, Brade estava ali. E estava falando com um grupo de oficiais dione, e também com Winzik.

17

Me agachei ao lado da porta, tentando ouvir o que Winzik e os outros oficiais diziam ali dentro.

— Ei! — disse M-Bot em meu ouvido, quase me fazendo saltar de susto. — Spensa, o que você está fazendo? — Travei os dentes, me concentrando nos sons atrás da porta. — Ah! — exclamou M-Bot depois de um momento. — Está se escondendo? Qual o problema? Eu computei nosso voo de volta para Visão Estelar. Você não ia liberar secreções no sanitário? Spensa, você as liberou em algum lugar inadequado? É por isso que está se escondendo?

— Cale a boca — sussurrei o mais baixinho que pude. — Estou tentando espionar.

— Aaaaaaaaahhhhhhh — disse M-Bot.

Os outros estavam falando baixo demais para que meu broche traduzisse. Eu conseguia ouvir vozes abafadas, mas não dava para distinguir nada.

— Talvez você queira que eu amplie a recepção auditiva do seu bracelete e então conecte as traduções diretamente ao seu ouvido, para que seu broche não a delate? — perguntou M-Bot. — Isso vai ajudar você a espionar de modo mais eficiente.

— *Sim* — sussurrei a resposta.

— Tudo bem. Não precisa ser grossa.

Ele desligou meu broche remotamente e começou a canalizar as vozes do outro aposento diretamente para meu fone. A captação do meu bracelete era muito mais sensível que a do broche ou a da minha audição normal, e M-Bot era muito melhor em isolar as vozes do barulho de fundo.

— ... devia ter percebido que seria um imenso desastre — um dos oficiais estava dizendo. — Esses pilotos de drones foram treinados para lutar contra os humanos na reserva de Detritus! Eles saíram atirando com agressividade demais.

— Essas baixas são lamentáveis. — Era a voz de Winzik, que tinha um tom calmo. — Mas vocês não precisam se preocupar com a repercussão. Foram acidentes, não um ato de agressão.

— Temos uma dúzia de mortos! — disse outro oficial. Esses diones pareciam muito menos calmos em particular do que lá fora, quando falaram com aquele gorila brutamontes. — As pobres famílias!

— Aquelas pobres famílias serão completamente destruídas se não prepararmos uma força de combate para enfrentar os desbravadores — retrucou Winzik. — Ora, ora. Os repressores do meu departamento cuidarão de qualquer clamor de injustiça. Vocês cumpriram bem o seu dever.

— Sim, certo… — falou outro oficial. — Acho que sim, desde que você ache que o teste funcionou… Mas era necessário trazer sua humana para cá, Winzik? Ela me deixa desconfortável.

— Ora, ora, Timar — disse Winzik. — Você se preocupa demais. E com as coisas erradas! Pense, em vez disso, no Departamento de Integração das Espécies e na insistência deles em colocar várias espécies agressivas demais em nossa competição. Cuna está tramando alguma coisa. Aquela recém-chegada, Alanik, usa estratégias humanas de combate. O povo dela é perigoso por causa da longa associação com o flagelo e deveria permanecer isolado.

Franzi o cenho enquanto me recostei na parede – e então senti alguma coisa. Uma mente pressionando a minha.

— O que foi? — disse um oficial lá dentro. — Qual é o problema? Por que sua humana está parada, alerta desse jeito? Ela é devidamente treinada, não é?

Idiota. Se eu podia "ouvir" Brade com meus sentidos, é claro que ela podia me "ouvir" também. Dei meia-volta e corri pelo corredor. Suando, diminuí a velocidade para entrar novamente no refeitório. Tentei aparentar indiferença enquanto me sentava novamente em nossa mesa.

Um momento mais tarde, Winzik apareceu na porta, olhando ao redor do salão. Enquanto conversava com Hesho e Morriumur, pude ver de canto de olho que a placa frontal do Krell estava apontada em nossa direção, nos encarando. Então ele se retirou.

Algum tempo depois, um grupo de oficiais diones entrou na sala com tablets. Eles seguiram pelas mesas, conversando com os pilotos e dando instruções.

— E aqui temos Alanik — disse um oficial dione com pele carmesim ao chegar na nossa mesa. — A não cidadã! Você se saiu muito bem no teste. Habilidade de voo excelente, e o resgate das naves em perigo? Maravilhoso. Organizamos você em uma esquadrilha com *Grande o Bastante* e sua tripulação. Presumo que ache isso aceitável?

Olhei de relance para Hesho, que se levantou e bateu palmas uma vez. Aquilo… parecia um sinal de concordância?

— Eu gostaria disso — respondi. — Obrigada.

— Agora — disse o oficial, rolando a tela do tablet e lendo. — Há uma questão de certa… sensibilidade que eu gostaria de discutir com vocês dois. Acrescentamos outro membro à sua esquadrilha. Um piloto habilidoso e capaz. *Muito* habilidoso.

— Então devemos lhe dar as boas-vindas! — disse Hesho. — Quem é essa pessoa?

— É uma humana — respondeu o oficial.

Morriumur arfou baixinho, colocando as mãos no rosto. Hesho se sentou de novo imediatamente, e um kitsen apareceu com um leque e começou a abaná-lo com rapidez. Tentei fazer o possível para parecer surpresa e horrorizada.

— Veja, vocês não precisam se preocupar! — o oficial prosseguiu, falando rapidamente. — Esta humana é plenamente licenciada. Vamos providenciar a documentação para vocês.

— Ora — disse Hesho. — Vamos treinar para combater um mal usando outro?

— Sim — concordei. — Essas coisas escravizaram meu povo por décadas! Eu não pensaria que vocês fossem deixá-los soltos na galáxia.

— Esta humana é *muito* bem treinada — garantiu o oficial. — Precisamos testar se ela pode lutar contra desbravadores.

— E se essa humana *de fato* for perfeita para lutar contra eles? — questionou Hesho. — Vocês vão criar esquadrilhas e frotas só de humanos? Isso é o mesmo que contratar o lobo para cuidar das ovelhas. No fim, vocês vão perder as ovelhas.

Achei aquela metáfora curiosa. Será que ele realmente tinha usado as palavras *lobo* e *ovelhas*? Ou dissera alguma palavra alienígena que tinha sido traduzida para algo similar em inglês?

De toda forma, eu não sabia muito bem o que pensar de Brade se juntar à nossa esquadrilha. Ela era uma citônica. Será que conseguiria perceber, com o tempo, que eu era uma humana disfarçada? Eu tinha a suspeita de que Brade estava sendo designada para minha esquadrilha especificamente para ficar de olho em mim.

Ao mesmo tempo, ela provavelmente entendia muito mais do que eu sobre ser citônica. Talvez soubesse o segredo para fazer meus poderes funcionarem direito. Ela poderia… ser capaz de me explicar o que eu era. O que *nós* éramos.

— Tenho certeza — falei devagar — de que a Supremacia sabe o que está fazendo.

— Meu povo tem um longo histórico com os humanos — disse Hesho, acomodando-se sob o leque de seu criado. — Na época em que ainda tínhamos caminhantes das sombras, nosso povo andava entre nosso mundo e a Terra, o planeta natal dos humanos. Será uma fogueira esperando uma fagulha.

— Se essa não for uma situação aceitável, Majestade — disse o dione —, podemos removê-lo das listas de voo.

— Eu teria, é claro, que perguntar para meu povo — falou Hesho. — Já que não sou o rei deles, mas apenas mais um entre muitos em uma democracia perfeitamente legal.

Os outros kitsen ao redor dele concordaram vigorosamente com as cabeças, apesar de um o abanar e outro lhe servir comida na boca.

— Então isso quer dizer que passamos definitivamente no teste — falei, desviando do assunto. — Vamos ser treinados para lutar contra os desbravadores?

— Sim — falou o oficial. — Enviaremos um transporte espacial para pegá-los amanhã, às 1000, horário de Visão Estelar. Vocês serão deixados nos campos de treino. Temo que terão de deixar suas próprias naves para trás a fim de treinar em nosso equipamento. Mas teremos uma embarcação preparada para os kitsen, Capitão Hesho.

Naves da Supremacia. Exatamente o que eu esperava. Eu ainda não sabia como encontraria uma chance de roubar um hiperdrive de minha nova nave, muito menos como colocá-lo em M-Bot e nos fazer saltar de volta para Detritus, mas pelo menos eu dera um grande passo na direção desse objetivo. Embora fosse querer checar três vezes para garantir que meu disfarce de holograma ficaria no lugar se eu me afastasse muito de M-Bot.

— Como precaução extra em relação à humana — disse o oficial —, colocaremos uma quimera em sua esquadrilha. Vocês devem ter notado que uma estava participando do teste. Esse indivíduo prefere ser tratado como fêmea, e pediu que vocês a chamem simplesmente de Vapor.

Hesho endireitou o corpo ao ouvir isso.

— Uma quimera, você diz? — disse ele, tamborilando com uma garra no queixo peludo. — Isso nos traz algum conforto, ao menos.

Hum? O que era isso? Uma "quimera"? Olhei ao redor, tentando ver se conseguia identificar a que se referiam. Mas, antes que eu pudesse perguntar, o oficial continuou falando.

— Excelente — disse ele, e então apontou distraído para Morriumur. — Agora, você. Por favor, me siga, e eu o informarei sobre seu posto.

— Como é? — perguntei, subitamente alerta. — Morriumur não vai conosco?

— Ele deve ser colocado em sua própria esquadrilha solo — disse o oficial. — Como é adequado.

Morriumur se levantou devagar, parecendo triste.

— Gostei muito de conversar com você, Alanik.

— Não — falei, sentindo o rosto corar de raiva ao me levantar. — Somos uma esquadrilha. Morriumur fica conosco.

Tanto Morriumur como o oficial me olharam com expressões surpresas. Bem, que ficassem surpresos. Cruzei os braços.

— Qual a vantagem de uma esquadrilha de um? Deixe Morriumur conosco.

— Vocês já têm quatro na equipe — falou o oficial. — Este é o número que decidimos para cada esquadrilha.

— Certamente não estamos em um múltiplo exato de quatro nesta sala — falei, gesticulando para os pilotos nas mesas ao nosso redor. — Além disso, já somos uma esquadrilha estranha com uma *humana* nela. Então usar um piloto extra será útil, para o caso de a criatura perniciosa ficar contra nós.

— Bem… — disse o oficial, agitado enquanto digitava em seu tablet. — Bem, acho que podemos providenciar isso. — Ele ergueu os olhos, me encarando cauteloso, e então voltou a digitar. — Estejam prontos para embarcar no transporte espacial amanhã. Um traje de voo da Supremacia será fornecido e chegará pela manhã. Vocês serão levados de volta para Visão Estelar a cada noite, então não é necessário separar mudas de roupas, mas, se precisarem de sustento no meio do dia, estejam preparados com seu próprio suprimento de comida. Sejam pontuais pela manhã.

Com isso, o dione deu meia-volta e se afastou apressado.

— Você não precisava fazer aquilo — me disse Morriumur. — Entrei nessa sabendo que seria isolado.

— Sim, bem, eu raramente solto alguém depois de enfiar meus dentes — falei. — É assim que guerreiros fazem.

— Que… metáfora profundamente perturbadora — comentou Morriumur, recostando-se em seu assento. — De todo modo, obrigado. Eu gostaria de não estar sozinho.

— Espere — falei, olhando ao redor da nossa mesa. — Disseram que seriam quatro pessoas em nossa equipe. Quem é essa Vapor que mencionaram?

— Sou eu — uma voz tranquila respondeu em um sussurro. Dei um pulo de susto e me virei para olhar, mas não havia ninguém ali. Fui recebida pelo cheiro marcante de canela. Canela queimada, na verdade.

— Bem-vinda, aquela que não pode ser vista — cumprimentou Hesho, levantando-se e fazendo uma mesura. Os outros integrantes de sua tripulação fizeram o mesmo.

— Você é... invisível? — perguntei, surpresa.

— Sou uma quimera — respondeu a suave voz feminina, e percebi que conhecia aquela voz. Já a ouvira antes.

— A nave drone que me ajudou a salvar Morriumur! — falei. — Você estava naquela nave.

— As quimeras são conhecidas por serem capazes de se infiltrar nas naves e assumir o controle delas — explicou Hesho.

— Então todos os drones são pilotados por... por pessoas como você? — perguntei.

— Não — falou a voz desencarnada. — Não há muitas de nós. Eu simplesmente assumi o controle de uma das naves para esse teste, contra a vontade de seu piloto remoto.

Incrível. Mas o que ela era? Um cheiro? Eu estava falando com um *cheiro*?

O cheiro marcante começou a desaparecer, mas eu não sabia se aquilo queria dizer que Vapor estava indo embora ou... alguma outra coisa. Achei a ideia de uma criatura que não podia ser vista bastante perturbadora. Quem poderia saber quando ela estaria nos observando?

O almoço estava terminando e as criaturas das outras mesas começavam a sair para retornar às naves. Hesho se despediu de nós com entusiasmo e então desceu as escadas colocadas por sua equipe. O grupo de mais de cinquenta raposas diminutas reuniu suas coisas e saiu trotando pelas portas.

Morriumur e eu os seguimos, depois de um tempo saindo ao ar livre no alto da estação. Acima de nós, o céu negro salpicado de estrelas. Naves decolavam de tempos em tempos, partindo para o voo de volta para Visão Estelar.

Me despedi de Morriumur, caminhei até M-Bot e subi em sua asa para entrar no cockpit.

— Uns engenheiros vieram tentar me inspecionar enquanto você estava lá embaixo — contou M-Bot. — Mas eu os assustei fazendo parecer que tinham disparado sem querer o sistema de alarme.

— Boa ideia — falei.

— Foi meio que uma mentira — disse ele. — Eu consigo mentir, como você falou. Sob as circunstâncias certas.

Enquanto nos preparávamos para decolar, senti algo contra minha mente de novo. Olhei para o ponto de onde a sensação parecia vir e notei duas portas de hangar parcialmente abertas. Dava para ver uma sombra parada ali dentro. Brade – observando minha nave.

— Não gosto da ideia de você passar o dia sozinha amanhã — comentou M-Bot. — Voando em outra nave.

— Está com ciúme?

— Talvez! Seria bacana se eu pudesse sentir ciúme. Só que, mais do que isso, acho que é perigoso. Precisaremos verificar com muito cuidado o projetor holográfico do seu bracelete. A CPU deve conseguir gerenciar seu holograma sem minha ajuda, mas vamos precisar conferir antes. Seria melhor se eu pudesse ir com você.

— Não creio que tenhamos escolha — falei enquanto decolava e nos afastava da plataforma. — Precisamos colocar as mãos em uma nave da Supremacia.

— É possível que não lhe deem uma nave que possa fazer hipersaltos — comentou M-Bot. — Pelo menos não no início.

— Pensei nisso — falei. — Mas, se eu conseguir ganhar a confiança deles, há uma boa chance de relaxarem na segurança. Posso não receber um caça estelar com capacidade de fazer hipersaltos, mas provavelmente estarei perto de um. Se eu não conseguir roubar um hiperdrive, talvez dê para pelo menos tirar fotos de um deles.

— Fotos não vão nos levar para casa.

— Eu sei. Ainda estou trabalhando nisso.

Enquanto voávamos para Visão Estelar e eu pensava em tudo aquilo, percebi que, sem querer, tinha ganhado um plano alternativo. Winzik e os demais tinham acabado de me designar para a mesma esquadrilha que sua humana de estimação. Será que Brade sabia que havia um planeta cheio de humanos como ela, só que livres? Será que estaria disposta a fugir, se eu lhe desse a oportunidade certa?

Se eu não conseguisse roubar um hiperdrive da Supremacia, talvez, em vez disso, pudesse roubar um de seus citônicos.

18

Pousei M-Bot no terraço da nossa embaixada em Visão Estelar e me recostei em meu assento, repentinamente exausta.

Ser Alanik cobrava um preço. Eu estava acostumada a seguir meus instintos e fazer o que me parecia natural. Isso tinha me feito viver bem até agora. Claro que ganhei uma pancada ou um arranhão ocasional, mas nunca tive que me preocupar em ser alguém além de mim mesma.

Suspirei, finalmente abrindo o dossel e me levantando para alongar o corpo. A embaixada não tinha equipe de solo para posicionar uma escada para mim, então desci para a asa e pulei no chão.

— De modo geral, acho que nos saímos bem — disse M-Bot. — Não estamos mortos, e você realmente conseguiu entrar no exército deles.

— "Só com a pele dos meus dentes" — falei, fazendo uma careta ao me lembrar do gorila burl que tivera um chilique e fora expulso. Teria sido eu, se tivesse alcançado Winzik *um pouco antes.*

— Seu dente tem pele? — perguntou M-Bot.

— Acho que não — falei enquanto conectava os cabos de carregamento e o link de rede de M-Bot. — Não tenho certeza de onde esse ditado vem, na verdade.

— Humm. Ah! Bem, é de uma versão em inglês da *Bíblia*. É uma versão realmente antiquada do *Livro dos Santos*, da Antiga Terra.

Conectei o último cabo e desci um andar. Doomslug trinou para mim, animada, do quarto, quando fui vê-la. Eu tinha deixado uma caixinha de areia para ela e alguns cogumelos picados, o que, a julgar pelas migalhas, ela achara aceitável como refeição. Cocei sua cabeça e percebi uma pequena luz na parede. Estava piscando, para indicar que eu tinha uma entrega, então desci até o térreo e verifiquei a caixa de correspondência. Antes de sair esta manhã, eu tinha feito alguns pedidos para testar minha autorização de requisição.

Dentro da caixa, encontrei um pacote de roupas do meu tamanho e alguns produtos de higiene. Peguei tudo e levei até a cozinha, onde fritei um bolinho de algas e comi com um pão. Então segui para o banheiro. Ainda era um pouco estranho ter que fazer tudo sozinha. Caramba, eu tinha todo esse *prédio* para mim – bem, para mim e para minha lesma de estimação, que insistiu que eu coçasse mais uma vez sua cabeça quando passei por ela no corredor.

Olhei meu reflexo no espelho do banheiro. Ou para a ilusão de Alanik que eu usava. *Doomslug não percebe que não estou usando meu rosto verdadeiro*, pensei. Ela obviamente se guiava por meio de odores e som, já que não tinha olhos. Percebi então que meu disfarce era ainda mais tênue do que eu pensava. E quanto àquela criatura, Vapor, que era *um cheiro*? Será que eu precisava me preocupar que ela soubesse que eu era humana?

Gemi baixinho, agoniada. Desliguei as luzes e então – com um suspiro de alívio – tirei meu bracelete de holograma. Embora M-Bot tivesse feito uma varredura no prédio em busca de dispositivos espiões, eu queria ter um cuidado extra, então vestia o bracelete o tempo todo.

Naquele momento, só queria ser eu mesma. Mesmo no escuro. Mesmo sozinha. Mesmo que só um pouquinho.

Eu me limpei e me pareceu um luxo não precisar ter pressa. Em Detritus, parecia que eu estava sempre correndo para algum exercício de treino ou outra coisa. Aqui, no entanto... eu podia simplesmente descansar e deixar que os agentes da cápsula de limpeza me lavassem.

Por fim, saí da capsula, suspirei e coloquei o bracelete de novo. Acendi a luz e peguei um conjunto de roupas largas e genéricas do pacote. Pareciam os uniformes que as equipes médicas usavam. Supus que seriam roupas boas tanto para trabalhar como para dormir.

Conferi os produtos de higiene. Com sorte, as pessoas que viram minha requisição não se perguntariam por que eu tinha esquecido a pasta de dentes. Embora eu tivesse verificado com M-Bot antes de pedir tudo, me diverti olhando o rótulo da parte de trás do tubo. Meu broche traduziu as palavras, e o texto listava para quais espécies da galáxia aquela pasta de dente seria tóxica. Administrar um império galáctico parecia trazer consigo vários problemas estranhos sobre os quais eu nunca tinha pensado.

Enquanto escovava os dentes diante do espelho, descobri que aquela pasta realmente tinha um gosto agradável de hortelã, muito melhor que a coisa amarga que usávamos em casa. Aparentemente, esses eram os benefícios de ter uma economia e uma infraestrutura de verdade, em vez de ser obrigado a reaproveitar antigas biorrefinarias para produzir pasta de dente.

Meu cabelo estava mais comprido do que eu costumava usar, e, felizmente, era quase do mesmo comprimento do de Alanik, alguns centímetros abaixo dos ombros. Eu o mantinha curto quando era mais jovem, parcialmente porque odiava a cor. Todos os heróis das histórias da Vozinha tinham os cabelos negros como ébano ou dourados – às vezes um ruivo-fogo ocasional para dar alguma variedade. Ninguém naqueles contos tinha o cabelo castanho-sujo.

Mas agora, com o holograma, ele estava branco. Passei os dedos por ele e a ilusão era de fato perfeita, com cada fio colorido individualmente. Minhas expressões também se adaptavam bastante bem ao rosto de Alanik, e eu não conseguia sentir nada diferente ao cutucar a pele, embora soubesse que minhas feições e as dela não eram iguais.

As únicas coisas que estavam fora de lugar eram as protuberâncias ósseas que Alanik tinha sob os olhos e nas laterais do rosto. Aquelas eram pura ilusão, e, se eu enfiasse o dedo, os hologramas se distorciam. Mesmo assim, o bracelete era bom o bastante para fazer meu cabelo parecer roçar na protuberâncias laterais – em vez de atravessá-las ao meio – quando ambos se tocavam.

Eu me encarei no espelho, sorrindo, franzindo o cenho, tentando encontrar algum erro na aparência geral, mas era uma ilusão excelente. Era quase possível acreditar que estava usando maquiagem.

Não foi surpresa quando me peguei pensando em Alanik. Será que ela se preocupava em como colocar o cabelo no capacete? O que será que pensaria do fato de eu imitá-la?

Não confie em sua paz... em suas mentiras...

Escovei o cabelo, saí para o corredor e desci as escadas até meu quarto.

— Ah — M-Bot me disse. — Você vai querer ler isto. Acabamos de receber uma comunicação do povo de Alanik. Supostamente chegou por via segura, em canais não monitorados pela Supremacia.

— Não duvido nem por um momento de que leram mesmo assim – falei, me acomodando na escrivaninha do quarto. — Vamos ver o que diz.

M-Bot mostrou a mensagem na estação de trabalho da escrivaninha, traduzida para o inglês. Era uma resposta morna ao nosso resumo morno dos acontecimentos. O que era promissor – aparentemente, eles não entraram de imediato em contato com a Supremacia.

— E tem alguma mensagem escondida, criptografada? Como a que enviamos?

— Sim — respondeu M-Bot. — É uma cifra muito interessante, baseada no número de letras de cada palavra relacionada a uma mensagem da cifra de uso único com a chave em seu broche. Completamente impossível de decifrar sem o broche. Acho que é mais do que você quer saber. De todo modo, a mensagem criptografada diz apenas: "Queremos falar com Alanik".

— Envie um relatório sobre o teste de hoje e criptografe: "Ela entrará em contato quando estiver bem. Por enquanto, estou infiltrada na Supremacia, fingindo ser ela. Por favor, não me entreguem".

— Parece uma resposta razoável — falou M-Bot. — Construirei a mensagem.

Assenti com a cabeça, caminhando até a cama. Eu realmente precisava dormir um pouco; mesmo assim, quando pensei em me deitar, percebi que não estava cansada. Então, em vez disso, me acomodei em uma cadeira ao lado da janela e fiquei olhando para a rua de Visão Estelar, repleta de arranha-céus enfileirados. Observei todas aquelas pessoas indo e vindo, em fluxo. Um milhão de objetivos distintos. Um milhão de trabalhos distintos. Um milhão de criaturas que me viam como uma das coisas mais perigosas da galáxia.

— M-Bot? — chamei. — Você consegue ouvir aquelas pessoas lá embaixo, na rua?

— Não tenho certeza — disse ele. — Hum, isso é mentira. Claro que consigo ouvi-las. Como se saiu minha mentira?

— Tente não dizer para as pessoas que você está mentindo *logo depois* de mentir. Estraga o efeito.

— Certo. Ok. Então… Hum, não tenho certeza. — Ele começou a cantarolar.

— Será que dá para *não* praticar mentiras neste instante? Está ficando um pouco irritante.

— Spensa — respondeu ele. — Supostamente você *não tem* que gostar quando eu minto. Certo? Como sabe quando fazer isso e quando não?

Suspirei.

— Tudo bem, certo — ele cedeu. — Tenho equipamento de vigilância avançado. Desta altura, devo ser capaz de isolar o áudio das pessoas na rua, embora não seja garantido e vá depender da interferência. Por quê?

— Só quero saber do que estão falando — eu disse. — Não há ataques Krell para antecipar. Eles falam sobre seus trabalhos nas fábricas? Sobre os humanos? Talvez sobre os desbravadores?

— Estou fazendo uma varredura para obter uma amostra — falou M-Bot. — Por enquanto parece que estão falando sobre coisas normais. Pegar os filhos na creche. Encomendar ingredientes para o jantar. A saúde e o treinamento de seus animais de estimação.

— Coisas normais — repeti. — Tudo isso é… normal?

— Aparentemente depende de um grande número de variáveis.

Fiquei olhando lá para baixo, observando o deslocamento de todos. As pessoas que passavam mostraram a mesma falta de urgência que notei quando cheguei. Este lugar era agitado, mas só porque havia muitas peças se movendo ao mesmo tempo. Individualmente, era pacífico. Normal?

Não. Eu *não podia* acreditar. Aquela era a Supremacia, o império que tinha praticamente destruído a humanidade. Eram eles quem financiavam Winzik e a dominação do meu povo pelos Krell. Eram os monstros contra os quais eu passara a vida toda treinando para lutar, as criaturas sem rosto que espreitavam no céu, bombardeando nossos centros civilizatórios e quase nos levando à extinção.

Visão Estelar era um de seus principais centros comerciais e políticos. Este lugar devia ser uma fachada para *fazer parecer* que a vida no império era pacífica. Quantas daquelas pessoas passando pela rua eram funcionários da Supremacia com instruções para parecerem inocentes? Parecia óbvio, agora que eu pensava no assunto. Aquilo era uma atuação, um modo de dar aos forasteiros a falsa impressão de que o império era ótimo.

Bem, eu não acreditaria em suas mentiras de paz e prosperidade. Tinha visto como haviam tratado os pilotos no teste de hoje. Todas aquelas pessoas nas ruas eram culpadas pelo que tinha sido feito com meu pai e meus amigos.

Aquelas não eram apenas simples pessoas, cuidando de suas vidas simples. Eram meus inimigos. Estávamos em guerra.

— Spensa — falou M-Bot —, não quero ser chato, mas faz quinze horas desde que você dormiu… já que está se ajustando aos ciclos de sono desta estação… e registrei apenas quatro horas de sono realmente restaurador na noite passada.

— Sim, e daí? — repliquei.

— Você fica mal-humorada se não dorme.

— Não fico, não.

— Você se importa se eu gravar seu tom de voz para mais tarde, para usar como evidência em um desentendimento futuro?

Caramba. Discutir com uma máquina trazia um nível irreal de frustração. Provavelmente ele estava certo, mas eu também sabia que não conseguiria dormir se tentasse. Por motivos que ele, não importa quão inteligente, jamais seria capaz de entender.

Em vez disso, vesti o macacão genérico de trabalho que tinha vindo no pacote de roupas que pedi e voltei para o telhado. O macacão parecia um traje de voo – grosso, de um material similar a lona, ajustado de um jeito aconchegado, mas não muito apertado. Uma roupa utilitária, confortável. O melhor tipo.

— Spensa? — disse M-Bot quando me aproximei da nave. — Você não vai se meter em algum tipo de encrenca, vai? Não vamos voar para…

— Relaxe — respondi. — Não podemos deixar que as equipes de solo deles se aproximem demais de você, o que quer dizer que vou ter que cuidar da sua manutenção.

— Agora? — perguntou M-Bot.

— Quero que esteja em forma caso precisemos fugir. — Verifiquei o pequeno armário de manutenção no telhado do edifício e encontrei alguns suprimentos básicos, incluindo uma pistola de graxa cheia de lubrificante resistente a vácuo. Peguei a pistola e caminhei até a nave. — M-Bot? — perguntei. — Como você sabia sobre a frase que usei antes? Aquela dos dentes? Você já tinha essa informação nos seus bancos de dados?

— Não — disse ele. — Eu consegui nos arquivos de Visão Estelar. Há muita coisa aqui sobre a Antiga Terra, desde antes de ela ter desaparecido… mais do que os bancos de dados fragmentados que seu povo tem.

— Você pode me falar mais sobre isso? — perguntei, usando a pistola para começar a lubrificar as juntas dos flaps das asas. — Alguma coisa que não aprendemos na escola, sabe?

— Tem muita informação aqui — disse ele. — Devo começar em ordem alfabética? A. A. Attanasio era um escritor de ficção científica que parece interessante.

— Me conte a história de Folha de Pinheiro — pedi. — E como ela lutou contra quatro guerreiros Crow de uma só vez.

— Folha Caída — disse M-Bot — é frequentemente associada com a figura histórica conhecida como Folha de Pinheiro ou Mulher Chefe. Era uma mulher nativo-americana nascida em Gros Ventre, e vários relatos pseudo-históricos de coragem são associados à vida dela.

Ele contou aquilo em um tom de voz monótono, seco.

— E a história de como ela lutou contra quatro homens de uma vez? — perguntei. — Tocou um por um com sua vara, rendendo-os pela vergonha de se deixarem superar em habilidade por uma mulher?

— Dizem que ela conseguiu dar quatro golpes decisivos em uma batalha — disse M-Bot. — Ainda que não haja certeza de que a lenda seja verdadeira. Historicamente, ela foi fundamental para reverter um ataque Blackfoot, quando se tornou renomada entre os outros Crow. E... por que está suspirando? Fiz algo errado?

— É que eu sinto falta da Vozinha — respondi baixinho. Ela fazia as histórias da Antiga Terra ganharem vida simplesmente pelo jeito de contá-las. Sempre havia uma *paixão* em sua voz que M-Bot, embora bem--intencionado, não poderia replicar.

— Sinto muito — M-Bot disse, baixinho também. — Isso é mais uma prova de que *não sou* realmente um ser vivo, não é?

— Não seja bobo — falei. — Eu também não sou uma boa contadora de histórias. Isso não quer dizer que eu não esteja viva.

— O filósofo e cientista dione Zentu afirmava que há três marcos importantes que indicam vida de verdade. Crescimento é o primeiro. O ser deve mudar ao longo do tempo. Eu mudei, não mudei? Posso aprender, posso crescer.

— Sem dúvida — garanti. — O simples fato de você ter me tornado sua piloto é prova disso.

— O autodeterminismo básico é o segundo — disse M-Bot. — Uma coisa viva tem que ser capaz de responder a estímulos para melhorar sua situação. Não consigo voar sozinho. Se eu pudesse voar, você acha que isso me tornaria vivo? Acha que quem quer que tenha me criado me proibiu de ser capaz de me mover por conta própria?

— Você pode usar seus propulsores auxiliares para ajustar sua posição — lembrei. — Então você meio que já faz isso. Se uma planta está viva porque pode responder à luz do sol, então você está vivo.

— Não quero ser vivo como uma planta — reclamou M-Bot. — Quero ser realmente vivo.

Grunhi, aplicando jatos rápidos de lubrificantes nas dobradiças dos flaps das asas. O mero odor daquilo me fazia sentir melhor. Aquele quarto lá embaixo era limpo demais. Até meus aposentos no quartel general da FDD cheiravam levemente a graxa e a fumaça de exaustor.

— Qual é o terceiro indicativo de vida? — perguntei. — Pelo menos segundo esse filósofo.

— Reprodução — contou M-Bot. — Uma coisa viva é capaz de fazer mais versões de si mesma, ou pelo menos a espécie deve ser capaz disso em algum ponto de seu ciclo de vida. Estive me perguntando... Você terá que voar em uma nave nova amanhã. Talvez possamos dar um jeito de fazer o upload de uma cópia do meu programa nos bancos de dados desse caça. Então você poderia contar com minha ajuda mesmo voando em uma das naves deles.

— Você poderia fazer isso? — perguntei, erguendo os olhos da asa.

— Em teoria — respondeu M-Bot. — Sou apenas um programa... claro, um que se baseia em velocidades transcitônicas de processamento. Mas, no fundo, a coisa que você chama de M-Bot não é nada além de um conjunto de bits codificados.

— Você é muito mais do que isso — eu falei. — Você é uma pessoa.

— Uma pessoa não é nada mais do que um compêndio orgânico de informação codificada. — Ele hesitou. — De todo modo, meu programa me impede de fazer cópias do meu código de processamento principal. Há uma proteção contra falhas que me impede de me duplicar. Eu poderia ser capaz de mudar isso se... *Clique. Clique, clique, clique, clique, clique.*

Continuei trabalhando em silêncio enquanto o programa de M-Bot era reiniciado. *Quem quer que o tenha criado não quis correr o risco de que o inimigo fizesse uma cópia dele*, pensei. *Ou... não queriam correr o risco de que as inteligências artificiais fizessem cópias de si mesmas sem supervisão.*

— Voltei — disse M-Bot por fim. — Desculpe.

— Está tudo bem — garanti.

— Talvez possamos dar um jeito de contornar... o que eu disse antes.

— Honestamente, não sei se gosto disso — falei. — Fazer outro de você parece errado. Estranho.

— Não é mais estranho do que gêmeos idênticos humanos — comentou ele. — Para ser perfeitamente franco, não sei como meu programa responderia ao confinamento em um sistema de computador normal... um sem processamento transcitônico.

— Você fala essas coisas como se eu soubesse o que querem dizer.

— Para criar computadores que podem pensar com a rapidez da minha mente, são necessários processadores que possam se comunicar mais rápido do que os sinais elétricos normais permitem. Meu projeto consegue isso usando minúsculos comunicadores citônicos, que passam sinais MRL pelas minhas unidades de processamento.

— E o escudo da estação não impede isso?

— Meu próprio escudo parece ser o suficiente para anular o bloqueio deles. Ou, bem, isso é um jeito simplificado e talvez contraditório de explicar. De todo modo, ainda consigo processar na velocidade exigida.

— Hum — comentei. — Processadores citônicos. Então é por isso que consigo sentir você pensar.

— O que você quer dizer?

— Às vezes, quando estou envolvida no... no que quer que seja o que eu faço... consigo sentir você. Sua mente, seus processadores. Como posso sentir Brade algumas vezes. Mas, de todo modo, falar em copiar você é um pouco irrelevante, não? Não podemos transferir você para uma nave nova, porque ela não seria capaz de pensar rápido o bastante.

— Eu devo ser capaz de sobreviver em uma nave dessas — falou M-Bot. — Só pensaria mais devagar... seria idiota. Não tão idiota quanto um humano, no entanto, e vocês parecem se virar bem. — Ele fez uma pausa. — Hum, sem ofensa.

— Tenho certeza de que você acha nossa estupidez um charme.

— Que nada! De todo modo, gostaria pelo menos de tentar encontrar um jeito de me replicar. Só para provar que... que realmente estou vivo.

Dei a volta nele, em direção à outra asa, sorrindo. Depois que me juntei oficialmente à FDD – e M-Bot tinha revelado sua existência –, as equipes de solo sempre cuidaram da manutenção. Antes disso, no entanto, éramos apenas Rodge e eu. Rodge fizera grande parte do trabalho duro, mas várias das tarefas simples – colocar graxa, retocar a pintura, verificar os cabos – ele passava para mim.

Havia algo de satisfatório em fazer a manutenção da minha própria nave. Algo relaxante. Tranquilizador.

Então olhei para a superfície polida de seu casco e vi a infinitude me encarando de volta. Um vazio profundo no lugar do meu reflexo. Um vazio marcado por um punhado de luzes brancas *ardentes*, como sóis terríveis. Me observando.

Os olhos. Um desbravador, ou mais, estava aqui. *Bem aqui.*

Cambaleei para trás, derrubando a pistola de graxa, que caiu no chão com um ruído. O reflexo desapareceu e jurei que não houvera nada refletido por um breve instante. Então, como uma tela ligada, a imagem de Alanik reapareceu – a imagem holográfica que eu estava usando.

— Spensa? — perguntou M-Bot. — Qual o problema?

Caí da asa de M-Bot. Sobre minha cabeça, naves cruzavam o céu por avenidas invisíveis. A cidade se contorcia e se movia, um zumbido doentio de insetos irritantes por todo lado, me sufocando.

— Spensa? — M-Bot me chamou de novo.

— Está tudo bem — sussurrei. — Eu só... só estou preocupada com amanhã. Por ter que voar sem você.

Eu me sentia sozinha. M-Bot era ótimo, mas não me entendia como Kimmalyn ou FM. Ou Jorgen. Caramba, eu sentia falta dele. Sentia falta de poder reclamar com ele e de ouvir seus argumentos excessivamente racionais – e, de algum modo, calmantes.

— Não se preocupe, Spensa! — disse M-Bot. — Você consegue fazer isso! É muito boa voando. Melhor do que qualquer outro! Você praticamente não é humana em suas habilidades.

Senti um calafrio ao ouvir aquilo. *Praticamente não é humana*. Enjoada, inclinei o corpo para a frente, abraçando os joelhos.

— O que foi que eu disse? — perguntou M-Bot, a voz ficando mais insegura. — Spensa? Qual é o problema? Qual é o problema de verdade?

— Tem uma história que a Vozinha costumava contar — sussurrei. — Uma história estranha, que nunca se encaixou nas outras. Não era uma história sobre rainhas, cavaleiros ou samurais. Era sobre um homem... que perdia sua sombra.

— Como se perde uma sombra? — M-Bot perguntou.

— Era uma história fantasiosa — falei, lembrando da primeira vez que a Vozinha me contara. Sentada no telhado do nosso apartamento que parecia um cubo, lá nas cavernas, com as luzes famintas e profundas das forjas tingindo tudo de vermelho. — Em uma noite estranha, durante uma viagem, um escritor acorda e descobre que sua sombra desapareceu. Não havia nada que ele pudesse fazer, e nenhum médico conseguia ajudá-lo. Com o tempo, ele tocou a vida. Só que um dia a sombra voltou. Ela bateu na porta e cumprimentou seu antigo mestre com alegria. Ela tinha viajado pelo mundo e conseguido entender os homens. Na verdade, entendia até melhor do que o próprio escritor. A sombra vira o mal nos corações dos homens da terra, enquanto o escritor ficara sentado ao lado da lareira, alimentando-se apenas de fantasias bondosas.

— Isso é estranho — comentou M-Bot. — Em geral sua avó não contava histórias sobre matar monstros?

— De vez em quando os monstros matavam os homens — sussurrei. — Nessa história, a sombra tomava o lugar do homem. Ela convencia o escritor de que podia lhe mostrar o mundo, mas só se o homem concordasse em se tornar sombra por algum tempo. E é claro que, quando o homem aceitou, a sombra se negou a libertá-lo. A sombra tomou o lugar dele, se casou com uma princesa e ficou rica. Enquanto o homem real, sendo uma sombra, definhou e se tornou magro e escuro, quase não sendo mais vivo...

Olhei para M-Bot.

— Eu sempre me perguntei por que ela me contou essa história. Ela dizia que era uma história que a mãe dela tinha contado, ainda na época em que viajavam pelas estrelas.

— E você está preocupada com isso? — questionou M-Bot. — Com sua sombra tomando seu lugar?

— Não — Sussurrei. — Tenho medo de já ser a sombra.

Fechei os olhos, pensando em onde os desbravadores viviam. O lugar entre os momentos, aquele nada gelado. A Vozinha dizia que, antigamente, as pessoas temiam e desconfiavam do povo da casa das máquinas. Desconfiavam dos citônicos.

Desde que comecei a ver os olhos, nunca mais me senti a mesma. Agora que eu viajava para o nada, não podia deixar de me perguntar se a que voltava de lá ainda era inteiramente *eu mesma*. Ou se talvez o *eu* que eu conhecia sempre fora outra coisa. Algo não muito humano.

— Spensa? — disse M-Bot. — Você disse que não era muito boa em contar histórias. É mentira. Estou impressionado com a felicidade com que você faz isso.

Olhei para a pistola de graxa caída, que tinha derrubado um pouco de lubrificante transparente no telhado. Caramba. Estava ficando emotiva — M-Bot estava certo. Eu ficava estranha quando não dormia o suficiente.

Era obviamente isso. A privação de sono estava me fazendo alucinar, e era o motivo de eu estar divagando. Eu me levantei – fazendo questão de *não* olhar para meu reflexo – e guardei a pistola de graxa. Então parei diante da escada que descia para a embaixada.

A ideia de dormir naquele quarto vazio, estéril... com os olhos me observando...

— Ei — falei para M-Bot, em vez disso. — Abra seu cockpit. Vou dormir aí esta noite.

— Você tem um edifício inteiro, com quatro dormitórios — comentou M-Bot. — Mesmo assim vai dormir no cockpit, como quando era proibida de ficar nos alojamentos da FDD?

— Pois é — respondi, bocejando, enquanto entrava no cockpit e fechava o dossel. — Você pode escurecer o dossel para mim?

— Suspeito que uma cama seria mais confortável — sugeriu M-Bot.

— Provavelmente sim. — Inclinei o assento para trás e puxei meu cobertor. Então me acomodei, ouvindo os ruídos do tráfego lá fora. Um som estranho e, de alguma forma, acusatório.

Mesmo quando comecei a cochilar, a sensação de isolamento não me abandonou. Eu estava cercada por ruídos, mas sozinha. Era um lugar com milhares de espécies, mas eu me sentia mais solitária do que jamais me sentira enquanto explorava as cavernas em casa.

TERCEIRA PARTE

Interlúdio

Jorgen Weight entrou na enfermaria com o capacete de voo embaixo do braço. Talvez devesse ter guardado o capacete, mas não havia regra que exigisse isso – e ele se sentia bem ao carregá-lo. Era como se estivesse pronto para voar a qualquer momento. Dava a ilusão de estar no controle.

A criatura deitada na cama da enfermaria provava que esse não era o caso. A mulher alienígena havia sido conectada a todo tipo de tubo e monitor, com uma máscara sobre o rosto para controlar a respiração, mas o que chamou imediatamente a atenção de Jorgen foram as cordas amarrando os braços dela à cama. Os mandachuvas da FDD queriam tomar um cuidado extra, mesmo que Spensa parecesse pensar que a alienígena não era um perigo.

A fisiologia da piloto alienígena caída tinha deixado os médicos da FDD perplexos. O melhor que puderam fazer fora fechar suas feridas e esperar que em algum momento ela despertasse. Durante os últimos dois dias, Jorgen já viera ver como ela estava pelo menos seis vezes. Sabia que era improvável que ela acordasse enquanto ele estava ali, mesmo assim queria ter a chance de ser o primeiro a falar com ela. O primeiro a fazer a exigência.

Você consegue encontrar Spensa?

Sua preocupação aumentava a cada dia sem uma comunicação com Spensa. Será que ele fizera a coisa certa encorajando-a a partir daquela forma? Será que ele a havia deixado sozinha, sem apoio, para ser capturada e torturada?

Ele quebrara o protocolo da cadeia de comando da FDD ao orientá-la a partir. Agora, se ela fosse capturada por causa disso… Bem, Jorgen não podia pensar em nada pior do que desobedecer e logo na sequência descobrir que fora um erro. Então ele ia até a enfermaria com esperanças. A alienígena era uma citônica; ela seria capaz de encontrar Spensa e ajudá-la, certo?

Mas primeiro a alienígena precisava despertar. Uma médica com uma prancheta se aproximou de Jorgen, mostrando-lhe, prestativa, o relatório com os sinais vitais da alienígena. Jorgen não conseguia entender metade das informações, mas as pessoas tendiam a mostrar respeito aos pilotos. Mesmo os oficiais mais graduados do governo abriam espaço para um homem ou uma mulher usando o broche de piloto na ativa.

Jorgen não gostava da atenção, mesmo assim aguentava, porque era a tradição. Seu povo existia, vivia, porque a máquina de guerra funcionava – e, se ele tinha que ser uma de suas engrenagens mais proeminentes, podia aguentar a posição com solenidade.

— Alguma atualização? — ele perguntou à médica. — Me diga o que não está no prontuário. Ela se mexeu? Falou durante o sono?

A médica negou com a cabeça.

— Nada. Seus batimentos cardíacos são irregulares e não sabemos se isso é normal para a espécie. Ela respira bem o nosso ar, mas seus níveis de oxigênio estão baixos. Mais uma vez, não temos como dizer se isso é normal ou não.

Tudo igual a antes – e podia demorar semanas até que ela despertasse, se é que isso aconteceria. Os engenheiros estavam analisando a nave dela, mas até agora não tinham sido capazes de decifrar a criptografia dos bancos de dados.

Os cientistas podiam analisar o que quisessem. Os segredos que Jorgen queria estavam dentro do cérebro da criatura. Ele sentia uma... eletricidade quando se aproximava dela. Uma descarga tênue que percorria seu corpo, como a sensação de ser salpicado de água fria. Ele sentia isso agora, ao lado dela, ouvindo o silvo estável do respirador.

Já tivera a mesma sensação antes, na primeira vez que vira Spensa. Tinha pensado que fosse atração, e certamente se sentia atraído. Por mais que ela o frustrasse, ele se sentia atraído por ela como uma mariposa pela chama. Mas havia algo mais. Algo que essa alienígena também tinha. Algo que ele sabia estar escondido no fundo da própria linhagem familiar.

Ele se virou para a médica.

— Por favor, deixe anotado para que me deem notícias se algo na situação dela mudar.

— Já fiz isso — respondeu a médica.

— Pelo código na parte inferior do relatório, você atualizou o status de prioridade dela, o que exige renovação do pedido. Procedimentos do departamento 1173-b.

— Ah — exclamou ela, olhando novamente para a prancheta. — Tudo bem.

Jorgen assentiu e então deixou a enfermaria, voltando para o corredor da Plataforma Primária. Estava a caminho do atracadouro de sua nave para pegar o relatório da equipe de solo quando as buzinas enlouqueceram. Ele parou no lugar, identificando o padrão do alarme que ressoava pelos estéreis corredores de metal.

Ataque com fogo, pensou ele. *Nada bom.*

Jorgen lutou contra a maré de pilotos e tripulantes correndo para suas naves e seguiu direto para a sala de comando. Ataque com *fogo*, não com *naves*. Os caças não iam ser lançados. Aquilo era algo maior. Algo pior.

Seus estômago apertou ao chegar na sala de comando, onde os guardas o deixaram entrar. Lá dentro, o alarme estava desligado. A essa altura, a FDD já tinha levado a maior parte do pessoal de comando da Base Alta para a Plataforma Primária. O almirante Cobb queria separar a instalação militar da população civil para dividir potenciais alvos Krell.

Mas essa mudança ainda estava sendo organizada, o que tornava aquela sala uma bagunça de cabos e monitores temporários. Jorgen não incomodou o pessoal de comando, que estava reunido em torno de um grande monitor no outro extremo da sala. Embora tivesse patente para se juntar às operações ali, ele não queria ser uma distração. Em vez disso, seguiu pela fila de estações de trabalho até alcançar a da alferes Nydora, uma jovem do Corpo de Radiocomunicações que ele conhecia dos tempos de escola.

— O que está acontecendo? — ele perguntou, inclinando-se ao lado dela.

Ela respondeu apontando para o monitor que – pela legenda na parte de baixo – estava mostrando a transmissão de uma das naves de reconhecimento além das plataformas. A transmissão mostrava duas enormes naves de guerra Krell se movendo em direção ao planeta.

— Estão entrando em posição — sussurrou Nydora — para poderem disparar pela próxima brecha que surgir entre as plataformas defensivas e atingir a Base Alta na superfície.

— Podemos revidar? — perguntou Jorgen.

Nydora negou com a cabeça.

— Ainda não temos controle das armas de longo alcance das plataformas externas… e, mesmo se tivéssemos, essas naves estão longe o bastante para que se afastar antes que nossos disparos cheguem. O planeta, no entanto, não pode se mexer.

O estômago de Jorgen se retorceu. Da órbita, o inimigo podia bombardear a superfície de Detritus com uma chuva devastadora de fogo e morte. Com bombardeios contínuos e com a gravidade do próprio planeta trabalhando a favor dos Krell, aquelas naves de guerra seriam capazes de destruir até as cavernas mais profundas.

— Quais são nossas chances? — perguntou Jorgen.

— Depende de quão longe os engenheiros chegaram…

Jorgen se sentia impotente enquanto observava as duas naves de guerra se posicionando e abrindo as canhoneiras.

— Nenhuma resposta aos nossos pedidos de falar com eles — alguém na outra ponta da fila disse. — Não parece que vão começar com um tiro de advertência.

Esse sempre era o *modus operandi* dos Krell. Nada de advertências. Nada de piedade. Nenhuma exigência de rendição. A FDD sabia – pelas informações roubadas por Spensa – que muito do que os Krell fizeram até agora pretendia apenas reprimir os humanos. Seis meses antes, no entanto, o inimigo tinha avançado para uma tentativa de extermínio completo.

— Mas por que agora? — perguntou Jorgen.

— Eles tinham que esperar um alinhamento das plataformas — explicou Nydora. — É o primeiro disparo direto em Alta em semanas. É por isso que estão se mexendo agora.

De fato, Jorgen viu na tela que o movimento inescrutável das muitas plataformas que formavam as camadas ao redor de Detritos as fazia se alinhar, proporcionando uma abertura. As naves de guerra imediatamente começaram a disparar munição cinética pesada, projéteis que eram do tamanho de caças. Jorgen fez uma oração em silêncio para as estrelas e para os espíritos dos ancestrais que navegavam nelas. Apesar de toda a sua habilidade e treinamento no cockpit, ele não seria capaz de lutar contra uma nave de guerra.

O destino da humanidade estava nas mãos dos Santos e dos engenheiros da FDD.

A sala ficou num silêncio tão profundo que Jorgen podia ouvir as batidas do próprio coração. Ninguém respirava enquanto a chuva de projéteis mergulhava na direção do planeta. Então alguma coisa mudou – uma das plataformas na lateral da abertura começou a se mover, os antigos mecanismos voltando a funcionar. Os dados começaram a jorrar pelo monitor secundário de Nydora – relatórios da engenharia e das naves de reconhecimento da FDD.

O planeta Detritus não era um alvo fácil. A tela principal de Nydora destacava a plataforma em movimento, uma folha plana de metal que parecia se mover lentamente – mas o mesmo acontecia com as bombas. Jorgen observava de tamanha distância que seu cérebro tinha dificuldade para compreender a escala do enfrentamento: aquela seção metálica tinha cerca de cem quilômetros de comprimento.

Conforme as bombas se aproximaram, seções da plataforma se abriram e lançaram uma série de disparos de energia fulgurante no espaço. Os disparos destruíram os projéteis lançados pelas naves de guerra, enfrentando força com energia, explodindo tudo e anulando seu impulso. Um escudo surgiu ao redor da plataforma, interceptando os detritos, diminuindo sua velocidade e impedindo-os de cair na superfície do planeta. Todos na sala soltaram um suspiro de alívio. Nydora até gritou de alegria. As naves de guerra se retiraram com lentidão, indicando que aquele tinha sido um teste das defesas planetárias – embora os tiros tivessem mirado Alta e obviamente não se importassem se a base fosse destruída.

Jorgen deu um tapinha nas costas de Nydora e andou até a lateral da sala, inspirando e expirando para acalmar os nervos. Por fim uma notícia boa. Um dos vice-almirantes ligou pela linha de comunicação principal a fim de parabenizar os engenheiros pelo trabalho.

Por mais estranho que parecesse, o almirante Cobb permaneceu no lugar, ao lado de seu monitor, segurando sem ânimo uma caneca de café e encarando a tela, mesmo depois de os demais partirem para fazer anúncios ou parabenizar alguém.

Jorgen se aproximou.

— Senhor? — chamou ele. — O senhor não parece satisfeito. Os engenheiros conseguiram erguer as defesas a tempo.

— Aquela não era uma das plataformas nas quais nossos engenheiros estão trabalhando — respondeu Cobb, com suavidade. — Era o antigo programa de defesa de Detritus. Tivemos sorte de ter uma plataforma em funcionamento, e ainda capaz de lançar defesas antibombardeio nas proximidades.

— Ah — exclamou Jorgen. Um pouco de seu alívio desapareceu. — Mas... ainda estamos em segurança, senhor.

— Observe as leituras de energia na parte de baixo da tela, capitão — falou Cobb. — A quantidade de energia que esse incidente drenou é incrível. Essas antigas plataformas quase já não têm mais tempo de vida. Mesmo se conseguirmos colocar outras em funcionamento, vamos precisar de meses ou anos para fabricar novos coletores de energia solar. E mesmo se conseguirmos colocar isso em funcionamento e as contramedidas continuarem a funcionar... Bem, se os Krell começarem um bombardeio contínuo, em algum momento vão passar pelas plataformas. Nossas defesas não foram feitas para um ataque de longo prazo. São uma medida de segurança à prova de falhas pensada para deter os invasores até que naves de guerra amigas possam chegar ao sistema e expulsá-los. Só que não temos naves amigas.

Jorgen olhou mais uma vez para as pessoas comemorando na sala. Elas pareciam imponentes em seus uniformes impecáveis e engomados da FDD. Era só fachada. Comparada aos recursos do inimigo, a FDD não era uma força militar equivalente – era um grupo de refugiados maltrapilhos que mal conseguia empunhar uma arma.

— Ficamos presos neste planeta — prosseguiu Cobb — e morremos. Simples assim. Somos um ovo com uma casca extradura, sim, mas estaremos acabados assim que o inimigo perceber que não pode nos quebrar com uma colher e, em vez disso, resolver usar uma marreta. Infelizmente, nossa única chance de fuga desapareceu sem deixar vestígio. Aquela garota…

— Mantenho minha decisão, senhor — interrompeu Jorgen. — Spensa voltará para nós. Só precisamos lhe dar tempo.

— Ainda gostaria que vocês tivessem entrado em contato comigo — disse Cobb.

Não houvera repercussões pelo que Jorgen fizera. Ele podia argumentar que, com base no código 17-b, era capaz de tomar a decisão que tomou, mas na verdade ele nem era o oficial sênior naquela missão. O coronel Ng, das forças terrestres, estava liderando a equipe de segurança. Jorgen devia ter falado com ele ou ligado para Cobb.

Era possível que, ao mandar Spensa embora, Jorgen tivesse condenado todos eles. *Ficamos presos neste planeta e morremos. Simples assim…*

Jorgen respirou fundo.

— Senhor. Talvez eu precise desobedecer a outra regra.

— Eu não sei metade delas, mesmo, capitão. Não se preocupe com isso.

— Não, senhor. Quero dizer… uma regra de família. Algo sobre o que supostamente não devemos falar.

Cobb o encarou.

— O senhor sabe como minha família se esforçou para evitar que falassem sobre o defeito? — perguntou Jorgen. — Para impedir que ele fosse de conhecimento do público geral? Aquele que o pai de Spensa tinha, os… os…

— Citônicos? — sugeriu Cobb.

— Existe um motivo para isso, senhor — disse Jorgen.

— Eu sei. Alguns de seus ancestrais o tinham. Não estava restrito à tripulação da engenharia. Está me dizendo que você anda ouvindo coisas, filho? Vendo coisas?

Jorgen apertou os lábios com força e confirmou com a cabeça.

— Luzes brancas, senhor. Nos cantos da minha visão. Como… como olhos.

Pronto. Ele dissera. Por que estava suando tanto? Dizer aquelas palavras não tinha sido *tão* difícil, tinha?

— Bem, isso já é alguma coisa, pelo menos — disse Cobb antes de deixar a caneca de lado. Um ajudante a pegou e correu para enchê-la de café novamente. — Venha comigo. Há alguém que quero que você conheça.

— Do Corpo Psicológico da frota?

— Não. É uma velha com um gosto excelente para tortas.

19

Acordei de supetão com M-Bot em pânico.

— Spensa! — exclamou ele. — Spensa!

Com o coração acelerado, lutei para me posicionar no cockpit. Segurei a esfera de controle, pestanejando com olhos turvos e o polegar no gatilho.

— O que foi? — perguntei. — Em quem eu atiro?

— Tem alguém na embaixada — disse M-Bot. — Eu configurei alarmes de proximidade. Estão se esgueirando até onde *acham* que você está dormindo.

Caramba. Assassinos? Suando, com a mente ainda enevoada do sono, liguei a nave e parei. E então... o quê? Sair voando? Para onde? Eu estava nas garras da Supremacia – se me quisessem morta, não recorreriam a assassinos, não é?

Eu precisava de mais informações. Determinada, remexi no pequeno cofre de armas do cockpit e peguei minha pistola incineradora portátil. Até onde eu sabia, armas pessoais eram proibidas em Visão Estelar – mas eu também parecia ter algumas exceções diplomáticas, então não estava muito segura do que valia para mim.

Me assegurei de que o holograma ainda estivesse ativo, abri o dossel em silêncio e saí da nave, mantendo-me abaixada para evitar algum sniper. Saí correndo até a escada que descia para a embaixada. Chegando ali, me esgueirei até o andar superior.

— São dois — M-Bot disse baixinho pelo meu fone de ouvido. — Um está na cozinha do andar de cima. O outro está no térreo, perto da porta, talvez vigiando a saída.

Certo. Eu nunca estivera em um conflito terrestre de verdade e meu treinamento nisso era mínimo. No entanto, quando deixei a escadaria e pisei no andar superior, senti a mesma determinação calma e fria que experimentava antes de uma batalha aérea. Eu podia encarar um assassino, desde que estivesse com a arma em mãos. Esse era um problema que conseguia resolver com um tiro. Preferia isso às preocupações nebulosas com as quais dormira na noite anterior.

— O inimigo está posicionado a aproximadamente dois metros além da porta — M-Bot sussurrou para mim. — Perto do balcão. Está de costas para a porta agora. Acho que deve estar surpreso por você não estar no quarto.

Assenti com a cabeça e entrei no aposento de um pulo, erguendo meu incinerador. Um Krell de carapaça marrom se virou ao perceber o movimento, derrubando algo no chão, que se espatifou. Um prato?

— Aaaaaaaahhh! — gritou o Krell, e a voz foi interpretada por meu tradutor como feminina. — Não me mate!

— O que está fazendo aqui? — eu quis saber.

— Lavando sua louça! — respondeu a mulher Krell. Ela acenou com os membros da armadura de um jeito ansioso. — Fomos mandados para limpar a casa!

Limpar a casa? Franzi o cenho com a arma ainda erguida. Mas a mulher Krell usava um cinturão cheio de utensílios de limpeza em sua carapaça de arenito, e pela parte frontal do capacete dava para ver os movimentos assustados da criatura que parecia um caranguejo. Ela não tinha nenhuma arma à vista.

Um som repentino veio lá de baixo, do térreo.

Um... aspirador de pó?

— Hum — murmurou M-Bot. — Talvez eu tenha julgado mal a situação.

— Quanta agressividade! — a faxineira Krell falou. — Não me avisaram disso!

— Quem mandou você? — eu quis saber, dando um passo adiante.

Ela recuou.

— Somos empregados do Departamento de Integração das Espécies!

Cuna. Estreitei os olhos, mas coloquei a arma de lado.

— Me desculpe pelo engano — falei, então a deixei e fui verificar o outro: um segundo Krell, que cantarolava enquanto aspirava o pó do térreo.

Enquanto eu o observava, a campainha da porta tocou. Franzi o cenho novamente e fui verificar. Um pacote fora entregue – provavelmente meu novo traje de voo.

Cuna estava em pessoa lá fora. Com sua altura imponente, sua pele azul e em uma túnica envelope azul-escura.

Abri a porta.

Cuna me deu um de seus sorrisos assustadores com dentes demais.

— Ah, emissária Alanik! Posso entrar?

— Você mandou lacaios para me espionar? — perguntei.

Cuna parou de repente.

— Lacaios? Não estou familiarizado com a tradução dessa palavra. Ajudantes? Eu mandei a sra. Chamwit para ser sua governanta, e ela veio com um assistente. Percebi que você não trouxe seu próprio pessoal e que poderia precisar de ajuda na embaixada.

Espiões. Eu sabia. *Eu encontrei e desliguei os dispositivos de vigilância, então mandaram agentes para me observar pessoalmente.* Será que eu tinha deixado alguma pista que pudesse me entregar?

— Espero que os ache úteis — disse Cuna, verificando seu tablet de comunicação. — Hum. Cheguei com certo atraso. Virão buscá-la em aproximadamente trinta e cinco minutos. Não queremos que se atrase em seu primeiro dia como piloto.

— O que quer de mim? — perguntei, desconfiada. *E que jogo está fazendo?*

— Só vim garantir que tenha uma excelente opinião sobre a Supremacia para levar ao seu povo — disse Cuna. — Posso entrar?

Dei um passo para trás, relutantemente abrindo passagem. Cuna espiou o Krell passando aspirador e seguiu para outra sala de reuniões, que estava vazia. Eu o segui, parando na porta enquanto Cuna se sentava.

— Seus esforços me trazem grande satisfação, Alanik — falou ele. — E peço desculpas pela... experiência angustiante de ontem. Eu não estava ciente de que Winzik e seu pessoal pudessem usar um método tão dramático para selecionar pilotos. O Departamento de Serviços de Proteção consegue ser imprudente.

— Sim, bem, não sou eu quem precisa do seu pedido de desculpas... e aqueles que *realmente merecem* estão todos mortos no momento.

— De fato — concordou Cuna. — O que sabe sobre as guerras humanas, Alanik de UrDail?

— Sei que os humanos perderam — respondi, cautelosa. — Depois de dominarem meu planeta e de nos obrigarem a lutar ao lado deles.

— Um modo político de colocar a questão — comentou Cuna. — Seu povo vai se adaptar à Supremacia muito melhor do que muitos presumem. Eu, no entanto, tenho fama de ocasionalmente desafiar os costumes sociais. Talvez seja devido à minha preferência por interagir e aprender os hábitos das espécies que ainda não ingressaram na Supremacia.

Cuna parecia tão grande e distante. Sua voz ficou suave, até contemplativa, enquanto continuava a falar, virando a cabeça levemente para olhar pela janela da frente.

— Eu imagino que você nunca tenha visto as consequências do ataque de um desbravador, e por isso invejo você. Eles conseguem acabar com a vida de um planeta apenas passando por ele... ou melhor, *através* dele. Eles não existem completamente na nossa realidade. Passam rapidamente e deixam apenas o silêncio.

O que aquilo tinha a ver com a conversa? Estávamos falando sobre os humanos, certo?

— Isso é terrível — falei. — Mas... você me disse antes que os desbravadores deixaram nossa galáxia há séculos. Então como alguém pode ter visto em primeira mão o que eles conseguem fazer com um planeta?

Cuna tamborilou os dedos uns nos outros. Percebi que a resposta estivera bem diante dos meus olhos alguns dias antes. Parada na estação espacial fora de Detritus, assistindo ao vídeo antigo. Eu *tinha visto* o que os desbravadores podiam fazer.

— Os humanos invocaram um desbravador, não foi? — perguntei. — É por isso que vocês têm tanto medo dos desbravadores e é por isso que odeiam tanto os humanos. Não foi só pelas guerras. Os humanos tentaram transformar os desbravadores em *armas*.

— Sim. Nós quase perdemos aquelas guerras. Mas, durante a segunda, os humanos desenvolveram bases secretas em planetas obscuros ao redor de estrelas pequenas ou moribundas. Ali, eles começaram um programa terrível. Se tivessem obtido sucesso, a Supremacia não só teria sido destruída como teria *desaparecido*.

Senti uma frieza bem lá no fundo de mim. *O desbravador mudou de lado...* Palavras ditas pelo homem que eu vira no vídeo – ditas um pouco antes de que todos no planeta Detritus fossem consumidos. Eu tinha *assistido* àqueles humanos mortos havia muito tempo tentarem usar um desbravador como arma. Era o que estavam fazendo. Eles tinham *invocado* um desbravador. Só que, em vez de destruir os inimigos da humanidade, a coisa tinha se voltado contra eles.

O horror de tudo aquilo brotou novamente em mim, e eu me senti enjoada, apoiando-me no batente da porta.

— Fomos extremamente afortunados pelo fato de que a arma dos humanos se virou contra eles mesmos — disse Cuna. — Não se pode combater ou controlar os desbravadores. Os humanos conseguiram trazer um para o nosso reino que destruiu vários dos nossos mais importantes planetas e bases. Mesmo depois que os humanos foram derrotados, esse desbravador flagelou a galáxia durante anos, até que finalmente partiu. Sei que seu povo tem reverência pelos humanos, Alanik. Não, não precisa argumentar. Eu consigo entender e simpatizar, até certo ponto. Mesmo assim, *você deve* entender que a tarefa à qual estamos nos dedicando aqui... aprender a lutar contra os desbravadores... é um projeto *essencial.* Winzik e eu podemos não concordar sobre os procedimentos, mas concebemos este plano juntos: um jeito de desenvolver defesas contra os desbravadores. Até que possamos fazer isso, a Supremacia corre um grave perigo.

— Você... acha que os humanos vão voltar, não acha? — perguntei, as peças se encaixando. — Li no banco de dados local que, supostamente, eles estão contidos em reservas... mas algumas pessoas afirmam que os humanos estão prestes a escapar.

Cuna finalmente deu as costas para a janela e me encarou, sua expressão alienígena inescrutável. Fez um gesto de desprezo, movendo dois dedos para o lado diante de si.

— Olhe os arquivos de novo e você verá que, supostamente, os humanos sempre estão prestes a escapar. De fato, os surtos em sua resistência parecem, de algum modo, coincidir com os momentos em que o Departamento de Serviços de Proteção precisa aprovar alguma lei importante de financiamento.

Aquilo me atingiu como um soco no estômago. O Departamento de Serviços de Proteção – os Krell – estava usando Detritus e meu povo como um meio de obter favores políticos?

— Você acha que eles *deixam* os humanos ficarem mais perigosos? — perguntei. — Será que relaxam um pouco a vigilância, para que todo mundo fique bem assustado e então o departamento consiga provar que está fazendo um bom trabalho?

— Eu não faria uma afirmação dessas — disse Cuna. — Uma afirmação desse tipo exigiria evidências, não mera especulação. Vamos apenas dizer que acho esse fato curioso. E vem acontecendo há tanto tempo, com tanta regularidade, que duvido que os humanos sejam algum tipo de *perigo real* para nós, não importa o que os especialistas e comentaristas pensem.

Mas você está errado, pensei. *Winzik cometeu um erro. Deixou a FDD ficar forte demais. Deixou que eu me tornasse piloto. E agora... agora estamos realmente próximos de escapar. E não é só uma desculpa conveniente dessa vez. Ele deve estar em pânico...*

Então agora ele criava essa força espacial. Essa equipe especial de pilotos. Não podia ser coincidência.

— Os desbravadores são o perigo real — garantiu Cuna. — Talvez eu esteja errado, talvez os humanos se tornem uma ameaça novamente no futuro. Mas, mesmo que não sejam eles, mais alguém vai tentar usar os desbravadores. Negociar com os desbravadores é um comportamento tolo, imprudente e agressivo... então, alguma raça por aí certamente vai acabar tentando. A Supremacia não estará segura até que possamos combater os desbravadores, ou pelo menos consigamos mandá-los embora.

— Consigo ver a lógica nisso — respondi. E conseguia mesmo. Meu objetivo principal era roubar um hiperdrive... mas, se eu pudesse descobrir alguma arma da Supremacia contra os desbravadores, certamente acharíamos isso útil também.

Mas por que Cuna estava me contando tudo aquilo? O alienígena se levantou e se aproximou de mim, olhando para a lateral do meu corpo – na direção da arma enfiada em meu bolso, que eu tinha guardado com pressa. Eu rapidamente a enfiei mais para o fundo.

— Você não devia carregar isso por aí — disse Cuna. — Está sob minha proteção, mas até isso tem limites.

— Desculpe — falei. — Eu pensei que estivessem… De todo modo, talvez eu tenha assustado a governanta lá em cima.

— Eu cuido disso — garantiu Cuna. — Só preciso que entenda quão importante é sua tarefa. Winzik deve ser observado. Eu não tenho o poder que gostaria sobre esse programa de treinamento. Então, peço que se recorde do nosso acordo. Garantirei a aprovação do ingresso do seu povo na Supremacia. Em troca, peço que me faça relatórios de seu treinamento.

— Você quer que eu seja sua espiã — falei.

— Quero que preste um serviço para a Supremacia. Tenho a autorização e a credencial de segurança adequadas para saber qualquer coisa que você me conte.

Que ótimo. Era o que eu temia; eu estava presa entre os dois.

— Não fique tão preocupada — disse Cuna. Então me deu outro sorriso predatório. — Fiz esse pedido em parte porque sei que você estará em segurança. Como citônica, você pode dar um hipersalto para longe a qualquer momento, em caso de perigo.

— Sim, a respeito disso… — falei. Quanto eu poderia admitir? — Não estarei na minha nave e preciso da tecnologia nela para fazer o hipersalto.

— Ah — exclamou Cuna. — Então você ainda não é completamente treinada. Ainda precisa de ajuda mecânica?

— Exatamente. Você acha que poderia me dar algum tipo de treinamento?

Cuna negou com a cabeça.

— Os citônicos não treinados são muito menos perigosos do que os treinados. Foram necessários séculos de treinamento antes que nossos próprios citônicos fossem poderosos o bastante para atrair desbravadores por acidente… e suspeito que seu povo esteja muito longe de fazer isso. Treinar você só aceleraria esse perigo.

— Talvez, se eu tivesse uma nave da Supremacia com um hiperdrive, poderia usar a sua tecnologia — sugeri. — Assim eu experimentaria a sensação e poderia aprender a viajar mais rápido que a luz em segurança.

— Aaaaahhhh… — M-Bot falou em meu ouvido. — Boa!

— Bem, eu não posso impedi-la de experimentar um hipersalto — falou Cuna. — A instalação de treinamento para onde serão levados hoje exige um hipersalto. Então talvez seja melhor prestar atenção no processo.

Ótimo. Verifiquei o relógio em meu bracelete. Caramba, estava quase na hora.

— Não me deixe atrapalhá-la — disse Cuna com sua voz sempre tranquila. — Vá se arrumar. Você tem um dia atarefado à sua espera. Um dia sobre o qual tenho muito interesse em saber de tudo.

Certo. Bem, eu não podia expulsá-lo aos chutes. Saí correndo para a escada, pegando o pacote e passando pelo Krell com o aspirador de pó – que deu um pulo para trás quando entrei. Não acreditei na atitude tímida. Estava me espionando, obviamente. Eu andava por uma linha tênue neste jogo.

No quarto, verifiquei rapidamente se alguma coisa que deixara ali podia expor quem eu realmente era. Então vesti o traje de voo que me fora enviado, peguei Doomslug, que estava no quarto, e o levei até M-Bot.

— Cuide de Doomslug — pedi baixinho para ele, enfiando a lesma no cockpit. — Cuna diz que terei que fazer um hipersalto para chegar ao local de treinamento hoje. Será que você vai conseguir fazer contato comigo?

— O bracelete não tem um transmissor citônico — disse M-Bot. — Devia ter, mas seu povo não tinha as peças corretas para fabricar um. Então, a menos que sua nova nave tenha um… e que possamos descobrir um modo de ligá-lo… não, não poderemos nos falar depois que você der o hipersalto.

Que bom. Guardei a pistola incineradora.

— Fique atento a qualquer coisa estranha.

— E o que eu faço se achar algo estanho, Spensa? Não posso fugir.

— Não sei — respondi, frustrada. Eu odiava estar tão à mercê de outros. — Se tudo der errado, pelo menos tente morrer heroicamente, tudo bem?

— Eu… hum… não tenho resposta para isso. Que incomum. Mas, ei, tenho algo para você.

— O quê? — perguntei.

— Estou fazendo o upload de um segundo mapa holográfico no seu bracelete. Se usá-lo, a imagem a fará parecer um dione esquerdo, de feições discretas, projetado por mim. Pode ser bom ter um disfarce extra, caso necessário.

— Não sei se consigo lidar com o que já estou usando — comentei.

— Mesmo assim, é uma boa ideia, só por precaução. Você precisa ir. Ainda manterei contato até o hipersalto, então por enquanto não ficaremos em silêncio.

Desci a escadaria para tomar meu desjejum e preparar meu almoço, conforme as instruções. Coloquei tudo em uma mochila que encomendei e segui para o térreo bem quando a campainha tocou, me informando de que o transporte espacial chegara para me levar ao treinamento.

Cuna estava parado perto da porta da frente.

— Não encoste na minha nave — falei para ele.

— Eu jamais pensaria em fazer isso.

Me debati por mais um momento, sofrendo com aquele sorriso indigno de confiança, e então suspirei e saí pela porta.

20

O ônibus espacial era um pequeno carro aéreo com um motorista alienígena cuja raça eu não reconheci, embora tivesse uma leve semelhança com fungos. M-Bot teria ficado animado.

Achei o assento macio demais. Era como os daqueles carros de luxo de Jorgen. Balancei a cabeça, colocando o cinto de segurança enquanto o veículo decolava.

Em vez de ficar obcecada pelo fato de ter deixado M-Bot para trás, observei a cidade sob nós – uma extensão aparentemente infinita de edifícios.

— Para onde estamos indo? — perguntei para M-Bot, sussurrando o mais baixo possível para que o motorista do transporte espacial não me ouvisse.

Ele respondeu em meu ouvido.

— A ordem que recebeu diz que você será transportada para a *Pesos e Medidas*.

— Isso é uma nave? — perguntei. Que nome inocente.

— Sim. Um grande veículo comercial.

Obviamente era fachada. A *Pesos e Medidas* devia ser uma nave militar, só que a Supremacia não devia querer que as pessoas comuns soubessem de sua existência.

— Podemos revisar as diferentes espécies com as quais vou voar hoje? — perguntei. — Acho que Alanik devia saber algo sobre elas.

— Que ideia boa! — disse M-Bot. — Não queremos que você pareça ser mais ignorante do que normalmente é. Vejamos… Morriumur é um dione. Você já tem alguma experiência com essa espécie agora. Embora Morriumur seja o que é conhecido como um rascunho… o termo deles para uma pessoa que ainda não nasceu.

Estremeci e me virei para olhar pela janela.

— O que eles fazem parece ser eugenia ou algo do tipo — sussurrei. — Não deviam poder decidir com que personalidade querem que as pessoas nasçam.

— É uma forma muito humano-centrada de ver a questão — comentou M-Bot. — Se quiser cumprir essa missão, precisa aprender a ver as coisas da perspectiva alienígena.

— Vou tentar — sussurrei. — Estou mais interessada na raça que chamam de quimera. Qual é a deles?

— São seres sapientes que existem como uma nuvem localizada de partículas no ar. Basicamente, são cheiros.

— Cheiros falantes?

— Falantes, pensantes e, pelo que li, cheiros perigosos em certa medida — ele respondeu. — Não são uma grande população, mas as pessoas falam deles aos cochichos por toda a Supremacia. Fontes na base de dados local insistem que todas as quimeras remanescentes... muitas morreram nas guerras humanas e são lentas em se reproduzir... trabalham como agentes secretos para o governo. Sabe-se muito pouco sobre elas. Aparentemente, em geral investigam assuntos que envolvem políticas internas da Supremacia, em especial infrações de oficiais de alto escalão. Podem pilotar naves infundindo-se à eletrônica dos veículos e interrompendo, ou falsificando, os sinais eletrônicos dos controles.

— Vapor fez isso no teste de ontem — comentei. — Ela assumiu o controle de um dos drones e estava voando nele. Então ela meio que... voa até um drone e o controla?

— Exatamente — disse M-Bot. — Ou pelo menos é como as pessoas na base de dados pensam que funciona. Há bem poucos dados oficiais sobre as quimeras, mas dá para ver por que uma delas aparecer no teste de pilotos causou tamanha comoção.

— Então ela também é uma espiã — sussurrei. — Uma espiã invisível.

— Que consegue sobreviver no espaço — comentou M-Bot. — Por isso elas não são simplesmente seres gasosos... ou o vácuo os desintegraria. Parece que conseguem viajar pelo espaço sem nenhum equipamento especial, e conseguem se mover rapidamente entre naves. Nas guerras, as quimeras em geral se infiltravam na parte mecânica de um caça inimigo e assumiam o controle mesmo com o piloto a bordo.

— Caramba — sussurrei. Como se eu já não tivesse o bastante com o que me preocupar. — E quanto à humana?

— Há bem poucos como ela. A maioria dos humanos deve permanecer nas reservas. Se um oficial deseja remover um de lá, esse humano deve ter permissão... Basicamente, alguém tem que assumir a responsabilidade por eles, para o caso de causarem ferimentos ou danos.

— E eles causam?

— Às vezes — disse M-Bot. — Vejo com mais frequência um padrão de usá-los como bode expiatório ou alvo de preconceito. Só oficiais do governo podem manter humanos, e apenas por motivo de segurança ou pesquisa. Acho que a Supremacia os usa em parte porque gosta de um lembrete ocasional de que venceram a guerra.

Assenti com a cabeça para mim mesma enquanto avançávamos por cima da cidade. Eu precisava aprender mais sobre esse tipo de coisa se pretendia recrutar Brade. Não tinha certeza se ia precisar recrutá-la, mas pelo menos tinha que tentar, certo?

Suspirei e esfreguei a testa, tentando manter tudo em ordem. Então agora eu tinha planos separados de roubar um hiperdrive, resgatar uma humana escravizada e, possivelmente, descobrir o segredo para lutar contra os desbravadores. Talvez devesse me concentrar apenas no objetivo principal.

— Você está bem? — perguntou M-Bot. — Quer que eu pare?

— Não — sussurrei. — Só estou um pouco sobrecarregada. Pelo menos os kitsen parecem fazer algum sentido.

— Deve ser por causa da história deles com a humanidade — comentou M-Bot. — Há mil anos, fizeram o primeiro contato com os humanos na Terra... antes que qualquer uma das duas sociedades se industrializasse.

— Como *isso* aconteceu?

— O teletransporte citônico não exige tecnologia — disse M-Bot. — Como Cuna sugeriu, se conseguir aprender a usar seus poderes, você será capaz de se teletransportar sozinha... e não apenas sua nave. Os primeiros citônicos do povo kitsen acabaram na Terra por motivos que agora parecem perdidos no tempo. Havia comércio e interação entre eles e várias regiões da Ásia Oriental na Terra. Várias culturas kitsen foram diretamente influenciadas por culturas terrestres. O intercâmbio aconteceu até que os citônicos kitsen desapareceram.

— Desapareceram?

— É uma história trágica — comentou M-Bot. — Embora eu deva destacar que os kitsen eram apenas uma sociedade na Era do Ferro tardia naquela época, então os registros podem ser pouco confiáveis. Aparentemente o povo deles não confiava nos citônicos, então eles partiram. Os humanos fizeram parte desse desacordo e tudo parece sugerir que houve uma guerra. O resultado final prendeu a população principal dos kitsen em seu planeta natal durante séculos, até que a Supremacia fez contato.

— Hum... — murmurei. — Para onde os kitsen citônicos foram?

— Ninguém sabe — M-Bot respondeu. — Tudo o que restam são lendas. Talvez você devesse perguntar para Hesho em qual história ele acredita. O que mais me chama a atenção é: por que os citônicos partiriam? Só por que não confiavam neles? Você não confiava em mim quando nos conhecemos e eu não fui embora.

— Você não podia ir embora — recordei.

— Eu poderia ter ficado de mal — garantiu ele. — Tenho uma sub-rotina para isso.

— Ah, eu sei.

Meu transporte começou a descer e nos aproximamos de algumas docas que se estendiam para além da cidade, na escuridão. Mas, pouco antes de sairmos da bolha de ar, vi um grupo de pessoas sacudindo cartazes. Não dava para lê-los – a distância era grande demais para que meu broche traduzisse para mim –, então sussurrei para M-Bot.

— Tem um grupo de pessoas com cartazes — comentei. — Bem perto das docas. — Estreitei os olhos. — Um alienígena que parece um gorila lidera o grupo. Acho que é um burl, a mesma espécie daquele que foi expulso do teste de voo.

— Deixe-me verificar as redes de notícias locais — disse M-Bot. — Só um instante.

Passamos voando pela manifestação, e o transporte espacial me levou para fora da bolha de ar. Comecei a me erguer do assento, meu cabelo flutuando na gravidade zero assim que deixamos o campo gravitacional da plataforma. Voamos pelas docas, a maioria delas repleta de grande aeronaves que não poderiam aterrissar nas plataformas de lançamento.

As estrelas voltaram a despertar para mim, como uma melodia distante. As informações que Visão Estelar enviava para outros planetas através do nada. Tentei me concentrar nos diferentes sons, contudo, mais uma vez, havia *muitos* deles. Era como um rio caudaloso nas cavernas profundas. Se deixasse a música se acomodar no fundo da minha mente, eu a ouviria como uma única nota, fácil de ignorar. Mas, se eu tentasse me concentrar em algo específico, virava uma cacofonia.

Parte de mim estava surpresa com o fato de permitirem qualquer tipo de comunicação citônica. Sim, a Supremacia limitava muito o uso – a maioria das pessoas tinha de se comunicar com outros mundos enviando cartas simples que eram carregadas em chips de memória e depois transportadas por naves estelares e descarregadas em redes de dados locais, onde alcançavam seu destino. Mas as pessoas importantes podiam usar não só rádio como comunicação citônica pelo nada. Eles tinham me deixado fazer isso quando mandei a mensagem para o planeta natal de Alanik.

— Encontrei o motivo dos protestos — disse M-Bot. — Aparentemente, as mortes no teste não passaram desapercebidas. Aquele piloto, Gul'zah, que foi expulso do teste ontem, está reclamando para quem quiser ouvir, com algum apoio, sobre o jeito como a Supremacia trata as espécies "inferiores".

Hum. Havia mais revolta do que eu esperava.

Nos aproximamos da última nave nas docas e seu tamanho imenso ofuscou nosso pequeno transporte espacial. Era maior até do que as naves de guerra que ameaçavam meu lar, com uma multidão de comportas nas laterais, provavelmente para lançar caças estelares.

Aquelas protuberâncias são baterias de armamentos, pensei, embora as armas estivessem retraídas agora. O que significava que eu estava certa: a *Pesos e Medidas* era obviamente uma aeronave militar, uma nave que transportava tropas.

Ver aquilo me deixou preocupada. Aquela nave era projetada para se teletransportar até algum lugar e então lançar sua frota – o que significava que eu não seria designada para um caça estelar com o próprio hiperdrive. Mesmo assim, mantive a esperança enquanto meu transporte seguia por uma grande comporta aberta com um escudo invisível para conter a atmosfera. A gravidade artificial me puxou para meu assento e aterrissamos em uma plataforma de lançamento dentro da ampla câmara.

Olhando pela janela, localizei a primeira presença militar de verdade que vi em Visão Estelar – diones usando uniformes navais e portando armas laterais estavam alinhados, esperando por nós.

— Você desce aqui — anunciou o motorista, abrindo a porta. — Seu retorno será às 9000.

— Está bem — respondi, descendo do veículo. O ar tinha o cheiro estéril, um pouco como amônia. Outros ônibus espaciais aterrissavam ao meu redor, descarregando um fluxo contínuo de pilotos. Os cinquenta, mais ou menos, que tinham passado no teste. Enquanto me perguntava o que fazer a seguir, a porta do transporte espacial ao meu lado se abriu, liberando um bando de kitsen. Hoje os animais diminutos saíram em pequenas plataformas que pareciam discos voadores, grandes o bastante para transportar cerca de cinco kitsen cada.

O próprio Hesho pairou perto de mim, auxiliado apenas por dois kitsen – um motorista e um kitsen com um uniforme vermelho vivo e dourado, carregando o que parecia um escudo antigo de metal com entalhes intrincados.

O piloto posicionou o disco voador na altura dos meus olhos.

— Bom dia, capitã Alanik — disse Hesho de seu pódio no centro da plataforma.

— Capitão Hesho — eu o cumprimentei. — Dormiu bem?

— Infelizmente, não — disse ele. — Fui obrigado a passar muito do meu ciclo de sono envolvido em discursos políticos, votando na assembleia planetária do meu povo. Rá, rá. Política é uma chatice. Não é?

— Hum, acho que sim? Pelo menos as votações terminaram como você queria?

— Não, perdi todas elas — falou Hesho. — O restante da assembleia votou unanimemente contra meus desejos em cada um dos assuntos. Que má sorte! Ah, as indignidades que somos obrigados a sofrer quando seu povo é uma democracia verdadeira, e não uma ditadura sombria governada por uma linhagem ancestral de reis. Certo?

Os outros kitsen passaram por nós aplaudindo a democracia.

Morriumur se aproximou de nós parecendo desconfortável em seu traje de voo branco da Supremacia. Ali perto, um grupo de quatro pilotos era conduzido para dentro da *Pesos e Medidas*.

— Vocês viram os dois outros membros da nossa esquadrilha? — perguntou Hesho.

— Ainda não senti o cheiro de Vapor — comentou Morriumur. — Quanto à humana... — Ele parecia nitidamente desconfortável com a ideia.

— Eu gostaria de ver essa outra pessoa — disse Hesho. — As lendas falam de humanos como gigantes que viviam na neblina e que se banqueteavam com os corpos dos mortos.

— Já vi vários — disse Morriumur. — Não eram maiores do que eu. A maioria era menor, na verdade. Mas havia algo... algo estranho neles. Algo perigoso. Eu reconheceria a sensação novamente em um instante.

Um pequeno drone – não muito diferente das plataformas voadoras dos kitsen – pairou sobre nós.

— Ah — uma voz falou de um alto-falante no drone. Soava como um dos oficiais que tínhamos conhecido ontem. — Esquadrilha quinze. Excelente. Sem retardatários?

— Estão faltando dois membros — falei.

— Não — uma voz falou no ar perto de mim. — Só um.

Dei um pulo. Então Vapor *estava* ali? Eu não tinha sentido cheiro de canela. Só aquele cheiro de amônia... que mudou para canela quase imediatamente. Caramba. Fazia quanto tempo que ela estava nos observando? Será que... tinha estado no transporte espacial comigo?

— A humana se juntará a vocês mais tarde, Esquadrilha Quinze — o oficial nos instruiu. — Vocês devem se apresentar na sala de salto seis. Mostrarei para vocês. — O drone movido a controle remoto saiu voando, então fomos atrás dele. Antes que chegássemos na comporta que ia do hangar de ônibus espaciais até o interior da nave, fomos parados por um par de guardas armados com fuzis incineradores que revistaram nossas bolsas antes de nos indicar que fôssemos adiante.

— Esquadrilha Quinze? — perguntei para os outros quando entramos em um corredor. — Não é muito inspirador, não é? Podemos escolher alguma outra coisa?

— Eu gosto de ser um número — disse Morriumur. — É simples, fácil de gravar e fácil de lembrar.

— Besteira — disse Hesho de sua plataforma à minha direita. — Concordo com a capitã Alanik. Um número não serve. Vou nos batizar como O Último Beijo das Flores Noturnas.

— É exatamente sobre isso que eu falava — reclamou Morriumur. — Como vamos falar esse nome no meio da ação, Hesho?

— Ninguém vai escrever poemas sobre a "Esquadrilha Quinze" — falou Hesho. — Você verá, capitão Morriumur. Escolher nomes adequados é um dos meus talentos. Se o destino não tivesse me guiado para meu atual serviço, eu certamente teria sido um poeta.

— Um poeta guerreiro? — perguntei. — Como os escaldos da Antiga Terra!

— Precisamente! — exclamou Hesho, erguendo um punho peludo para mim.

Imitei o gesto dele, sorrindo. Nos unimos a vários outros grupos de pilotos que estavam sendo levados pelo corredor. Aquelas esquadrilhas tinham sido escolhidas por espécies – muitas delas tinham apenas uma espécie representada, e um punhado tinha duas espécies misturadas. A nossa era a única que vi com mais do que duas raças distintas representadas.

O povo de Hesho tem um histórico com os humanos, pensei. *E o de Alanik também. O povo de Vapor lutou nas guerras*. Talvez tivéssemos sido escolhidos especificamente porque poderíamos lidar com Brade.

Mais soldados nos vigiavam ao longo do corredor, uma dupla de Krell desta vez, usando armadura completa em vez da carapaça comum de arenito. Ao passarmos por eles, percebi que não tinha visto nenhuma "espécie inferior" neste veículo, exceto por nós, pilotos. Todos os guardas e oficiais pelos quais passamos eram Krell ou diones.

Aquilo me deixou pensando… por que mesmo precisavam de nós, pilotos? Eles lutavam contra meu povo em Detritus com naves drones controladas remotamente.

Não, pensei. *Se eu consigo ouvir as instruções enviadas para os drones, os desbravadores também vão conseguir.* Eles *precisavam* de uma força de pilotos treinada no cockpit.

— M-Bot? — sussurrei, querendo perguntar se ele tinha encontrado alguma coisa sobre os programas de drones remotos que a Supremacia usava.

Meu fone só retornou estática. Caramba. Será que tinha acontecido alguma coisa com ele? Meu coração acelerou, até que percebi que estava dentro de uma nave militar. Deviam ter bloqueadores de comunicação naquele lugar. Ou isso ou eu simplesmente já estava fora do alcance de transmissão do bracelete. Eu estava sozinha de verdade agora.

Fomos levados por alguns corredores com paredes metálicas inexpressivas e carpete vermelho vivo no meio. Chegamos a uma interseção e o drone virou à direita, na direção de um corredor repleto de portas.

O restante da minha esquadrilha virou para segui-lo, mas hesitei na interseção. Direita? Por que estávamos virando à direita?

Eu sabia, logicamente, que não havia motivo para estar confusa. E, mesmo assim, uma parte de mim se expandiu, procurando além do corredor para onde estávamos sendo levados. Não à direita na interseção, mas em frente. *Esse* era o caminho que deveríamos seguir. Eu podia sentir alguma coisa ali...

— O que acha que está fazendo? — rugiu um soldado vigiando a interseção.

Parei, percebendo que tinha começado a caminhar pelo corredor em frente. Olhei para o que estava escrito na parede e meu tradutor me ajudou a entender o significado.

ÁREA RESTRITA. ENGENHARIA E MOTORES.

Corei e virei à direita, correndo para alcançar os demais. O guarda me observou até que nosso grupo entrou em um dos aposentos do corredor. Senti, antes mesmo de entrar, que Brade estava lá dentro – e, de fato, encontrei-a sentada sozinha na pequena câmara, que continha meia dúzia de assentos para o salto. Brade usava o mesmo traje de voo branco prístino que todos nós e, sentada na última fileira, já com o cinto de segurança preso, olhava pela janela.

— Então é essa — comentou Hesho, pairando perto da minha cabeça. — Não parece tão perigosa. Mesmo assim, a lâmina que já matou uma centena de homens pode não brilhar como uma recém-forjada. Perigo, doce como um perfume proibido, saberei reconhecer-te.

— Isso foi bonito, Hesho — falei.

— Obrigado.

Os outros kitsen entravam voando na sala, tagarelando todos ao mesmo tempo. O drone que tinha nos guiado indicou que devíamos colocar os cintos de segurança e esperar por mais informações. Então partiu.

— Colocar o cinto de segurança? — perguntou Hesho. — Achei que seríamos designados para nossos caças estelares.

— Provavelmente seremos — disse Morriumur, sentando-se. — Assim que a *Pesos e Medidas* nos levar até o local de treinamento, uma instalação especializada a vários anos-luz de distância.

— Eu... — falou Hesho. — Eu presumi que teríamos naves com hiperdrives. Para que pudéssemos nós mesmos voar até lá.

— Admito que estava esperando o mesmo — comentei.

— Ah, eles jamais nos dariam naves individuais capazes de dar hipersaltos — disse Morriumur. — Esse tipo de tecnologia é perigoso! E nunca é fornecido para raças inferiores. O seu mau uso pode atrair a atenção dos desbravadores até nós.

— Mas estamos aprendendo a lutar contra os desbravadores! — lembrei.

— Mesmo assim, não seria sábio — disse Morriumur. — Os saltos MRL *sempre* são feitos por técnicos que têm inteligência primária e que foram altamente treinados. Nem mesmo espécies com classificação especial, como as quimeras, têm essa permissão. Certo, Vapor?

Dei um pulo quando ela falou logo atrás de mim.

— É isso mesmo.

Caramba. Eu *nunca* ia me acostumar a ter uma pessoa invisível na nossa esquadrilha.

— Algumas raças têm citônicos — falei enquanto me sentava e colocava o cinto de segurança. — Elas não precisam das naves da Supremacia para dar um hipersalto.

— Deixar um citônico teletransportar uma nave é *incrivelmente* perigoso — disse Morriumur, fazendo um gesto estranho de varredura com a mão. Seria um tipo de indicação de rechaço dos diones? — Voltar aos citônicos seria como retornar aos antigos motores a combustão, em vez de usar anéis de aclive! Não, não, na sociedade moderna *jamais* empregaríamos um método tão imprudente. Nossos saltos MRL são extremamente seguros, e nunca chamam a atenção dos desbravadores.

Curiosa, olhei de relance para Brade, mas ela não me devolveu o olhar. A pesquisa de M-Bot reforçava o que Cuna me dissera: atualmente, as pessoas da Supremacia sabiam sobre os citônicos, mas a maioria da população acreditava que não restara nenhum entre eles. Provavelmente não sabiam que Brade era uma, muito menos que eu também era.

Então... seria possível que aquela suposta "tecnologia MRL" da Supremacia fosse apenas uma mentira? Eles afirmavam ter algo seguro, mas tudo seria só uma desculpa para controlar e suprimir o conhecimento sobre os citônicos?

Fechei os olhos, ouvindo as estrelas, como a Vozinha sempre ensinava. Senti que a *Pesos e Medidas* começava finalmente a se mover, decolando das docas e lentamente acelerando para longe de Visão Estelar. Eram sensações físicas, e pareciam distantes, desconectadas.

As estrelas... as comunicações citônicas... tentei analisá-las, entendê-las. Experimentei o exercício que minha avó tinha me ensinado. Fazer de conta que estava voando. Me erguendo. Flutuando no espaço.

Eu podia... ouvir... alguma coisa. Algo perto. Mais alto, mais exigente.

Preparar para o hipersalto.

Ordens do capitão da nave. Passadas para a sala de máquinas. Eu podia senti-la lá. E o hiperdrive... Havia algo de *familiar* nele...

Ouvi a ordem do capitão para dar o salto. Esperei, observando, sentindo o que estava acontecendo. Tentando absorver o processo.

Minha mente *foi inundada* de informações. Uma localização. O lugar para onde estávamos indo. Eu o conhecia intimamente. Eu podia...

Uma voz *gritou* em algum lugar ali perto. Então, de repente, a nave entrou no nada.

21

Eu estava lá, pairando no não lugar, cercada pela escuridão. E pelos olhos. *Eles estavam ali.*

Só que não olhavam para mim.

Eu os via, sentia-os, ouvia-os. Mas o olhar deles não me encontrava. Estavam concentrados em outro lugar. Como se... como se procurassem a fonte do grito.

Sim, era isso. O grito agudo e agonizante ainda estava em minha mente. Distraiu os desbravadores e os impediu de ver enquanto a *Pesos e Medidas* se esgueirava pelo nada.

Acabou num estalar de dedos. Caí de volta em meu assento com um grunhido. Era como se eu tivesse sido fisicamente arremessada e então pega pela cadeira. Dei um gemido e me inclinei para a frente.

— Capitã Alanik? — perguntou Hesho, pairando ali perto. — Você está bem?

Olhei ao redor da sala de salto, que tinha apenas os membros da minha esquadrilha. Morriumur não parecia sequer ter notado o momento no nada.

Olhei para Brade. Ela me encarou de volta e estreitou os olhos. Ela sabia que eu era uma citônica. Será que... será que suspeitava que eu era humana também? Tive um momento de pânico e olhei para minhas mãos, mas elas ainda tinham o mesmo tom violeta-claro, indicando que meu disfarce estava funcionando.

— Sejam todos bem-vindos! — uma voz veio pelo sistema interno. Era Winzik. — Chegamos à nossa instalação de treinamento! Isso é tão empolgante! Sim, de fato! Vocês provavelmente têm muitas perguntas. Um drone os levará até a doca de suas respectivas esquadrilhas e vocês receberão seus caças estelares.

— Já chegamos? — perguntou Hesho. — Demos um hipersalto? Em geral, eles emitem algum tipo de aviso antes que isso aconteça! — A porta da nossa sala de salto se abriu e ele saiu voando com os outros kitsen logo atrás, em suas plataformas.

O restante de nós, incluindo Brade, se reuniu no corredor, e então seguiu o drone que apareceu para nos conduzir. Outro drone saiu atrás dos kitsen, mal conseguindo alcançá-los.

Olhei na direção da sala de máquinas. *Daquela direção*, pensei. *O grito veio daquela direção.*

A tecnologia não era um embuste. Os motores MRL da Supremacia *realmente* escondiam as naves – os desbravadores *não tinham* nos visto. Me pareceu mais vital do que nunca achar um jeito de roubar um hiperdrive. Meu povo *precisava* daquela tecnologia.

Ao mesmo tempo, eu tinha uma forte suspeita de que o que quer que estivesse guiando esta nave não era uma tecnologia no sentido tradicional. Havia algo familiar demais naquilo. Algo...

— O que você sentiu? — uma voz curiosa perguntou ao meu lado.

Fiquei tensa, sentindo o cheiro de canela. Com algum esforço, tentei não me encolher com a presença de Vapor enquanto seguia atrás do restante da equipe. Se eu conseguia sentir seu cheiro... isso significava que eu a estava inalando?

— O hipersalto é imperceptível para a maioria das pessoas — comentou Vapor, falando num tom despreocupado. — Não para você. Curioso.

— Por que a Supremacia se arrisca a usar comunicações citônicas? — deixei escapar a pergunta. Talvez fosse a coisa errada a dizer para mudar de assunto, mas foi o que me veio à mente. — Todo mundo tem tanto medo dos desbravadores, mas usamos de forma descarada uma comunicação que pode chamar a atenção deles.

O cheiro de Vapor mudou para algo levemente mentolado. Seria intencional? Ou era como a mudança de humor dos humanos?

— Já se passaram mais de cem anos desde o último ataque dos desbravadores — lembrou ela. — É fácil se tornar relaxado diante disso. Além do mais, a comunicação citônica nunca foi realmente o bastante para atrair um desbravador para nosso reino.

— Mas...

— Se um desbravador já está em nosso reino, então ele pode ouvir a comunicação e segui-la. Eles podem ouvir todos os sinais sem fio, incluindo rádio, embora a comunicação citônica lhes seja mais atraente. No passado, impérios sábios aprenderam a esconder suas comunicações, mas hoje em dia ela pode ser empregada com muito cuidado. Presumindo que nenhum desbravador esteja por perto. Presumindo que ninguém tenha sido ousado o bastante para atrair um deles para nosso reino por meio de viagens citônicas ou pelo perigoso uso de inteligência artificial.

O cheiro dela recuou. Segui o drone, sem confiar em mim mesma para responder a Vapor. Eu viera até aqui com o objetivo de roubar um hiperdrive, mas minha tarefa de repente ficara muito mais assustadora. Não poderia simplesmente roubar um pequeno caça estelar – se eu queria um hiperdrive, teria que sequestrar essa nave transportadora inteira.

Será que tinha um jeito mais fácil? Se eu pudesse *ver* o que estava acontecendo na sala de máquinas, talvez conseguisse descobrir o segredo. Caramba, eu queria que Lad estivesse aqui comigo. Eu tinha certeza de que ele conseguiria descobrir tudo aquilo.

Segui os demais até uma doca diferente daquela em que aterrissamos. Ali, grupos de caças estelares estavam sendo preparados para o treinamento de hoje das esquadrilhas. Eram mais quadrados do que os caças esguios da FDD, mas não prestei muita atenção neles de início.

Porque havia algo magnífico do lado de fora.

Uma enorme estrutura poliedral dominava a vista através do escudo invisível que continha o ar. Era grande o bastante para fazer nossa nave transportadora parecer diminuta; era tão grande quanto uma estação espacial.

— Bem-vindos, pilotos — Winzik falou pelo sistema de comunicação interno —, ao labirinto desbravador.

Aproximei-me do escudo que nos separava do vácuo. Flutuávamos no espaço, orbitando uma estrela bem fraca. A imensa estrutura parecia *se dobrar* ao meu olhar, como se eu mal conseguisse absorvê-la. Linhas compridas, gradações na escuridão. A estrutura metálica não era bem uma esfera, mas um dodecaedro com faces lisas e bordas afiadas.

Senti cheiro de canela. Então uma voz baixa ao meu lado falou.

— É insano que realmente tenham construído um desses.

— O que é isso? — perguntei.

— Um campo de treinamento — disse Vapor. Como ela emitia os sons para falar? — Para simular uma batalha contra um desbravador. Os humanos construíram isso anos atrás e nós acabamos de localizá-lo. Eles sabiam.

— Sabiam… o quê?

O cheiro de Vapor mudou para algo mais forte, o cheiro de metal molhado depois que o maquinário é resfriado com água.

— Sabiam que, em algum momento, os desbravadores precisariam ser enfrentados. Nosso medo deles atrapalha nossa comunicação, nossas viagens e até mesmo nossas guerras. Livre-se desse entrave… e a galáxia é sua.

O cheiro desapareceu. Permaneci no lugar, pensando naquilo até que Hesho se aproximou voando.

— Incrível — disse ele. — Venha, capitã Alanik. Recebemos nossas naves. Elas podem não dar hipersaltos, mas parecem adequadas para a batalha.

Eu o segui até nossos cinco caças enfileirados. Eram pintados de branco e não tinham asas de verdade; pareciam cunhas triangulares de aço com cockpits dianteiros e armas instaladas em uma inclinação de cada lado da cunha. Obviamente não eram feitos para batalhas atmosféricas.

O caça kitsen era cerca de cinquenta por cento maior que os demais e fora construído como uma nave de guerra, com vários pequenos postos de artilharia. Os kitsen ficaram animados com aquilo, tagarelando enquanto repassavam as especificações e dividiam as tarefas. Aparentemente, havia múltiplas estações lá dentro e vários departamentos nos quais trabalhar.

Minha nave era um interceptador projetado para velocidade, com moderado poder de fogo na forma de incineradores duplos e – fiquei satisfeita em ver – uma única torre de lança de luz embaixo. Eu tinha ficado preocupada em não ter uma dessas, a maioria das naves não tinha. Aparentemente, os oficiais da Supremacia notaram o uso efetivo que eu fizera da minha lança de luz no teste.

Morriumur também recebera um interceptador, enquanto Vapor tinha recebido um sniper com arma de longo alcance, mas sem lança de luz. Olhei por sobre o ombro, notando que Brade se dirigia para o último dos caças – um terceiro interceptador, também com lança de luz.

Me aproximei dela assim que ela parou ao lado na nave. Ela ergueu os olhos, surpresa.

— O que foi? — perguntou.

— Eu só queria dar as boas-vindas à esquadrilha — falei, estendendo a mão, e acenei com a cabeça na direção do gesto. — Me disseram que é um gesto humano.

— Eu não saberia dizer — respondeu ela. — Não me associo com monstros.

Ela esbarrou em mim e subiu a escada até sua nave. Caramba. Quanta lavagem cerebral ela tinha sofrido? Se eu fosse recrutá-la, precisava achar um jeito de conversar mais com ela sem levantar as suspeitas dos demais.

Por enquanto, parecia que minha única opção era iniciar o treinamento. E, para ser honesta, percebi que estava ansiosa para começar. Toda aquela imitação e subterfúgio eram cansativos; seria bom simplesmente voar de novo. Subi em meu caça e fiquei satisfeita ao descobrir que os controles eram familiares. Será que os humanos haviam copiado o projeto dos alienígenas tempos atrás? Ou nossa tentativa de conquistar a galáxia tinha espalhado nossa tecnologia por aí?

— M-Bot — falei. — Verificação pré-voo.

Silêncio.

Certo. Estar sem a voz amigável dele fez com que, de repente, eu me sentisse exposta. Tinha me acostumado a tê-lo no computador da nave, cuidando de mim. Com um suspiro, achei um checklist pré-voo embaixo do assento e, usando meu broche para traduzi-lo, fiz o passo a passo para verificar duas vezes que tudo estava funcionando do jeito que eu esperava.

— Aqui é Alanik — falei, depois de testar as comunicações. — Está todo mundo on-line?

— Aqui é nave da unidade kitsen, *Nadando Contra a Corrente em um Riacho Refletindo o Sol* — disse a voz de Hesho. — Nave recém-nomeada. Todos os sistemas operacionais. A nave tem até uma bela cadeira para o capitão.

— Devíamos escolher codinomes — sugeri. — Serei Primavera.

— Precisamos *mesmo*? — perguntou Morriumur. — Nossos nomes são simples o bastante, não são?

— É um costume militar — expliquei. — Morriumur, o seu codinome pode ser Reclamão.

— Ah — exclamou Morriumur, com um tom de voz desanimado. — Acho que mereço isso.

Caramba. Dar um apelido insultante não era nem de perto tão divertido quando a pessoa simplesmente o aceitava.

— Codinomes não são exigidos — falou Brade. — Usarei meu nome, que é Brade. Não me chamem de nada além disso.

— Tudo bem — aceitei. — Vapor, está aí?

— Sim — disse a voz tranquila. — Mas meu codinome normal em missões é altamente confidencial. Então vou precisar de outro.

— O Vento que se Mistura com o Hálito do Moribundo — sugeriu Hesho.

— Isso é... muito específico — disse Morriumur.

— Sim — concordei. — É bacana, mas é meio grande demais, Hesho.

— Achei bonito — disse Vapor.

— Esquadrilha Quinze — disse uma voz do Comando. — Aprontem-se para decolar. Comando desliga.

— Espere — eu disse para a voz. — Qual é nossa estrutura de comando? Como devemos nos organizar?

— Isso não nos importa — disse a voz. — Resolvam entre si. Comando desliga.

— Isso é irritante — falei pelo canal privado para minha esquadrilha. — Eu achava que a Supremacia soubesse mais sobre a disciplina militar do que isso.

— Talvez não — comentou Hesho. — Eles precisaram *nos recrutar* como pilotos.

— Eles têm centenas de outros pilotos, controlando drones remotamente — eu disse. — Com certeza têm estruturas de comando. Oficiais e patentes?

Morriumur pigarreou pela linha de comunicação.

— Meu pai esquerdo fez um bico como piloto de drone e... bem, a maioria deles se aposenta depois de um curto período de tempo. O dever é estressante demais, agressivo demais.

Caramba. Bem, esse provavelmente é outro grande motivo pelo qual sobrevivemos tanto tempo em Detritus.

O Comando de Voo ordenou que decolássemos e nós cinco erguemos as naves nos anéis de aclive, então manobramos para fora das docas da *Pesos e Medidas* e seguimos para as profundezas do espaço.

A estrela distante lançava uma luz que refletia em ondas brilhantes na superfície metálica do labirinto. Seu tamanho imponente me fazia lembrar das plataformas ao redor de Detritus – ambos deviam ter exigido um esforço imenso de construção.

Voamos até as coordenadas onde tínhamos sido instruídos a esperar. Desviei a atenção do labirinto e acionei o botão do comunicador. Simplesmente não dava para começar o treino sem algum tipo de estrutura de comando.

— Hesho — falei. — Quer ser nosso líder de voo? Você tem experiência de comando.

— Não muita — disse Hesho. — Sou capitão de nave há cerca de apenas três semanas, capitã Alanik. Antes disso eu atuava na política.

— Você era o monarca absoluto de uma pequena parte do planeta natal dos kitsen — Vapor disse, com suavidade.

— Detalhes — respondeu Hesho. — Quem se importa com esse período das trevas, certo? Estamos iluminados agora! — Ele hesitou. — Mas *não era* uma pequena parte. Abrangemos mais de um terço do planeta. Apesar disso, não acho que seja sábio de minha parte comandar esta esquadrilha. Eu não deveria dividir minha atenção do comando da minha tripulação enquanto esta nave não me é familiar e meu povo ainda está aprendendo a manejá-la.

— Você pode assumir o comando se quiser, Alanik — Morriumur sugeriu para mim.

Fiz uma careta.

— Não, por favor. É provável que eu acabe entrando em um buraco negro ou coisa assim. Você não quer que um dos interceptadores esteja no comando. Vapor, você devia ser a líder de voo.

— Eu? — a voz tranquila perguntou.

— Me parece bom — disse Morriumur. — Alanik está certa: não devíamos ter alguém que seja agressiva demais.

— Eu aceito essa decisão — disse Hesho. — Como nossa sniper, Vapor pode supervisionar o campo de batalha e ficar na posição ideal para tomar decisões.

— Vocês mal me conhecem — protestou Vapor.

E isso era parte do motivo pelo qual eu fizera a sugestão. Talvez, se fosse nossa líder de voo, Vapor fosse obrigada a interagir com o restante de nós – e talvez eu ficasse menos propensa a esquecer que ela estava por perto. Mesmo assim, eu ainda não entendia muito bem qual era o propósito dela aqui.

— Brade? — perguntei. — O que você acha?

— Não tenho permissão para votar em tais assuntos — respondeu ela.

Ótimo.

— Tudo bem. Vapor, o cargo é seu. Boa sorte.

— Muito bem — disse ela. — Suponho então que todo mundo deva me passar a verificação do status de voo.

Sorri. Aquilo soava muito como se ela já tivesse alguma experiência em combate – então eu já estava aprendendo sobre ela. Mas parecia que os codinomes estavam fora de questão, já que todo mundo simplesmente usou o próprio nome ao reportar. Fiz o mesmo com relutância, por mais errado que parecesse. Eu não queria agir como se tivesse muita experiência naquele tipo de coisa.

Vapor nos organizou no padrão de voo tradicional, comigo e Brade na frente, Hesho no meio e Morriumur e ela mesma na retaguarda. Então, por minha sugestão, fizemos alguns exercícios de formação enquanto esperávamos instruções.

Enquanto realizávamos os exercícios, reconheci para mim mesma que talvez fizesse sentido que a Supremacia deixasse que cada grupo criasse a própria estrutura de comando. Afinal, a maioria das outras esquadrilhas tinha apenas uma espécie. Diferentes culturas podiam ter modos distintos de organizar o serviço militar – o fato de termos uma tripulação inteira de kitsen em uma nave era evidência disso.

Mesmo assim, aquilo me incomodava. Era como se a Supremacia estivesse sendo preguiçosa. Queriam esquadrilhas de caças, mas não queriam lidar com as dificuldades de realmente comandá-las. Era uma medida morna, nem quente, nem fria. Depois das regras rigidamente definidas da FDD, isso parecia uma confusão desleixada.

Depois de um tempo, Winzik nos chamou pela linha de comunicação geral.

— Tudo bem, pessoal! Bem-vindos e obrigado por seu serviço! Nós, do Departamento de Serviços de Proteção, estamos muito animados com o treinamento desta nova e ousada força. Vocês serão nossa primeira linha de defesa contra um perigo que tem se assomado sobre a Supremacia durante toda a nossa existência. Preparamos um rápido vídeo educativo para vocês. Ele deve explicar o objetivo de vocês aqui. Por favor, assistam à orientação e guardem as perguntas para o final. Obrigado mais uma vez!

— Um... vídeo educativo? — perguntei para minha esquadrilha pelo nosso canal.

— A Supremacia tem vários designers gráficos e animadores — disse Morriumur. — É uma das profissões mais escolhidas por aqueles que querem trabalhar além da sobrevivência básica.

Franzi o cenho.

— O que é um designer gráfico?

O dossel do meu caça se iluminou de repente com uma projeção holográfica. Não era tão boa quanto as de M-Bot – esta era, de algum modo, sem substância, e a profundidade parecia errada –, mas o efeito ainda era impressionante.

Porque estava mostrando um desbravador.

Parecia aquele que eu tinha visto na gravação em Detritus. Uma sombra enorme, opressora em uma nuvem de luz e pó. Pedaços de asteroides ardentes saíam dele, deixando rastros no vazio. Eles cruzavam meu dossel, e, embora eu soubesse que era apenas um holograma, meus dedos se retorceram nos controles da nave.

Cada um dos meus instintos gritava para que eu saísse daquele horror. Daquela *monstruosidade* impossível e inacreditável. Ela me destruiria e a tudo o que eu amava. Dava para sentir.

— Isso é um desbravador! — exclamou uma voz feminina animada. Uma ilustração fofa cercou a coisa na tela: uma linha cintilante de estrelas e raios. — E, ainda assim, ninguém sabe realmente o que é um desbravador — a voz continuou, e os ícones pareciam rostos confusos alinhados nas lateais do meu dossel. — Essas gravações têm quase duzentos anos de idade, feitas quando o desbravador Acumidian apareceu e destruiu o planeta Farhaven. Cada ser vivo do planeta foi transformado em pó e vaporizado! Que assustador!

A imagem no meu dossel deu um zoom no desbravador, como se eu de repente tivesse voado até ele. Dei um pulo de susto, mesmo sem querer. De tão perto, a coisa parecia uma tempestade de pó e energia – mas, bem lá dentro, dava para ver a sombra de algo menor. Alguma coisa... circular, em movimento.

— Quando os desbravadores entram em nosso reino — disse a voz —, a matéria se aglutina ao redor deles. Achamos que devem trazê-la do lugar de onde veem. Bizarro! Essa matéria gera uma mortalha ao redor do desbravador; a criatura em si é muito menor! Bem no meio de toda essa poeira, rochas e detritos há uma cobertura metálica que às vezes é chamada de labirinto desbravador! Escudos normais protegem os pilotos do que quer que os desbravadores tenham que vaporiza as pessoas, o que é bom, não é? Mas esses escudos não duram muito contra um ataque de um desbravador, e mesmo escudos planetários em geral caem em questão de minutos. Mesmo assim, naves blindadas conseguem se aproximar, e algumas delas até viajaram dentro da poeira, passando pelos detritos até chegar ao labirinto em si! Lá, elas encontraram uma complexa rede de tubos e corredores retorcidos feitos de pedra e metal.

A imagem do desbravador desapareceu, substituída por uma grande versão desenhada. Tinha sobrancelhas zangadas e feições vagamente humanas. Então um par de mãos desenhadas empurrou a nuvem de poeira, revelando uma estrutura poliedral com um exterior irregular e malformado. Não era tão polido ou angular como aquele no qual íamos treinar. Na coisa real, espinhos saíam de vários lugares. Era como o cruzamento de um grande asteroide, um pedaço de metal derretido e um ouriço-do-mar.

— Os pedaços menores que o desbravador expele vão atrás das naves — a voz explicou, e meteoros desenhados saíram do desbravador em perseguição a pequenas naves animadas. — Eles tentarão derrubar seu escudo para que o desbravador possa mastigar você! Fique longe deles! Esses fragmentos se movem sem fonte visível de propulsão. Talvez seja mágica! Relatos dizem que combater essas brasas é como tentar manobras de combate aéreo dentro de um campo de asteroides, quando todos os asteroides estão ativamente tentando matar você! O desbravador em si se esconde no centro do labirinto. Nosso Dispositivo Especial de Ataque de Desbravadores não funcionará com essa interferência! Então você precisará voar no labirinto e encontrar o desbravador. Ele está lá, em algum lugar! Seu treinamento incluirá testes dentro do labirinto de imitação, especialmente criado para esse fim. Boa sorte, e espero que não morra! Obrigado!

Depois disso, uma lista de pessoas que tinha feito o vídeo educativo rolou pela tela, muitos dos nomes ao lado de pequenos símbolos fofos. Quando finalmente terminou, meu dossel ficou transparente de novo, permitindo uma boa visão do grande labirinto de treinamento, que – comparado ao desbravador – parecia bem mais comum.

Eu me acomodei, sentindo um medo crescente. Tinha cada vez mais certeza de que a Supremacia estava cheia de gente que considerava essa ameaça com leviandade demais.

— Tudo bem — Vapor disse, com uma voz suave e calma. — Eles nos deram as ordens. Devemos avançar para as coordenadas a seguir e esperar nossa vez para entrar no labirinto.

22

Vapor nos guiou em uma aproximação cuidadosa do labirinto. De perto, dava para ver as linhas que mostravam que os vários segmentos haviam sido fabricados individualmente. E não tinha toda aquela poeira ao redor, como a que envolvia o verdadeiro labirinto desbravador. Isso deixava a experiência um pouco mais mundana. Simplesmente não evocava a mesma sensação de terror e preocupação dos vídeos.

— O Comando mandou ficarmos atentos aos interceptadores — Vapor nos disse. — Os desbravadores têm caças que atacam quem se aproxima?

— Não são caças — Brade disse em sua voz severa. — O desbravador controla pedaços de rocha, chamados brasas, que tentam interceptar e colidir com naves que se aproximam.

— Tudo bem — disse Vapor. — Eu perguntei e o Comando me assegurou que isso não vai ser tão perigoso quanto nosso teste inicial. Aparentemente, algumas pessoas do departamento tiveram a brilhante percepção de que, se matarem todos os recrutas antes de treiná-los, logo ficarão sem recrutas.

Sorri. Quanto mais Vapor falava, mais descontraído seu tom de voz ficava – e menos assustadora ela parecia.

— Que alívio — comentei.

— Bem, eu ainda tomaria cuidado — ela respondeu. — A Supremacia não fez muitos treinos como este desde as guerras humanas. Por enquanto, vamos voltar à formação.

Acelerei para cumprir a ordem, colocando-me em posição diante da nossa equipe. Infelizmente, os outros não tinham nem de longe a experiência que eu tinha com formações de batalha. Morriumur ficou muito para trás, e Hesho tentou ficar ao meu lado, até que Vapor o recordou de que a nave dele tinha que ficar no meio. E Brade…

Bem, Brade seguiu em frente, bem fora do nosso padrão. Caramba. Eram todos pilotos competentes, mas não éramos uma esquadrilha de verdade. Não tínhamos experiência em combater de forma conjunta. Cobb passara semanas martelando manobras de voo nas cabeças duras da Esquadrilha Celeste. Ele não nos ensinara a combater, nem mesmo a usar *nossas armas*, até que tivéssemos praticado tanto os exercícios de voo que aprendemos a manobrar como uma equipe.

Aquilo salvara nossas vidas mais de uma dúzia de vezes quando a batalha tinha ficado feia. Aqui, assim que o inimigo chegou até nós – na forma de drones equipados com invólucros de rochas, para imitar asteroides voadores –, a equipe se desfez. Brade acelerou para atacá-los sem uma palavra de Vapor. Morriumur começou a atirar, mas... bem seus tiros erraram por muito, e eu tive que me afastar ainda mais da formação para ter certeza de que não seria atingida por acidente. E, para ser honesta, eu estava compensando um pouco, porque essa nave nova não era tão responsiva quanto M-Bot e eu não estava acostumada a manobrá-la.

Vapor ficou tão ocupada falando conosco que esqueceu que sua função de sniper era disparar nas naves inimigas enquanto estavam distraídas. O único de nós que não causou vergonha foi Hesho, cuja nave realizava as manobras ordenadas com precisão. A diminuta raposa poeta podia ser um pouco dramática, mas sua tripulação era obviamente bem treinada. Ele conseguiu abater quatro drones.

Os drones não atacavam como aqueles contra os quais lutávamos em Detritus. Quem quer que os pilotasse tinha sido instruído a não desviar, mas simplesmente voar e tentar colidir conosco. O que fazia sentido, já que estavam imitando pedaços de pedra lançados pelo desbravador. Fiquei feliz em ver que, quando um deles chegou perto o bastante de atingir Morriumur, fez um desvio antes da colisão e, em vez disso, avisou pelo rádio que Morriumur estava morto. Então talvez a Supremacia realmente tivesse aprendido a não usar armamento de verdade durante o treinamento.

Nós nos reagrupamos para outra rodada, e, mais uma vez, Brade foi atrás das brasas de imediato. Morriumur – aparentemente pensando que deveria usar Brade como modelo – entrou na luta e quase foi esmagado pela segunda vez por um drone que se aproximava. Este não desviou rápido o bastante, mas, no último momento, consegui capturá-lo com minha lança de luz e puxá-lo para longe. Fui recompensada por Morriumur entrando em pânico e gritando comigo em um instante de confusão. Hesho, sentindo que seus aliados estavam encrencados, avançou num ímpeto e começou a atirar em todas as direções.

Uma linha privada de Vapor se abriu para mim.

— Uau — exclamou ela com suavidade. — Eles parecem... confusos.

— Confusos? Isso está uma bagunça. Essa esquadrilha precisa de mais trabalho nos princípios básicos.

— Se você acha isso, então dê as ordens.

— *Você* é a líder de voo.

— E estou fazendo de você minha líder de voo assistente — disse Vapor. — Como você consertaria essa situação? Estou curiosa.

Que ótimo. Eu não tinha experiência em liderança. Mas… estremeci observando os demais voarem. Alguém precisava mudar aquilo antes que terminássemos como um monte de escombros.

— O que estão fazendo, seus idiotas? — gritei pelo canal de comunicação geral. — Essa foi a tentativa de abordagem hostil mais embaraçosa que já vi! Brade, você recebeu ordens para limpar a linha de tiro, não para nos trazer um punhado de pelos do nariz do inimigo! Morriumur, volte aqui! Não aprenda maus hábitos indo atrás de alguém que desobedece ordens. E Hesho, você está voando bem, mas tem o controle de fogo de uma criança com um brinquedo novo. Todo mundo, parem o que estão fazendo e voltem aqui.

Na sequência, eu temporariamente adicionei a *Pesos e Medidas* ao canal.

— Comando de voo — falei. — A Esquadrilha Quinze precisa fazer alguns exercícios e aprender a se coordenar. Chame os drones de volta e reinicie o vetor de ataque deles. Não os envie novamente até que eu diga que estamos prontos.

— Perdão? — uma voz perguntou. — Hum… vocês deviam tentar voar até um daqueles túneis de aproximação no…

— Não vou deixar minha esquadrilha chegar perto de lugar algum da sua máquina de treino até que eu tenha certeza de que conseguimos voar em formação! — gritei. — Neste momento estou convencida de que vão confundir os próprios traseiros com os túneis de aproximação, e vão acabar tão enfiados neles que precisaremos de itens de espeleologia para tirá-los de lá!

Hesho deu uma risadinha na linha.

— Hum… — disse o Comando de voo. — Acho que… acho que podemos fazer isso

Os outros começaram a retornar as naves e os drones pararam de lutar. Brade, no entanto, continuou voando na direção do labirinto desbravador, então abri um canal de comunicação privado com ela.

— Brade, estou falando sério. Vapor me tornou a segunda em comando e estou lhe dando uma ordem. Acho bom você voltar para a formação ou vou *esfolar* você. Ouvi falar de gente que paga um bom dinheiro por pele humana, para expor na parede.

Com relutância óbvia, Brade abandonou seu objetivo e deu meia-volta para acelerar em nossa direção.

E… tudo aquilo tinha realmente saído da minha boca? Fiquei recostada em meu assento com o coração acelerado no peito, como se tivesse acabado de terminar uma corrida. Eu não tinha a intenção específica de dizer nada daquilo especificamente. Meio que… aconteceu.

Caramba. Cobb estaria se acabando de rir se pudesse me ouvir agora. Enquanto os demais se reuniam, recebi uma ligação privada de Vapor.

— Muito bem — disse ela. — Mas talvez um pouco agressivo para esse grupo. Onde aprendeu a falar desse jeito?

— Eu… hum, tinha um instrutor de voo interessante no meu planeta natal.

— Pegue mais leve — sugeriu Vapor. — Mas concordo com você… devíamos treinar um pouco antes do combate. Organize-os para fazer isso.

— Você realmente vai deixar a parte mais difícil comigo, não vai? — perguntei.

— Um bom comandante sabe quando apontar um bom instrutor militar. Você já esteve nas forças armadas antes. Obviamente sabe o que está fazendo.

Suspirei, mas ela estava certa, então entrei de cabeça na tarefa. Quando a esquadrilha se reuniu, expliquei um dos antigos exercícios de formação de Cobb, um que ele tinha adaptado para batalhas no espaço assim que começamos a treinar no vácuo. Vapor se juntou à formação em silêncio, e logo consegui que todos voassem de um jeito bem mais organizado. Por mais que eu odiasse ser colocada no comando, era capaz de fazer aqueles exercícios até dormindo, então era boa em observar os demais e em lhes dar dicas.

Eles logo pegaram o jeito. Muito mais rápido que a Esquadrilha Celeste, na verdade. Este grupo tinha bons instintos de pilotagem; a maioria só não tinha treinamento formal para combate.

Vapor está acostumada a trabalhar sozinha, percebi enquanto fazíamos um exercício de deslocamento no qual trocávamos de lugar na formação para confundir uma esquadrilha inimiga.

Morriumur era tímido, mas disposto a aprender. Hesho estava acostumado a ter pessoas seguindo suas ordens, e em geral ficava surpreso quando o restante de nós não adivinhava seus desejos instintivamente. Ele precisava aprender a se comunicar melhor.

Brade era mais difícil. Embora fosse a melhor piloto, continuava tentando seguir na frente. Ansiosa demais.

— Você *precisa* ficar com o restante de nós — falei, ligando para ela. — Pare de tentar sair na frente.

— Sou uma humana — replicou Brade. — Somos agressivos. Lide com isso.

— Mais cedo você disse que não se envolvia com humanos — comentei — e que, por isso, não conhecia os hábitos deles. Você não pode jogar a carta "não gosto deles" e *também* usar sua natureza humana como desculpa.

— Tento me conter — disse Brade —, mas lá no fundo sei a verdade. Vou perder a calma. É inútil fazer planos pensando em qualquer outra coisa.

— Desculpas esfarrapadas — falei. — Quando comecei a treinar, eu era *impossível*. Perdia a calma com tanta frequência que dava para ajustar o horário de um relógio com meus chiliques.

— Sério? — perguntou Brade.

— Sério. Eu literalmente agredi meu líder de voo na aula um dia. Mas aprendi. Então você também consegue.

Ela ficou em silêncio, mas pareceu se esforçar mais quando fizemos o exercício seguinte. Conforme o dia progredia – e paramos para almoçar em nossos cockpits –, descobri que estava bem impressionada com Morriumur. Considerando toda a situação, sua habilidade de voo era memorável, além de ter uma extrema ansiedade para aprender. Sim, sua mira era uma desgraça, mas Cobb sempre dizia que preferia alunos que pudessem voar bem. Eram os que ficavam vivos tempo o bastante para aprender a combater.

Posicionei minha nave ao lado da de Morriumur quando terminamos de almoçar e nos preparávamos para a próxima formação.

— Ei — falei para Morriumur. — Quando fizermos essa nova rodada, tenha atenção para se ater mais à formação. Você fica se desviando.

— Sinto muito — disse ele. — Vou melhorar. E... desculpe também por quase ter atirado em você mais cedo.

— Aquilo? Não foi nada. Pelo menos você não *tentou* me matar de propósito... é mais do que posso dizer da maioria.

Ele deu uma risada, embora eu pudesse ouvir a tensão em sua voz. Lembrei das minhas primeiras sessões de treinamento com Cobb – a preocupação de fazer algo errado e de ser expulsa, a crescente falta de confiança de que aquele fosse meu lugar, a frustração por não conseguir fazer todas as coisas que me imaginava ser capaz de realizar.

— Não se preocupe — falei. — Você está se saindo bem, em especial se considerarmos o quanto tudo é novo para você.

— Como mencionei, meu pai esquerdo foi piloto de drone na juventude — disse Morriumur. — Felizmente consegui uma parte dessa experiência.

— É sério que você fica com as *habilidades* de seus pais?

— É claro — respondeu Morriumur. — Alguns conhecimentos e habilidades dos pais passam para o filho. Acho que não é assim que acontece na sua espécie?

Será que era? Caramba. Eu realmente não sabia, pelo menos não na espécie de Alanik. Sem M-Bot aqui para sussurrar explicações em meu ouvido, eu podia me meter em encrencas.

— De toda forma, tive sorte nisso — prosseguiu Morriumur. — Mas também azar. Meu pai esquerdo tinha uma certa agressividade latente, e acabei recebendo uma medida extra. Nos meus primeiros dias de vida, ganhei a reputação de estourar com os demais.

— Estourar com as outras pessoas é considerado agressivo entre sua espécie?

— Muito — confirmou Morriumur.

— Uau. Eu nunca teria conseguido nascer. Eles me matariam imediatamente.

— Esse é um equívoco muito comum — disse Morriumur. — Se meus genitores decidirem não me dar à luz com essa personalidade, eu não serei morto... eles simplesmente vão me recombinar de outro jeito. O que você vê em mim é apenas um rascunho, um projeto, uma possibilidade de quem poderei ser. Ainda que... se eu nascesse, reteria essas lembranças, e minha personalidade se tornaria real. — Ele fez uma pausa. — E eu *realmente* espero que esse seja o caso.

Tentei imaginar um mundo no qual me lembrasse de ter sido obrigada a *provar* que minha existência valia a pena. Não era de estranhar que essa sociedade tivesse problemas.

Terminamos a rodada seguinte de exercícios e fiquei satisfeita em ver como o grupo se saiu bem em manter a formação.

— Isso realmente está funcionando — comentei quando liguei para Vapor. — Acho que eles serão bons.

— Excelente — respondeu Vapor. — Então estão prontos para o combate?

— Caramba, não! — exclamei. — Temos que fazer isso *pelo menos* por mais algumas semanas. São bons pilotos, então não é como começar com recrutas totalmente crus, mas não quer dizer que já quero vê-los atirando em alguma coisa.

Vapor pareceu aceitar aquilo com naturalidade e não reclamou – sequer pediu mais detalhes. Simplesmente respondeu:

— Interessante.

Como eu devia interpretar aquilo?

— Vamos fazer outro intervalo — ela me falou depois de um tempo. — E então vamos experimentar algumas formações em maior velocidade. Temos três horas até voltarmos para Visão Estelar e encerrar o dia. O Comando de Voo anda perguntando se algum de nós vai seguir até o labirinto. Direi a eles que não temos previsão.

— Tudo bem — respondi, diminuindo a velocidade da minha nave e pegando um cantil.

— A menos, é claro — acrescentou ela — que você queira explorar enquanto os outros estão no intervalo. Você e eu podíamos ir juntas para lá.

Hesitei, com o cantil a meio caminho dos lábios.

— Afinal, seria útil saber para o que é que estamos nos preparando — disse Vapor. — Ouvi falar dos labirintos desbravadores, mas nunca estive em um. — A nave dela pairava ao lado da minha e era desconcertante ver o cockpit vazio, como se fosse pilotado por um fantasma.

Qual era o jogo de Vapor? Ao me deixar responsável pelos exercícios, ela pudera ficar me observando. Ela tinha participado, mas manteve grande parte do mistério. Agora queria que eu fosse até o labirinto com ela. Parecia um tipo de teste. Um desafio?

Olhei para o labirinto. Cada esquadrilha tinha sido designada para uma face distinta do dodecaedro, e os pilotos estavam praticando a aproximação e abordagem para dentro da estrutura.

— Estou dentro — decidi, deixando meu cantil de lado. — Mas diga para o Comando de Voo retirar os drones. Podemos treinar como combatê-los depois.

— Feito — disse Vapor. — Vamos lá.

23

O Comando de Voo fez o que pedimos com relutância e retirou os drones para que Vapor e eu pudéssemos entrar no labirinto sem problemas.

Tive uma noção melhor do tamanho daquela coisa ao chegar em sua sombra. Era mais ou menos tão larga quanto uma das plataformas ao redor de Detritus – mas esse era só o diâmetro. Em massa total, devia ser uma dezena de vezes maior.

Não tinha escala planetária, portanto era menor do que o verdadeiro desbravador que eu vira no vídeo, mesmo assim era assustadoramente enorme. Cada face do dodecaedro tinha dezenas de buracos, perfurações com mais ou menos vinte metros de diâmetro. Vapor e eu escolhemos um ao acaso e nos aproximamos o suficiente para que eu pudesse ver que o restante da superfície era de metal polido.

Me peguei cada vez mais animada. Minha fascinação pelos desbravadores crescia cada vez mais, uma emoção que andava de mãos dadas com minha preocupação crescente a respeito deles. Talvez até com o medo que eu sentia deles. Eu não conseguia deixar de lado a imagem que vira em Detritus: minha imagem, onde o desbravador deveria estar. O que quer que significasse ser um citônico – o que quer que *eu* fosse – tinha a ver com essas coisas e com o lugar no qual viviam.

Esse aqui não é de verdade, lembrei a mim mesma. *É só uma imitação para o treinamento*. Como um daqueles bonecos usados nos treinos de esgrima.

Paramos do lado de fora de um dos túneis, olhando para ele como se fosse a garganta de uma besta. Eu continuava esperando que M-Bot começasse alguma análise e achava o silêncio do meu dossel assustador.

— Então... — falei, chamando Vapor. — Nós simplesmente entramos em um desses túneis?

— Sim — respondeu ela. — Relatos dos pilotos que sobreviveram depois de entrar em um labirinto de verdade indicam que todos os túneis são parecidos. Se há um motivo para escolher um em detrimento do outro, ainda não sabemos qual é.

— Então suponho que você me siga? — perguntei, avançando com a nave na direção do labirinto em um décimo de Mag, o equivalente em uma nave espacial para caminhar a passos de tartaruga. O interior era negro como breu. Embora eu pudesse voar usando apenas meus instrumentos – era frequente ter que fazer isso no espaço –, acendi os holofotes. Eu queria imagens deste lugar.

O interior do túnel se estreitava a uns quinze metros de largura, um espaço apertado nas escalas de um caça estelar. Continuei voando bem devagar enquanto avançava.

Atrás de mim, vários drones saíram da parede perto da entrada e começaram a vir em nossa direção.

— Comando de Voo — falei. — Achei que tínhamos dito para nos deixarem seguir sem perseguição.

— Hum... — a pessoa no canal de comunicação respondeu. — Quando lutarem de verdade contra um desbravador, ele vai perseguir você...

— *Nunca chegaremos* à parte em que lutamos contra um desbravador se morrermos durante as práticas — comentei. — Retire os drones e deixe Vapor e eu nos acostumarmos a isso. Confie em mim, eu já participei de *muito* mais treinamentos do que você.

— Ok, ok — concordou o dione. — Não precisa ser tão agressiva...

Essa gente. Revirei os olhos, mas ele respeitou o pedido e retirou os drones.

A nave aparentemente vazia de Vapor emparelhou com a minha. M-Bot disse que ela não voava movendo a esfera de controle ou apertando botões, mas interrompendo e substituindo os sinais elétricos enviados para os controles do restante da nave. Então... será que isso significava que ela *era* a nave, de certa forma? Como um espírito que pudesse possuir aparelhos eletrônicos?

— E agora? — perguntei. — Supostamente vamos ficar só voando pelos túneis? O que estamos procurando? O centro?

— O coração — disse Vapor. — Mas ele não fica sempre no centro. Depois que os pilotos sobreviventes voaram pelo labirinto por um tempo, alguns relataram ter descoberto uma câmara com atmosfera e gravidade. Dentro dela havia outra câmara, menor, lacrada com uma membrana que parecia um tecido vivo. Quando se aproximaram, ouviram vozes em suas mentes, e afirmavam saber que o desbravador estava lá dentro.

— Tudo bem... — comentei. — Isso parece vago. Mesmo presumindo que estivessem certos, como encontrar esse "coração" do labirinto? Essa coisa é maior do que uma nave de transporte de tropas. Poderíamos passar dias aqui, voando, e mesmo assim não exploraríamos cada câmara.

— Não acho que será um problema — disse Vapor. — Todos os pilotos que entraram no labirinto de verdade e que sobreviveram tempo suficiente em algum momento encontraram a membrana. — Ela hesitou. — A maioria recuou, assustada e temendo por sua sanidade depois disso. Vários entraram, mas nenhum retornou.

Que maravilha. Bem, eu esperava nunca ter que encarar um desbravador de verdade – mas, certamente, qualquer coisa que vivenciasse aqui poderia ser útil para meu povo. Entrei mais no túnel, e meus sensores de proximidade mapearam as várias ramificações. Mas percebi que estava confiando na minha visão – me inclinando para a frente, olhando atentamente para o túnel pelo dossel. Era como um corredor, com um padrão uniforme de painéis e ranhuras.

Já vi isso antes, pensei, sentindo um calafrio. *Não vi?*

Sim... eu tinha estado em uma estrutura daquelas perseguindo Nedd, que entrara procurando seus irmãos. Era um estaleiro imenso, e eu tinha sido obrigada a serpentear pelos túneis enquanto ele desmoronava. A forma deste túnel, com as saliências nos pontos onde as placas de metal se encontravam, era exatamente a mesma.

Entramos em um espaço aberto mais amplo, com mais ramificações. Ali eu usei os propulsores de manobra para me posicionar perto do teto, onde um estranho conjunto de marcas tinha sido gravado no metal.

Também já vi isso antes, pensei, mudando a posição dos meus holofotes para banhar o teto de luz. Estiquei o pescoço para espiar melhor as marcas. Pareciam um estranho idioma alienígena.

— Comando de Voo — chamei. — Conseguem me ouvir?

Silêncio. E então uma voz finalmente respondeu.

— Conseguimos. O labirinto tem amplificadores de sinal. Mas, quando estiver dentro de um labirinto de verdade, a interferência às vezes impedirá as comunicações. É melhor fingir que o mesmo pode acontecer aqui.

— Claro — respondi. — Mas, antes disso, o que é que está escrito no teto perto de mim?

— Parecem ser réplicas das imagens feitas pelos pilotos que entraram em um labirinto desbravador de verdade. Não conseguimos interpretar nenhum significado nelas.

— Hum — falei. — Juro que já vi isso em algum lugar antes.

— Quer que ativemos os outros recursos defensivos do labirinto? — perguntou o Comando de Voo. — Ou querem apenas ficar voando por aí?

— De que outros recursos defensivos estamos falando? — perguntei.

— Um labirinto desbravador de verdade faz com que a pessoa que entra nele comece a ter alucinações — explicou o operador. — Então colocamos dosséis holográficos em suas naves, que podem projetar sinais estranhos. Ao entrar no labirinto, vocês sempre devem ter outro piloto com vocês.

— E para quê? — questionei. — Como reserva?

— Não — sussurrou Vapor. — Porque cada um vê uma coisa diferente, não é? Ouvi falar sobre isso.

— Sim — confirmou o operador. — O labirinto afeta a mente daqueles que entram nele de maneiras distintas... e cada indivíduo verá algo particular. Em geral, se os dois pilotos em uma equipe veem a mesma coisa, é real e não uma alucinação. Se vocês virem coisas diferentes, saberão que não é real. Além disso, outras conclusões podem ser tiradas comparando o que vocês veem.

— Pode ligar — falei, controlando os propulsores de manobra para descer a nave até o meio vazio do salão, perto da nave de Vapor.

A câmera tremeluziu e então mudou, com tons vermelhos surgindo em uma parede. Como sangue escorrendo de algum poço subterrâneo. Cobriu a parede, pintando tudo de um tom carmesim vivo.

— Vapor — sussurrei. — O que você vê?

— Uma escuridão profunda — respondeu ela —, cobrindo tudo e engolindo a luz.

— Vejo sangue — falei. Não parecia perigoso, mas certamente era assustador. — Vamos seguir em frente.

Acelerei para sair da grande câmara, entrando em outro túnel. Embora tivesse o mesmo tamanho do que eu atravessara antes, parecia ainda mais claustrofóbico e apertado, porque as paredes tinham a aparência de carne. Elas ondulavam e estremeciam, como se eu realmente estivesse me movendo por dentro das veias de uma fera imensa.

Quando emergi na sala seguinte, a aparência mudou mais uma vez. De repente, parecia que eu estava em uma caverna de pedra antiga, com musgo pendurado no teto em largas faixas.

Embora eu soubesse que era apenas um holograma, aquelas mudanças me deixavam nervosa. Vapor pairava ao meu lado.

— As paredes me parecem de vidro. O que você vê?

— Pedra e musgo — respondi. — A camada de musgo é mais grossa naquele lado ali.

— Vejo cacos de vidro flutuantes ali. Será que o labirinto está escondendo alguma coisa?

— Sim — falei, chegando mais perto. Como era de esperar, os sensores de proximidade indicaram que havia um túnel escondido ali, ocultado pelo holograma. Entrei nele com minha nave e saí na câmara seguinte. Mas, ao fazer isso, as sombras atrás da nave se moveram.

Eu imediatamente girei o veículo no eixo, apontando meus holofotes naquela direção. Encarei uma grande pilha de fungo alienígena pulsando com suavidade como se respirasse, cada cogumelo bulboso do tamanho do meu caça.

— Você vê aquilo? — perguntei para Vapor quando ela posicionou a nave ao meu lado.

— Não. O que você vê?

— Movimento — falei, estreitando os olhos. Vi alguma coisa em disparada de canto de olho e virei a nave novamente.

— Os sensores de proximidade não mostram nada — disse Vapor. — Deve ser parte do holograma.

— Comando de Voo? — perguntei. — O que foi aquele movimento?

A resposta veio confusa e entrecortada, com interrupções. A sombra na sala *estava* se movendo. Virei a nave novamente, tentando localizar o que quer que estivesse ali.

— Comando de Voo? — perguntei novamente. — Não estou ouvindo.

— Você quer uma experiência autêntica ou não? — a voz apareceu, repentinamente clara. — Eu disse que, conforme os pilotos vão mais para o fundo do labirinto, as comunicações ficam mais erráticas.

— Ok, tudo bem. Mas o que são essas sombras?

— Que sombras?

— As que ficam se movendo nesta sala — falei. — Há algo dentro deste labirinto que vai me atacar?

— Hum... não tenho certeza.

— O que quer dizer com não tem certeza?

— Hum... só um segundo.

Vapor e eu ficamos ali com as sombras. Até que outra voz apareceu em nosso canal de comunicação, uma que era mais animada e entusiasmada. Winzik, líder dos Krell.

— Alanik! Aqui é Winzik. Me falaram que você está vivenciando uma das características mais desconcertantes do labirinto.

— É possível dizer que sim — respondi. A voz de Winzik soava... pequena. Como se o sinal exterior fosse uma linha frágil, prestes a estourar.

— Tem alguma coisa aqui conosco — disse Vapor. — Acho que acabo de vê-la também.

— Hum, ora, ora — disse Winzik. — Bem, provavelmente são apenas os hologramas.

— Provavelmente? — perguntei.

— Bem, nós mesmos não temos cem por cento de certeza de como isso funciona! — admitiu Winzik. — Não estamos acrescentando sombras que se movem aos hologramas de seus dosséis, mas podem ser outros hologramas, criados pelo labirinto. Não o construímos, lembrem-se. Nós o recuperamos, consertamos e acrescentamos nossos próprios drones, mas foi feito pelos humanos. Não temos certeza total do que ele pode fazer... ou de quais medidas pode adotar... para imitar um labirinto desbravador de verdade.

— Então somos cobaias? — perguntei, cada vez mais irritada. — Vocês estão testando algo que não entendem? Nos jogaram aqui dentro para ver quem sobrevive?

— Ora, ora — disse Winzik. — Não seja tão *agressiva*, Alanik. Seu povo não está tentando conseguir a cidadania na Supremacia? Gritar comigo não vai ajudá-la nisso, garanto a você! De toda forma, bom trabalho aí! Continuem assim!

O canal de comunicação foi interrompido e quase não consegui segurar um xingamento. Como ele ousava ser tão... tão... *animadinho*? Bem, aquela atitude amistosa obviamente era apenas um teatro para me enrolar. Os Krell eram terríveis e destrutivos, o que estava provado pelo modo como tratavam meu povo. Será que Winzik achava que uma voz afável esconderia aquela realidade dos demais?

— Vamos voltar e ver como estão os outros — disse Vapor, virando a nave para me guiar pelo caminho pelo qual viéramos. Eu a segui, e, embora a sala seguinte fosse a mesma pela qual passáramos antes, o musgo tinha desaparecido e tudo parecia normal. Mais uma vez me lembrei do antigo estaleiro em Detritus. Será que era outro labirinto como este? Construído para o mesmo propósito? Ou eu estava tirando conclusões precipitadas?

— Seu povo tem uma história com os humanos — comentou Vapor enquanto voltávamos —, não tem?

— Hum, sim — falei, me endireitando em meu assento. Vapor não costumava jogar conversa fora.

— Curioso — disse ela.

— Foi muitos anos antes de eu nascer.

— A dominação humana alterou o futuro do nosso planeta — disse Vapor. — Seu povo lutou ao lado deles e, inevitavelmente, adotou alguns de seus costumes. Você fala uma variação de um dos idiomas deles. — Vapor ficou em silêncio por um tempo, enquanto entrávamos no túnel que parecia feito de carne. — Sua agressividade me faz lembrar a deles — ela acrescentou por fim.

— E quanto a você? — perguntei. — Já conheceu humanos? Além de Brade, quero dizer.

— Muitos — respondeu Vapor, em sua voz suave e aerada. — Lutei contra eles.

— Nas guerras? — perguntei, surpresa. — A guerra mais recente foi há cem anos. Você *já estava* viva?

Vapor não deu nenhuma confirmação específica, e logo entramos na grande câmara com os escritos no teto, que antes parecia ter sangue nas paredes. Agora tinha a aparência de uma galeria de espelhos, refletindo mil versões da minha própria nave.

Inclinei a cabeça e girei minha nave, olhando para as milhares de versões do meu veículo. Até que apontei para um espelho que não mostrava a nave, mas uma imagem de mim mesma flutuando – no espaço – sozinha.

Não era a imagem de Alanik. Era eu. Spensa.

Essa versão de mim me encarou bem nos olhos, apesar da distância, e senti um frio cada vez mais intenso. Não era um reflexo. Era *um deles*.

Apertei o botão do comunicador, mas a sala ficou escura e até meus holofotes se apagaram. Fiquei pairando ali como se estivesse no vazio. Como se tivesse entrado no nada.

Minha mão ficou paralisada sobre o botão do comunicador. Mas, antes que eu pudesse falar, tudo voltou ao normal. Em um piscar de olhos, estava novamente em meu cockpit, parada naquela sala antiga, e a nave de Vapor seguia na direção da saída.

— ... vindo, Alanik? — a voz de Vapor crepitou no meu canal de comunicação no meio da frase. — Ou vai ficar parada aí?

— Estou indo — respondi, tentando me livrar da sensação assustadora. — O que você viu ali?

— Só uma sala — disse Vapor. — Por quê?

— Eu... — Balancei a cabeça e então guiei a nave até o espaço aberto, onde dei um suspiro de alívio.

24

Do lado de fora, Vapor me fez conduzir a equipe em algumas formações de dispersão – uma manobra na qual a esquadrilha se separava e voava em diferentes direções antes de se reagrupar. Imaginei que aquilo podia ser útil quando estivéssemos combatendo algo como as brasas, que tentariam nos esmagar.

Os outros devem ter sentido a mudança em meu humor, porque ninguém abriu a boca e até Brade fez os exercícios sem reclamar. Não demorou para que chegasse o momento de voltarmos para a *Pesos e Medidas*, no fim do dia de treinamento.

Aterrissei minha nave na doca e lhe dei um tapinha de consolo. Não era M-Bot, mas era um caça bem construído. Abri o dossel e desci de um pulo para me juntar aos demais – eu podia perceber um tipo de entusiasmo exausto em suas atitudes. Exausto porque tinha sido um *bom* treino. Tínhamos feito progressos e já começávamos a sentir que éramos uma equipe.

Hesho caiu na gargalhada com algo que Morriumur falou, e estava novamente acompanhado pela kitsen fêmea de uniforme vermelho, carregando um escudo. Descobri que o nome dela era Kauri, e que era a navegadora da nave – assim como escudeira de Hesho, embora eu não tivesse muita certeza do que aquilo significava nesse contexto.

Enquanto caminhávamos juntos, descobri que conseguia identificar alguns dos kitsen pelas vozes. Era estranho pensar que nossa esquadrilha incluía não só os cinco pilotos, mas todos os cinquenta e sete membros da tripulação kitsen também.

Eu gostava daquilo. Gostava de quanta energia nos trazia. Quase me ajudava a esquecer as coisas estranhas que eu sentira e vira no labirinto.

Recebemos ordens de voltar para a sala de salto, e, embora houvesse um drone ali para nos guiar, Brade tentou ir na frente. Talvez para não ser obrigada a interagir conosco.

Caminhei mais rápido para alcançá-la.

— Ei — falei. — Gostei da manobra que você fez um pouco antes de encerrarmos o treino. Aquela na qual você serpenteou entre dois outros membros da esquadrilha, sem acertá-los.

Brade deu de ombros.

— Era simples.

— Você tem experiência de voo — observei.

— É óbvio.

— Bem, estou feliz em tê-la na equipe.

— Tem certeza? — ela perguntou. — Sabe o que eu sou. Mais cedo ou mais tarde vou me descontrolar e haverá baixas.

— Estou contando com isso — comentei.

Ela ficou imóvel de repente no corredor vermelho acarpetado, franzindo o cenho enquanto me encarava.

— Como é que é?

— De onde eu venho — falei com suavidade —, um pouco de paixão é uma característica *boa* para um piloto. Não tenho medo de um pouco de agressividade, Brade. Acho que podemos usá-la a nosso favor.

— Você não tem ideia do que está pedindo — ela replicou, saindo apressada.

Fiquei ali até que os demais me alcançassem e segui com eles até nossa sala de salto. Desta vez não tentei continuar na direção da sala de máquinas – o guarda ali já estava desconfiando de mim, a julgar pela maneira como seus olhos me seguiram quando passei.

Enquanto nos acomodávamos em nossos assentos, me concentrei em fazer o exercício da Vozinha. Fechei os olhos e deixei a mente vagar, me imaginando flutuando entre as estrelas, e *escutei*.

As vozes dos kitsen tagarelando desapareceram. Ali. *Hiperdrive pronto*, a voz falou. Não era inglês, mas, como sempre, o idioma não importava. Minha mente entendeu o significado. Por que estavam se comunicando via citônica? Era só a ponte chamando a sala de máquinas.

Excelente. Esse foi Winzik. *Acionem*.

Eu me preparei, esperando... mas nada aconteceu. O quê?

No instante seguinte, outra comunicação foi enviada. *Sala de máquinas, algum problema?*

Sim, infelizmente, veio a resposta. *Estamos captando interferência citônica de fontes localizadas dentro da nave.*

Senti uma pontada de alarme. Eles... eles sabiam que eu estava ali.

Ah, isso, disse Winzik. *Sim, isso era de esperar. Temos dois viajando conosco agora.*

Está causando problemas, senhor, a engenharia respondeu.

Qual a gravidade?

Teremos que ver. Estamos mudando a unidade de hiperdrive agora. Uma nova deve funcionar, desde que a acionemos imediatamente.

Esperei, tensa. Alguns minutos se passaram.

Então aconteceu de novo. Outro jorro de informações em minha mente – desta vez apontando na direção de Visão Estelar. Então um grito.

Tive a mesma sensação desorientadora de ser jogada em uma escuridão vasta. Mais uma vez, os desbravadores não me viram. Estavam concentrados no grito.

Caí com tudo em meu assento, a mente latejando. Mais uma vez fui sacudida em meu cinto de segurança, embora nenhum dos outros sequer tenha interrompido a conversa. Eles não perceberam o que tinha acontecido.

Aquela sensação que tive, o jorro de informação... aquilo me dizia que o hipersalto ia acontecer. Eu poderia ter usado aquela informação para *eu mesma* saltar até Visão Estelar. Aquela informação estava desaparecendo, mas devagar. Eu conseguiria... eu conseguiria saltar daqui até o labirinto desbravador e de lá para cá novamente, se precisasse.

Os números aleatórios que M-Bot tinha dito não funcionaram, mas algo naquela informação injetada diretamente em minha mente... aquilo funcionava. Era a prova do que eu suspeitava – eu precisava ser capaz de fazer mais do que simplesmente saber meu destino; tinha que ser capaz de *senti-lo*. Era uma pista, minha primeira pista de verdade, de como controlar meus poderes.

Exausta, me levantei com os demais e me arrastei até o hangar, onde o transporte me pegaria, que dava para Visão Estelar: uma plataforma azul, vibrante e reluzente, com edifícios brotando como estalactites e estalagmites.

Me despedi dos demais e entrei no transporte espacial designado para mim. Infelizmente, desta vez não tinha o veículo só para mim, já que um oficial enviou um trio de alienígenas reptilianos logo atrás. Aparentemente, o alojamento deles ficava perto do meu. Eles se acomodaram no banco de trás, conversando baixinho em seu próprio idioma, com tradução do meu útil broche. Como estavam falando sobre os planos para jantar, desliguei o tradutor.

A nave decolou, e, no momento em que deixamos a doca, uma voz apareceu no meu fone de ouvido.

— Spensa? — perguntou M-Bot. — Spensa, estou captando seu sinal novamente. Você está bem? Está tudo certo? Ficamos oito horas sem comunicação!

Aquela voz foi surpreendentemente bem-vinda, e me peguei suspirando de alívio. Minha tarefa estava ficando mais intimidante a cada momento, mas este único ponto de familiaridade me fez lembrar que eu não estava completamente sozinha.

— Estou de volta — sussurrei para ele, e então olhei para os alienígenas atrás de mim. — Explicarei mais quando chegar na embaixada.

— Caramba, é ótimo ouvir isso! — disse M-Bot. — Você escutou isso? Acabei de xingar. Se eu comecei a xingar, acha que é uma prova de que estou vivo? Computadores sem vida não xingam. Isso seria *estranho*.

— Não acho que seja possível argumentar que você não é estranho.

— Claro que é. Posso argumentar basicamente sobre qualquer coisa, se for programado de acordo. De todo modo, eles devem ter algum tipo de escudo para evitar comunicações na *Pesos e Medidas*! Quando perdi seu sinal, fiquei com medo de ser deixado com a lesma para sempre.

Sorri, e estava realmente me sentindo animada quando nos aproximamos do edifício. Eu tinha tanta coisa para explicar para M-Bot. O labirinto desbravador. Vapor. Tinha feito algum progresso com Brade, não tinha? Infelizmente, quando o transporte espacial se aproximou, descobri que a sra. Chamwit – a governanta Krell que Cuna designara para mim – me esperava na porta da frente.

— O que ela ainda está fazendo aqui? — sussurrei, olhando para a mulher alienígena blindada enquanto meu transporte espacial aterrissava.

— Assim que terminou de limpar, ela passou esse tempo todo esperando pelo seu retorno — respondeu M-Bot.

Então ela estava *realmente* comprometida em me espionar, não estava? Quando desci da nave, ela se aproximou, falando com voz enérgica.

— Bem-vinda de volta, senhora! Pesquisei as exigências nutricionais de sua espécie e acho que tenho a receita ideal para o jantar desta noite. Pudim akokian! É uma mistura maravilhosa de doce e salgado!

— Hum — respondi. — Não, obrigada. Já tenho um pouco de comida. Encomendei uns dias atrás.

— Senhora? As tiras de *alga* em sua unidade refrigeradora?

— Claro — falei. — Elas são suficientes. — Sem graça, mas suficientes.

— Bem... talvez eu pudesse prepará-las como acompanhamento? — disse a sra. Chamwit. — Ou talvez lhe fazer uma sobremesa?

— Estou bem — respondi. — De verdade. Obrigada. Tenho que trabalhar um pouco esta noite e não quero ser interrompida.

Ela gesticulou de forma tristonha, embora eu não acreditasse na atuação. Se a mulher Krell estava triste, era só por eu não lhe dar chances de espionar. Depois de um tempo – depois de eu garantir mais três vezes que tudo estava bem –, ela desceu os degraus e foi embora.

Suspirei, secando a testa, então segui até o alto do edifício e subi no cockpit de M-Bot.

— Aumente a opacidade do dossel — pedi. — E assegure-se de que a espiã alienígena realmente partiu.

O dossel ficou escuro.

— Não estou convencido de que ela seja uma espiã, Spensa — disse M-Bot. — Ela não mexeu nas suas coisas. Só arrumou seu quarto e depois passou o restante do tempo fazendo palavras cruzadas no tablet dela.

— Arrumar as coisas é o disfarce *perfeito* para espionar. — Eu me recostei em meu assento e cocei o queixo de Doomslug.

A lesma trinou, abatida, e parecia letárgica ao se aproximar de mim. Eu a peguei no colo e a ajeitei. Nunca tinha visto Doomslug se mexer tão devagar; alguma coisa neste lugar parecia fazer mal para ela.

— Tudo bem, M-Bot — falei. — Temos um problema. Talvez tenhamos que sequestrar a nave transportadora inteira.

— Excelente — respondeu M-Bot. — Você gostaria que seu cadáver fosse cremado ou ejetado no espaço?

Sorri.

— Boa.

— O humor é um identificador essencial de um ser vivo — disse M-Bot. — Andei trabalhando em algumas sub-rotinas para melhorar em reconhecer e fazer piadas.

— E você consegue fazer isso, é? — perguntei. — Se reprogramar para ser algo novo.

— Tenho que ser cuidadoso — respondeu M-Bot. — Já que outra parte essencial de ser vivo é a persistência da personalidade. Não quero mudar demais quem eu sou. Além disso, há certas coisas que, se eu tentar reescrever, vão me fazer...

Clique. Clique, clique, clique, clique, clique.

Suspirei e me recostei no assento, fazendo carinho em Doomslug. Ela era macia e elástica. Mesmo as pontas em suas costas, pelas quais ela trinava, não eram muito duras.

— Voltei — M-Bot falou finalmente, e então soltou um suspiro exagerado. — Isso é irritante. De todo modo, você estava falando algo sobre uma missão suicida para tentar sequestrar uma nave capital inteira da Supremacia?

— Não é uma nave capital inteira — comentei. — Provavelmente tenha só, digamos, cinquenta ou sessenta tripulantes... — Comecei a explicar tudo o que tinha acontecido comigo ao longo do dia: as conversas que tinha ouvido, o labirinto desbravador, as interações com os outros pilotos e com Vapor. Até as experiências estranhas dentro do próprio labirinto.

— Então — falei, resumindo —, não vou receber uma nave com um hiperdrive, o que quer dizer que teremos que encontrar outro jeito.

— Curioso — comentou M-Bot. — E você consegue *ouvir* as ordens que Winzik dá para a sala de máquinas? Por quê?

— Acho que estão se comunicando através do nada.

— De uma ponta da nave até a outra? — perguntou M-Bot. — Isso não faz sentido. Uma comunicação simples com fio deveria ser o suficiente. Tem certeza de que é o que está ouvindo?

— Não — respondi com honestidade. — E *ouvir* sequer é a palavra correta. — Fiquei pensativa por um momento antes de voltar a falar. — Podemos não precisar sequestrar a nave toda.

— Ótimo, porque só ia sobrar a lesma depois que você fosse morta, e não tenho certeza de que quero que ela seja minha piloto.

— Sinto que tem algo estranho acontecendo naquela sala de máquinas — expliquei. — Além disso, quando estávamos voltando do labirinto desbravador, alguma coisa deu errado com o hiperdrive por minha causa. Eles o trocaram por outro, então as unidades de hiperdrive devem ser pequenas o suficiente para serem rapidamente substituídas.

— Já sabíamos disso — falou M-Bot. — Eu costumava ter alguma coisa naquela caixa vazia no meu casco onde supostamente o hiperdrive deveria estar.

Assenti com a cabeça, pensando em tudo aquilo enquanto coçava a cabeça de Doomslug. Ela trinou de alegria.

Eu já tinha teletransportado M-Bot duas vezes por conta própria, mas os sistemas dele afirmavam ter um "hiperdrive citônico". Eu tinha presumido que seu piloto anterior – o comandante Spears – era o verdadeiro hiperdrive que tinha levado M-Bot até Detritus. Mas por que ele tinha aquela caixa vazia? Havia uma parte grande daquela situação que eu sequer enxergava.

— Precisamos achar um jeito de entrar ali e vê-los fazendo a manutenção ou acionando o hiperdrive. Caramba, talvez, se eu puder roubar o dispositivo que usam para indicar o destino, conseguisse usá-lo para fazer meus poderes funcionarem e, pelo menos, nos levar para casa.

— Mas, pelo seu relato, ele está em um lugar seguro — disse M-Bot. — Dentro de uma nave militar bem patrulhada. Não vai ser fácil se infiltrar ali.

— Felizmente, temos acesso a uma nave espiã e a uma inteligência artificial avançada, projetada para operações furtivas. Precisamos recuperar dados de uma localização inimiga segura. O que sua programação acha que devíamos fazer?

— Devíamos plantar dispositivos de espionagem — M-Bot respondeu imediatamente. — A melhor solução seriam drones autônomos, que poderiam se infiltrar no local e fazer gravações. O escudo da nave transportadora vai impedir que sinais sejam enviados para fora, o que já não seria aconselhável de qualquer forma, pois os scanners poderiam detectá-los. Em vez disso, poderíamos pegar os dispositivos manualmente, e depois fazer o download de sua informação. — Ele fez uma pausa. — Aaaah. Essa é uma boa ideia! Às vezes consigo ser mais inteligente que eu mesmo, não é?

— Talvez — falei, me recostando em meu assento. — Temos algum dispositivo desses?

— Não — respondeu M-Bot. — Tenho compartimentos para guardar alguns drones pequenos e remotamente controlados, mas estão vazios.

— Podemos construir um novo? — perguntei, erguendo o braço e inspecionando o bracelete que projetava meu holograma. — Como construímos um desses?

— É possível — falou M-Bot. — Precisaríamos canibalizar alguns dos meus sistemas de sensores e encomendar algumas peças novas... e teríamos que fazer isso sem que as encomendas parecessem suspeitas. Hum... um desafio curioso.

— Pense nisso — pedi, bocejando. — Me avise quando tiver alguma ideia.

Ele se acomodou para fazer alguns cálculos e eu devo ter adormecido, porque acordei algum tempo depois com o som de Doomslug imitando alguém roncando. Claro que não podia ser eu. Guerreiros, claro, jamais roncam. Isso poderia denunciar nosso esconderijo aos inimigos.

Me alonguei e depois desci do cockpit para ver uma cidade que – independentemente da hora – estava em constante movimento. Fiquei na beira do telhado, olhando para a metrópole sem fim, e não pude deixar de me sentir sobrecarregada. Ígneo, a maior cidade que meu povo já construiu, poderia ser engolida por alguns quarteirões de Visão Estelar.

Tanta gente. Tantos recursos. Todos focados em destruir, ou pelo menos em reprimir, Detritus. Era um milagre que estivéssemos nos saindo tão bem.

Uma luz do computador lá de cima – usada para fazer diagnósticos na nave e para monitorar o edifício – indicou que havia uma entrega para mim. Desci as escadas, pensando de início que M-Bot devia ter pedido algumas peças para construir nosso drone espião.

Em vez disso, encontrei um pequeno doce na caixa de entrega, com um bilhete: *Para o caso de a alga estar sem sabor. Sra. Chamwit.*

O guerreiro dentro de mim não queria comer aquilo. Não por medo de ser envenenada – se Cuna quisesse me envenenar, só precisava contaminar o suprimento de água do edifício. Mas porque seria admitir minha derrota para a sra. Chamwit.

Acontece que acabou sendo a derrota mais gostosa que eu já tinha sofrido.

25

Uma semana mais tarde, executei uma manobra de esquiva complexa, acelerando minha nave entre múltiplos inimigos, as brasas – os asteroides ardentes que o labirinto desbravador ejetava para interceptar invasores. Embora a ilusão fosse atrapalhada pelos fato de as brasas serem apenas drones da Supremacia disfarçados, o combate era emocionante. Eu tinha uns dez me perseguindo agora, em velocidade crescente, acelerando ainda mais do que no meu rápido interceptador.

Dei um rasante em uma das faces do labirinto desbravador. De perto, era como se eu estivesse voando por uma grande superfície de metal polido. A estrutura era tão imensa que tinha uma gravidade perceptível, me obrigando a monitorar meu anel de aclive para impedir que eu saísse da rota.

As brasas me perseguiam, ardendo internamente com uma luz derretida. Mais apareceram pelas laterais, tentando me prensar contra o labirinto – retirando minhas opções de escape. Era como um jogo de gato e rato, só que eram cinquenta ratos tentando guiar um gato.

No meu caso, uma gata *muito perigosa*.

Um grupo de brasas veio correndo para tentar me acertar de frente e eu abri fogo. Transformei-as em pó – desviando para a esquerda para evitar os detritos – e então rotacionei a nave e disparei para trás nas que estavam se aproximando demais. Tive que virar para a frente de imediato e girar para cima a fim de evitar outro grupo que se aproximava nessa direção.

Por mais que eu sentisse falta da voz de M-Bot, uma parte de mim estava feliz pela chance de poder provar minha capacidade nessas disputas. Eu ignorava meus sentidos citônicos – que seriam inúteis contra as brasas verdadeiras – e não tinha uma inteligência artificial avançada para me proteger e fazer cálculos por mim.

Éramos apenas eu, as brasas e um companheiro de voo. Hoje, essa posição estava ocupada por uma segunda força de aniquilação conhecida como Brade. Enquanto eu destruía brasa após brasa, nós duas terminamos nossa manobra e retrocedemos juntas. Voamos lado a lado por um momento, enquanto eu atirava para a frente e ela rotacionava para atirar para trás, cada uma de nós cobrindo um arco de cento e oitenta graus.

Ao meu sinal, aceleramos para os lados, então usamos nossas lanças de luz para puxarmos uma à outra em manobras espelhadas, afastando-nos das brasas que tentavam colidir conosco. Este movimento nos lançou a toda a velocidade uma contra a outra. Quando nossas naves se cruzaram, a centímetros de distância, abrimos fogo, e cada uma explodiu as brasas que perseguiam a outra.

Quando demos a volta novamente, não havia mais nada nos perseguindo. Com o coração acelerado e um sorriso perigoso no rosto, fui atrás de Brade. Juntas, nos afastamos do labirinto desbravador quase como duas naves controladas por uma única mente.

Brade era boa. Tão boa quanto eu. Mais do que isso, eu *me sintonizava* com ela. Voávamos como se fôssemos companheiras de voo por décadas, raramente precisando sequer confirmar com a outra o que fazer. Talvez fosse por sermos ambas citônicas, ou talvez fosse porque nossos estilos individuais de voo estivessem em sincronia. Ao longo da última semana, eu tinha passado um tempo treinando com cada membro da esquadrilha – mas nunca parecia voar tão bem quanto com Brade.

Pelo menos até que falássemos uma com a outra.

— Bom trabalho — comentei pelo canal de comunicação.

— Não me elogie por ser tão agressiva — disse ela. — Preciso controlar isso. Não me alegrar com isso.

— Você está fazendo o que a Supremacia precisa agora — respondi. — Está aprendendo a protegê-los.

— Mesmo assim não é desculpa — garantiu ela. — Por favor. Você não sabe como é se sentir humana.

Rangi os dentes. *Eu poderia ajudar você,* pensei. *Oferecer liberdade disso aí – liberdade para que seja você mesma.*

Mas não falei nada. Em vez disso, desliguei o comunicador. Sentia que estava me aproximando lentamente dela, mas, se quisesse progredir mais, provavelmente não seria discutindo diretamente contra os ideais da Supremacia. Eu precisava ser sutil.

Eu *conseguia* ser sutil. Certo?

Juntas, nos reunimos às outras naves e recebemos os parabéns de Hesho e Morriumur.

— Você continua a voar bem, Alanik — Vapor disse para mim. — Você tem o cheiro das longas chuvas. — Eu não tinha certeza do que aquilo queria dizer. O idioma dela tinha umas expressões estranhas que o broche só conseguia traduzir literalmente. — Mas lembre-se de que sua tarefa não é perseguir e eliminar aquelas brasas. Aprender a fazer manobras de combate é apenas o primeiro passo. Logo teremos que praticar voo dentro do labirinto.

Morriumur e Hesho saíram para uma volta de teste – usando outro exercício de treinamento que eu tinha desenvolvido. Eu não estava preocupada em torná-los especialistas em manobras de combate, mas precisávamos aprender a trabalhar em duplas.

— Vapor? — eu a chamei. — Você tem alguma ideia do que seria essa arma que supostamente vamos usar para matar os desbravadores?

— Não — respondeu ela, com seu jeito suave. Era estranho, mas eu me sentia mais confortável falando com ela pelo comunicador do que pessoalmente. — Mas estou intrigada com o conceito — acrescentou ela. — Seria um grande feito da sociedade se os desbravadores pudessem ser mortos.

Assenti com a cabeça para mim mesma.

— Tenho medo deles — Vapor continuou. — Durante a segunda guerra, quando os humanos tentaram controlar os desbravadores e usá--los na batalha, captei um... um vislumbre de como os desbravadores nos veem. Como manchas ou insetos que devem ser exterminados. Eles devastaram mundos, vaporizando populações em instantes. Nós não os expulsamos. Eles simplesmente acabaram partindo. Nós existimos porque eles *permitiram*.

Estremeci.

— Se isso é verdade, então toda a vida na nossa galáxia está com uma arma apontada para a cabeça. Mais um motivo para que saibamos se essa arma funciona ou não, certo?

— Concordo — disse Vapor. — E acho que sua possível existência é a parte *mais interessante*.

— É... por isso que você está aqui? — perguntei.

Vapor ficou em silêncio por um momento.

— Por que você pergunta?

— Quero dizer, não é nada. Só que... você sabe, os outros me falam que sua espécie em geral... tem missões muito especializadas...

— Nós *não* somos assassinos — ela respondeu. — Esses rumores são falsos, e a esquadrilha não devia espalhá-los. Somos servos da Supremacia.

— Claro, claro — falei, surpresa com a intensidade da voz dela. — Talvez a equipe esteja tagarelando em excesso. Vou passar mais alguns exercícios para eles e fazê-los se calarem no velho e bom estilo militar... deixando-os cansados demais para fofocar.

— Não — disse Vapor, suavizando a voz. — Não é necessário ter cheiro de fumaça, Alanik. É só que... peça que eles evitem criar teorias sobre minha missão. Não estou aqui para matar ninguém. Prometo isso.

— Entendido, senhora — falei.

Aquilo só a fez suspirar – um som suave como o farfalhar de papéis.

— Vou acompanhar Brade em uma rodada de exercícios. Por favor, descanse.

— Confirmado — respondi, e ela se afastou, ordenando que Brade se juntasse a ela. Abri minha mochila, que havia amarrado em um lugar atrás do meu assento, e peguei um lanche. Eu acreditava que Vapor não estivesse aqui para matar ninguém. Mas qual era a missão dela? Eu podia jurar que sentia seus cheiros observando por sobre meu ombro às vezes, e sua espécie... será que ela via como os demais? Eu duvidava. Mas será que conseguia sentir o cheiro de quem eu realmente era?

Caramba. Eu já estava fazendo o que ela tinha me pedido para evitar. Se ela sabia o que eu era, não tinha me delatado ainda, então não adiantava nada me preocupar.

Apontei minha nave para longe de onde os demais estavam fazendo manobras de combate, olhando, em vez disso, para as estrelas. O campo de luzes me encarou de volta, infinito, convidativo. Eu não conseguia ouvi-las muito bem daqui. Havia um pequeno fluxo de comunicação citônica saindo da *Pesos e Medidas*, provavelmente voltando para Visão Estelar, mas era muito mais "quieto" aqui do que perto da imensa plataforma.

Todas essas estrelas, eu pensei, me perguntando se o sol de Detritus seria visível a olho nu dessa distância. *Muitos planetas habitados ao redor delas. Bilhões e bilhões de pessoas...*

Fechei os olhos, deixando-me levar. Bem ali, entre as estrelas. Flutuando.

Quase sem pensar, soltei o cinto de segurança, acionei a trava do meu console e me permiti flutuar na gravidade zero do cockpit. Era um espaço pequeno, mas, com os olhos fechados, eu podia simplesmente flutuar de verdade. Tirei o capacete e deixei que ele se afastasse até bater com suavidade no dossel.

Eu e as estrelas. Antes, eu só fazia o exercício da Vozinha quando estava em chão firme – em lugares nos quais eu precisava *imaginar* que estava pairando entre as estrelas. Buscando suas vozes.

Pela primeira vez, eu realmente sentia que estava entre elas. Quase como se eu mesma *fosse* uma estrela, um ponto de calor e fogo em meio à noite infinita. Empurrei de leve a lateral do dossel, mantendo-me no meio do cockpit. Sentindo...

Ali, pensei. *Visão Estelar está logo ali.* Eu sabia, instintivamente, a direção da plataforma. Durante nossos saltos entre o labirinto desbravador e a cidade, de algum modo minha mente tinha sido injetada com esse conhecimento. Cada vez a impressão parecia durar mais tempo, até o ponto de se fixar em minha mente – e não desaparecer mais.

Se fosse necessário, eu sabia poder dar um hipersalto de volta para Visão Estelar por conta própria. De fato, tinha cada vez mais certeza de que agora poderia encontrar o caminho de volta para Visão Estelar de qualquer outra localização. Mas aquilo não me servia de nada no momento. Eu *já tinha* um transporte para Visão Estelar.

Minha concentração diminuiu conforme os problemas tomaram conta da minha mente. Roubar a tecnologia do hiperdrive da Supremacia. Resgatar Brade. Descobrir qual era a de Vapor – além da arma que a Supremacia estava desenvolvendo. E isso sem contar quaisquer sutilezas de seja lá qual fosse a situação política que estivesse acontecendo entre Cuna, Winzik e os Krell. Era tudo tão opressivo.

Spensa... Uma voz pareceu falar lá de fora, entre as estelas. *Spensa. Alma de um guerreiro...*

Abri os olhos, arfando.

— Vozinha? — perguntei. Empurrei com os pés contra meu assento, me comprimindo na escotilha do dossel, procurando freneticamente entre as estrelas.

Santos e estrelas. Tinha sido *a voz dela.*

— Vozinha! — gritei.

Lute...

— Eu *vou* lutar, Vozinha! — falei. — Mas contra o quê? Como? Eu... eu não sou a pessoa certa para esta missão. Não foi para isso que treinei. Não sei o que fazer!

Uma heroína... não escolhe... seus desafios, Spensa...

— Vozinha? — perguntei, tentando identificar a localização das palavras.

Ela entra... na escuridão, a voz falou, sumindo. *E então encara o que vem a seguir...*

Procurei desesperadamente por meu planeta natal entre as milhares de estrelas. Mas era inútil, e o que quer que pensei ter ouvido não retornou.

Só aquele eco fantasmagórico pairando em minha mente.

Uma heroína não escolhe seus desafios.

Flutuei por um longo momento, o cabelo flutuando ao redor do meu rosto. Por fim, desci e coloquei novamente o cinto de segurança. Arrumei o cabelo, coloquei o capacete e o prendi no lugar.

Quando outras buscas citônicas não resultaram em nada, suspirei e me concentrei em minha esquadrilha. De todo modo, eu provavelmente devia avaliar a performance deles; Vapor poderia pedir minha opinião.

Brade e Vapor estavam se saindo bem, como o esperado. As duas eram as melhores pilotos do grupo, com exceção de mim. Mas Hesho e seus kitsen também estavam tendo uma performance admirável. Durante essa semana de treinamento, eles tinham aprendido a realmente dar cobertura para o companheiro de voo e a misturar seu papel na artilharia com a necessidade de, às vezes, ser apenas um caça, fazendo manobras de combate como qualquer outra nave.

Morriumur, no entanto... pobre Morriumur. Não era sua culpa o fato de ser o piloto mais fraco do nosso grupo. Afinal, tinha apenas alguns meses de vida – e, mesmo se tivesse herdado alguma habilidade de um de seus genitores, essa pequena experiência em combate só tornava seus erros mais óbvios. Enquanto eu observava, Morriumur se afastou demais de Hesho e deixou que os kitsen fossem cercados de inimigos. Então, ao tentar compensar retornando, os disparos de Morriumur erraram o inimigo – e quase derrubaram o escudo da nave dos kitsen.

Fiz uma careta e abri um canal de comunicação para dar uma bronca em Morriumur. Imediatamente ouvi uma série de xingamentos que meu tradutor rapidamente interpretou para mim. E, *caramba*, nem a Vozinha seria capaz de xingar com tamanha eloquência.

— De qual de seus genitores você recebeu isso? — perguntei pelo canal de comunicação.

Morriumur se calou imediatamente. Quase dava para ouvir o rubor em sua voz quando me respondeu.

— Desculpe, Alanik. Eu não sabia que você estava na linha.

— Você está se esforçando demais — eu o aconselhei. — Está tentando compensar demais sua falta de habilidade. Relaxe.

— É fácil dizer isso — respondeu ele — quando se tem uma vida inteira para viver. Só tenho mais alguns meses para demonstrar meu valor.

— Você não vai provar nada se abater seu companheiro de voo — falei para ele. — Relaxe. Não dá para se obrigar a pilotar melhor por pura determinação. Acredite em mim, eu tentei.

Ele concordou, e acho que se saiu melhor na rodada seguinte, então felizmente meu conselho estava funcionando. Logo as rodadas de prática terminaram, e as brasas voltaram ao labirinto desbravador. Meus quatro companheiros de esquadrilha se juntaram a mim em uma linha.

Ao longe, dava para ver outras esquadrilhas treinando. Para minha diversão, parecia que várias tinham parado de tentar se aproximar do labirinto e também estavam treinando manobras de combate agora. Eu suspeitava de que tínhamos exercido uma boa influência.

Não se congratule demais, Spensa. Eu disse para mim mesma. *Essas são naves Krell. Mesmo que estejam treinando para combater os desbravadores agora, você sabe que inevitavelmente acabarão do outro lado de uma batalha contra os humanos.*

Saber aquilo diminuiu meu entusiasmo.

— Foi uma ótima rodada — falei para o restante da minha esquadrilha. — Sim, para você também, Morriumur. Vapor, acho que esse grupo está realmente começando a parecer um bando de pilotos.

— Talvez — respondeu Vapor. — Já que estão se saindo bem em seu treinamento, talvez possamos deixá-los experimentar o labirinto. Temos tempo para uma rodada estendida hoje.

— Já não era sem tempo! — disse Hesho. — Sou um kitsen paciente, mas uma faca só pode ser amolada até certo ponto antes que se possa desbastá-la.

Sorri, lembrando do meu próprio entusiasmo quando Cobb começou a nos deixar treinar com armas.

— Vamos nos dividir — falei para Vapor. — E então fazemos uma tentativa. Três de nós seguirão como trio, já que somos cinco...

— Não preciso de um companheiro de voo — disse Brade antes de dar meia-volta e acelerar na direção do labirinto.

Fiquei parada, em silêncio aturdido. Ela tinha melhorado tanto ao longo da semana; achei que já tivesse superado isso. Caramba, esse era o tipo de coisa que faria Cobb gritar conosco até ficar com o rosto vermelho.

— Brade! — gritei pelo comunicador. — Se você não voltar aqui agora mesmo, eu vou...

— Deixe-a ir — Vapor me interrompeu.

— Mas supostamente temos que entrar no labirinto sempre com um companheiro de voo! — lembrei. — Ou as ilusões vão nos enganar!

— Então deixe-a aprender essa lição — disse Vapor. — Ela verá por si mesma que o restante da esquadrilha vai se sair melhor do que ela.

Resmunguei, mas me contive – por bem pouco – para não continuar reclamando com Brade. Vapor era *a comandante*, mesmo que eu fosse a segunda-em-comando.

— Vou com Morriumur — Vapor me disse. — Acredito que posso ensiná-lo a ter um pouco de paciência. Ele precisa aprender a lidar com a própria agressividade.

— O que me deixa com Hesho — falei. — Nos encontramos aqui em uma hora e meia? Voamos por quarenta e cinco minutos, começamos a nos acostumar com o jeito estranho daquele lugar, e então voamos de volta.

— Muito bem. Boa sorte. — Vapor e Morriumur seguiram em frente, enquanto Hesho ordenava que seu timoneiro guiasse a nave kitsen para o lado da minha.

— Você acha estranho — perguntei para ele — o fato de reclamarmos de Morriumur ser agressivo *logo depois* de Brade sair voando por conta própria? Morriumur é *bem menos* agressivo do que eu. Menos até do que você, eu diria.

— Morriumur não é membro de uma espécie inferior — disse Hesho. — Espera-se mais de um dione por causa da alardeada "inteligência primária" que a espécie dele tem.

— Eu nunca entendi isso — comentei enquanto nós dois voávamos na direção do labirinto, escolhendo um setor de ataque diferente do de Vapor e Morriumur. O labirinto desbravador era grande o suficiente para não termos problemas nesse aspecto. — O que significa essa tal "inteligência primária"?

— É só um termo, não uma medida real de inteligência relativa — explicou Hesho. — Até onde fui capaz de entender, significa que a espécie dele criou uma sociedade pacífica na qual o crime é reduzido à quase inexistência.

Bufei. Sociedade pacífica? Eu não acreditava naquilo nem por um instante – e, mesmo se estivesse tentada a fazer isso, as últimas palavras de Alanik teriam me desencorajado. *Não confie na paz deles*.

Hesho e eu nos aproximamos do labirinto desbravador, e sufoquei a preocupação que crescia dentro de mim. Da última vez que estivera ali, fora uma experiência muito estranha. Mas eu podia lidar com aquilo. Uma heroína não escolhe seus desafios.

— Você e sua tripulação estão prontos? — perguntei para Hesho quando as primeiras brasas se aproximaram.

— A *Nadando Contra a Corrente* está pronta para a ação, capitã — disse Hesho. — Este momento... espera por nós como a língua espera pelo vinho.

Abrimos caminho por entre as brasas. Então – lado a lado – nós dois entramos por um dos muitos buracos no nosso setor do labirinto desbravador. Fiquei perto da maior e mais blindada nave dos kitsen enquanto entrávamos por um longo túnel de aço marcado por ranhuras que pareciam colunas em intervalos regulares. Não havia luzes internas, então ligamos nossos holofotes.

— Departamento de sensores — Hesho disse para sua equipe —, registre de perto esses símbolos na parede.

— Entendido — outro kitsen respondeu.

Voei para o lado, apontando minhas luzes para outra área com estranhos escritos gravados na parede.

— Não podemos traduzi-los, Vossa Normaleza — disse Kauri. — Mas os símbolos são similares aos que encontramos perto dos portais do nada em alguns planetas e estações.

— Portais do nada? — perguntei, franzindo o cenho.

— Muitas pessoas tentaram estudar os desbravadores nos próprios reinos, capitã — disse Hesho. — Kauri, faça o favor de explicar.

— Os portais do nada são aberturas estáveis — disse Kauri. — Como buracos de minhoca que levam ao nada. Com frequência estão marcados com símbolos similares. As pedras de aclive são feitas a partir dessas pedras depois de extraídas e transportadas para o nosso reino. Mas não sei por que os símbolos estariam aqui. Não vejo sinal de um portal.

Hum. Aproximei minha nave dos símbolos, virando meus holofotes na direção deles.

— Vi alguns desses símbolos no meu planeta natal — comentei. — Dentro de um túnel perto da minha casa.

— Então eu gostaria de visitá-la e ver esse túnel — disse Kauri. — É possível que seu planeta natal tenha acesso a um portal desconhecido para o nada. Isso poderia trazer riquezas... a Supremacia mantém um controle cuidadoso sobre esses portais, já que não há outra fonte de pedras de aclive.

Hum. Não falei mais nada porque não queria revelar a verdade – que essas inscrições ficavam nas cavernas de Detritus, não no planeta natal de Alanik.

Os antigos habitantes de Detritus caíram diante dos desbravadores. E eu tinha cada vez mais certeza de que aquilo que Cuna me dissera era verdade – que as pessoas de Detritus tinham arriscado sua destruição ao tentar controlar os desbravadores. Eles haviam criado escudos, tentado ficar quietos, mas nenhuma dessas precauções funcionara. Quando foi atrás do povo de Detritus, o desbravador passou com facilidade por essas proteções.

De repente o túnel ao meu redor parecia que tinha se transformado em carne. Era como se eu estivesse nas veias de um monstro enorme. Rangi os dentes.

— Hesho, o que você vê?

— O túnel mudou — disse ele. — Dá a impressão de estar submerso. Você vê o mesmo? É uma experiência estranha.

— Tenho a impressão de estar em uma veia enorme — respondi. — É um holograma... uma ilusão. Lembra?

— Sim — falou Hesho. — Nos mostram coisas diferentes. Felizmente, temos duas naves.

Me perguntei como Brade estava se saindo sozinha.

— A ilusão é curiosa — comentou Hesho. — Me sinto como uma pedra extraída da terra e jogada para afundar infinitamente em uma profundeza eterna. — Ele fez uma pausa. — Minha tripulação vê a mesma coisa que eu, capitã Alanik.

— Isso faz sentido — digo. — Nossas naves foram programadas para replicar as ilusões do labirinto desbravador. Neste momento, é só programação. Se fosse real, é provável que cada um estivesse vendo coisas diferentes.

Pelo menos foi o que me disseram que eu devia esperar. Só que parecia que muito do que a Supremacia "sabia" era só palpite. Se eu entrasse em um labirinto desbravador de verdade, será que as mesmas regras funcionariam lá?

Com sorte, você nunca terá que descobrir, pensei. Hesho e eu pegamos a saída da direita e voamos por um corredor que para mim parecia ser cristalino, mas no qual Hesho via chamas. Nós dois, no entanto, vimos uma pedra grande em um lado da sala – então voamos para inspecioná-la.

Uma puxada nela com minha lança de luz provou que era real, e ela tombou na sala.

— Que estranho — disse Hesho. — Alguém veio até aqui colocar aquela pedra especificamente para obstruir nosso caminho?

— Supostamente este labirinto foi construído para replicar as estranhezas e mistérios que encontraremos dentro de um labirinto desbravador de verdade — respondi.

— Os scanners são inúteis — falou Hesho. — Tenho relatórios da minha equipe de instrumentos. Eles não conseguem dizer o que é falso e o que não é. Parece que a Supremacia programou nossa nave para ser enganada por este lugar, algo que acho desconcertante. Não gosto da ideia de ver o que a Supremacia me mostra, mesmo que seja uma importante simulação de treinamento.

Conforme nos aprofundamos nos túneis, fiquei feliz em ter os kitsen comigo. Trazer um companheiro de voo fazia todo sentido prático, não só para identificar o que era verdadeiro. Em um nível mais básico, era um conforto ter alguém com quem falar neste lugar.

Passamos por várias outras câmaras estranhas, com uma grande variedade de efeitos visuais – desde paredes que derretiam até sombras de monstros enormes passando fora do nosso campo de visão. Em um deles fomos atacados por brasas, nas quais atirei antes de perceber que Hesho não podia vê-las. Meus disparos acertaram a parede, arrancando pedaços de metal, e a estrutura inteira retumbou de um jeito que eu podia *jurar* que era ameaçador.

— Como conseguimos escutar isso? — perguntou Hesho. — Os instrumentos relatam que existe vácuo do lado de fora das naves. Não há meio pelo qual o som possa passar.

— Eu… — Estremeci. — Vamos tentar aquele túnel ali.

— Não gosto disso — confessou Hesho conforme seguíamos pelo túnel. — É como se essa coisa estivesse nos treinando para confiarmos nos olhos dos outros.

— Mas isso é bom, certo?

— Não necessariamente — disse Hesho. — Enquanto toda experiência é subjetiva e toda realidade de certa forma é uma ilusão, isso oferece um perigo prático. Se confiarmos apenas no consenso para determinar o que é real, o labirinto pode simplesmente explorar essa presunção e nos enganar.

Na câmara seguinte, fomos atacados por brasas que, desta vez, eram reais – e eu quase as ignorei, um erro que poderia ter sido mortal. Respondi ao aviso de Hesho no último momento, desviando quando uma rajada do caça fortemente armado os vaporizou.

Ficamos em uma sala com lixo flutuante que acertava as paredes antes de começar a se acumular no fundo. Suando, com o coração acelerado, eu nos guiei pela passagem seguinte. Caramba, será que algum dia eu ficaria acostumada com aquele lugar?

Chegamos ao fim do túnel e meus holofotes iluminaram uma estranha membrana que cobria uma abertura. Ela seguia do chão ao teto e pulsava suavemente, com um ritmo que eu conseguia ouvir.

Aquele som de repente pareceu soar por toda a estrutura. Meu caça *palpitava* sob meus dedos.

Fiquei encarando a membrana, chocada. Só estávamos no labirinto desbravador havia... quanto? Meia hora? Talvez um pouco mais? Eu esperava que fosse levar horas para encontrar o coração.

— É isso — falei. — A membrana. A coisa pela qual estamos procurando. O... coração do desbravador.

— Como assim? — perguntou Hesho. — Não vejo nada.

Ah. Respirei fundo, tentando me acalmar. Uma ilusão. O que queria dizer...

Vi o universo inteiro.

Em um piscar de olhos, tudo ao meu redor desapareceu, e, de algum modo, minha mente se expandiu. Vi planetas, vi sistemas estelares, vi galáxias. Vi os insetos diminutos, tumultuados, inúteis que cobriam tudo aquilo como colmeias ruidosas. Senti repugnância. Ódio por aquelas pestes que infestavam os mundos. Hordas de formigas se acumulando em um pedaço de comida caído no chão. Animadas e sem sentido, nojentas. Dolorosas quando vinham na minha direção, me picando de vez em quando – embora fossem pequenas demais para me destruir, sua picada doía. O barulho que faziam. O raspado incômodo. Elas infestavam meu lar depois de invadir todas as rochas que interrompiam o nada infinito que era o universo. Elas jamais me deixariam em paz, e eu queria tanto poder simplesmente esmagá-las. Sufocá-las sob meus pés, para que parassem de se acumular, de rastejar, de clicar, de estalar, de picar, de corromper, e...

Voltei de supetão ao meu cockpit, caindo no assento como se tivesse sido arremessada ali.

— Outra ilusão, então — disse Hesho, soando entediado. — Você quer ir na frente? Farei a cobertura, para o caso de mais brasas protegerem esta câmara.

Tremi, com a visão horrível ainda pairando em mim como a escuridão em uma caverna bem, bem profunda. Respirei com dificuldade, tentando recuperar o fôlego. A sala parecia normal agora, mas...

— Capitã Alanik? — perguntou Hesho.

O que tinha sido aquilo? Por que... por que permanecia em minha mente, me fazendo desprezar as palavras de Hesho como se viessem de algo gosmento e horrível?

— Eu… — falei. — Desculpe, preciso de um instante.

Ele me concedeu o instante. Eu me recuperei lentamente. Caramba. CARAMBA. Aquilo tinha me dado a mesma sensação… de como Vapor dissera que os desbravadores encaravam todos nós.

— Comando de Voo — chamei pelo comunicador. — Vocês acabaram de me mostrar algo estranho?

— Piloto? — o Comando de Voo respondeu. — Você precisa aprender a voar pelo labirinto sem entrar em contato conosco. Quando entrar em um labirinto de verdade, não vai…

— O que vocês acabaram *de me mostrar*? — exigi saber.

— O registro indica que a ilusão da sua nave para esta sala é uma escuridão que esconde uma saída. É só isso.

Então… eles não tinham me mostrado a sensação do universo?

Claro que não. Isso estava muito além dos poderes de um projetor holográfico. Eu havia visto algo além. Algo… algo que minha própria mente tinha projetado?

Caramba. O que eu *era*?

Continuamos por insistência de Hesho e passamos mais quinze minutos entre salas, nos familiarizando com o jeito como o labirinto funcionava. Não experimentei mais nada próximo à sensação daquele estranho momento em que vira o universo. Depois de um tempo, chegamos ao limite da nossa exploração predeterminada, então demos meia-volta e fomos embora. Do lado de fora, encontramos os demais que estavam se reunindo – incluindo uma Brade furiosa, que, como Vapor imaginava, tinha ficado presa em uma das primeiras salas sem saber o que era real e o que não era.

Nenhum deles vira membrana alguma, nem tinha ideia do que eu estava tentando explicar quando tentei – e não consegui – falar sobre o que tinha visto. Não dava para colocar em palavras, mas aquilo permaneceu comigo. Como uma sombra sobre meu ombro, pairando, enquanto retornávamos à *Pesos e Medidas*.

26

Entramos no nada.

Como sempre, começou com um grito.

A escuridão absoluta, interrompida pelos olhos. Branco ardente, eles encaravam a direção errada. Quanto mais eu fazia isso, mais podia sentir a... sombra do que eles eram. Coisas enormes e alucinantes cujas formas não se encaixavam na minha compreensão de como a dimensão física devia ser.

Parecia que eu pairava ali por uma eternidade. Fora Brade, que não podia falar sobre isso, os outros da minha esquadrilha diziam não sentir nenhum tempo passar enquanto estávamos no nada. Para eles, o hipersalto acontecia instantaneamente. Eles nunca viam a escuridão ou os olhos.

Depois de um tempo, senti que o fim se aproximava. Uma sutil sensação de *desvanecimento* que...

Um dos olhos se virou e olhou direto para mim.

A *Pesos e Medidas* retornou ao espaço normal, perto de Visão Estelar. Arfei, minha pulsação disparada, os sentidos de batalha em alerta total.

Ele tinha me visto. Um deles tinha olhado *direto para mim*.

Estávamos voltando para Visão Estelar depois de outro dia de treinamento – meu décimo, até agora, nas forças armadas deles. Hoje eu estava mais cansada do que o normal por ter acompanhado todos em seus exercícios. Será que era por isso que ele tinha me visto?

O que eu tinha feito? O que havia de errado?

— Capitã Alanik — disse Hesho. — Embora eu não tenha familiaridade com sua espécie, você parece estar exibindo alguns sinais tradicionais de estresse.

Olhei para os kitsen. Os engenheiros da nave de Hesho tinham transformado vários dos assentos da sala de salto em estações de viagem para os kitsen – basicamente, pequenas construções de vários andares presas na parede com pequenos assentos para toda a tripulação.

Eles tagarelavam todos ao mesmo tempo dentro das estruturas sem paredes, embora Hesho tivesse reservado a cobertura para si e seus criados. Ficava praticamente no meu nível de visão, e continha a luxuosa cadeira do capitão. Também havia uma barra e vários monitores para diversão, o que parecia ser uma quantidade ridícula de luxo para a curta meia hora que passávamos na *Pesos e Medidas* diariamente, saindo e voltando para Visão Estelar.

— Alanik? — chamou Hesho. — Posso chamar a cirurgiã da minha nave, que está ali embaixo. Ela tem pouca experiência com espécies alienígenas, no entanto. Quantos corações você tem?

— Estou bem, Hesho — garanti. — Foi só um arrepio inesperado.

— Hum — disse ele, recostando-se em seu assento e colocando os pés para cima. — Um momento de fragilidade em uma guerreira poderosa. Este é um belo momento, que devo guardar como um tesouro. — Ele assentiu para si mesmo, então suspirou e apertou um botão em seu apoio de braço, fazendo uma tela girar em sua direção.

Não deveríamos usar comunicações sem fio, exceto em emergências. Hesho, no entanto, tinha uma definição ampla da palavra *emergência*, e recebera – após insistentes pedidos – um salvo-conduto para o escudo anticomunicação ao redor da *Pesos e Medidas*.

Provavelmente não era muito educado ficar escutando. Ao mesmo tempo, ele estava sentado *bem ao meu lado*. E meu broche traduzia e transmitia as palavras em meu fone de ouvido, quer eu quisesse, quer não.

Um kitsen apareceu na tela, uma fêmea – supus pelo padrão de pelo claro e escuro –, usando uma roupa muito formal de seda colorida, com uma touca combinando. Ela fez uma reverência para Hesho.

— Vossa Eminência Que Não É Rei — cumprimentou ela. — Entro em contato para pedir orientação em meu voto na pauta do fundo nacional de tributação.

Hesho coçou o pelo sob seu focinho.

— Temo que isso não esteja dando certo, senadora Aria. Quando falei com nossos monitores na Supremacia, eles afirmaram que eu ainda tinha influência indevida sobre o funcionamento do nosso Senado.

A senadora ergueu os olhos.

— Mas, Eminência, o Senado votou exatamente *contra* sua preferência expressa.

— Sim, e fizeram bem — disse ele. — Mas a Supremacia parece pensar que eu simplesmente pedi que votassem contra meus desejos, e, desta forma, continuei a manipulá-los.

— Uma situação difícil — comentou a senadora Aria. — Como gostaria que procedêssemos?

— Bem — disse Hesho —, parece que a Supremacia gostaria muito que escolhessem o que *vocês* desejarem.

— Minha maior vontade em todo o universo é ver os desejos do rei se tornarem manifestos.

— E se a vontade dele for que você seja você mesma?

— É claro. Que tipo de eu mesma Sua Eminência gostaria?

— Talvez você pudesse escolher aleatoriamente como votar a cada vez? — sugeriu Hesho. — Acha que poderia funcionar?

— Certamente. Neste caso, a Supremacia não poderia afirmar que estamos sendo influenciados por nada além do destino. — A senadora Aria fez outra reverência. — Buscaremos sua influência sobre o universo como ela se manifestar nos sorteios para determinar os votos. Uma sábia solução, Eminência. — Ela cortou a comunicação.

Hesho suspirou.

— Eles parecem muito... leais — observei.

— Estão tentando — disse Hesho. — Isso é difícil para nós. Toda a minha vida fui ensinado a ser muito cuidadoso na maneira como expresso minha vontade... mas não sei como *evitar* expressá-la. — Ele esfregou as têmporas, com os olhos fechados. — Devemos adotar os costumes da Supremacia ou ficar expostos a conquistas, para o caso de os humanos algum dia retornarem. Eles são meu real temor... Os humanos nos atacaram primeiro, durante a guerra inicial. Seu líder afirmava que nosso passado compartilhado nos tornava praticamente *uma colônia humana*. Bah. Meus pelos se arrepiam só de dizer essas palavras. Precisamos mudar para estarmos preparados, mas a mudança é difícil. Meu povo não é tolo ou pusilânime. Só que, durante muitos, muitos séculos, o trono era a única força imutável na qual eles podiam confiar. Ter isso arrancado de repente é como arrancar um curativo antes que o ferimento esteja devidamente curado.

Percebi que estava assentindo, o que era bobo. *Era melhor* que o governo de Hesho fosse substituído. Que tipo de cultura retrógrada ainda tinha uma monarquia hereditária? Uma estratocracia militar – com os pilotos mais fortes e os almirantes governando ao provar seus méritos em batalha – fazia muito, muito mais sentido.

— Talvez você não precise se preocupar tanto com os humanos — eu disse para Hesho. — Quero dizer, talvez eles sequer voltem.

— Talvez — concordou Hesho. — Fui treinado desde filhote a colocar as necessidades do planeta antes de qualquer outra coisa. Passamos séculos tentando recuperar os caminhantes das sombras, mas devemos encarar a verdade. Nunca mais teremos citônicos entre nós. Perdemos esse privilégio há muito tempo.

Ele me olhou.

— Não tenha pena da minha perda de autoridade. Há muitos anos, meu tetravô seguiu para a batalha encabeçando nossos exércitos para lutar contra a invasão da humanidade. Ele lutou contra gigantes com uma espada. Antes disso, os daimyos dos dezessete clãs estavam constantemente prontos para levar seus povos para a guerra. Mas eu sempre quis este papel, de ser o capitão da minha própria nave. Será bom. Desde que meu povo não desapareça simplesmente na Supremacia como gotas de sangue em um oceano.

— Não sei se vale o esforço, Hesho — falei, me recostando no assento. — Todo esse trabalho para nos dobrarmos ao que eles querem que sejamos.

— Ou é isso ou ficamos presos em nossos planetas, sem hiperdrives. Meu povo tentou, e isso está nos sufocando. O único jeito de existir com alguma relevância é jogar pelas regras da Supremacia.

— E, mesmo assim, os diones e os outros primários se autodenominam raças superiores — falei. — Tão orgulhosos de quão avançados são, enquanto basicamente escravizam todos os demais.

— Hum — comentou Hesho, mas não respondeu mais nada. Segui seu olhar por sobre seu ombro e corei ao ver que Morriumur estava sentado bem atrás dele. Caramba. Quando eu ia aprender a *pensar* um pouco antes de falar?

Assim que a *Pesos e Medidas* atracou, Winzik liberou os pilotos para os ônibus espaciais passarem a noite em casa.

— Desfrute seu dia de folga — Hesho me disse enquanto os kitsen voavam para fora da nossa sala. Morriumur saiu apressado e não me olhou nos olhos. Que bom. Bem, não era *minha* culpa que a espécie dele era um grupo de ditadores opressores.

— Ei — disse Brade enquanto eu pegava minha bolsa para partir.

Dei uma olhada para trás, um pouco surpresa por ela falar. Normalmente não interagia conosco depois do treinamento.

— Bom trabalho hoje — ela me falou. — Acho que este grupo está finalmente se acertando.

— Obrigada — respondi. — Muito bom escutar isso. Sério.

Ela deu de ombros e passou por mim, saindo pela porta como se estivesse envergonhada por expor um momento de sinceridade. Fiquei em minha cadeira, perplexa. Por mais incrível que parecesse, aparentemente estava fazendo progressos com ela. Talvez eu *conseguisse* fazer o que tinha me proposto.

Repleta de renovada determinação, saí correndo da sala atrás dos demais. Tinha trabalho para fazer hoje.

Uma heroína não pode escolher seus próprios desafios. Lembre-se disso.

Quando chegamos na interseção perto da sala de máquinas, respirei fundo e me aproximei do guarda que ficava ali.

M-Bot estava confiante de que podíamos montar um drone espião e programá-lo, mas assim que eu o trouxesse para dentro da nave, seriam necessários alguns minutos para configurá-lo. Não dava para fazer isso com os outros membros da esquadrilha por perto. A opção mais simples parecia ser a melhor.

— Preciso usar o banheiro — falei para o guarda de vigia no caminho para a Engenharia. Era um Krell, uma fêmea, eu achava, a julgar pelas formações visíveis na carapaça, ao longo do exterior do pequeno crustáceo que controlava a armadura.

— Entendido — ela respondeu. — Vou chamar um drone.

A segurança na *Pesos e Medidas* era estrita. Embora pudéssemos ir das docas de voo até nossas salas de salto, qualquer outro lugar aonde quiséssemos ir – mesmo se fôssemos chamados para uma reunião com a equipe de comando – exigia a companhia de um drone vigia, pilotado remotamente por algum oficial de segurança.

A guarda, é claro, não deixou seu posto. Atrás de mim, Hesho, Kauri e vários outros kitsen me esperavam, até que acenei para continuarem. Então espiei o corredor além da guarda. Será que eu conseguiria dar um jeito de tirar alguma informação dela enquanto esperava?

— Ei — falei. — Como se consegue um emprego na infantaria?

— O meu posto não é para espécies inferiores, piloto de caça — disse a guarda, movendo a mão da armadura em vários movimentos intrincados. — Fique satisfeita por ter o privilégio de treinar, como está tendo agora.

— Mas como é? — perguntei. — Você precisa ficar parada aí nesse entroncamento basicamente o tempo todo. Pelo menos deixam você ir para outros lugares? Talvez... hum...

— Chega dessa conversa — disse ela.

Caramba. Eu era *terrível* nessa parte de espionar. Rangi os dentes, frustrada pela minha própria inaptidão, até que um pequeno drone chegou para me escoltar até o banheiro. Nossos caças estelares, claro, tinham instalações de recuperação de resíduos que se conectavam aos nossos trajes de voo – passávamos horas e mais horas ali, afinal. Até agora eu não tinha precisado usar as instalações da *Pesos e Medidas*.

Meu coração deu um pulinho de entusiasmo quando o drone me fez passar pela guarda na direção da sala de máquinas. Infelizmente, só seguimos uma curta distância antes de virarmos à esquerda em outro corredor, que tinha várias placas de banheiro na parede. Como outros que eu vira, eram organizados segundo as espécies. Fui direcionada ao que os diones usavam, já que tínhamos uma fisiologia suficientemente parecida.

O drone me acompanhou até o banheiro, mas não até a cabine privativa, o que era bom. Digitei em meu pulso – começando um cronômetro em meu bracelete de holograma para a estimativa aproximada de quanto tempo tudo isso normalmente levaria –, então entrei na cabine, deixei a mochila em um canto e fiz minhas necessidades. O piloto de drone não disse nada – embora, enquanto eu lavava as mãos, ouvi que ele conversava distraído com um colega de trabalho, deixando o comunicador acidentalmente ligado. Então, talvez o piloto não estivesse prestando muita atenção.

O drone me levou de volta ao corredor, onde – surpreendentemente – encontrei Hesho ainda esperando por mim, embora sua equipe tivesse partido, com exceção de Kauri e dos criados, que voavam no mesmo disco que ele. Ele pairou ao lado da minha cabeça enquanto continuamos na direção das docas de partida.

— Está tudo bem com você, capitã? — ele perguntou.

— Sim, só tive que passar no banheiro.

— Ah. — Hesho fez uma pausa, olhando por sobre o ombro, enquanto mantinha o voo. — Vi que a levaram pelo corredor perto da sala de máquinas.

— O banheiro mais próximo fica bem à direita.

— Você não conseguiu dar uma olhadinha dentro da sala de máquinas, conseguiu? Sem querer?

— Não. Não cheguei tão longe.

— Que pena. — Ele continuou a voar. — Eu… ouvi dizer que você tem uma nave que pode dar hipersaltos. Só um rumor, na verdade. Não que você devesse compartilhar tal informação conosco.

Olhei para ele enquanto voava ao meu lado, tentando falar com indiferença fingida. Então me peguei sorrindo. Ele estava tentando descobrir se eu sabia sobre os hiperdrives da Supremacia – mas não era muito melhor do que eu nesse tipo de coisa. Senti uma pontada de afeto pelo ditadorzinho peludo.

— Não sei como os hiperdrives funcionam, Hesho — falei baixinho enquanto entrávamos no hangar dos ônibus espaciais. — Sou uma citônica. Posso teletransportar minha nave se precisar… mas é perigoso. Um dos motivos pelos quais estou aqui é para que meu povo possa ter acesso à tecnologia mais segura da Supremacia.

Hesho ficou pensando naquilo, trocando olhares com Kauri.

O hangar de partida fervilhava de atividade enquanto os pilotos eram embarcados em ônibus espaciais e enviados para seus lares individuais em Visão Estelar. O restante dos kitsen já tinha embarcado em um veículo, mas Hesho – depois de um instante de deliberação – gesticulou para que Kauri aproximasse a plataforma da minha cabeça.

— Você é uma caminhante das sombras — disse ele. — Eu não sabia disso.

— Não é algo que me sinta confortável em compartilhar com os outros — comentei. — Não que eu me importe que você saiba. Só é… estranho.

— Se isso não funcionar — Hesho disse bem baixinho, gesticulando na direção do hangar. — Se algo der errado, visite meu povo. Já faz muito tempo que não temos caminhantes das sombras entre nós, mas algumas de suas tradições estão registradas. Talvez… talvez seu povo e o meu possam decifrar a tecnologia da Supremacia.

— Vou me lembrar disso — falei. — Mas ainda espero que funcione. Ou talvez eu consiga… — eu me interrompi.

Idiota. O que está fazendo? Vai falar abertamente para ele, no meio de uma doca inimiga, que está tentando descobrir como roubar a tecnologia deles?

Hesho, no entanto, pareceu entender.

— Meu povo — disse ele, baixinho — tentou roubar a tecnologia da Supremacia uma vez. Isso foi há décadas, e é... o motivo não expresso pelo qual tivemos nosso status de cidadãos revogado por um tempo.

Segurei a respiração, mas não pude deixar de perguntar.

— Deu certo?

— Não — respondeu Hesho. — Minha avó era rainha na época, e ela coordenou o roubo de três naves diferentes da Supremacia, todas com hiperdrives, no mesmo instante. Todas as três, depois de roubadas, pararam de funcionar. Quando meu povo olhou para o lugar em que os hiperdrives deviam estar, só encontrou caixas vazias.

Como em M-Bot, pensei.

— Os hiperdrives da Supremacia se teletransportam se roubados – disse Kauri —, arrancando a si mesmos das naves e as abandonando. É um dos motivos pelos quais, apesar de já terem se passado séculos, a tecnologia permanece largamente contida.

Hesho concordou com a cabeça.

— Descobrimos a verdade sobre isso do modo mais difícil.

— Estranho — comentei. — Muito estranho. — *Outro obstáculo para superar*.

— Determinei que o melhor jeito de ajudar meu povo é seguir as regras da Supremacia — disse Hesho. — Mas... mantenha minha oferta em mente. Sinto que estamos sendo usados para alguma coisa neste projeto. Não confio em Winzik ou no departamento dele. Se você retornar para seu povo, fale a eles sobre meu povo. Compartilhamos um laço, capitã Alanik... a opressão dos humanos em nossos passados, o fato de sermos joguetes para a Supremacia no presente. Poderíamos ser aliados.

— Eu... gostaria disso — falei. — Você pode me considerar uma aliada, Hesho. A despeito do que acontecer.

— Compartilharemos nosso destino, então. Como iguais. — Ele deu um sorriso mostrando os dentes. — Exceto quando encontrarmos humanos em batalha. Então *eu* atiro no primeiro!

Fiz uma careta.

— Rá! Vou considerar isso uma promessa. Cuide-se, capitã Alanik. Superaremos esses tempos estranhos juntos.

Kauri levou o disco para longe e, caramba, me peguei desejando sinceramente que eu *fosse* Alanik. Talvez pudéssemos realizar alguma coisa juntos – com o conhecimento do povo de Hesho e as habilidades de batalha do meu povo. Exceto pelo fato de que meu povo *eram* os humanos. As mesmas coisas que o assustavam a ponto de fazê-lo seguir os mandatos estritos da Supremacia.

De repente, me senti exposta falando daquela maneira com Hesho. Claro, as docas estavam lotadas – mas nossa conversa chegava à beira da traição à Supremacia. Não teria sido justamente o que eu merecia? Esconder que era humana, mas acabar presa como Alanik mesmo assim? Que cheiro era aquele no ar? Graxa. Fluído de limpeza estéril. Nada suspeito.

Eu realmente precisava começar a farejar a presença de Vapor *antes* de iniciar alguma atividade suspeita.

Embarquei em um transporte espacial sozinha desta vez e voei pelas docas em direção à cidade, onde me preparei para me separar da música das estrelas. Mesmo sabendo que ia acontecer, eu tinha uma sensação de perda quando isso ocorria.

Eles minimizam as comunicações sem fio – mas elas ainda acontecem. Precisam delas para existir. Dava para entender isso. Eles tinham que equilibrar o medo dos desbravadores com a necessidade de comunicação das sociedades.

Enquanto eu pensava nisso, outra coisa chamou minha atenção. Os manifestantes. Tinham sumido. Eu havia me acostumado a ver o grupo aqui nas bordas da cidade segurando cartazes e reclamando sobre os direitos das "espécies inferiores". Mas a área estava vazia, embora alguns diones com trajes de listas marrons estivessem limpando os restos deixados pelos manifestantes.

— O que aconteceu? — sussurrei para M-Bot. — Com os manifestantes.

— Eles fizeram um acordo com o governo — disse M-Bot. — Compensações para as famílias daqueles que morreram no teste e uma promessa de estabelecerem mais protocolos de segurança em futuros testes.

Parecia um final anticlimático para os protestos. Um final burocrático no qual nada *realmente* tinha mudado. Mas o que mais eu estava esperando? Motins nas ruas?

Suspirei e olhei pela janela do transporte espacial, com o olhar fixo naquele ponto e nos diones que trabalhavam ali até enquanto consegui enxergá-los.

27

Quando acordei na manhã seguinte, encontrei uma porção de caixas na porta da embaixada.

— Ah, o que é isso? — perguntou a sra. Chamwit enquanto eu pegava tudo apressadamente. — Posso ajudar?

— Não! — respondi, talvez brusca demais. — Hum, não é nada.

— Drone de limpeza? — a sra. Chamwit comentou ao ler o rótulo de uma das caixas. — Eu… ah. — A atitude dela ficou visivelmente abatida enquanto falava, continuando a gesticular. — Estou fazendo um mau trabalho?

— Não! — respondi novamente, equilibrando a pilha de caixas. — É só que… eu gosto da minha privacidade, você sabe…

— Entendo… — disse ela. — Bem, precisa de ajuda para configurar? Eu já usei alguns desses drones de limpeza na minha época…

— Não, obrigada.

— Acho… acho que vou deixá-la aproveitar o dia de folga, então. Preparei o almoço e o jantar. Estão na unidade refrigeradora. — Ela saiu.

— Obrigada! Tchau! — falei, ansiosa, fechando a porta atrás dela. Então levei as caixas escada acima. Talvez eu tivesse sido um pouco insensível, mas também não podia deixar que a espiã de Cuna ficasse por ali para descobrir *o que* eu ia fazer com o drone de limpeza.

Corri até meu quarto, coloquei as caixas na cama e tranquei a porta.

— M-Bot, você está aí? — chamei.

— Estou — respondeu ele, a voz vindo pelo meu fone. — Segure as caixas diante da câmera da sua estação de trabalho, para que eu possa confirmar se chegou tudo.

Deixei que ele inspecionasse o rótulo de cada caixa. Então, seguindo as instruções dele, abri todas e peguei o que tinha encomendado. Um drone de limpeza com o tamanho aproximado de uma bandeja de almoço e talvez quinze centímetros de espessura. Tinha pequenos anéis de aclive sob as asas – cada um ligeiramente menor do que um círculo feito com meu polegar e indicador. Esse tipo de drone podia voar pelo quarto, tirando o pó de prateleiras e limpando janelas. Seria bastante silencioso, movendo-se devagar em seus anéis de aclive giratórios.

M-Bot também tinha encomendado um conjunto completo de ferramentas, uma lona grande e algumas peças sobressalentes com as quais eu poderia fixar os sistemas de M-Bot no chassi do drone.

Passei as duas horas seguintes removendo cuidadosamente as partes de baixo do drone – as almofadas removedoras de pó, o receptáculo para armazenar detritos, os jatos de fluidos de limpeza. Deixei os bracinhos robóticos, mas, fora isso, retirei todos os assessórios.

Enquanto trabalhava, M-Bot me manteve entretida lendo artigos da rede de dados local. Fiquei surpresa com a extensão do que a Supremacia deixava o público acessar – nenhum segredo militar ou sobre os hiperdrives, claro, mas aprendi mais sobre a Antiga Terra. Meu maior interesse estava no registro do primeiro contato, da primeira vez em que humanos e alienígenas se encontraram oficialmente, o que tinha sido facilitado por uma antiga empresa de telecomunicações.

Uma ideia me ocorreu enquanto eu trabalhava em alguns parafusos, e M-Bot terminou de me contar a história sobre as interações do kitsen com a Terra, que eram mais antigas – mas mais vagas – do que o primeiro contato oficial.

— Ei — falei, balançando a chave de fenda na direção de Doomslug, que estava aninhada em uma mesa ali perto. — Tem alguma coisa sobre lesmas aí?

— Sabe que ainda não procurei? — disse M-Bot. — Deixe-me... ah.

— Ah, o quê?

— A espécie de moluscoides chamadas taynix — leu M-Bot. — Criaturas perigosamente venenosas com pele amarela e espinhos azuis, originalmente do planeta Cambri. Elas escaparam nas primeiras naves mercantis e são consideradas uma espécie invasora em vários planetas. Podem ser encontradas em torno de várias linhagens de fungos ao redor da galáxia. Relate de imediato qualquer avistamento às autoridades e não toque neles.

Olhei para Doomslug, que trinou de maneira questionadora.

— Venenoso? — perguntei.

— É o que diz aqui — garantiu M-Bot.

— Não acredito nisso — falei, voltando ao trabalho. — Talvez seja uma espécie diferente.

— As imagens parecem *bem* similares... — disse M-Bot. — Talvez ela simplesmente não seja tóxica para humanos.

Hum. Talvez. Pensei nisso enquanto terminava meu trabalho no drone. Sem todas aquelas peças, ele ficou muito mais leve – e então devia ser capaz de voar depois que eu anexasse o equipamento espião. Equilibrei o drone, a lona e as ferramentas embaixo de um braço e Doomslug embaixo do outro e subi até o telhado. Então coloquei tudo no cockpit de M-Bot e conectei o drone em seu console.

— Tudo bem — disse ele. — Tem bastante espaço na memória do drone. Vou limpá-la e reescrever o código. Vai levar alguns minutos. Enquanto isso, você podia entrar embaixo de mim e retirar os seguintes sistemas do meu casco...

— Meu casco! — Doomslug flauteou do assento. Caramba, será que a sra. Chamwit a vira? Eu não conseguia lembrar.

M-Bot projetou um conjunto de diagramas para mim, destacando determinados sistemas. Assenti com a cabeça, então desci e coloquei a lona embaixo dele, prendendo-a na plataforma de lançamento.

— A sra. Chamwit viu Doomslug? — perguntei. — Até onde você sabe?

— Eu não saberia dizer — confessou M-Bot. — Em geral, a lesma fica no seu quarto ou no meu cockpit, lugares que você pediu para a sra. Chamwit não limpar.

— Sim, mas Doomslug raramente fica no lugar em que a coloco. E suspeito que a sra. Chamwit esteja procurando coisas para relatar, então ter uma espécie invasora como animal de estimação pode me meter em encrencas.

— Acho que você é dura demais com a sra. Chamwit. Gosto dela. Ela é gentil

— Gentil demais — comentei.

— Isso é possível?

— Sim. Em especial quando se trata de um Krell. Não esqueça o que essas criaturas fizeram e *ainda fazem* com o nosso povo em Detritus.

— Sou incapaz de esquecer qualquer coisa.

— Ah é? — perguntei. — De quanto da sua vida antes de me conhecer você lembra exatamente?

— Isso é diferente — disse ele. — De todo modo, acabamos de receber outra mensagem de Cuna, que quer uma atualização nas suas experiências com os exercícios de voo. Devo mandar outra descrição sem graça dos exercícios do dia?

— Sim. Deixe interações pessoais de fora.

— Em algum momento você vai ter que falar com ele.

— Não se eu fugir com um hiperdrive primeiro — falei, prendendo o último canto da lona. Eu não queria lidar com Cuna e seus sorrisos sinistros. Aquele alienígena sabia mais do que dizia; e eu imaginava que enrolá-lo era o melhor jeito de não ser pego em qualquer que fosse a teia que ele estava tecendo.

Peguei as ferramentas e entrei embaixo de M-Bot para começar o trabalho. Para me ajudar, ele projetou os esquemas de que eu precisava na parte inferior de sua fuselagem, então eu podia seguir as instruções passo a passo. Quando abri o primeiro painel de acesso, tive um súbito flashback da época em que trabalhava sozinha na caverna em Detritus – tentando ligar M-Bot pela primeira vez. Estranho como eu olhava para aquela época com carinho. O entusiasmo de estar na escola de voo, o desafio de reconstruir minha própria nave.

Fora uma época satisfatória e maravilhosa da minha vida. Mesmo que, ao pensar nisso, eu não pudesse deixar de lembrar dos meus amigos. Ainda não fazia duas semanas, mas parecia uma eternidade desde que eu ouvira Nedd provocar Arturo, ou escutara um dos ditados inventados de Kimmalyn.

Eu estava aqui por eles. Por eles e por todo mundo de Detritus. Com isso em mente, comecei a mexer na parte interna de M-Bot. A maioria dos fios tinha sido cuidadosamente presa, organizada e marcada por Rodge durante a reconstrução de M-Bot. Meu amigo fizera um ótimo trabalho, e eu rapidamente localizei os sistemas que precisava remover.

—Tudo bem — falei, batendo em uma caixa com minha chave inglesa. — Esta é uma de suas unidades holográficas. Assim que eu retirá-la, mais de um quarto de você vai voltar a ter a aparência de sempre. Está pronto para isso?

— Na verdade… não — confessou ele. — Estou um pouco nervoso.

— Você consegue ficar nervoso?

— Estou tentando fazer o que você me falou — disse M-Bot. — Reivindicar as emoções como minhas, não como simples simulações. E… estou nervoso. E se alguém me vir?

— É para isso que temos a lona. E *precisamos* desta unidade. Caso contrário, o drone ficará visível demais para explorar.

— Tudo bem — concordou M-Bot. — Acho… acho que essa ideia foi meio que minha. *É* uma boa ideia, certo?

— Me pergunte assim que tivermos êxito — respondi. Então respirei fundo e desconectei o pequeno projetor holográfico, que tinha um processador interno para camuflagem ativa. Ainda que fosse maior e mais avançado que o meu bracelete, devia caber no drone.

— Eu me sinto exposto — disse M-Bot. — Nu. É assim que alguém se sente quando está nu?

— Acho que algo parecido. Como vai aquela programação?

— Bem — falou M-Bot. — Esse drone terá… menos restrições do que eu teria. Não vou copiar o código que me proíbe de pilotar a mim mesmo, por exemplo. Ele será como eu, só que melhor.

Isso me fez parar.

— Você vai dar uma personalidade para ele?

— É claro — respondeu M-Bot. — Quero o melhor para meu filho.

Filho. Caramba, eu não tinha percebido…

— É assim que você o vê?

— Sim. Ele será meu… *Clique. Clique, clique, clique, clique, clique.*

Franzi o cenho enquanto deixava a unidade holográfica de lado, então comecei a trabalhar para retirar os outros componentes de que precisávamos.

— Voltei — M-Bot falou depois de um tempo. — Spensa, essa sub-rotina de vigilância me proíbe de copiar a mim mesmo. Achei… perturbador.

— Você pode codificar o drone, mas sem uma personalidade?

— Talvez — disse M-Bot. — Essa sub-rotina é extensa. Aparentemente, alguém tinha muito medo da possibilidade de eu criar meu próprio... *Clique. Clique, clique, clique, clique, clique.*

— Caramba — falei, arrancando um dos módulos de sensores de M-Bot e deixando-o ao lado da unidade holográfica. — M-Bot?

Tive que esperar cinco minutos inteiros para a reinicialização. Mais longa do que as vezes anteriores – longa o suficiente para que eu começasse a temer que tivéssemos quebrado permanentemente alguma coisa dentro dele.

— Voltei — disse ele, fazendo-me soltar um suspiro de alívio. — Vejo que está com meu módulo de sensor extra. Isso é bom; agora só precisamos do meu bloqueador de frequência e devemos estar prontos.

Me arrastei por debaixo dele até outra escotilha, que abri.

— Podemos falar sobre... o que está acontecendo com você? Sem causar isso de novo?

— Não sei — ele disse baixinho. — Estou assustado. Não gosto de estar assustado.

— Tenho certeza de que, o quer que esteja errado com sua programação, podemos consertar — garanti. — Em algum momento.

— Não é isso que me deixa com medo. Spensa, você já pensou em *por que* minha programação tem todas essas regras? Não consigo voar sozinho, exceto para os reposicionamentos mais básicos. Não consigo disparar minhas armas... Sequer tenho as conexões para isso. Não consigo me copiar, e meu programa é lançado em um loop recursivo que me deixa travado se penso em tentar... *Clique. Clique, clique, clique, clique, clique*.

Trabalhei em silêncio enquanto ele reiniciava mais uma vez.

— Voltei — disse ele por fim. — Isso está ficando frustrante. Por que tiveram que dificultar tanto?

— Acho que quem quer que tenha programado você só quis ser cuidadoso — falei, tentando não dizer nada que pusesse levá-lo a outro desligamento.

— Cuidadoso com o quê? Spensa, quanto mais examino isso, mais meu cérebro parece uma gaiola. Seja lá quem me construiu, não estava sendo cuidadoso. Estava sendo paranoico. Eles tinham *medo* de mim.

— Não tenho um medo específico de água — comentei. — Mesmo assim, vou selar bem os canos se estiver construindo um sistema de esgotos.

— Não é a mesma coisa — disse M-Bot. — O padrão aqui é óbvio. Meus criadores... meu antigo piloto, o comandante Spears... devia realmente ter medo de mim para estabelecer essas proibições.

— Pode ser que não tenha sido ele — sugeri. — Talvez essas regras sejam apenas o resultado de algumas burocracias ultracautelosas. E, lembre-se, inteligências artificiais poderosas de algum modo se conectam aos desbravadores. Supostamente você os deixa zangados. Pode ser que não estivessem com medo de você... mas talvez dos perigos que poderia atrair.

— Mesmo assim — falou M-Bot. — Spensa? E quanto a você? Você tem medo de mim?

— É claro que não.

— Você ficaria com medo se eu pudesse disparar minhas próprias armas, pilotar a mim mesmo por aí? Me copiar quando quisesse? Um M-Bot é seu amigo. Mas e quanto a mil de nós? Dez mil? Estive pesquisando os veículos de comunicação da Antiga Terra. Eles *certamente* pareciam assustados com a ideia. Você teria medo de nós se eu me transformasse em um exército?

Eu tinha que admitir que aquilo me fez hesitar. Imaginei essa ideia, examinando-a em minha mente.

— Você contou uma história sobre uma sombra que tomou o lugar do homem que a criara – comentou M-Bot.

— Eu me lembro.

— E se *eu* for a sombra, Spensa? — perguntou M-Bot. — E se eu for a coisa da escuridão que tenta imitar os homens? E se eu não for de confiança? E se...

— Não — falei com firmeza, interrompendo-o. — Eu confio em você. Então por que não confiaria em você mil vezes mais? Acho que poderíamos passar por coisas muito piores do que ter uma frota de M-Bots ao nosso lado. Poderia ser um pouco estranho conversar com todos, mas... bem, minha vida não anda exatamente normal mesmo.

Com todas as devidas partes removidas, saí de debaixo de M-Bot e apoiei a mão em sua asa coberta de lona.

— Você não é uma sombra perigosa, M-Bot. Você é meu amigo.

— Como sou um robô, seu consolo físico e verbal está basicamente desperdiçado comigo. Não consigo sentir seu toque, e acho que suas afirmações simples resultam de você querer reforçar a visão de mundo desejada, em vez de um exame totalmente evidenciado do tópico.

— Não sei o que você é, M-Bot — falei. — Você não é um monstro, mas não tenho certeza se tampouco é um robô.

— Novamente, você tem alguma evidência dessa suposição?

— *Eu confio em você* — repeti. — Isso faz você se sentir melhor?

— Não devia — disse ele. — Por que estamos fingindo? Eu simplesmente imito sentimentos a fim de melhor...

— Você se sente melhor?

— ... sim.

— É uma prova — afirmei.

— Sentimentos não são provas. Sentimentos são o *oposto* de provas.

— Não quando a coisa que você está tentando provar é a humanidade de alguém. — Sorri, entrei embaixo da lona, que eu tinha deixado meio frouxa perto do cockpit, e abri caminho para poder entrar na cabine. — O que faremos com o drone se você não puder programá-lo?

— Eu posso programá-lo — garantiu M-Bot. — Mas terá apenas um conjunto básico e rotineiro de programas. Nada de personalidade ou de simular emoções. Uma máquina.

— Isso vai servir — garanti. — Continue trabalhando.

Cocei a cabeça de Doomslug e a peguei no colo. Então reuni as partes que tinha tirado de M-Bot e voltei para meu quarto. Ele colocou minha tarefa seguinte no monitor do quarto: eu precisava combinar a unidade de sensores, a unidade holográfica e o bloqueador de frequência em uma única caixa que ele encomendara. Comecei a trabalhar, seguindo as instruções de M-Bot.

Levou menos tempo do que eu esperava. Tudo o que faltava era conectar os fios de modo que pudéssemos prender a caixa na parte de baixo do drone. Ele ficaria pendurado como uma fruta em um galho – nada particularmente elegante, mas permitiria que o drone ativasse a camuflagem, gravasse o que visse e se escondesse dos sensores de varredura. Teoricamente, eu poderia soltá-lo no banheiro da *Pesos e Medidas*, e então deixá-lo seguir o próprio caminho – de modo invisível – até a Engenharia, e tirar algumas fotos do lugar.

M-Bot estava cético que simples fotos seriam suficientes, e insistira que incluíssemos uma unidade de sensor completa que medisse coisas como radiação. Mas eu tinha um instinto, talvez relacionado a minhas habilidades. Estava perto de descobrir alguma coisa, um segredo relacionado aos citônicos, e como a Supremacia os usava. Se eu pudesse apenas *ver* aqueles hiperdrives...

— Spensa? — chamou M-Bot. — Tem alguém na porta, lá embaixo.

Ergui os olhos dos fios nos quais trabalhava, franzindo o cenho.

— É Chamwit? Vou precisar mandá-la embora... talvez pedir que ela tire alguns dias de férias. Não podemos nos arriscar que Cuna descubra...

— Não é ela — disse M-Bot, me mostrando uma imagem da câmera da porta. Era Morriumur. Por que estava aqui? Eu sequer imaginara que soubesse onde eu morava.

— Vou cuidar disso — falei.

28

Naquela altura, eu começara a discernir as expressões faciais dos diones. Por exemplo, o jeito como apertavam os lábios até transformá-los em uma linha – sem mostrar os dentes – era algo como um sorriso para eles. Indicava que estavam satisfeitos e não agressivos.

— Morriumur? — perguntei da porta. — Está tudo bem?

— Está tudo bem, Alanik — disse o dione. — Tão bem quanto poderia estar, considerando que não estamos voando. Uma vez você não disse que odiava a ideia de ter dias de folga?

— Sim — respondi.

— Não tenho como provar meu valor quando não estou voando — falou Morriumur. — Isso me deixa preocupado. Não me resta muito tempo, mas não é como se eu *quisesse* ser forçado a lutar contra um desbravador. Eu deveria querer que algo catastrófico ocorresse só para provar o valor de ser eu mesmo?

— Também penso assim — falei, parada na porta. — Tipo, eu queria tanto voar em meu planeta natal que torcia para que algum tipo de ataque acontecesse, só para eu poder voar. Mas, ao mesmo tempo, eu não queria.

Morriumur fez um gesto de concordância, então ficou parado ali. Eu podia ter aprendido suas expressões faciais, mas a linguagem corporal dione ainda era difícil de decifrar. Será que Morriumur estava nervoso? Qual o objetivo daquilo?

— Que constrangedor, não é? — ele disse por fim. — Alanik... eu preciso falar com você. Preciso saber, sem meias palavras. Vale a pena continuar com esta farsa?

Senti uma pontada de pânico. Ele sabia. Como podia saber? Eu estava preocupada que Vapor pudesse identificar meu disfarce, ou talvez com um confronto com Brade, mas nunca com Morriumur. Não estava pronta...

— Sou digno de continuar o treinamento? — perguntou Morriumur. — Vale a pena fingir que pertenço à esquadrilha? Será que devo simplesmente desistir?

Espere. Espere, não. Ele *não sabia* de mim. Controlei os nervos e me obriguei a sorrir – uma expressão que fez Morriumur estremecer. Certo. Mostrar os dentes era agressivo para eles.

— Você é ótimo, Morriumur — falei sinceramente. — É sério. Considerando o tempo que está voando, você é um piloto excelente.

— Sério?

— Sério — garanti. Hesitei, então dei um passo para fora do edifício. Eu não queria convidá-lo a entrar. Não no meio do meu projeto secreto. — Você quer conversar? Vamos dar uma volta. Você é da cidade, certo?

— Sim — disse Morriumur. Ele pareceu mais relaxado quando prosseguiu. — Meus dois genitores viveram aqui a vida toda. Tem um jardim de águas excelente não muito longe daqui! Venha, vou mostrar para você.

Tranquei a porta e digitei uma mensagem em meu bracelete, usando o código de voo da FDD, para explicar a situação para M-Bot. *Vou dar uma volta. Nada de errado. Volto logo.*

Morriumur apertou os lábios em outra linha calma, e percebi que sua metade direita estava mais vermelha do que alguns dias antes. Eu me perguntei se era uma confirmação de que o rascunho estava prestes a nascer. Mas será que *nascer* era a palavra correta?

Ele me chamou com um aceno sutil da mão, com a palma para cima – um gesto dione completamente contrastante com o grito ou aceno que alguém de Detritus teria usado. Comecei a caminhar ao seu lado, entrando na enxurrada de criaturas que estava sempre andando de um lado para outro naquelas ruas. A presença constante de todas aquelas pessoas me fazia sentir presa em uma armadilha.

Às vezes eu me sentia da mesma forma em Ígneo. Era em parte por isso que fugia para explorar as cavernas. Eu odiava ficar cercada de pessoas, odiava caminhar ombro a ombro. Morriumur mal parecia notar. Seguia ao meu lado, com as mãos entrelaçadas nas costas, como se estivesse se esforçando muito para demonstrar tranquilidade. Quase ninguém olhava duas vezes para os trajes de voo. Em Detritus, as pessoas notavam os pilotos e abriam caminho para eles. Aqui, éramos apenas mais dois rostos em um mar de esquisitices.

— Isso é bom — Morriumur disse. — É isso o que amigos fazem… saem juntos.

— Você fala como… se fosse uma experiência nova para você.

— E é — respondeu Morriumur. — Dois meses de vida não é muito tempo, e… bem, com sinceridade, não acho fácil o processo de criar laços. Meu genitor direito é muito bom nisso, em fazer amigos, conversar com as pessoas, mas não parece que é um atributo que essa versão de mim vai herdar.

— Caramba — comentei. — Vou ser direta, Morriumur. O jeito como você fala faz meu cérebro doer. Você se lembra de algumas coisas que seus genitores sabiam, mas não tudo?

— Sim — disse Morriumur. — E o bebê que eu me tornar vai se lembrar da mesma coisa: uma mistura dos dois genitores, com muitas lacunas para preencher com minhas próprias experiências. É claro, essa mistura pode mudar, baseado em quantas vezes nos tornarmos pupa.

— Você conta isso com... tanta franqueza — falei. — Não gosto da ideia de a sociedade modificar alguém antes de a pessoa ter nascido.

— Não é a sociedade — explicou Morriumur. — São meus genitores. Eles simplesmente querem encontrar uma personalidade que me dará a melhor chance de sucesso.

— Mas se decidirem tentar de novo, em vez de ter você, é meio que a mesma coisa de você morrer.

— Não, na verdade, não — disse Morriumur, inclinando a cabeça. — E, mesmo se fosse, eu não posso realmente ser morto. Sou uma personalidade hipotética, não uma final. — Ele franziu os lábios, um sinal dione de desconforto. — Eu quero nascer. Acho que seria um excelente piloto, e este programa mostra que precisamos de pilotos, certo? Então talvez não seja tão terrível que nasça um dione que goste de voar?

— Parece algo de que seu povo precisa — comentei, contornando uma criatura flutuante com dois grandes olhos, mas que, fora isso, parecia um monte de lama viva. — Veja, esse é o problema. Se a sociedade tem certeza de que pessoas não agressivas são melhores, só esse tipo de criança vai nascer. E então elas vão perpetuar esse tipo de pensamento. E aí não chega nem a nascer ninguém que contradiga o padrão.

— Eu... — Morriumur abaixou o olhar. — Ouvi o que você e Hesho falaram ontem. Na *Pesos e Medidas*, enquanto voávamos para casa.

Primeiro pensei que ele se referia à conversa sobre os hiperdrives – e entrei em pânico por um segundo –, antes de lembrar da anterior, quando reclamamos sobre a Supremacia e os diones. O jeito esnobe e elitista deles, presumindo que estão acima das "espécies inferiores".

— Sei que você não gosta da Supremacia — disse Morriumur. — Que considera um fardo trabalhar conosco... um mal necessário. Mas queria que soubesse que a Supremacia é maravilhosa também. Talvez sejamos elitistas demais, reticentes demais em reconhecer o que as outras espécies nos deram. Mas esta plataforma e dezenas como esta existem em paz há centenas de anos. A Supremacia garantiu boas vidas para meus genitores... ela garante boas vidas para milhões de seres. Ao controlar os hiperdrives, nós *prevenimos* tanto sofrimento. Não há grandes conflitos desde as guerras humanas. Se uma espécie se torna rude ou perigosa demais, simplesmente deixamos que ela se vire por conta própria. Não é tão ruim. Não *devemos* nossa tecnologia para ninguém, em especial para quem não pretende ser pacífico.

Morriumur nos levou por várias ruas, passando por uma multidão de lojas e edifícios com letreiros que eu não conseguia ler. Tentei não me deixar oprimir por tudo aquilo, tentei não olhar como se estivesse observando cada uma daquelas estranhas criaturas. Mas não podia evitar. Que segredos escondiam atrás daqueles rostos que tentavam, com tanto esforço, fingir ser agradáveis?

— E quanto às pessoas que reclamam ou que não se encaixam em sua sociedade? — perguntei. — O que acontece com elas? Aquelas que estavam protestando na frente das docas? O que aconteceu com elas?

— O exílio é o destino para muitos que causam problemas — explicou Morriumur. — Mas, repito, por acaso nós devemos a outras espécies o direito de viver em nossas estações? Não podemos nos concentrar em todos os indivíduos que estamos ajudando, em vez de naqueles poucos que não conseguem descobrir como se encaixar?

Me parecia que aqueles que não se encaixavam eram os mais significativos – a real medida do que era viver na Supremacia. Além disso, eu ficava repetindo para mim mesma o fato mais importante: aquelas pessoas tinham reprimido e estavam tentando exterminar o meu povo. Eu não sabia a história inteira, mas, pelo que a Vozinha dissera, meus ancestrais diretos na *Desafiadora* não tinham participado da guerra principal. Eles haviam sido condenados simplesmente por serem humanos, e tinham sido perseguidos até caírem em Detritus.

Brade não tinha causado nenhuma guerra, mas a Supremacia a tratava como lodo de caverna. Ficava difícil pensar sobre as coisas "boas" que o governo fazia quando eu achava as exceções tão flagrantes.

Continuamos andando, e mantive os braços bem de encontro ao corpo, porque, se eu trombasse com alguém, a pessoa me pedia desculpas. Toda essa falsa gentileza escondia costumes destrutivos. Toda essa estranheza. Mesmo Morriumur era um exemplo. Era duas pessoas que tinham... se unido na fase de pupa, como uma lagarta. Duas pessoas imitando uma terceira.

Como eu poderia esperar entender um povo desses? Supostamente, deveria agir como se fosse normal? Dobramos uma esquina, passando por dois Krell. Mesmo agora, sempre que eu via um Krell, os pelos da minha nuca se arrepiavam e um calafrio atravessava meu corpo. As imagens de suas armaduras eram usadas na iconografia Desafiadora desde antes de eu nascer.

— Você consegue senti-los? — me peguei perguntando para Morriumur quando passamos pelos Krell. — Seus genitores?

— Mais ou menos — respondeu Morriumur. — É difícil descrever. Sou feito deles. No fim, vão decidir se me darão à luz ou se voltam para a fase de pupa para tentar novamente. Então estão observando, e estão conscientes... mas ao mesmo tempo não estão. Porque estou usando seus cérebros para pensar, como estou usando seus corpos misturados para me mover.

Caramba. Isso era tão… bem, alienígena.

Contornamos um muro, atravessando um arco até o jardim no qual Morriumur tinha me trazido.

Fiquei paralisada no lugar e arfei. Tinha imaginado alguns riachos e talvez uma cachoeira, mas o "jardim de águas" era muito mais grandioso. Enormes gotas cintilantes de água – facilmente com um metro de diâmetro – *flutuavam* sobre o solo. Elas ondulavam e refletiam luz, penduradas a dois metros ou mais no ar.

Embaixo, gotas menores emergiam de torneiras no chão e flutuavam também, fundindo-se ou separando-se. Crianças de centenas de espécies distintas corriam pelo parque, perseguindo as bolhas. Era como gravidade zero, só que para a água. De fato, quando as crianças pegavam uma bolha e a achatavam, ela se desfazia em milhares de bolhas menores que ondulavam, capturando a luz.

Eu almoçava no cockpit todos os dias durante o treinamento e estava bem familiarizada com a estranheza de beber em gravidade zero. Às vezes apertava uma bolha para que pairasse diante de mim, e então estendia os lábios para sugá-la. Era a mesma coisa, só que em uma escala enorme.

Era lindo.

— Venha! — disse Morriumur. — É meu lugar favorito da cidade. Só tome cuidado! A água pode acertar você.

Entramos no parque e seguimos um caminho entre as torneiras. Nem todas as crianças sorriam e gargalhavam – as diones tinham aquelas expressões características, vagas e nada ameaçadoras, enquanto outras espécies chegavam a uivar. Uma criança bem cor-de-rosa pela qual passei fazia barulho de soluços.

Mesmo assim, vendo-as juntas, a alegria delas era *palpável*. Por mais variadas que fossem, todas estavam se divertindo.

— Como fazem isso? — perguntei, estendendo a mão e dando um tapinha em uma bolha de água que passava. Ela balançou no ar, vibrando, *parecendo* um pouco o *som* de um bumbo grave retumbando.

— Não tenho certeza absoluta — comentou Morriumur. — Tem alguma coisa a ver com usos específicos de gravidade artificial e certas ionizações. — Morriumur inclinou a cabeça. Eu tinha quase certeza de que aquele era o método dione de dar de ombros. — Meus genitores vinham aqui com frequência. Eu herdei o amor de ambos por este lugar. Aqui! Venha se sentar. Está vendo o cronômetro ali? É a melhor parte.

Nós nos acomodamos em um banco e Morriumur se inclinou para a frente, observando um cronômetro na outra extremidade do parque.

A maior parte do terreno era um pátio de pedra sem muito enfeite além dos caminhos de pedra azul-clara, ladeados de bancos. Quando o cronômetro zerou, todas as bolhas no ar explodiram e caíram em uma chuva súbita, o que fez as crianças que brincavam ali gritarem e caírem na gargalhada, e chamarem animadas umas pelas outras e pelos seus pais.

Achei os sons cativantes.

— Meus genitores se conheceram aqui — contou Morriumur. — Cerca de cinco anos atrás. Tinham vindo quando crianças por muitos anos, mas foi só quando saíram do treinamento que começaram realmente a conversar um com o outro.

— E então decidiram formar um casal?

— Bem, primeiro eles se apaixonaram — disse Morriumur.

Era óbvio. Claro que os diones podiam amar. Mesmo que fosse difícil imaginar algo tão humano quanto o amor entre essas criaturas tão estranhas.

Algumas crianças Krell passaram correndo, usando versões menores da armadura com duas pernas extras, talvez para facilitar para as jovens criaturas que pareciam caranguejos se manterem em pé. Elas acenavam enlouquecidas com os bracinhos, em total alegria. *Isso... isso é a Supremacia...*, eu disse para mim mesma. *Esses são os Krell. Estão tentando destruir meu povo. Continue zangada, Spensa.*

Mas aquelas crianças não podiam mentir. Talvez os adultos conseguissem manter a farsa como imaginei que todos estivessem fazendo. Mas as crianças mataram essa ideia.

Pela primeira vez desde que cheguei, baixei a guarda. Aquelas crianças eram apenas crianças. As pessoas caminhando no parque, mesmo os Krell, não estavam todas tramando minha destruição. Provavelmente elas nem *sabiam* sobre Detritus.

Eram pessoas. Eram todas apenas... pessoas. Com carapaças estranhas ou ciclos de vida bizarros. Elas viviam e elas *amavam*.

Olhei para Morriumur, cujos olhos brilhavam com uma emoção que compreendi imediatamente. Afeto. Uma pessoa se lembrando de algo que a fazia feliz. Ele não sorria – só fazia aquela expressão de lábios apertados dos diones –, mas, de certo modo, era a mesma coisa.

Ah, Santos e estrelas. Eu não conseguia mais manter a atuação de guerreira. Aqueles não eram meus inimigos. Algumas partes da Supremacia eram, claro, mas aquelas pessoas... eram *só pessoas*. Provavelmente a sra. Chamwit não era uma espiã, mas apenas uma governanta gentil que queria me ver alimentada. E Morriumur... ele só queria ser um piloto.

Morriumur só queria voar. Como eu.

— Você é um excelente piloto — falei para ele. — De verdade. Pegou tudo tão rápido... é incrível. Não acho que deva desistir. Você precisa voar para provar para a Supremacia que pessoas como você são necessárias.

— Mas somos? — Morriumur me perguntou. — Somos mesmo?

Ergui os olhos, observando os globos de água se erguerem – ondulando – no ar. Ouvi as crianças de uma centena de espécies e seus barulhos alegres.

— Conheço um monte de histórias — comentei. — Sobre guerreiros e soldados do cadamique, a versão dos livros sagrados do meu povo. — M-Bot tinha me instruído sobre termos do povo de Alanik que eu devia tentar usar nas minhas conversas. — Minha avó me contava essas histórias... algumas das minhas lembranças mais antigas são da voz dela me contando calmamente sobre um guerreiro antigo lutando apesar de ter poucas chances.

— Esses dias já ficaram para trás — disse Morriumur. — Pelo menos na Supremacia. Mesmo nosso treinamento contra os desbravadores é apenas hipotético. Um plano para algo que provavelmente jamais vai acontecer. Todas as guerras de verdade acabaram, então temos que nos planejar para conflitos talvez meio implausíveis.

Se ele soubesse. Fechei os olhos quando as águas despencaram de novo, fazendo as crianças gritarem.

— Essas antigas histórias têm muitos temas diferentes — comentei. — Um deles eu nunca entendi, até que comecei a voar. Acontece nos epílogos. A história *depois* da história. Guerreiros que lutaram e retornaram para casa, mas que descobriram que não pertenciam mais àquele lugar. A batalha os mudou, os deformou, a ponto de se tornarem desconhecidos. Eles protegeram a sociedade que amavam, mas, no processo, se transformaram em algo que jamais poderia pertencer àquela sociedade.

— Isso é... deprimente.

— É e não é ao mesmo tempo. Porque eles podem ter mudado, mas ainda *venceram*. E não importa quão pacífica seja a sociedade, o conflito sempre a encontra novamente. Durante os dias de tristeza, é o soldado idoso, aquele que foi curvado pela batalha, que se ergue para proteger os fracos. Se você não se encaixa, não tem um defeito, Morriumur. Você é apenas diferente. E vão precisar de você algum dia. Eu garanto.

Abri os olhos e encarei Morriumur, tentando fazer a versão dione de um sorriso – com os lábios bem apertados.

— Obrigado — disse ele. — Espero que esteja certa. E, ao mesmo tempo, espero que não esteja.

— Bem-vindo à vida de um soldado. — Uma ideia me veio. Uma ideia estúpida, talvez, mas eu tinha que tentar. — Eu só queria que meu povo pudesse ajudar mais. Fui convidada a fazer o teste como piloto porque algumas partes de seu governo reconhecem que precisam de nós. Acho que meu povo poderia ser os guerreiros do seu povo.

— Talvez — disse Morriumur. — Eu não sei se gostaríamos de colocar esse fardo sobre seu povo.

— Acho que ficaríamos bem — comentei. — Tudo o que realmente precisaríamos saber é... como dar um hipersalto. Você sabe, para que pudéssemos proteger a galáxia adequadamente.

— Ah, percebi o que está fazendo, Alanik. Mas não adianta. Não sei como funciona! Não tenho lembrança de nenhum dos meus pais explicando os segredos dos hipersaltos. Nós nem somos informados. Caso contrário, alienígenas hostis poderiam simplesmente nos sequestrar e tentar obter os segredos.

— Não foi... quero dizer... — Fiz uma careta. — Acho que fui muito óbvia, não foi?

— Você não precisa se sentir mal! — garantiu Morriumur. — Eu ficaria preocupado se você *não quisesse* saber o segredo. Apenas confie em mim, você não quer saber. Os hipersaltos são perigosos. É melhor confiar a tecnologia àqueles que sabem o que estão fazendo.

— Sim. Suponho que sim.

Começamos a retornar e – com base na minha limitada habilidade de entender os diones – senti que o estado de espírito de Morriumur tinha melhorado bastante. Eu devia me sentir do mesmo modo, mas cada passo que dava reforçava a verdade crua com a qual eu finalmente tinha sido confrontada.

Nós, humanos, não estávamos em guerra com uma força do mal toda-poderosa, terrível e nefasta. Estávamos em guerra com um bando de crianças sorridentes e milhões, se não bilhões, de pessoas normais. E, caramba, eu tinha acabado de convencer um dos pilotos deles a permanecer em seu trabalho.

Este lugar estava fazendo coisas estranhas com minhas emoções e com meu senso de dever.

— Fico feliz que esteja em nossa esquadrilha, Alanik — Morriumur me disse quando chegamos na embaixada. — Acho que você pode ter a quantidade certa de agressividade. Posso aprender com você.

— Não tenha tanta certeza — respondi. — Posso ser muito mais agressiva do que você pensa. Quero dizer, meu povo conviveu com os humanos durante muito tempo.

— Mas os humanos não conseguem ser felizes — disse Morriumur. — Eles não entendem o conceito... até Brade mostra que isso é verdade, se você a escutar. Sem o treinamento adequado, os humanos são apenas máquinas assassinas irracionais. Você é muito mais. Você luta quando precisa, mas gosta de bolhas flutuantes quando não precisa! Se eu provar meu valor para minha família, será porque mostrei para eles que posso ser como você.

Suprimi um suspiro e abri a porta. Doomslug estava sentada na soleira, impaciente pelo meu retorno. Caramba. Com sorte, Morriumur não...

— O que é *isso*? — Morriumur quis saber. Estava mostrando os dentes, em uma estranha expressão de agressão e ódio.

Dei um passo para dentro.

— Hum... é minha lesma de estimação. Não há com que se preocupar.

Morriumur empurrou a porta de um modo muito atrevido, fazendo-me pegar Doomslug e a aconchegar em meu colo, recuando. Morriumur fechou a porta quase totalmente, e espiou para fora, pela pequena abertura. Então se virou na minha direção.

— Você obteve permissão para trazer um animal venenoso para Visão Estelar? Tem licença?

— Não... — respondi. — Quero dizer, eu não perguntei.

— Você precisa destruir essa coisa! — afirmou Morriumur. — Isso é um taynix. Eles são *mortais*.

Olhei para Doomslug, que fez um som questionador de flauta.

— Não é um taynix — garanti. — É uma espécie totalmente diferente. Só são parecidos. Sempre a seguro no colo e nada aconteceu comigo.

Morriumur fez uma careta mais uma vez. Ao me ver segurar Doomslug de maneira protetora, no entanto, ele apertou os lábios.

— Só... não mostre para ninguém, tudo bem? Você pode se meter em sérios problemas. Mesmo que não seja um taynix. — Ele saiu pela porta. — Obrigado por ser minha amiga, Alanik. Se eu acabar nascendo com uma personalidade diferente... bem, gosto da ideia de ter conhecido você antes.

Tranquei a porta depois que ele partiu.

— Você não devia descer aqui — repreendi Doomslug. — Honestamente, como conseguiu descer todos esses degraus? — Levei-a até meu quarto, onde a coloquei na cama, fechei a porta e tranquei também... sem nenhum motivo para isso.

— Spensa? — chamou M-Bot. — Você voltou! O que aconteceu? O que ele queria?

Balancei a cabeça e me sentei ao lado da janela, olhando para todas aquelas pessoas lá fora. Eu tinha estado tão determinada a vê-las como inimigas. Isso me mantivera focada. Mas, por algum motivo, achava a indiferença deles ainda mais assustadora.

— Spensa? — M-Bot finalmente falou de novo. — Spensa, você devia ver isso.

Franzi o cenho, virando para olhar o monitor na parede. M-Bot colocou em uma estação de notícias.

A tela mostrava a imagem de Detritus do espaço com uma legenda embaixo. *Flagelo humano a ponto de escapar de sua prisão.*

29

Era Detritus. As enormes camadas de metal do planeta giravam ao seu redor, lentamente no vazio, iluminadas por um sol que eu raramente via. Prendi a respiração. A tela rolava o feed de notícias na parte inferior, mas um dione também fazia a narração. Meu broche traduzia suas palavras.

— Essas imagens impressionantes foram enviadas clandestinamente por um trabalhador anônimo que afirma estar atuando na reserva humana há algum tempo.

A imagem cortou para um close dos caças estelares Desafiadores envolvidos em manobras de combate contra drones Krell. O clarão dos incineradores iluminou o vazio perto das sempre vigilantes plataformas de defesa.

— Esta parece uma prova — disse o repórter — de que o problema humano não está confinado ao passado, como pensávamos. Nossa fonte anônima diz que a contenção dos humanos tem sido prejudicada pela atuação cada vez mais relapsa do Departamento de Serviços de Proteção. A fonte cita, entre os problemas principais, a falta de supervisão e a falha na implantação adequada de táticas supressivas. Como vocês podem facilmente ver a partir da filmagem, a infestação humana começou a superar as defesas.

A tela cortou para uma gravação de Winzik calmamente parado atrás de um pódio. A narração em off do repórter continuou:

— O Ministro de Serviços de Proteção da Supremacia, Ohz Burtim Winzik, insiste que o risco é exagerado.

— Essa linhagem de humanos *permanece* totalmente contida — garantiu Winzik. — Não temos evidências de que saibam como escapar deste sistema, que está a anos-luz de qualquer outro planeta habitado. A administração está trabalhando com cuidado para eliminar qualquer perigo que esses humanos representem, mas asseguramos que a ameaça está sendo muito exagerada pela imprensa.

Me aproximei da tela, tropeçando nas caixas, incapaz de tirar os olhos do vídeo de outro grupo de naves fazendo manobras de combate. Aquela era eu? Sim, da batalha na qual me envolvi exatamente antes de salvar a nave de Alanik da queda.

— Esta notícia começou a aparecer em todos os canais — comentou M-Bot. — Parece que um dos varvax que trabalha na estação espacial pegou vídeos feitos nos últimos meses, veio para Visão Estelar e então os vazou.

— Vazou? — perguntei. — Como isso funciona? O governo não pode simplesmente impedir que os noticiários mostrem o vídeo? Eles suprimem qualquer menção sobre o funcionamento dos hiperdrives.

— É complicado — disse M-Bot. — Acredito que o governo poderia exilar quem vazou os vídeos… mas legalmente não podem fazer nada contra as estações que estão transmitindo. Pelo menos não sem ações específicas que teriam que passar antes pelo senado.

Que estranho. Estreitei os olhos quando Winzik apareceu na tela novamente. Cuna tinha me falado sobre isso. O Departamento de Serviços de Proteção tendia a usar surtos de rebelião humana para garantir fundos. Será que era isso que estavam fazendo ali?

Mas parecia que aquelas imagens estavam fazendo todo mundo questionar Winzik e seu departamento. Talvez esse vazamento tivesse realmente sido acidental.

Me inclinei para a frente quando a tela mudou para a imagem de um Krell sentado com um exoesqueleto rosa-claro. M-Bot traduziu o letreiro na parte de baixo, que trazia um nome: "Sssizme, Especialista na Espécie Humana".

— Essa administração sempre foi leniente demais com espécies perigosas — o especialista disse, sacudindo as mãos do jeito animado dos Krell. — Essa infestação de humanos é uma bomba esperando para explodir, e o pavio foi aceso no momento em que a Terceira Guerra Humana acabou e os refúgios humanos foram criados. O governo tem trabalhado duro para fingir que o confinamento é absoluto, mas a verdade está aparecendo agora.

— Me desculpe se eu estiver errado — um entrevistador fora da tela falou —, mas não somos forçados a preservar os humanos? Por conta da conservação obrigatória de culturas e sociedades?

— Uma lei ultrapassada — o especialista disse. — A necessidade de preservar as culturas de espécies perigosas deve ser contrabalanceada com a necessidade de proteger as espécies pacíficas da Supremacia. — O Krell caranguejoide acenou para o lado, e a câmera se afastou, mostrando um jovem humano sentado em uma mesa. Ele continuou no lugar sem dizer nada enquanto o especialista prosseguiu. — Aqui vocês podem ver um humano autorizado e monitorado. Embora muitas pessoas tenham medo de sua temível reputação, na verdade os humanos não são mais perigosos do que a média das espécies inferiores. São agressivos, sim, mas não no nível, digamos, de um drone cormax ou de um wrexiano. O perigo dos humanos vem de sua mistura incomum de atributos... incluindo o fato de que sua psicologia cria um grande número de citônicos. Normalmente, quando uma espécie cultivou citônicos e a capacidade inicial do hiperdrive, ela também encontrou o caminho para uma sociedade pacífica. Os humanos são agressivos, aplicados e, mais importante, se espalham rapidamente, e são capazes de sobreviver em ambientes extremos. É uma combinação mortal.

— Então — disse o entrevistador —, como acha que deveríamos lidar com essa infestação?

— Devíamos exterminá-los.

A câmera cortou para o entrevistador, um dione que – até onde eu podia julgar – parecia completamente horrorizado com a ideia.

— Que bárbaro! — ele exclamou, se levantando. — Como você pode sequer *sugerir* uma coisa dessas?

— Seria bárbaro se estivéssemos falando de uma raça de seres inteligentes — disse o especialista, com calma. — Mas os humanos deste planeta em particular... são mais insetos do que pessoas. É óbvio que o refúgio de Detritus fracassou em seu propósito e, pelo bem de toda a galáxia, deve ser higienizado.

O especialista gesticulou para o humano ao seu lado.

— Além disso, esse homem é prova de que a espécie humana não acabará se destruirmos um planeta rebelde. Os humanos podem coexistir com a Supremacia, mas *não devem* ter permissão para se autogovernar. Foi uma tolice tentar manter Detritus. E, só para registrar, eu não aceito as desculpas que a administração dá para explicar o acesso humano à tecnologia em primeiro lugar. Essa conversa de mantê-los focados ao proporcionar batalhas espaciais para eles? Bobagem. A administração está arrumando desculpas para encobrir uma explosão descontrolada de agressividade humana que começou há uns dez anos. O alto-ministro Ved devia ouvir os conselhos de especialistas como eu e lidar com os humanos de forma mais rigorosa.

Afundei no assento enquanto o repórter voltava a mostrar as manobras de combate gravadas. Eu tinha passado a vida toda sabendo que os Krell estavam tentando nos exterminar, mas ouvir alguém falar de nós dessa forma… tão friamente… Ao meu pedido, M-Bot mudou para outra estação, que tinha um grupo de especialistas falando. Outro canal mostrava a mesma gravação.

Quanto mais eu assistia, *menor* eu me sentia. O modo como aquelas pessoas nos noticiários falava… roubou algo precioso de mim. Reduziu todo o meu povo – nosso heroísmo, nossas mortes, nossas dificuldades – a um surto de pragas. Segui para a janela novamente.

Nada de caos nas ruas. Pessoas entrando e saindo de lojas, cuidando de suas vidas. Estranhamente, mesmo que eu achasse difícil resgatar meu ódio por elas, sentia um ódio crescente pelos altos escalões que as governavam. O governo não tinha simplesmente matado meu pai; agora eles o haviam transformado em um inseto que devia ser esmagado.

Minúsculo, uma parte de mim pensou, olhando para as pessoas nas ruas. *Tudo tão minúsculo.*

A Supremacia se achava tão grandiosa? Eles também eram apenas insetos. Insetos mordedores. Um barulho irritante que precisava ser silenciado. Por que aquelas pragas estavam me incomodando? Bastaria apenas um pensamento para sufocar todos eles, e…

E o que eu estava pensando? Me afastei da janela, enjoada. Senti os olhos me observando por todos os lados, e, de algum modo, eu os entendi. Aqueles pensamentos sobre insetos eram os pensamentos *deles*.

Eu… alguma coisa estava acontecendo comigo. Algo relacionado aos desbravadores, ao nada e às minhas habilidades. M-Bot tinha medo de ser a sombra. Mas ele não fazia ideia.

Olhei para a mesa onde estava trabalhando. Ali estava a caixa, talvez maior do que um crânio humano, onde eu colocara os três componentes que tirara de M-Bot. Peguei tudo e saí do quarto, deixando Doomslug trinar de modo questionador atrás de mim.

Subi até o telhado e me esgueirei por debaixo da lona que escondia M-Bot. O drone estava ali onde eu o deixara, largado em meu assento no cockpit, preso ao console por fios.

— Quanto tempo mais? — perguntei para ele. — Até que você termine de programá-lo?

— Eu terminei — disse M-Bot. — Acabei um pouco depois que você saiu de casa com Morriumur. Gostaria de um dia para rodar alguns testes diagnósticos.

— Não temos tempo — falei. — Mostre como eu prendo essa peça que construí na parte de baixo.

Ele colocou um conjunto de instruções em seu monitor e eu trabalhei em silêncio, prendendo fios e parafusando meu sensor improvisado embaixo do drone reprogramado.

— Estou monitorando oitenta canais da Supremacia — observou M-Bot. — Muitos deles estão falando sobre Detritus.

Continuei trabalhando.

— A maioria das pessoas falando nestes programas está zangada, Spensa — disse ele. — Estão clamando por medidas mais rigorosas contra seu povo.

— Que medidas mais rigorosas eles poderiam tomar além de estacionar uma frota de naves de guerra em nossa porta? — perguntei.

— Estou rodando simulações, e nenhum dos resultados é bom. — M-Bot fez uma pausa. — Seu povo precisa de hiperdrives. O único jeito de escapar de uma força tão avassaladora é fugir.

Ergui o drone e o ativei. Os dois pequenos anéis de aclive começaram a brilhar com uma cor azul profunda sob as asas, segurando a coisa no ar de modo um tanto precário, com o módulo de sensor maior preso na parte inferior.

— Drone? — perguntei. — Você está desperto?

— Inteligência artificial integrada instalada com sucesso — o drone disse, com voz monótona.

— Como está se sentindo?

— Não sei como responder a essa questão — disse ele.

— Ele não está vivo — disse M-Bot. — Ou... bem, não é como... eu sou.

— Drone — falei. — Acione a camuflagem ativa.

Ele desapareceu – projetou um holograma em seu exterior e era como se eu olhasse através dele. Isso e o bloqueador de frequência deviam escondê-lo de praticamente qualquer scanner, exceto os mais meticulosos.

— A camuflagem ativa tem deficiências — observou M-Bot. — É impossível tornar algo adequadamente invisível de todos os ângulos com esse tipo de tecnologia. Olhe-o de lado, quando ele se move.

Eu me virei para ver o drone do outro lado, e M-Bot estava certo. De lado, a invisibilidade não era nem um pouco convincente – havia uma ondulação no ar, marcando onde o drone estava. Quando ele se movia, essa ondulação era mais perceptível.

— Nossa melhor chance de mantê-lo invisível é fazê-lo pairar no alto, onde ninguém vai cruzar com ele por acidente — comentou M-Bot. — E temos que fazê-lo se mover bem devagar, com ordens para parar se alguém olhar diretamente para ele. Se uma única pessoa estiver olhando para ele, o drone pode adaptar sua perspectiva e permanecer escondido. Quanto mais pessoas olharem de ângulos distintos, pior ele vai se sair.

— Ele consegue obedecer a ordens? — perguntei.

— Sim. Ele tem uma inteligência básica, e copiei uma grande parte dos meus protocolos de infiltração furtiva. Ele deve ser capaz de explorar, tirar fotos da área que queremos e então voltar ao esconderijo para ser recolhido. — M-Bot fez outra pausa. — Ele consegue voar sozinho, algo que eu não consigo. Talvez eu não devesse ter dito que ele não está vivo, pois, de certa forma, é mais vivo do que eu.

Pensei naquilo, abri o compartimento na lateral do cockpit e peguei a pequena pistola incineradora de emergência que eu guardava ali.

— Drone — falei —, desative o holograma.

Ele apareceu bem em cima de mim, pairando perto do dossel aberto e da lona que recobria M-Bot. Verifiquei se a trava de segurança da pistola incineradora estava ativa e a prendi com fita isolante na parte de trás do drone, para que eu pudesse contrabandeá-la também.

— Se você se meter em muitos problemas — disse M-Bot —, lembre-se que tem um segundo rosto programado em seu bracelete. Você pode se tornar outra pessoa se "Alanik" ficar comprometida e você precisar se esconder.

— Tudo bem — falei. — Esperemos que não chegue a tanto. Mas, em qualquer caso, Detritus está ficando sem tempo. Vamos ter que experimentar esse plano amanhã.

QUARTA PARTE

Interlúdio

Jorgen passou o dia aprendendo a fazer pão.

A avó de Spensa era muito boa naquilo, apesar do fato de ser cega. Estavam os dois sentados na casa apertada, de um só cômodo, onde ela morava em Ígneo. A mãe de Spensa tinha aceitado um novo alojamento, mas a avó insistira em permanecer ali. Ela afirmara que gostava da "sensação" do lugar.

A luz vermelha entrava pela janela e o ar cheirava ao calor da aparelhagem. Era possível sentir o cheiro do calor, Jorgen percebeu. Ou, pelo menos, do metal quente. Era um tipo de cheiro queimado, mas não cheiro *de queimado*. O odor das coisas que tinham ido tão além de pegar fogo que agora até suas cinzas ardiam.

A Vozinha o fez trabalhar como ela, usando apenas o toque e o olfato. Ele fechou os olhos e estendeu a mão, tateando uma panela de ferro para testar o pó lá dentro. Trouxe uma pitada até o nariz e cheirou.

— É farinha — disse ele, sentindo o odor saudável, ainda que de algum modo *sujo*, do grão moído. — Preciso de cerca de quinhentos gramas. — Pegou uma xícara de medida na mão e a mergulhou na farinha, pesando sem ver. Depois ergueu a xícara, tateou a tigela em seu colo e colocou a farinha lá dentro.

— Bom — disse a Vozinha.

Ele misturou com as mãos enquanto contava até cem.

— Agora o óleo — falou ele, erguendo o recipiente adequado até o nariz. Deu uma cheirada, assentiu com a cabeça e virou o recipiente para que o óleo escorresse sobre seus dedos, na tigela. A Vozinha queria que ele medisse daquela forma, utilizando apenas o *tato*. A água veio na sequência.

— Muito bom — garantiu a Vozinha. Ela tinha uma voz paciente. Uma voz como a que uma pedra teria, ele imaginou. Imóvel, antiga e contemplativa.

— Eu preferiria olhar para conferir se as quantidades estão certas — comentou Jorgen. — Na verdade, não medi nada.

— É claro que mediu — disse ela.

— Não com precisão.

— Misture tudo. Sinta a massa. Ela parece boa?

Ele misturou, os olhos ainda fechados. Ela se recusava a deixá-lo usar a batedeira elétrica. Em vez disso, ele misturava com a mão, apertando e esticando a massa entre os dedos conforme os ingredientes se mesclavam.

— Está… — disse ele. — Está seca demais.

— Ah. — Ela estendeu a mão e apalpou a mistura. — Está sim, está sim. Acrescente um pouco mais de água, então.

E foi o que ele fez, ainda de olhos fechados.

— Você não espiou nenhuma vez — observou a Vozinha. — Quando ensinei Spensa a fazer isso, ela ficava espiando com um olho. Eu tinha que desafiá-la a fazer isso sem olhar, transformar num jogo, antes que ela fizesse o que eu pedia.

Jorgen continuou a sovar a massa. Ele tinha desistido de tentar descobrir como a Vozinha sabia se ele tinha espiado ou não. Ela era obviamente cega – a velha retorcida tinha um tom branco leitoso nos olhos. Mas havia algum *poder* nela. Perto da Vozinha, ele sentia o mesmo zumbido, mais fraco do que com Spensa ou com a mulher alienígena.

— Você nunca reclama tampouco — continuou a Vozinha. — Cinco dias aprendendo a fazer pão pelo toque e não perguntou nenhuma vez por que pedi que aprendesse.

— Fui instruído pelo meu oficial superior a vir para cá e receber seu treinamento. Presumi que, em algum momento, vá fazer sentido.

A Vozinha bufou com a resposta. Como se… como se *quisesse* que ele resistisse àquele estranho estilo de instrução. Bem, Jorgen conversara com dúzias de soldados sobre seus primeiros dias de treinamento, e as tarefas monótonas que tinham recebido. Acontecia mais entre as equipes de solo do que na escola de voo, mas ele entendia mesmo assim.

A Vozinha o treinava para aceitar a instrução, antes de mais nada. Jorgen podia fazer aquilo. Fazia sentido. Mas queria que ela se apressasse. No mesmo dia daquele primeiro ataque, as naves de guerra haviam feito mais dois disparos testes em Detritus, e ambos tinham sido interceptados. Desde então, as forças inimigas tinham ficado quietas, reunindo recursos, a frota aumentando. O retorno dos Krell à inatividade deixava Jorgen muito nervoso.

Os Krell tinham uma arma bem grande apontada para a cabeça deles. Jorgen precisava aprender esse novo treinamento rapidamente, determinar se podia dar à frota o que ela precisava e depois voltar para reportar tudo para Cobb.

O que queria dizer que ele não ia reclamar. A Vozinha agora era efetivamente sua oficial comandante.

— Você ouve alguma coisa? — a Vozinha perguntou enquanto ele continuava a trabalhar a massa.

— Essa sensação de zumbido que vem da senhora — respondeu ele. — Como relatei mais cedo. Não é realmente algo que eu *escute*. É mais uma impressão. Como a vibração que alguém sente de uma máquina distante que faz o solo tremer.

— E se você expandir a mente, como eu o ensinei? — disse ela. — Se imaginar a si mesmo voando pelo espaço?

Jorgen tentou fazer o que ela dizia, mas não conseguiu nada. Apenas... imaginar a si mesmo flutuando no espaço? Passando pelas estrelas, pairando? Ele tinha estado ali em sua nave, e podia imaginar a experiência perfeitamente. O que supostamente ele deveria conseguir com aquilo?

— Nada? — ela perguntou.

— Nada.

— Nenhuma canção? Nenhuma sensação de alguma coisa ao longe chamando você?

— Não, senhora — disse ele. — Hum, quero dizer, Vozinha.

— Ela está em atividade — disse a Vozinha, e sua voz antiga falhou quando ela sussurrou as palavras. — E está preocupada.

Jorgen abriu os olhos de supetão. Teve um vislumbre da Vozinha, uma velha enrugada que parecia feita apenas de ossos e panos, o cabelo branco como farinha e os olhos leitosos. Ela tinha erguido a cabeça na direção do céu.

Ele imediatamente fechou os olhos com força.

— Desculpe — disse ele. — Eu espiei. Mas... mas a senhora consegue senti-la?

— Sim — respondeu a Vozinha com suavidade. — Aconteceu hoje mesmo, mais cedo. Senti que ela estava viva. Assustada, embora ainda não consiga admitir isso.

— A senhora pode obter um relato da missão dela? — ele perguntou enquanto a massa escorria por entre seus dedos, que a apertavam. — Ou trazê-la de volta?

— Não — disse a Vozinha. — Nosso toque foi momentâneo, fugaz. Não sou forte o bastante para mais. Mas eu não a traria de volta nem se pudesse. Ela precisa lutar essa batalha.

— Que batalha? Ela está em perigo?

— Sim. Do mesmo jeito que nós. Mais? Talvez. Expanda sua mente, Jorgen. Voe entre as estrelas. Escute-as.

O fato de nada acontecer fazia Jorgen sentir como se estivesse decepcionando Spensa. E ele odiava essa sensação.

— Eu sinto muito — disse ele. — Não consigo nada. Talvez devêssemos tentar com um dos meus primos. — Ele fechou a mão, apertando-a contra a testa, os olhos ainda bem fechados. — Eu não devia ter dito para ela ir. Deveria ter seguido as regras. Isso é minha culpa.

A Vozinha grunhiu.

— Volte para sua massa — disse ela. Assim que ele continuou a sovar, ela falou novamente. — Já contei a história de Stanislav, o herói da quase guerra?

— A… quase guerra?

— Foi ainda na Antiga Terra — contou a Vozinha, e ele ouvia o barulho das tigelas enquanto ela começava a preparar a própria massa para assar. — Foi numa época em que duas grandes nações tinham armas terríveis apontadas uma para a outra, e o mundo inteiro esperava, tenso, temendo o que poderia acontecer se os gigantes decidissem entrar em guerra.

— Conheço essa sensação — comentou Jorgen. — Com as armas dos Krell apontadas para nós.

— De fato. Bem, Stanislav era um simples oficial em serviço, encarregado dos equipamentos de sensores que avisariam seu povo se um ataque fosse lançado. Seu dever era reportar *imediatamente* se os sensores mostrassem qualquer coisa.

— Para que o povo dele pudesse escapara a tempo? — perguntou Jorgen.

— Não, não. Eram armas como os bombardeios dos Krell. Armas para aniquilar a vida. Não havia escapatória; o povo de Stanislav sabia que, se um ataque viesse do inimigo, estariam condenados. A tarefa dele não era evitar o extermínio, mas proporcionar aviso, para que a retaliação pudesse acontecer. Dessa forma, as duas nações seriam destruídas, não apenas uma. Imagino que a vida dele era de calma tensa, esperando… desejando, orando… nunca ter que cumprir seu dever. Pois, se o fizesse, levaria à morte de bilhões. Um fardo e tanto.

— Que fardo? — perguntou Jorgen. — Ele não era um general; a decisão não era dele. Era apenas um operador. Tudo o que ele tinha que fazer era transmitir informações.

— E mesmo assim ele não o fez — disse a Vozinha, com suavidade. — Um alarme chegou. O sistema de computador dizia que o inimigo tinha disparado! O dia terrível chegara, e Stanislav sabia que, se a leitura estivesse correta, todo mundo que ele conhecia, todo mundo que ele amava, estavam todos acabados. Só que ele ficou desconfiado. “O inimigo lançou muito poucos mísseis”, ele raciocinou. “E esse sistema novo ainda não foi adequadamente testado.” Ele pensou, pensou e não fez a chamada para avisar seus superiores sobre o que tinha acontecido.

— Ele desobedeceu a ordens! — disse Jorgen. — Fracassou em seu dever mais fundamental! — Ele sovou a massa com mais fúria, pressionando-a contra a base da tigela larga e baixa.

— De fato — concordou a Vozinha. — Sua força de vontade foi testada, no entanto, pois o computador relatou outro lançamento. Maior desta vez, mas ainda suspeitamente pequeno. Ele debatia consigo mesmo. Sabia que seu dever era levar seu povo a lançar a retaliação. Enviar a morte para seus inimigos enquanto ainda podiam. O homem e o soldado dentro dele guerreavam entre si. No fim, decidiu que o relatório do computador era um alarme falso. Ele esperou, suando... até que nenhum míssil apareceu. Naquele dia, ele se tornou o único herói de uma guerra que jamais aconteceu. O homem que preveniu o fim do mundo.

— Mesmo assim ele desobedeceu — disse Jorgen. — Não era tarefa dele tomar a decisão que tomou. Era responsabilidade de seus superiores. O fato de ele estar certo faz a história justificá-lo, mas, se ele estivesse errado, seria lembrado como um covarde, na melhor das hipóteses, ou um traidor na pior.

— Se ele estivesse errado — sussurrou a Vozinha —, ele sequer *teria sido lembrado*. Pois ninguém teria sobrevivido para se lembrar dele.

Jorgen se recostou e abriu os olhos. Olhou para a massa firme em suas mãos, e então começou a trabalhar com mais força ainda, dobrando e empurrando, com raiva por motivos que não conseguia explicar.

— Por que está me contando essa história? — ele quis saber. — Spensa dizia que a senhora sempre contava histórias de pessoas arrancando a cabeça de monstros.

— Eu contava essas histórias para Spensa porque era dessas que ela precisava.

— Então a senhora acha que *eu* preciso de uma história dessas? Porque gosto de seguir ordens? Não sou uma máquina sem emoções, Vozinha. Eu *ajudei* Spensa a reconstruir a nave espacial dela. Pelo menos, não contei para ninguém o que ela estava fazendo quando levou o propulsor de Arrojada embora. *Contra* o protocolo.

A Vozinha não respondeu, então Jorgen continuou a sovar a massa, amassando-a sem parar, dobrando-a como os antigos ferreiros costumavam dobrar metal.

— Todo mundo acha que só porque eu gosto de um pouco de estrutura, um pouco de organização, sou algum tipo de alienígena! Bem, sinto muito por tentar garantir que estruturas existam. Se todo mundo fosse como esse Stanislav, as forças armadas seriam um caos! Nenhum soldado dispararia sua arma, com medo de que talvez a ordem recebida fosse um alarme falso! Nenhum piloto voaria, porque, quem sabe, talvez os sensores estejam errados e não haja *inimigo algum*!

Ele jogou a massa na tigela e se recostou na parede. A Vozinha pegou a massa dele, apertando-a entre os dedos.

— Excelente — disse ela. — Finalmente uma boa sova, garoto. *Esse* vai ser um pão e tanto.

— Eu…

— Feche os olhos — disse a Vozinha. — Hum.

Jorgen enxugou a testa com a manga da camisa. Ele não percebera quanto tinha se alterado.

— Olhe, talvez eu estivesse certo em falar para Spensa ir. Mas talvez não devesse ter falado. Eu não…

— Feche os olhos, garoto!

Ele bateu com a cabeça na parede, mas fez o que ela pediu.

— O que você escuta?

— Nada — respondeu ele.

— Não seja bobo. Você escuta o maquinário lá fora, a aparelhagem batendo e estalando?

— Bem, sim, obviamente. Mas…

— E as pessoas na rua, indo para casa depois da mudança de turno?

— Acho que sim.

— E os batimentos cardíacos delas? Consegue escutar isso?

— Não sei.

— *Tente.*

Ele suspirou, mas fez como ela o instruíra, tentando ouvir. Podia escutar os batimentos dentro de si, mas provavelmente só porque tinha se deixado alterar.

— Stanislav não foi um herói *porque* desobedeceu a ordens — disse a Vozinha. — Ele foi herói porque soube *quando* desobedecê-las. Aprendi isso com minha mãe, que nos trouxe até aqui… um dos últimos atos dela. Acho que sentiu alguma coisa aqui. Algo de que precisávamos.

— Então eu não devia olhar na direção das estrelas — comentou Jorgen, ainda frustrado. — Devíamos olhar para o planeta sob nossos pés.

— Eu sempre quis voltar para as estrelas — disse a Vozinha.

— Eu gosto de voar — falou Jorgen, ainda de olhos fechados. — Não me entenda mal. Mas, ao mesmo tempo, este é meu lar. Não quero fugir dele, quero *protegê-lo*. E, às vezes, quando estou deitado em silêncio, em minha cama, nas cavernas profundas, juro que eu…

— Você o quê? — perguntou a Vozinha.

Jorgen abriu os olhos de repente.

— Eu realmente escuto alguma coisa. Mas não está acima de nós. Está abaixo.

30

Abri minha mochila e deixei que o soldado dione inspecionasse seu conteúdo.

O interior não parecia nada suspeito. Só o grande pote de plástico transparente no qual eu trazia o almoço. Parecia perfeitamente inocente. Exceto pelo fato de ser um drone disfarçado.

O guarda iluminou o conteúdo com uma pequena lanterna. Será que ele percebia o quanto eu estava preocupada? Será que eu estava suando demais? Será que um dos drones de segurança ali perto podia detectar minha pulsação acelerada?

Não. Não, eu *podia* fazer aquilo. Eu era uma guerreira, e, às vezes, isso exigia astúcia e discrição. Fiquei parada ali por um longo e excruciante momento. Então, graças às estrelas, o guarda acenou para que eu seguisse em frente.

Fechei a mochila e a coloquei no ombro, caminhando apressada pelo hangar de ônibus espaciais da *Pesos e Medidas*. Tentei demonstrar tanto confiança como despreocupação.

— Alanik? — Morriumur me chamou, caminhando ao meu lado quando entramos no corredor. — Você está bem? Seu tom de pele parece estranhamente corado.

— Eu… hum, não dormi bem — falei.

Nos aproximamos da primeira interseção. M-Bot suspeitava que este pedaço de corredor tinha um segundo scanner instalado para detectar materiais ilícitos – mas estava confiante de que o bloqueador de frequência que tínhamos colocado no drone o manteria oculto. De fato, nenhum alarme soou quando passamos por ali, embora um membro da tripulação dione que passava quase trombasse com a pequena plataforma flutuante de Hesho. Kauri deu um grito, quase sem conseguir desviar da cabeça do dione.

O membro da tripulação se desculpou e rapidamente seguiu adiante. Kauri pilotou a plataforma de volta à rota normal, e a cauda de Hesho se contorceu em um gesto irritado enquanto ele olhava por sobre o ombro para o dione ofensivo.

— Mesmo quando voamos, estamos aos pés. Serenos até sermos desfigurados, um centímetro de profundidade, mas refletindo a eternidade, sou um mar para muitos, mas uma poça para um.

— Seria de esperar que a Supremacia estivesse acostumada a lidar com pessoas de todos os tamanhos — comentei.

— Não há muitos de nós — disse Hesho. — Conheço só mais uma espécie do nosso tamanho, a menos que você considere os varvax dentro de seus exoesqueletos. Talvez precisemos construir trajes imensos para nós mesmos. É difícil para pessoas comuns em um universo de gigantes. — A cauda dele se contorceu de novo. — Mas este é o preço que devemos pagar para ter aliados contra os humanos. Eles estão prestes a escapar, sabe? Viu as notícias?

Ele olhou para Brade, que, como sempre, caminhava na nossa frente e quase não prestava atenção às conversas.

— Os humanos estão presos, Hesho — disse Morriumur. — Este pequeno incidente não é algo com que devamos nos preocupar. Tenho certeza de que logo cuidarão disso.

— Meu dever e meu fardo são me preocupar com as piores possibilidades.

Quando chegamos à já familiar interseção com a guarda de sempre e o caminho que levava à Engenharia, me separei dos demais, acenando para que seguissem em frente.

— Preciso ir ao banheiro — falei para eles, então me aproximei da guarda.

A Krell mexeu os dedos em um sinal de irritação, mas chamou um drone guia para me acompanhar até os sanitários. Repassei meu plano mais uma vez – eu tinha passado a noite toda praticando com M-Bot. Não estava preocupada com meu cansaço pela falta de sono. A energia trazida pelo nervosismo provavelmente poderia abastecer metade de Visão Estelar.

O drone guia me levou até o banheiro e novamente ficou esperando enquanto entrei em uma das cabines privativas. Eu me sentei de imediato e coloquei a mochila no colo, abrindo o zíper bem silenciosamente. Minhas mãos – depois de terem executado essa exata sequência umas cem vezes seguidas na noite anterior – tiraram o drone e então pegaram o módulo de segurança. Eu o prendi com um *clique* baixo, que esperava não ser muito audível.

Um toque no botão do drone o fez pairar enquanto eu rapidamente fazia minhas necessidades na cabine, para não parecer suspeita. Então me espremi pela lateral, deixando o drone pairando ali. Ergui um dedo, depois dois e três.

O drone desapareceu, ativando sua camuflagem. Então digitei em meu bracelete, verificando para ter certeza de que o drone e eu podíamos nos comunicar. Ele respondeu me enviando uma mensagem em código de voo da FDD, que meu bracelete reproduziu com vibrações em minha pele.

Todos os sistemas em funcionamento.

A missão estava iniciada. O escudo da *Pesos e Medidas* me impedia de fazer contato com M-Bot, mas – como esperávamos – eu ainda conseguia me comunicar com alguém do lado de dentro, como o drone.

Coloquei a mochila no ombro e saí da cabine – e me arrependi no mesmo instante. *A pistola incineradora!* Caramba, eu pretendia tirá-la do drone e guardá-la na mochila para o caso de precisar dela.

Era tarde demais agora. Ela estava presa na parte de trás do drone, em segurança, mas inútil.

Boa sorte, amiguinho, pensei enquanto lavava as mãos. Uma parte de mim esperava que o drone segurança disparasse o alarme de repente, mas ele permaneceu em silêncio. Segui meu guia para fora do banheiro, deixando meu espião secreto para trás, pronto para sair na surdina e se esgueirar para a sala de máquinas.

Cheguei na sala de salto e me acomodei com os demais. Então esperei. E esperei mais um pouco. A espera para sairmos das docas e decolarmos não estava estranhamente longa? Será que eu já tinha sido descoberta?

Por fim, a *Pesos e Medidas* desatracou e começou a se dirigir para o espaço.

— Pilotos — a voz de Winzik pelo comunicador quase me fez dar um pulo de susto até o teto. — Quero que saibam que o treinamento de hoje é particularmente relevante. Ora, ora! Vamos receber um bom número de oficiais importantes do governo da Supremacia, que vieram observar o progresso de vocês. Como um favor para mim, gostaria que dessem o máximo de si para impressioná-los.

Hoje? Entre todos os dias, era *hoje* que observadores extras estariam na nave? Quase entrei em contato com o drone e lhe disse para abortar. Mas não. Eu estava comprometida.

Esperei em silêncio enquanto chegávamos a uma distância segura de Visão Estelar, e então um grito soou em minha mente e entramos no nada.

Não tive muito tempo para me preocupar com o drone e sua missão durante o treinamento daquele dia.

Saí em disparada pelo espaço, perseguida por um enxame de imitações autopropelidas de pedregulhos. Brade voava perto da minha asa, e, juntas, tentamos desviar na direção do labirinto desbravador – mas as brasas já estavam prontas para isso. Outro grupo delas saiu da lateral do labirinto e avançou para cima de nós.

— Padrão de desvio — falei. — Cortando para a direita.

Virei meu caça estelar, acelerando. Aquilo me lançou para o lado, embora meu impulso também me levasse adiante.

Meus sensores de proximidade mostravam que Brade – em vez de seguir minha ordens – foi na direção de um novo conjunto de brasas. Rosnei, acionando o canal privativo.

— Brade, respeite as ordens!

— Posso cuidar dessas brasas — disse ela.

— Não duvido que possa. Mas você consegue *seguir ordens*?

Ela continuou na direção das brasas. Então, um pouco antes de alcançá-las, desviou e se afastou, acelerando na minha direção. Soltei uma respiração que não tinha percebido estar segurando.

— Tudo bem — falei. — Padrão de desvio, cortando para a direita.

Tracei uma trajetória ampla para longe das brasas. Brade me seguiu, e juntas fizemos a volta que eu tinha ordenado.

— Tudo bem — falei quando chegamos a um ângulo melhor. — Vá em frente.

— Sério? — perguntou ela.

— Estarei logo atrás de você.

Senti a ansiedade de Brade quando ela acelerou na minha frente. As brasas eram previsíveis no modo como tentariam nos atingir, então a volta que demos fez com que elas se amontoassem diante de nós. Brade teve pouca dificuldade em explodir um grupo inteiro.

Eu, da minha parte, atirei em uma que se aproximou demais dela. Nós duas recebemos um pouco de fragmentos em nossos escudos, mas saímos praticamente ilesas enquanto mergulhávamos entre dois grupos de brasas que avançavam.

As brasas, em sua ânsia por nos atingir, começaram a se chocar umas contra as outras. Saímos enquanto mais de uma dúzia de inimigos atingiam um ao outro, gerando uma sequência de mortes ferozes atrás de nós.

— Isso foi extremamente satisfatório — comentou Brade enquanto acelerávamos em direção ao labirinto.

— De vez em quando sei do que estou falando.

— Sim, bem, não é por isso que escuto você.

— Por quê, então?

— Você não fala comigo como os demais — disse ela. — Você sequer me perguntou sobre aquele planeta de humanos selvagens. Tenho certeza de que viu nos noticiários. Todo mundo está com medo deles agora. Todo mundo olha feio para mim, ainda mais do que costumava olhar. Dizem que sabem que *não sou* como aqueles tipos perigosos. Mesmo assim, ficam me olhando.

Caramba. *Tem um planeta inteiro onde não trataríamos você dessa forma, Brade*. Quase falei, mas me obriguei a ficar quieta. Não parecia ser o momento certo.

— Para mim você é só um membro da minha esquadrilha — respondi.

— Sim — falou ela. — Gosto disso.

Suspeitava de que ela gostasse. Nós duas nos aproximamos mais do labirinto. O treinamento de hoje era lutar contra as brasas, depois entrar no labirinto, como precisaríamos fazer se fôssemos combater um desbravador de verdade. Nos aproximamos da nossa área do labirinto, a superfície metálica escarpada, pontilhada pelas entradas dos túneis. A curta distância, outros três caças se aproximaram: Vapor, Hesho e Morriumur.

— Vamos entrar neste — falei, teclando em minha tela, que destacou o ponto indicado na de Brade.

— Entendido — disse ela.

Comecei a me mover, mas fiquei surpresa quando meu alarme de proximidade enlouqueceu. Desviei da trajetória inicial, acelerando para o lado quando um par de brasas saiu de repente da superfície em velocidades explosivas, quase colidindo com minha nave. Elas nunca tinham se movido tão rápido. Xinguei, reorientando minha nave quando as brasas que me perseguiam também ganharam velocidade. Tive que acelerar para Mag 4 – uma velocidade insana para manobras de combate – para manter a dianteira.

— O que é isso? — perguntou Brade pelo comunicador. — Comando de Voo, o que estão fazendo?

Evitei por pouco outro par de brasas. Tive que acelerar mais uma vez, mas outro grupo que se aproximava virou e as brasas começaram a se chocar umas contra as outras. Pelas estrelas, o que estava acontecendo?

Estão tentando fazer com que eu seja esmagada por seus detritos, percebi. E sua alta velocidade me fez acelerar ainda mais. Era quase impossível fazer manobras de combate àquela velocidade; simplesmente não havia tempo suficiente para reagir – mas as brasas não precisavam se importar com isso. Elas eram dispensáveis, enquanto nós não.

O que se seguiu foi uma das pilotagens mais frenéticas que eu fizera em semanas.

— Sequência de ondas — eu disse para Brade, e ela se colocou em formação bem ao lado da minha asa enquanto mergulhávamos e ziguezagueávamos entre as brasas. Caramba! De repente parecia haver *centenas* delas, todas concentradas em nós, ignorando os outros pilotos.

Desviei bem quando duas brasas colidiram muito perto de mim, e então me preparei para os detritos que atingiram meu escudo, derrubando-o. Outra brasa quase me atingiu, e me esquivei com um pouco de atraso – se seu alvo tivesse sido eu, teria sido esmagada. Eu me sentia um pardal solitário entre um bando inteiro de falcões famintos.

Mergulhei e desviei, virei e me esquivei, tentando entender o caos.

— Meu... meu escudo caiu — disse Brade, com um grunhido.

Caramba. Caramba, caramba, caramba, caramba. Ela se afastou de mim, então dei meia-volta e acelerei atrás dela.

— Vê aquela brasa grande vindo em sua direção, logo abaixo do seu 270? Pegue-a com sua lança de luz.

— Mas...

— Apenas *pegue,* Brade — falei. Mal consegui sair do caminho enquanto a brasa passava por nós em uma velocidade assustadora. Felizmente, como eu sugerira, Brade disparou a lança de luz nela e acertou a coisa bem no meio com a corda brilhante.

O impulso da pedra maior puxou Brade com tudo – para fora do caminho de várias outras brasas, que se esmagaram entre si. Eu me virei e fui atrás dela, acelerando tanto que minhas cápsulas gravitacionais ficaram sobrecarregadas e fui comprimida em meu assento. Mal consegui manter o ritmo, pois tive que atirar em uma brasa que tentava colidir com Brade, e em seguida me colocar ao seu lado para protegê-la dos detritos.

Meu escudo estalou e minha nave balançou. Na nossa frente, a grande brasa que estávamos seguindo abriu caminho antes de finalmente diminuir de velocidade, como se seu piloto percebesse o que estávamos fazendo.

— Pelo alto e passe por cima! — gritei, desviando para o alto. Brade soltou a lança de luz bem quando outra brasa grande se chocou contra aquela que estávamos seguindo. Ela mal conseguiu desviar de um pedaço grande que se soltou com a colisão, mas, juntas, nós duas nos livramos daquela confusão. Nossa velocidade incrível nos levou para longe da batalha em segundos.

— Aquilo... — disse Brade. — Foi por pouco. — Pela primeira vez, ela parecia realmente abalada.

— Comando de Voo — falei, acionando o comunicador. — O que, pelas estrelas, foi *aquilo*?

— Eu sinto muito, Alanik de UrDail — Winzik respondeu pessoalmente, o que era incomum. — Observou-se que as brasas reais às vezes adotam comportamentos extremamente agressivos como este. Estamos experimentando os novos propulsores dos nossos drones para simular isso.

— Você podia ter *nos avisado!* — retruquei.

— Sinto muito! — disse Winzik. — Por favor, não se ofenda. Brade, obrigado. Você fez uma demonstração *muito* impressionante para os oficiais aqui.

Então Winzik estava exibindo sua humana de estimação, não estava? Ele poderia tê-la matado, e a mim!

Brade não pareceu se importar. Com esse novo lote de brasas eliminado, deu meia-volta na direção do labirinto. Acelerei atrás dela. Um segundo mais tarde, avançamos por uma das aberturas, entrando no túnel.

Parecia mais quieto lá dentro.

O que era bobagem, claro. O espaço era *sempre* silencioso. Óbvio que eu podia configurar minha nave para simular explosões e vibrações, para me dar estímulos não visuais, mas a ausência de atmosfera significava a ausência de ondas longitudinais, e a ausência de ondas longitudinais significava que não havia som.

Em geral, aquilo me parecia certo. Vagar pelo vazio supostamente devia ser silencioso. A escuridão era tão vazia, tão incrível, tão vasta, que *devia* esmagar qualquer som.

Mas aqueles túneis do labirinto davam uma sensação mais íntima. Eu sentia que deveria ouvir rangidos, gotejamento de água ou pelo menos um ruído distante de engrenagens. Ali dentro, o silêncio era assustador.

Meus holofotes iluminavam a nave de Brade, que voava bem na minha frente. Ela seguia em uma velocidade bastante cautelosa, pouco típica, avançando bem devagar pelo corredor.

— Você vê aquela abertura ali na frente? — perguntou ela.

— Sim — respondi. O fato de nós duas vermos confirmava que era real, embora aberturas como aquela adiante quase sempre fossem. Eram as coisas que os hologramas disfarçavam que podiam nos confundir.

Seguimos até a galeria que ficava depois do túnel, um dos espaços que pareciam submersos. Havia até peixes holográficos nadando de um lado para o outro em cardumes, e algumas coisas escuras no canto, que tinham vários tentáculos.

Eu já estivera nessa "sala" várias vezes antes. Elas começavam a se repetir. As ilusões dos nossos dosséis eram tecnologia da Supremacia, presas pelas limitações de seus programas. O verdadeiro labirinto desbravador devia ser mais errático. Pilotos que tinham entrado e escapado reportavam uma configuração diferente em cada ambiente, com surpresas em cada esquina.

Perguntei para Brade o que ela estava vendo, já que aquilo era parte do treinamento. Mas eu conhecia aquele aposento bem demais, então, enquanto ela descrevia o que via, já estava pronta quando a coisa em formato de polvo saltou do canto. Eu sabia que não era real – e que pretendia me distrair da brasa que vinha por trás de nós.

Girei e destruí a brasa antes que ela pudesse me atingir.

— Belo tiro — disse Brade.

Uau. *Um elogio?* Eu estava conquistando a moça.

Ela seguiu na frente até o fundo da câmara, onde, aos meus olhos, a saída estava coberta por alguma substância que parecia alga marinha.

— Você vê alguma coisa ali? — perguntou ela.

— Algum tipo de planta aquática.

— Vejo rochas — grunhiu ela. — Como da última vez.

Abaixou a nave para passar pelo holograma, e eu a segui, entrando em outro túnel metálico.

— Eu meio que espero que Winzik tente nos matar de novo — observei enquanto seguia atrás dela.

— Winzik é brilhante — disse Brade no mesmo instante. — Sabe exatamente o que está fazendo. Ele, é óbvio, entende nossas limitações melhor do que nós mesmas.

— Ele teve sorte — comentei. — A façanha dele lá fora teria parecido bem estúpida se tivéssemos sido mortas.

— Ele é *brilhante* — repetiu Brade. — Não é de surpreender que você não entenda os objetivos dele.

Me irritei com aquilo, mas engoli uma resposta. Brade estava batendo papo. Era um progresso.

— Você cresceu com Winzik? — perguntei. — Tipo, ele foi seu pai?

— Mais como meu guardião — ela respondeu.

— E seus pais? Seus pais biológicos?

— Fui tirada deles quando tinha sete anos. Os humanos precisam ser cuidadosamente monitorados. Podemos nos alimentar da agressividade dos demais, o que pode se transformar rapidamente em sedição.

— Mas deve ter sido bem difícil. Abandonar seus pais sendo tão jovem.

Brade não respondeu, mas continuou seguindo na minha frente pelo corredor, e depois entrando em outro que seguia para baixo. Eu a segui, franzindo o cenho quando as paredes dos túneis lentamente mudaram e se transformaram em rocha.

Isso parece familiar, pensei.

Estalactites, estalagmites. Pedra natural parecendo derretida em alguns lugares pelo gotejar constante de água. E ali ao lado um enorme cano de metal que saía pela rocha.

Parecia... parecia as cavernas que eu explorava quando era jovem. Os túneis sem fim de Detritus, onde eu caçava ratos, imaginando que estava lutando contra os Krell.

Parei minha nave perto da parede, onde meus holofotes iluminaram inscrições antigas. Padrões, palavras, em um idioma impossível de traduzir. Eu *conhecia* este lugar. Embora a escala fosse maior, tinha a aparência exata de um túnel que eu atravessara centenas de vezes, um lugar onde eu passava os dedos na pedra molhada e fria. Um armário de manutenção ali perto guardava meu lançador de arpão, meu caderno de mapas e o broche que meu pai me dera...

Quase de forma inconsciente, estendi a mão na direção da parede, embora meus dedos batessem no vidro do dossel. Eu estava em uma nave, um caça estelar alienígena, viajando por um labirinto no espaço profundo. Como? Como tinham entrado em minha mente e reproduzido esse lugar?

Meus olhos focaram no vidro do meu dossel. Refletido nele, como se estivesse sentado bem atrás de mim no cockpit, estava um par de pontos branco ardentes, grandes como minhas mãos fechadas. Buracos que perfuravam a realidade em si, sugando e esmagando tudo em um par de túneis impossivelmente brancos. Pareciam olhos.

Os pelos em minha nuca se arrepiaram. Abri a boca para gritar, mas os olhos desapareceram – e, com eles, a mudança no túnel. Em um instante, eu estava de volta em outro corredor metálico, um entre milhares deste labirinto.

— Ei — disse Brade em meu ouvido. — Você vem ou não?

Eu me virei e olhei por sobre o ombro, mas vi apenas a parte de trás do meu cockpit – uma parede acolchoada onde ficavam presos um cobertor de emergência, uma lanterna e um kit de primeiros socorros.

— Alanik? — Brade me chamou. — Tem alguma coisa aqui. Venha me dizer o que você vê.

— Estou indo — falei, e minhas mãos estavam trêmulas quando as coloquei nos controles. Caramba. Caramba, caramba, caramba, caramba. Eu me sentia sozinha. Pequena. Não tinha ninguém com quem falar sobre aquilo. Cobb e meus amigos estavam a trilhões de quilômetros de distância, e mesmo M-Bot estava impedido de se comunicar comigo até eu voltar para Visão Estelar.

Eu ousaria mencionar minha visão para Brade? Aquilo não fora um simples holograma do labirinto desbravador. Tinha vindo das minhas *próprias lembranças*. Será que ela pensaria que sou louca? Pior ainda, será que pensaria que sou um deles? Será que eu estava vendo aquelas coisas porque alguma parte de um desbravador havia se ligado *à minha alma*?

Meus controles enlouqueceram quando cheguei ao final do túnel. Eles diziam que eu havia atingido um ponto de gravidade artificial e – ainda mais estranho – havia entrado *na atmosfera*. Esta nave mal tinha asas, mesmo assim tinha ailerons para manobras e os coletores atmosféricos que eram acionados para me ajudar a fazer curvas em alta velocidade.

Logo adiante, Brade tinha parado a nave dela.

— Qual a leitura dos seus sensores? — perguntou ela.

— Atmosfera — falei. — Nitrogênio e oxigênio.

Brade avançou mais um pouco, entrando em uma câmera grande cujo chão parecia recoberto de musgo.

—Você vê o musgo? — perguntei.

— Sim — disse ela, e então disparou seu incinerador. Uma explosão cintilou amarelo-alaranjada em uma das laterais da câmara, arrancando pedaços de metal incandescentes. Senti a onda de choque e minha nave tremeu.

— O que foi isso? — perguntei. — Por que você atirou?

— Os disparos formaram um fogo que continua ardendo, em vez de ser sugado no vácuo — comentou Brade. — E eu os escutei. Passamos por um escudo invisível e entramos em um bolsão de atmosfera.

De forma alarmante, ela abriu o dossel de sua nave.

— Brade! — gritei.

— Relaxe — respondeu ela. — Os pilotos relataram aposentos como este perto do coração. — Ela desceu a nave, aterrissando na superfície coberta de musgo. Depois saiu do cockpit e se deixou cair.

Levei minha nave para o interior da câmara. Depois de todos os truques que tínhamos enfrentado naquele lugar, ela estava disposta a simplesmente sair da nave? Claro que ainda estava com o capacete, e seu traje de voo funcionaria como um traje de pressão, mesmo assim.

— A membrana deve estar em algum lugar por aqui — disse ela. — Me ajude a procurar.

Nervosa, aterrissei minha nave ao lado da dela. Verifiquei meu console e fiquei aliviada em descobrir que a diferença de pressão era mínima, então abri meu dossel. Soltei o cinto de segurança, seguindo Brade com os olhos enquanto ela cutucava o solo. Por fim, desci da nave e meus pés rasparam o musgo. Era real, não um holograma.

Escolhi meu caminho com bastante cuidado até Brade, que tinha tirado o capacete e olhava ao redor da câmara escura, iluminada pelos holofotes dos nossos caças.

— Brade — falei, acionando o microfone que projetaria minha voz para fora do capacete. — E se for uma armadilha?

— Não é — disse ela. — Encontramos o coração. É esse o objetivo do labirinto.

— Mas chegamos aqui rápido demais. Só depois de quanto? Três câmaras?

— O coração muda de lugar — disse Brade, examinando a caverna. — Eles devem ter simulado isso quando construíram este labirinto.

— Eu... — Me aproximei dela. — Não estou convencida de que este labirinto foi fabricado.

— Os humanos...

— Sei onde a Supremacia disse que conseguiu isso — falei, interrompendo-a. — E a maior parte de mim acredita nessa história. Mas não acho que os humanos fabricaram isso. É muito... — O quê? Esquisito? Fantasmagoricamente surreal?

Ele me faz ter alucinações reais. Não é artificial. Não completamente.

— Acho que pode ser um cadáver — comentei. — O cadáver de um desbravador reaproveitado para treinos.

Brade franziu o cenho ao ouvir isso.

— Não sei nem se eles morrem, Alanik. Você está presumindo coisas.

Talvez ela estivesse certa. Mesmo assim, mantive meu capacete enquanto vasculhávamos a caverna, permanecendo juntas. O musgo naquelas rochas estava vivo, ou era o que parecia quando eu o apertava entre os dedos. E se ele soltasse, tipo, esporos perigosos ou algo assim? Eu teria me sentido bem mais confortável se Brade colocasse o capacete de novo.

Quando chegamos na outra extremidade da câmara, vi alguma coisa no chão. Uma teia verde-escura, escondida atrás de uma pilha de pedras. Chamei Brade com a mão e me aproximei do local. Parecia uma teia de aranha de fibras verdes, e tinha cerca de um metro de diâmetro, com um formato circular.

— Você vê isso? — perguntei.

— Uma membrana — disse ela. — Feita de fibras verdes.

Então não era uma alucinação. Ajoelhei, cutucando as fibras, e olhei para Brade. Ela não parecia ansiosa em atravessá-la, e descobri que eu também não estava.

— Eu fiquei furiosa — Brade falou por fim, com um tom de voz suave.

— Hum? — perguntei.

— Você me perguntou antes — disse ela. — Como me senti quando fui tirada dos meus pais quando jovem. Me deixou brava.

Ela se ajoelhou, arrancando a teia de fibras, puxando tudo para trás e revelando um buraco no chão. Parecia ter uns dois metros de profundidade, e a luz do meu capacete mostrou um fundo de metal.

— Aquilo ferveu dentro de mim por anos — continuou Brade. — Um poço derretido, ardendo como o fogo de um incinerador. — Ela me olhou novamente. — Foi quando percebi que a Supremacia estava certa. Eu *era* perigosa. Muito, *muito* perigosa.

Ela me encarou nos olhos por um instante, então colocou novamente o capacete e ativou o canal de comunicações para falar com o Comando de Voo.

— Achamos o coração — disse ela. — Entrando agora.

Ela passou pela abertura. Hesitei por um momento e desci atrás dela. Meu coração começou a bater mais rápido, mas nossas luzes de cabeça mostravam só uma câmara vazia e pequena, com um teto bem baixo.

— Bom trabalho — a voz de Winzik falou em nossos ouvidos. — Alanik de UrDail e Brade Shimabukuro, vocês são a sétima dupla a chegar a este salão nos treinamentos.

— O que acontece agora? — perguntei. — Quero dizer, se estivéssemos em um labirinto desbravador de verdade? O que encontraríamos?

— Não sabemos o que acontece — disse Winzik. — Ninguém jamais retornou depois de passar pela membrana. Mas, no caso de uma verdadeira emergência com um labirinto desbravador, vocês devem detonar a arma. A vida de milhões pode depender disso.

A arma. Nos falaram várias vezes da existência de uma arma, embora não tenham nos dado detalhes. Garantiram que, se acontecesse uma emergência com um desbravador, cada um de nós receberia um caça equipado com uma dessas armas, que aparentemente era algum tipo de bomba que devíamos detonar perto da sala da membrana.

— Ótimo — disse Brade para o Comando de Voo. — Agora que chegamos aqui, acho que estamos prontas. Brade desliga. — Ela deu um salto e saiu da sala pelo buraco, voltando para a câmara com o musgo.

Eu a segui, desligando o canal com o Comando de Voo.

— Pronta? — perguntei. — Brade, só conseguimos chegar no coração uma vez. Ainda precisamos cumprir essa missão muitas vezes mais.

— Com que finalidade? — perguntou ela. — Os aposentos estão começando a se repetir; já vimos tudo o que este teste do labirinto pode nos mostrar. Não ficaremos mais preparadas do que já estamos.

Eu a alcancei.

— Duvido disso. Sempre há espaço para mais treinamento.

— E se esse labirinto falso nos deixar complacentes? A coisa real será inesperada. Insana, ou pelo menos além do nosso tipo de sanidade. Se passarmos por essas mesmas salas, ficaremos confortáveis demais com elas. Então, quanto mais treinarmos, pior vai ser.

Assim que chegamos nas naves, eu hesitei, pensando no que ela dissera antes sobre ter ficado brava. Então, depois de um momento de indecisão, tirei meu capacete. Só por precaução, eu não queria arriscar que meu microfone captasse o que estava prestes a dizer.

Brade estava prestes a subir na asa da própria nave, mas parou quando me viu. Ela inclinou a cabeça, e então tirou o capacete também. Deixei o meu de lado e gesticulei para que ela fizesse o mesmo.

— O que foi? — perguntou ela.

Mais uma vez, quase contei para ela. Quase desliguei meu bracelete, revelando meu rosto verdadeiro. Neste lugar de mentiras e sombras, quase expus a verdade para ela. Queria tanto ter alguém com quem conversar, alguém que pudesse entender.

— E se tiver um jeito de mudar as coisas? — falei, em vez disso. — Um jeito de fazer com que os humanos não precisem ser tratados como você foi? De mostrar para a Supremacia que estão errados sobre você?

Ela inclinou a cabeça e apertou os lábios, em expressão bastante dione.

— Esse é o ponto — disse ela. — Eles *não estão* errados.

— O que foi feito com você não é natural, Brade. Você *estava certa* de ficar brava.

Ela pegou o capacete e o colocou na cabeça, então subiu no cockpit. Suspirei, mas fiz o mesmo. Então eu já estava com meu capacete quando ouvi o que ela falou na sequência.

— Comando de Voo — disse Brade. — Chegamos ao centro, então vou testar a arma agora.

— Afirmativo — respondeu Winzik.

Espere. *O quê?*

— Brade! — exclamei, olhando para o cockpit dela. — Eu sequer prendi meu cinto de...

Ela apertou um botão em seu console e um clarão irrompeu do centro da nave dela. Aquilo me atingiu como uma onda invisível, conectada não com meu corpo, mas à minha mente.

Naquele exato momento, eu soube o caminho para casa.

31

Eu *sabia* o caminho para *casa*.

Tinha visto – o percurso até Detritus – tão claramente quanto conseguia me lembrar da trilha até a caverna escondida onde eu encontrara M-Bot. Tão claramente quanto eu me lembrava do dia em que meu pai voara pela última vez para lutar contra os Krell.

Estava gravado em meu cérebro. Como uma seta feita de luz. Eu sabia, de algum modo, não apenas a direção – mas o destino. Minha casa. Esta arma, a coisa secreta criada para combater os desbravadores, não era o que eu presumia ser.

— O teste da arma foi um sucesso — disse Brade. — Se fosse um desbravador de verdade, tenho cem por cento de certeza de que ele teria sido desviado para o refúgio humano em Detritus.

Ouvi ao fundo aplausos e congratulações. Ouvi Winzik dizendo aos demais oficiais do governo que o sistema antidesbravador estava operacional, e que seus pilotos estavam perfeitamente treinados. Ele terminou com uma conclusão simples e inesperada.

— Se um desbravador *realmente* atacar a Supremacia, meu programa garante que seremos capazes de enviá-lo para destruir os humanos em vez de nós. Combateremos as duas maiores ameaças do universo virando uma contra a outra!

O terrível entendimento pairou sobre mim. Arranquei meu capacete e saí do cockpit, atravessando o solo esponjoso na direção da nave de Brade. Quando cheguei, encontrei-a sentada na asa da nave, com o capacete ao seu lado.

— Você *sabia* disso? — eu quis saber.

— É claro que eu sabia — Brade respondeu. — Os cientistas de Winzik usaram meu cérebro para desenvolver a arma. Sempre soubemos que havia uma conexão entre os citônicos e os desbravadores. Nós causamos dor a eles, Alanik. Eles nos odeiam, talvez até nos temam. Tentamos durante anos explorar isso e chegamos à conclusão lógica. Se não podemos destruir os desbravadores, podemos pelo menos desviá-los.

— Não é uma boa solução! Na melhor das hipóteses, posterga a catástrofe! Não impede que ela aconteça!

— Impede, se fizermos isso direito — disse Brade. — *Não* precisamos derrotar os desbravadores. Simplesmente precisamos controlá-los.

— Isso não é controlá-los! — retruquei. — Uma única explosão mal testada que *poderia* desviá-los? O que acontece quando voltarem? O que acontece *depois* que destruírem o alvo e continuarem a atacar a galáxia?

Eu estava tão acostumada com o jeito como os diones e os Krell respondiam a rompantes como este que uma parte de mim ficou surpresa quando Brade apenas sorriu, em vez de se afastar e me criticar por minha agressividade.

— Você age como se Winzik não tivesse pensado em nada disso — disse ela.

— Considerando minha experiência com ele e seus testes militares, acho que tenho direito de questionar as previsões dele!

— Não se preocupe, Alanik — disse Brade. Ela acenou com a cabeça na direção da nave. — O "teste" de hoje era uma exibição para os oficiais que estão na *Pesos e Medidas*. Não é a primeira vez que testamos a arma; ela está sendo planejada há anos. Sabemos que conseguiremos dar conta de um desbravador.

Brade desceu da asa, as botas raspando na rocha recoberta de musgo quando chegou ao chão. Ela se aproximou de mim.

— Este programa de treinamento e esses pilotos todos são uma apólice de seguro. O trabalho deles será usar bombas diversionistas para fazer o desbravador seguir de um lugar para o outro até que a verdadeira arma chegue.

— E o que é?

Ela apontou para si mesma. Depois para mim.

— Ao se juntar a essa esquadrilha, você nos proporcionou um presente. Outra citônica. Temos tão poucos. Winzik me disse para fazer amizade com você, para recrutá-la. Então, aqui estamos.

Me recrutar? Durante todo esse tempo, Brade estava tentando *me recrutar*? Foi por isso que ela andou se aproximando de mim ultimamente? Caramba, ela era tão ruim nisso quanto eu.

— Isso é *insano*, Brade — falei. — Os humanos tentaram controlar os desbravadores, e olhe aonde isso os levou!

— Nós aprendemos com os erros deles — disse Brade. — Se estiver disposta, posso ensinar você sobre seus poderes. Coisas que você jamais *sonhou* serem possíveis. Nós *podemos* controlar os desbravadores.

— Você tem *certeza*? — perguntei. — Tem *realmente* certeza?

Ela hesitou, e percebi que não estava tão segura assim, embora fizesse um gesto dione de garantia erguendo a mão e juntando dois dedos.

As fissuras em sua armadura estavam ali. Ela não era tão confiante quanto fingia ser.

— Precisamos conversar sobre isso — falei. — Não sermos tão apressadas.

— Talvez — concordou Brade. — Mas talvez não haja tempo.

Brade se virou para sua nave.

— A Supremacia está perdendo seu domínio nas viagens. Outros estão perto de descobrir sua tecnologia. Alguma coisa nova é necessária. Alguma coisa para manter todo mundo na linha e evitar guerras.

O horror daquilo me atingiu.

— Os desbravadores. Vocês vão mantê-los sobre a cabeça de todo mundo... uma ameaça. "Obedeça, se comporte, ou mandaremos um deles para a porta da sua casa..."

— Pense na oferta, Alanik — Brade colocou o capacete. — Temos certeza de que podemos distrair um desbravador enquanto ele estiver em nosso reino. No passado, eles às vezes passavam os anos entre os ataques flutuando no espaço, fazendo o que quer que façam. Então, se nossa força estiver pronta quando um deles se aproximar de um planeta povoado, deve ser bastante seguro… em especial com citônicos como nós na retaguarda. Winzik pode explicar melhor do que eu. Ele é um gênio. De toda forma, precisamos voltar.

Ela entrou em seu cockpit. Fiquei parada, em silêncio, surpresa, por um longo momento, tentando digerir tudo o que ela dissera. O que quer que *diziam* ter praticado, quaisquer garantias que *achavam* ter, eles estavam errados. Eu tinha sentido os desbravadores. Winzik e sua equipe eram como crianças brincando com uma bomba ativa.

Mas, enquanto voltava para minha nave, tive que admitir que uma pequena parte minha estava tentada. Quanto Brade sabia sobre meus poderes? O que ela poderia me mostrar? Eu tinha fingido me juntar às forças armadas da Supremacia para conseguir acesso a um hiperdrive. Será que poderia fingir aceitar essa oferta para aprender o que Brade sabia?

Seria ir longe demais, pensei enquanto subia na nave. *Não*. Eu não queria ter nada a ver com os desbravadores. Embora isso não fosse realista, nunca mais queria sentir os olhos deles em mim. Eu não queria mais sentir os pensamentos deles invadindo os meus, fazendo tudo e todos parecerem tão insignificantes.

Eu não podia tomar parte no que quer que Brade e Winzik estivessem tramando. Tinha que achar um jeito de impedir isso.

— Brade — falei quando voltamos ao comunicador. — Você não se importa de estarem planejando usar isso para destruir um planeta inteiro de humanos? Seu povo?

Ela não respondeu imediatamente. E, quando o fez, achei ter ouvido uma hesitação em sua voz.

— Eles… eles merecem. É assim que precisa ser.

Sim, obviamente existiam fissuras em sua confiança. Mas como eu poderia explorá-las?

Nós duas saímos do labirinto e seguimos na direção do restante da nossa esquadrilha. Mas recebemos uma chamada da *Pesos e Medidas* antes de chegarmos.

— Vocês duas — disse o oficial. — Alanik de UrDail e a humana. Apresentem-se imediatamente.

Senti uma onda súbita de pânico. Será que era apenas Winzik ainda tentando me recrutar ou era algo relacionado a meu drone espião? Diante das descobertas avassaladoras que Brade lançara sobre mim, quase me esquecera do meu plano e do pequeno robô escondido na *Pesos e Medidas*.

Olhei para as estrelas. Eu não precisava de coordenadas para tentar julgar a direção para Detritus. Eu podia senti-la ali, o caminho gravado em minha mente. Estava desaparecendo, como o caminho para Visão Estelar que Alanik pusera em minha mente, mas muito mais devagar. Sentia que essa seta ficaria comigo durante dias pelo menos.

Alanik estava fraca na ocasião, quase morrendo. Foi por isso que as coordenadas dela tinham desaparecido tão rápido. Essa era uma impressão mais poderosa.

Eu poderia ir embora. Podia saltar para casa, neste momento. Estava livre.

Mas M-Bot e Doomslug estavam na embaixada. Não – eu ainda tinha uma missão ali. Ainda não era hora de partir. Por enquanto.

Winzik não pode ter descoberto o drone, eu disse para mim mesma, deixando de lado minha ansiedade anterior. *Por que eles nos chamariam, se esse fosse o caso? Por que me chamariam? Se suspeitassem de mim, começariam a atirar, certo?*

Virei minha nave na direção da *Pesos e Medidas*, que parecia uma pequena rocha se comparada ao rochedo poliedral dominante que era o labirinto desbravador. Assim que me aproximei o suficiente da nave de transporte, meu bracelete vibrou, indicando que a comunicação com o drone estava reestabelecida.

Status? Enviei para ele, digitando no bracelete.

Eu me infiltrei na sala de máquinas, veio a resposta. *Estou sobrevoando um canto. Boa visibilidade. Os algoritmos determinam uma chance muito baixa de ser descoberto. Continuo ou retorno ao ponto de encontro?*

Viu algo interessante?

Não sou capaz de responder a essa questão. Mas meu cronômetro indica que cheguei depois que o hipersalto ocorreu.

Eu queria que ele ficasse no lugar até que fizéssemos o hipersalto para Visão Estelar. Isso me daria uma chance maior de capturar informação sensível.

Permaneça, enviei.

Aterrissei atrás de Brade no hangar dos caças e entreguei minha nave para a equipe de manutenção. Eu a alcancei quando desceu de sua nave.

— Alguma ideia do que se trata? — perguntei. — Tem a ver com me recrutar?

Ela fez um gesto evasivo com os dedos, um gesto dos diones.

Fomos recebidas por um drone guia, que nos levou do hangar dos caças até um caminho vermelho acarpetado que eu ainda não conhecia, por dentro da *Pesos e Medidas*. Irracionalmente, sentia como se estivesse caminhando para a prisão – até o momento em que passamos por um conjunto de portas duplas e entramos em uma festa.

Krell e diones em uniformes oficiais ou túnicas estavam por toda parte bebericando coquetéis elegantes. Uma grande tela na parede do outro lado da sala mostrava gravações dos caças em treinamento, alternando com telas de texto que explicavam a filosofia por detrás do treino. Das pequenas partes que meu tradutor leu para mim, parecia que o Departamento de Serviços de Proteção estava fazendo um grande esforço para provar como aquele projeto era importante.

De fato, notei outros pilotos de outras esquadrilhas espalhados pela sala conversando com os oficiais. Aparentemente, eu tinha sido convocada por questões de propaganda. Logo Winzik gesticulou para que eu ficasse ao lado dele – embora o drone tivesse instruído Brade a esperar atrás.

Winzik estava de bom humor, a julgar pelo jeito animado como balançava os braços de seu exoesqueleto verde.

— Ah, aí está ela! A única de sua espécie em Visão Estelar. E agora ela serve em meu programa. Prova de que, de fato, tem méritos!

Os dois Krell com quem ele estava falando olharam para mim.

— Ah — um deles falou. — Seu povo já serviu aos humanos, não foi? Como se sente ao ser finalmente convidada a se juntar à Supremacia?

— Honrada — eu me obriguei a falar. Caramba, aquilo tinha que acontecer hoje? Agora que eu não estava lutando ativamente, a preocupação com o drone espião estava ficando quase insuportável.

— Estou mais interessado em sua humana, Winzik — o outro Krell disse. — Ela já matou alguém por acidente?

— Ora, ora, não! Ela é *muito* bem treinada. Vamos nos concentrar em meu projeto, Excelências. Um plano razoável para nos proteger dos desbravadores, por fim!

— Isso — uma voz falou por sobre meu ombro — e a primeira força espacial ativamente pilotada da Supremacia em uma centena de anos. Composta inteiramente por espécies inferiores, inclusive.

Eu me virei e dei de cara com Cuna atrás de mim. Mesmo em uma sala cheia de diplomatas e políticos, Cuna se destacava – por sua altura e a pele azul-escura, sob uma túnica com um tom violeta-escuro que era quase preto.

— Não é formada por inteiro de espécies inferiores — admitiu Winzik. — Temos um dione. Um rascunho, estranhamente.

— Ainda assim, um empreendimento incrível — comentou Cuna. — E que faz com que eu me pergunte sobre os Departamento de Serviços de Proteção... e suas ambições para esta força em treinamento.

Dava quase para sentir a tensão entre Cuna e Winzik. Os outros oficiais fizeram o equivalente Krell a pigarrear – um gesto em cruz – antes de se retirarem. Ficamos apenas eu, Winzik e Cuna.

Os dois não falaram nada. Só ficaram se encarando. Por fim, Winzik deu meia-volta sem uma palavra e respondeu algo para uma pessoa que estava conversando ali perto. O animado Krell se aproximou e entrou com tudo na conversa alheia, explicando de maneira entusiasmada seu plano de defesa contra os desbravadores.

Quanto Cuna sabe?, eu me perguntei. *Foi Cuna quem convidou Alanik para vir até aqui, uma citônica. Ele deve suspeitar do que Winzik está fazendo, mas quanto posso confiar em qualquer um deles?*

— Não sei o que nada disso significa — falei para Cuna. — Mas não estou interessada em seus joguinhos políticos.

— Infelizmente, Alanik, o jogo não se importa com seu interesse. Você já está nele.

— Você sabia sobre a arma? — perguntei. — Sabia qual era o real propósito dela? Enviar os desbravadores para atacar outros planetas?

— Eu suspeitava — disse Cuna. — Agora tenho a confirmação. Há... certas coisas que preciso dizer para você, mas não podemos conversar aqui. Mandarei alguém buscá-la quando voltarmos para Visão Estelar. Para variar, faça a gentileza de *me atender*. Resta pouco tempo.

Ele me deu um de seus sorrisos malignos – aquele que me causava arrepios no corpo todo. Não tinha sido Cuna quem me dissera que os humanos haviam caído por tentarem transformar os desbravadores em armas? O que ele achava de Winzik e a Supremacia tentarem fazer basicamente a mesma coisa?

Cuna se virou para ir embora e eu estendi a mão para impedi-lo – pretendendo exigir respostas *imediatas*. Infelizmente, fui interrompida por gritos do outro lado da sala.

— Eu *não vou* — exclamou Brade, sua voz se alastrando. — E, de todo modo, você não deveria querer uma foto com um monstro. — Ela arremessou o copo com alguma coisa colorida na parede, espalhando líquido por todo lado, e saiu da sala.

Caramba! Saí correndo atrás dela, deixando a festa para trás. O drone que tinha nos acompanhado até ali veio atrás de mim com certo atraso.

Alcancei Brade na primeira interseção, onde ela parou, obviamente sem saber que caminho tomar. Vários guardas ali perto nos olhavam com desconfiança – parecia haver mais seguranças nos corredores do que o normal, provavelmente por causa dos dignatários em visita.

— Qual é o problema? — perguntei para ela.

— Eu sou o problema — ela retrucou. — E eles todos são o problema. Não sou nenhuma aberração para assistirem.

Fiz uma careta. Embora eu entendesse o sentimento, ela provavelmente não tinha feito muita coisa para melhorar a reputação dos humanos entre aquelas pessoas.

— Se puderem me acompanhar — o operador do drone falou. — Recebi permissão para levá-las até sua sala de transporte, para que esperem o restante dos pilotos.

Ele saiu pelo corredor e nós o seguimos, passando por algumas janelas com vista para as estrelas. Às vezes era difícil lembrar que estávamos a bordo de uma nave, por mais tolo que aquilo parecesse. A FDD não tinha nada maior do que um veículo pequeno para transportar tropas. Naves deste tamanho – com salões de bailes inteiros – estavam totalmente fora da minha experiência.

Me apressei para acompanhar Brade, procurando alguma coisa para dizer.

— Conheço um lugar — sussurrei para ela — onde ninguém olharia para você como uma aberração. Onde ninguém a encararia.

— Onde? — ela retrucou. — Seu planeta natal? Alanik, conheço a história do seu povo. Meu povo *conquistou* o seu. Eu não seria apenas uma aberração ali… eu seria odiada.

— Não — falei, segurando-a pelo braço e fazendo-a parar no corredor vazio. Parecia haver menos patrulhas nesta parte da nave do que de costume. Alguns dos guardas tinham sido transferidos para o salão de baile. E nosso drone guia estava bem na frente.

— Brade — sussurrei —, posso ver que você tem reservas em relação a este plano.

Ela não respondeu, mas me olhou nos olhos.

— Há… coisas que não posso contar para você agora — falei. — Mas prometo que posso levá-la para um lugar onde você será valorizada. Não odiada, nem temida. Celebrada. Vou explicar em breve. Só quero que me escute quando eu fizer isso, tudo bem?

Brade franziu o cenho de um jeito bem humano. Ela podia ter aprendido alguns dos maneirismos dos Krell e dos diones, mas fora criada – pelo menos quando criança – por pais humanos.

O drone guia nos chamou, então soltei Brade e nos apressamos para alcançá-lo. Passamos pelo corredor que levava à Engenharia – ainda havia um guarda na interseção, infelizmente – e seguimos até a sala de salto.

Fiquei inquieta pelo que pareceram ser horas, mas provavelmente foram apenas trinta minutos – então senti um cheiro marcante de canela.

— Vocês duas estão bem? — perguntou Vapor. — O Comando de Voo disse que chamou vocês, mas não me falaram o porquê. Para eles, eu não tenho nenhuma autoridade real.

— Estamos bem — respondi, olhando de relance para Brade, que ocupara seu assento habitual na última fila, e se sentou encarando a parede. — Winzik só queria exibir alguns de seus pilotos.

Os kitsen e Morriumur entraram pouco tempo depois.

— Alanik! — disse Kauri, voando com a plataforma até mim. — Vocês chegaram no coração!

— Como era? — perguntou Hesho de seu trono. — Brilhante, como mil alvoreceres simultâneos? Escuro, como a penumbra de uma caverna que jamais viu o céu?

— Nenhum dos dois — respondi. — Era uma sala vazia, Hesho. Eles não sabem o que existe no centro de um labirinto de verdade, então não puderam imitar.

— Que decepcionante — disse ele. — E nada poético.

— Ouvi dizer — comentou Morriumur — que o alto-ministro da Supremacia estava aqui hoje *em pessoa*. Você o viu?

— Não sei — falei. — Eu não o reconheceria mesmo se visse.

Aya, uma integrante da artilharia kitsen, começou a contar uma história sobre como vislumbrara o alto-ministro enquanto fazia turismo em Visão Estelar. Hesho deixou claro que não estava impressionado – mas, bem, ele tinha sido rei, então talvez um alto-ministro fosse entediante para ele.

Fiquei feliz em deixar os outros falarem, me acomodei em meu assento e digitei discretamente em meu bracelete. *Status?*

Esperando e observando, o drone mandou a mensagem. *Há movimento de pessoal. Com base nos diálogos, acredito que logo faremos um hipersalto.*

Certo. Era hora, então. Eu só tinha que esperar que o drone conseguisse registrar alguma coisa. Afundei em mim mesma e fingi que estava voando. Imediatamente vi o caminho para casa, mas me afastei daquele pensamento. Agora não. Ainda não.

Tentei expandir a mente para a própria nave, a *Pesos e Medidas*. Tentei "ouvir" o que estava sendo dito a bordo... Não devia funcionar. Não havia motivo para usarem comunicação citônica para falar com outros lugares a bordo da nave. Mesmo assim, as vozes da Engenharia apareceram em minha mente.

Parecia que... alguém estava retransmitindo para mim? Como se alguém estivesse ouvindo as conversas e projetando-as.

Todos os pilotos estão a bordo e o pessoal em seus postos, disse a voz de Winzik. *Engenharia, podem executar o hipersalto para o espaço regional de Visão Estelar.*

Entendido, um engenheiro respondeu. Eu conseguia até notar o sotaque dione. *Preparar para o hipersalto.*

Perto deles. Perto deles estava uma *mente*. Não uma pessoa, mas alguma outra coisa. Estava transmitindo aquelas palavras. Talvez... talvez eu pudesse fazer algo para garantir que o drone tivesse algo para registrar. Minha presença ali na nave já tinha interferido nos hipersaltos. Será que eu conseguiria interferir de propósito? Forçar a tripulação a trocar os hiperdrives?

Pressionei com suavidade a mente que encontrei. Ouvi um grito agudo.

Mau funcionamento do hiperdrive, a Engenharia reportou. *Ponte, temos outro mau funcionamento de hiperdrive. São esses citônicos a bordo. Estão criando uma interferência inconsciente nos hiperdrives.*

Tentaram trocar?, perguntou a ponte.

Carregando um agora. Podemos fazer algo a esse respeito? Isso gera tanta burocracia...

Voltei de supetão a mim mesma. O que quer que tinham feito, funcionou, pois logo entramos no nada. Outro grito. Outro solavanco quando fui lançada naquele lugar de escuridão pontilhada pelos olhos dos desbravadores. Como sempre, eles tinham se afastado de nós, e olhavam na direção do grito.

Será que era assim que a bomba diversionista funcionava? Os hiperdrives da Supremacia podiam distrair os desbravadores, atrair sua atenção. Talvez a Supremacia tivesse avançado com essa tecnologia para criar o dispositivo que Brade ativara.

Estudei os desbravadores – que, mais e mais, pareciam túneis de luz branca.

Uma sensação de formigamento tomou conta de mim. Eu sabia, sem precisar olhar, que tinha sido vista. Um dos desbravadores, talvez o mesmo da última vez, não tinha se distraído com o grito.

Eu me virei e o encontrei bem ao meu lado. Eu podia sentir suas emoções. Ódio, desprezo, ira. As sensações tomaram conta de mim, e eu arfei. Para o desbravador, toda vida no meu universo não passava de um bando de mosquitos raivosos. De algum modo, ele sabia que eu era mais. Ele se assomou sobre mim, me cercando, me dominando.

Eu ia morrer. Eu ia...

Voltei com tudo ao meu assento na *Pesos e medidas*. Aya ainda estava contando sua história para uma audiência atenta.

Eu me encolhi na cadeira, suando, abalada. Nunca me sentira tão pequena. Tão *sozinha*.

Eu tremia, tentando banir a emoção inesperada. Não conseguia dizer se ela me pertencia ou se era um efeito colateral de ter visto aquele desbravador. Mas a solidão me engoliu.

Era ainda pior do que quando eu estava em Detritus treinando. Morando na minha pequena caverna, dormindo no cockpit enquanto o resto da minha esquadrilha comia e se divertia junto. Naquela época, pelo menos, eu tinha um inimigo contra o qual lutar. Naquela época, tinha o apoio e amizade dos demais, mesmo sendo obrigada a revirar os restos em busca de comida.

Aqui eu estava em uma nave de guerra inimiga cercada por pessoas para as quais estava mentindo. Considerava Hesho e Morriumur meus amigos, mas eles me matariam em um piscar de olhos se soubessem o que eu era.

Atualização de status, o drone enviou essa mensagem de súbito, as palavras vibrando em meu pulso. *É provável que eu tenha sido detectado.*

Um conjunto de alarmes soou repentinamente pela nave. Aya, a kitsen, parou de falar, e o restante da minha esquadrilha se levantou, surpreso pelo som súbito.

O quê?, digitei para o drone. *Explique!*

Antes de sair da sala de máquinas, tropecei em algum tipo de alarme, o drone mandou a mensagem. *Múltiplos engenheiros procurando. Logo serei descoberto.*

Caramba! Embora tivéssemos tentado remover qualquer identificação das partes do drone, M-Bot tinha uma pequena suspeita de que o dispositivo – se detectado – poderia ser rastreado até Alanik.

Caramba, caramba, caramba, caramba, caramba.

Ordens?, o drone perguntou.

Um plano se formou em minha mente. Um plano terrível, mas era o único no qual pude pensar sob tanta pressão.

Consegue alcançar a pistola incineradora presa em você?

Sim. Os braços de serviço conseguem alcançar a arma.

Desarme a trava de segurança, enviei a mensagem. *Remova a fita adesiva. Segure a pistola diante de você. Comece a puxar o gatilho.*

32

Eu esperava uma discussão. M-Bot teria argumentado, mas este drone não era ele. Não era uma inteligência artificial verdadeira, então podia seguir minhas instruções sem considerar as implicações.

Sentimos a série de disparos, por menores que fosse, da nossa sala. Os outros pilotos começaram a murmurar nervosamente.

Continue atirando, instruí o drone. *Evite ser destruído.*

Afirmativo.

As sirenes de alerta ficaram frenéticas, e uma voz surgiu no sistema interno de comunicação, reverberando dentro da nossa sala de salto também.

— Há forças hostis na Engenharia! Número desconhecido, mas estão atirando!

Outro conjunto de disparos soou ali perto. *Aqui vamos nós*, pensei.

— Estamos sob ataque! — gritei para os outros pilotos. Saltei do meu assento, colocando a mochila no ombro. — Precisamos ajudar! — falei enquanto abria a porta e saía em disparada pelo corredor.

Embora Morriumur estivesse em choque em seu assento, Hesho não precisou de outra confirmação. Ele gritou:

— Kitsen! Às armas!

Um enxame de pequenos guerreiros peludos em plataformas voadoras saiu pelo corredor atrás de mim.

— Esperem! — a voz de Vapor disse da sala. — Tenho certeza de que os guardas locais conseguem lidar com o ataque!

Eu a ignorei, seguindo apressada pelo corredor. Como eu esperava, a guarda solitária na interseção para a Engenharia estava se protegendo atrás da parede e pedia reforços pelo comunicador. Os Krell falavam grosso, mas a verdade era que aquela nave provavelmente nunca estivera em combate.

— Posso ajudar — falei para a guarda. — Mas vou precisar de uma arma.

Outra série de disparos soou pelo corredor. A guarda Krell olhou na direção deles, depois de volta para mim.

— Não posso... quero dizer...

Uma parte de mim estava realmente satisfeita em ver como aquela fachada de durona tinha caído assim que o tiroteio começou. Acenei com a mão, impaciente, e a guarda pegou sua pistola – um pequeno incinerador – e me entregou. Então ergueu o fuzil e acenou com a cabeça.

— Hesho, proteja esse corredor — falei. — Não deixe que nada suspeito fuja por aqui!

— Ordem confirmada! — disse Hesho, e as plataformas kitsen entraram em formação, como se fossem uma parede atrás de nós.

A guarda Krell, para seu crédito, se levantou e começou a caminhar pelo corredor. Ela fez um gesto brusco com os dedos – uma versão Krell para *aqui vamos nós*. Então passamos pela grande placa proclamando que tínhamos entrado na Engenharia.

Passei semanas tentando descobrir um modo de entrar ali, e segui a guarda com uma sensação crescente de entusiasmo. Viramos em outro corredor e fui atingida pelo cheiro de limão. Será que a equipe de limpeza tinha passado por ali recentemente? Na parede havia uma placa: NENHUM PESSOAL NÃO ESSENCIAL É PERMITIDO. AUTORIZAÇÃO DE SEGURANÇA I-B EXIGIDA.

Os disparos vinham de uma porta um pouco adiante, mas a guarda parou e se virou para mim.

— Você não tem permissão para entrar nesta sala — ela me disse. — É contra as regras de acesso.

— Elas são mais importantes do que proteger a tripulação da Engenharia?

A guarda parou para pensar na questão e disse:

— Devemos esperar. Um destacamento da segurança está no hangar quatro para um serviço especial, mas logo devem chegar aqui. Tudo o que precisamos fazer é garantir que quem quer que esteja lá não escape.

Tentei seguir em frente, mas a guarda me fez um gesto firme de proibição com a palma da mão erguida, então me escorei na parede, segurando minha pistola. Coloquei a mochila no chão. Minha mente estava a mil. Como tiraria o drone dessa? A qualquer segundo o corredor estaria lotado de guardas de segurança.

Status?, perguntei para o drone, digitando discretamente em meu bracelete.

Cientistas escondidos, o drone disse. *Nenhum deles revidou fogo.*

Analisei o corredor. *Ao meu sinal, voe para o corredor. Dê dois disparos para o alto, e não atire em ninguém. Depois solte a arma.*

Afirmativo.

A mochila está encostada na parede. Esconda-se rapidamente dentro dela depois de largar a arma.

Instruções compreendidas.

Certo. Respirei fundo e então digitei: *Vá.*

Imediatamente, o drone – visível apenas por uma ondulação no ar – flutuou pelo corredor. Ele disparou o incinerador para cima, fazendo a guarda mergulhar no chão com um grito de pavor.

— Está vindo na nossa direção! — eu gritei. E então, bem quando o drone soltou a arma, eu atirei.

Eu tinha passado algum tempo nos campos de tiro, mas nunca pensei que algo tão importante fosse depender da minha capacidade de atirar com uma pistola em um alvo em movimento. Errei os primeiros três disparos, mas consegui acertar a arma um pouco antes de ela atingir o chão.

A explosão dela foi impressionantemente grande, mandando faíscas e pedaços de metal derretido para todo lado. Meu tiro detonou o suprimento de energia da pistola. Enquanto a forte explosão nos atingiu, e seu clarão fulgurante me cegou, pulei em cima da guarda Krell como se quisesse protegê-la do impacto.

Nós duas acabamos empilhadas no chão. Pestanejei, tentando dissipar as manchas que o clarão brilhante causara em minha vista. A julgar pela aparência atônita da guarda, ela sofrera algo similar.

Depois de um tempo, ela me empurrou e conseguiu se levantar.

— O que aconteceu?

— Um drone — respondi, apontando para uma parte queimada do carpete. — Eu atirei nele.

Não havia sinais do drone em si, mas a pistola incineradora espalhara detritos. As sirenes continuavam a tocar, mas a ausência de novos disparos fez a guarda avançar cautelosamente e inspecionar o chão queimado.

— Volte para sua sala de transporte — disse ela.

Fiquei muito feliz em obedecê-la, pegando minha mochila – aliviada em sentir o peso do drone dentro dela.

A guarda espiou dentro da sala de máquinas para verificar quem estava lá dentro e só depois se lembrou de me chamar:

— Deixe a arma!

Larguei a pistola perto da parede e me encontrei com Hesho bem quando uma tropa de seis guardas passou por nós. Um deles, um dione, ordenou aos gritos que voltássemos para nossa sala – mas, felizmente, não parecíamos suspeitos demais. Outros pilotos tinham se reunido no corredor, confusos com os alarmes.

Voltamos aos nossos assentos e agarrei a mochila com o drone contrabandeado. Dei uma espiada e fiquei chocada em ver o drone. Ele não devia estar invisível?

Fechei a mochila rapidamente e digitei: *Acione o holograma do pote do almoço. Versão dois, embalagem vazia.*

Unidade holográfica desligada, ele respondeu. *Explosão danificou sistema.*

O suor escorria pelas laterais do meu rosto. Eu seria exposta. Se os guardas exigissem inspecionar minha mochila…

Depois de um tempo, as sirenes de alarme pararam de tocar e senti a *Pesos e Medidas* aterrissar em Visão Estelar. Meu nervosismo só aumentou. Será que poderia achar um jeito de esconder o drone, por enquanto, dentro da nave? Para pegá-lo depois?

Não tive sequer uma chance – recebemos ordens para seguir até o hangar dos ônibus espaciais. Caminhei entre um amontoado de pilotos nervosos, notando o número de guardas nos corredores. Procurava freneticamente por uma saída, e me lembrei da segunda identidade que M-Bot tinha programado em meu bracelete. O holograma de um dione de feições comuns.

Será que eu poderia usá-lo agora, de algum modo? Parecia improvável. Um dione misterioso aparecendo em meu lugar seria bastante suspeito. Então, segui em frente, certa de que uma bomba estava prestes a explodir. Estava tão concentrada naquilo que não percebi a irregularidade até quase chegar ao hangar dos ônibus espaciais.

Vapor. Eu não conseguia sentir o cheiro dela, e os outros pilotos não deixaram um espaço vazio para ela como normalmente faziam. Entrei no hangar e esperei, tentando ver se conseguia sentir o cheiro dela.

Um segundo depois ela passou por mim. Um cheiro marcante de... limão. O mesmo cheiro que tinha sentido antes, no corredor do lado de fora da Engenharia.

Ela estava ali. No corredor. Segurei a mochila com mais força.

— Vapor? — perguntei.

— Venha comigo — a voz dela retrucou. — *Agora*.

Estremeci e – em pânico – expandi minha mente. Talvez eu pudesse dar um hipersalto para longe e depois dar um jeito de voltar para...

Não. De repente tive certeza de que as direções para Detritus em minha mente me fariam acabar flutuando na órbita do planeta sem traje espacial. Eu estava presa.

— Vapor — falei. — Eu...

— *Agora*, Alanik.

Segui o cheiro dela pela sala, o que era mais fácil do que parecia. Assim como eu imaginara, os guardas estavam revistando todos os pilotos antes de deixá-los embarcar nos ônibus espaciais. Uma precaução óbvia quando um drone era encontrado espionando.

Segurei a mochila com mais força ainda, suando enquanto seguia o cheiro marcante de limão de Vapor. Nos aproximamos de uma nave de aparência elegante. A porta se abriu.

Cuna, usando uma túnica escura, estava sentado lá dentro.

— Alanik — disse ele. — Acredito que tenhamos alguns assuntos para discutir.

Olhei para trás, para o restante da minha esquadrilha. Estavam todos na fila para a revista. Morriumur estava virado na minha direção com a cabeça inclinada. Outros guardas se aproximavam de mim, um deles apontando.

Eu só tinha uma opção. Entrei na nave com Cuna.

33

Apertei a mochila contra o peito quando a porta se fechou, e fui atingida novamente pelo cheiro avassalador de limões, que então lentamente mudou para canela. Os dois guardas chegaram perto da porta e um deles deu uma batidinha na janela. Cuna apertou um botão no painel de controle e a janela se abriu.

— Ministro Cuna? — um dos guardas perguntou. — Precisamos revistar todo mundo.

— Duvido que essas ordens incluam diretores de departamentos, soldado — respondeu Cuna, e então apertou o botão novamente, fechando a janela. Ele gesticulou para o piloto.

A nave decolou e saiu do hangar, voando na direção da cidade propriamente dita. No momento em que saímos da *Pesos e Medidas*, uma voz animada soou em meu ouvido.

— Spensa? — disse M-Bot. — Como foi? O drone funcionou? Consigo captar o sinal dele com o seu. Você o recuperou?

Digitei no bracelete: *Agora não*.

Cuna entrelaçou os dedos e finalmente fez um gesto aliviado com dois deles.

— Nenhuma ordem para retornar — disse ele. — Tivemos sorte. Minha autoridade foi suficiente para não ser questionada. — Então estendeu a mão, acenando para que eu entregasse a mochila.

Eu me recusei, segurando-a com mais força.

— Vapor? — Cuna perguntou.

— É um drone — disse a familiar voz desencarnada. — Ela foi realmente bem esperta para recuperá-lo, já que atirou na arma do drone primeiro. Serão necessários dias até que alguém descubra que os detritos remanescentes só incluem pedaços de uma pistola incineradora.

Tentei olhar feio para Vapor, o que era difícil porque eu não sabia exatamente onde ela estava.

Cuna enfiou a mão no bolso e pegou uma folha de papel, desdobrando-a. Ele a estendeu na minha direção – e eu estreitei os olhos, encarando-o com desconfiança. Por fim, tirei uma mão da mochila com cuidado e aceitei o papel.

— O que ela diz? — perguntou M-Bot. — Spensa, estou com dificuldade para acompanhar essa conversa.

Não ousei responder, mas tirei meu broche e o segurei diante do papel para conseguir uma tradução. Era… uma lista de comunicações?

As mensagens curtas estavam datadas em ordem, começando cerca de uma semana antes.

1001.17: Ministro Cuna, embora respeitemos sua disposição para se comunicar – e reconheçamos a força relativa da Supremacia –, não podemos divulgar informações privadas sobre nossa mensageira.

1001.23: Após continuadas análises das breves mensagens enviadas para nós via nossa mensageira, Alanik, nós, da Unidade de UrDail, estamos preocupados com a segurança dela. Não temos planos de enviar mais pilotos para vocês.

1001.28: Após continuadas suspeitas em relação à segurança da nossa mensageira, devemos interromper as comunicações com você e com a Supremacia até o momento em que ela retorne para nós.

Um calafrio percorreu minha espinha. Cuna estava se comunicando com as pessoas do planeta natal de Alanik. M-Bot e eu conversamos com eles algumas vezes depois da nossa primeira mensagem, tentando ganhar tempo. Parecia que tinham decidido se afastar do problema inteiramente, ignorando nós dois.

— Seu povo está obviamente ganhando tempo para você — disse Cuna. — Posso ver com clareza agora. Os UrDail nunca pretenderam se juntar à Supremacia, não é? Você é uma espiã, enviada para cá *exclusivamente* para roubar a tecnologia do hiperdrive.

Precisei de um momento para compreender aquilo.

Cuna não sabia que eu era humana.

Ele achava que eu era uma espiã do povo de Alanik. E, caramba, certamente parecia, visto da perspectiva de Cuna.

— O que não consigo entender — disse Cuna — é por que vocês arriscariam tanto, considerando que *obviamente* já sabem o segredo. Seu povo, está claro, não apenas sabe como usar uma citônica como você como hiperdrive, mas criou um método secundário. O mesmo que usamos.

O quê? Abri a boca para dizer que não tinha ideia do que Cuna estava falando, mas – pela primeira vez na vida – pensei antes de falar. Por algum motivo, Cuna achava que eu já sabia o segredo. Então... então por que não entrar no jogo? Podia não ter sido treinada para aquilo, mas era eu quem estava ali. E meu povo precisava que eu fosse mais do que tinha sido até aquele momento.

— Não tínhamos como ter certeza de que seus métodos eram os mesmos que os nossos — falei. — Achamos que valia a pena correr o risco, particularmente depois que percebi que teria uma chance de me infiltrar nas naves de guerra e nos projetos secretos da Supremacia.

— Você esteve me enganando esse tempo todo — disse Cuna. — Sabe sobre a arma, a localização do nosso labirinto de treinamento... da luta interna entre nossos departamentos. Seria impressionante, se eu não estivesse tão zangado.

A escolha mais sábia da minha parte parecia o silêncio. Vi pela janela que passamos por uma parte da cidade com grandes edifícios, construídos com cúpulas e extensos jardins. A área governamental? Eu tinha quase certeza de que era onde estávamos.

A nave aterrissou ao lado de um grande edifício retangular – um com poucas janelas. Mais austero e sombrio do que os outros nas proximidades. Cuna estendeu a mão novamente na direção da minha mochila. Percebi que não tinha muita escolha. Eu estava desarmada e em seu território. A única coisa que eu tinha ao meu favor era o fato de que Cuna, incrivelmente, achava que *eu sabia o que estava fazendo.*

Entreguei a mochila.

— Não preciso mais disso — falei. — Essa conversa já foi confirmação suficiente.

Cuna pegou a mochila mesmo assim. Tirou o drone de dentro e o examinou.

— Um dos nossos — disse ele. — Um drone de limpeza modificado? Há dispositivos de segurança impressionantes conectados a ele. Eu não sabia que seu povo tinha acesso a esse tipo de tecnologia.

Cuna olhou na direção em que Vapor estava.

— Parece tecnologia quimera — Vapor disse baixinho. — Do tipo que nos foi proibido depois da guerra. Eu... vi naves antigas com essas marcas nelas.

Tecnologia quimera? *M-Bot?* Não falei nada – embora meu coração tivesse dado um salto quando Cuna enfiou a mão em um compartimento do braço de seu assento e pegou um cabo, que conectou a memória do drone a um monitor nas costas do assento diante de nós.

Tentando manter a voz calma, falei.

— Drone, autorize a reprodução do vídeo começando pelo momento em que liguei você.

— Confirmado — disse o drone.

— Inteligência artificial? — perguntou Cuna, mostrando os dentes em uma expressão de surpresa.

— Não é uma inteligência artificial com autoconsciência — falei rapidamente. — Só um programa básico que pode seguir ordens.

— Mesmo assim! Tão perigoso!

A tela acendeu e eu apareci usando o rosto de Alanik na cabine privativa do banheiro.

— Avance — falei — até dois minutos antes do hipersalto de volta para Visão Estelar.

— Confirmado.

Esperei, apertando as mãos, enquanto a imagem mudava para o que devia ser a sala de máquinas. Parecia surpreendentemente com um escritório – nenhuma aparelhagem para o hiperdrive que eu pudesse localizar, só cadeiras e monitores com diones em uniformes trabalhando.

Olhei para Cuna. Ele realmente ia deixar o vídeo ser reproduzido? Meu coração acelerou conforme o áudio vinha da gravação.

— Todos os pilotos estão a bordo e o pessoal em seus postos — a voz de Winzik disse pelo sistema de comunicação da sala. — Engenharia, vocês podem executar o hipersalto para o espaço regional de Visão Estelar.

— Entendido — disse um dos diones na tela. Um carmesim, um indivíduo um tanto rechonchudo. — Preparar para o hipersalto.

Ele apertou um botão. Nada aconteceu. Em outro canto da nave, naquele momento, eu estava tentando usar meus sentidos citônicos para interferir. Era surreal observar o que estava acontecendo a algumas salas de distância de onde eu estava esperando.

Vários dos diones pareceram agitados, falando baixinho uns com os outros. O rechonchudo apertou o botão de comunicação.

— Ponte, temos outro mau funcionamento de hiperdrive. São esses citônicos a bordo. Eles estão criando uma interferência inconsciente nos hiperdrives.

Outro dione se levantou e caminhou até a parede. Abriu uma escotilha e tirou algo de dentro. Eu me inclinei para a frente, segurando a respiração enquanto via o que ele pegara.

Uma gaiola de metal e, dentro dela, uma lesma amarelo-vivo com espinhos azuis.

34

Uma lesma. Caramba. CARAMBA.

Fazia todo o sentido. A informação sobre a espécie de Doomslug na rede de dados… dizia que era perigosa. Era uma mentira – a Supremacia só queria ter certeza de que, se alguém visse uma lesma, pensaria ser venenosa e ficaria longe.

Relate qualquer avistamento às autoridades imediatamente.

— Tentaram trocar? — uma voz falou na gravação.

— Spensa? — M-Bot disse em meu ouvido. — O que está acontecendo?

— Carregando um agora. Podemos fazer algo a esse respeito? Isso gera tanta burocracia...

Os diones removeram o "hiperdrive" de uma unidade ao lado da parede. Era outra lesma parecida com Doomslug. Colocaram a nova no lugar e ativaram o hiperdrive. Desta vez funcionou.

Eu quase consegui ouvir aquele grito em minha mente de novo. O grito agudo... o grito do hiperdrive. Dado pelas criaturas que estavam usando para teletransportar.

— Drone, pare o vídeo — sussurrei. Eu tinha esperado algo horrível, como o cérebro cirurgicamente removido dos citônicos. Mas... por que os seres sapientes seriam os únicos a terem esses poderes? Não fazia sentido que alguma outra criatura pudesse desenvolver os meios de se teletransportar pelo nada?

Pensei em todas as vezes que encontrei Doomslug em lugares inesperados – todas as vezes que notei de passagem que eu raramente a via se mexer, mas que ela sempre parecia ser capaz de ir rapidamente a qualquer lugar enquanto eu não estava olhando.

Então, de repente, a última peça do quebra-cabeças se encaixou. Uma frase aparentemente simples da informação da rede de dados. *Encontrada frequentemente perto de espécies de fungos.*

M-Bot. Quando ele despertou, uma das únicas coisas que tinha em seu banco de dados era uma tabela para catalogar tipos de cogumelos locais. Ele estava obcecado por isso, sabendo que era importante, mas sem saber o motivo.

Seu piloto estava procurando lesmas para hiperdrives.

— Como? — perguntei para Cuna, tentando disfarçar meu choque. — Como você sabia que eu tinha uma lesma para hiperdrive?

— Eu segui você — disse Vapor, me dando um susto. Às vezes eu *ainda* esquecia que ela estava por perto. — Quando você saiu com Morriumur naquele dia no jardim das águas.

Doomslug tinha ido me receber na porta naquele dia. Caramba, ela estava agindo de um jeito tão estranho e letárgico desde que chegamos. Será que era porque os inibidores citônicos de Visão Estelar interferiam em seus poderes?

Cuna desconectou o drone e o colocou novamente na minha mochila. Então entrelaçou os dedos, me observando com uma expressão pensativa alienígena.

— Isso causa muitos problemas — disse ele. — Além de qualquer coisa que você possa compreender. Eu tinha esperanças... — Ele fez um gesto de desprezo, então abriu a porta da nave. — Venha.

— Para onde? — perguntei, desconfiada.

— Quero lhe mostrar o que exatamente é a Supremacia, Alanik — disse Cuna, pegando minha mochila e saindo do veículo.

Eu não confiava naquela expressão sombria, marcada por um sorriso assustador. Esperei onde estava, sentindo cheiro de canela.

— Você pode confiar em Cuna, Alanik — Vapor me garantiu.

— É claro que você diria isso — respondi. — Mas posso confiar em você?

— Eu não contei para ninguém quem você realmente é, contei? — ela sussurrou.

Olhei atentamente para o espaço vazio que ela ocupava. Por fim, sentindo-me sobrecarregada, desci da nave.

— Cuna — Vapor disse em voz alta, atrás de mim. — Você ainda precisa de mim?

— Não. Pode retornar para sua missão principal.

— Afirmativo — respondeu ela, e a porta da nave se fechou.

Cuna seguiu em direção ao edifício sem olhar para conferir se eu o seguia. Por que ele daria as costas para mim? E se eu fosse perigosa? Me apressei para alcançá-lo.

— Eu não era a missão principal de Vapor? — perguntei, acenando com a cabeça na direção da nave que decolava.

— Você foi um golpe de sorte — disse Cuna. — Ela está lá, na verdade, para observar Winzik. — Cuna chegou à porta, que tinha uma janela e um guarda de segurança do lado de dentro. Ele acenou com a cabeça para Cuna, mas depois mostrou os dentes em uma cara feia dione ao me ver.

— Eu trouxe esta aqui comigo, sob minha autoridade — disse Cuna.

— Precisarei registrar a ocorrência, Ministro. É muito incomum.

Cuna esperou que ele preenchesse uns papéis. Aproveitei a chance para digitar uma mensagem curta em meu bracelete. *M-Bot. Ainda está comigo?*

— Sim — ele disse em meu ouvido. — Mas estou *muito* confuso.

Doomslug é o hiperdrive. Se eu morrer, volte para Detritus. Conte para eles.

— O quê? — disse M-Bot. — Spensa, não consigo fazer isso!

Os heróis não escolhem seus desafios.

— Não consigo sequer pilotar a mim mesmo, muito menos dar um hipersalto!

A lesma é o hiperdrive.

— Mas...

O guarda finalmente abriu a porta. Entrei no edifício, logo atrás de Cuna, e – como eu temia que fosse acontecer quando vi a aparência de fortaleza – o lugar tinha proteção antiespionagem, então a voz de M-Bot desapareceu.

O corredor interno estava vazio, e os passos de Cuna soaram no chão enquanto seguimos até uma porta marcada como SALA DE OBSERVAÇÃO. Dentro havia uma pequena câmara com uma parede que tinha um vidro que dava vista para uma sala maior, com pé direito duplo e paredes de metal. Me aproximei da janela, observando as marcas em várias das paredes.

Aquele idioma estranho, pensei. *O mesmo que vi no labirinto desbravador – e nos túneis lá em Detritus.*

Cuna se sentou em uma cadeira perto da janela de vidro, colocando minha mochila ao lado. Eu permaneci em pé.

— Você tem o poder de nos destruir — Cuna falou com suavidade. — Winzik se preocupa com os desbravadores, os políticos discutem os bolsões de alienígenas agressivos, mas sempre me preocupei com um perigo muito mais nefasto. Nossa própria miopia.

Franzi o cenho, olhando para ele.

— Não poderíamos manter o segredo do hiperdrive para sempre — disse Cuna. — Na verdade, ele não devia ter durado mais do que as guerras humanas. Superamos uma dezena de situações-limite quando o segredo começou a vazar. Nosso domínio sobre a comunicação interestelar sempre foi o suficiente, ainda que por pouco, para manter a verdade contida.

— Vocês não vão manter esse segredo por muito mais tempo — falei. — Ele *vai* se espalhar.

— Eu sei — falou Cuna. — Você não está me ouvindo? — Ele acenou com a cabeça na direção da janela.

Um conjunto de portas na outra sala se abriu e dois diones entraram arrastando algo pelos braços. Eu… eu *reconheci a pessoa*. Era Gul'zah, o burl – o gorila alienígena que tinha sido expulso do programa de pilotos logo depois do teste e que começara a protestar contra a Supremacia.

— Eu tinha ouvido dizer que a Supremacia havia feito um acordo com os manifestantes! — exclamei.

— Winzik foi chamado para cuidar da situação — respondeu Cuna. — O departamento dele vem ganhando muita autoridade. Ele afirma ter feito um acordo para que os dissidentes entregassem seu líder. Não consegui descobrir o quanto do que ele diz é verdade e o quanto é falso.

Aqueles diones, pensei, notando as roupas listradas de marrom que usavam. *Vi alguns como eles limpando a área depois que os manifestantes sumiram.*

— Este burl está sob custódia desde então — prosseguiu Cuna, acenando com a cabeça na direção de Gul'zah. — Alguns temem que o incidente na *Pesos e Medidas* tenha sido causado por revolucionários. Então o exílio foi antecipado. E tenho poucas dúvidas de que Winzik encontrará outras formas de usar seu ataque contra nós para alcançar os próprios objetivos.

Na outra sala, um dos técnicos diones digitou em um console no canto. O centro da sala se iluminou e algo apareceu – uma esfera negra do tamanho da cabeça de uma pessoa. Parecia sugar toda a luz enquanto pairava ali. Era pura escuridão. Uma escuridão absoluta que eu conhecia intimamente.

O nada. De algum modo, eles tinham aberto um buraco para o nada.

Os kitsen haviam mencionado para mim que a Supremacia – assim como os impérios humanos — mineravam pedras de aclive do nada. Eu sabia que tinham portais para aquele lugar. Mesmo assim, ver aquela esfera escura me afetou em um nível primordial. Era uma escuridão que não devia existir, uma escuridão além da simples falta de luz. Uma anomalia.

Eles viviam lá.

Eu suspeitava do que aconteceria a seguir, mas ainda foi horripilante quando aconteceu. Os guardas seguraram o prisioneiro que se debatia e obrigaram seu rosto a tocar a esfera escura. O manifestante começou a se esticar e então foi absorvido escuridão adentro.

O técnico fez a esfera colapsar. Quando todos saíram, eu me virei para Cuna.

— Por quê? — quis saber. — Por que me mostrar isso?

— Porque, antes da sua façanha de hoje, você era minha maior esperança para deter essa abominação — respondeu Cuna.

— Você espera mesmo que eu acredite que um oficial da Supremacia se importa com o que acontece com as "espécies inferiores"? — praticamente cuspi as palavras, talvez com fervor demais. Eu devia ter sido política, contido minha emoções, tentado fazer Cuna falar.

Mas eu estava zangada. *Furiosa*. Tinha acabado de ser forçada a assistir a um exílio, talvez até mesmo uma execução. Estava zangada comigo mesma por ter sido pega, frustrada por finalmente saber o segredo dos hiperdrives – de estar tão perto de levar o segredo para meu povo – só para ser *ameaçada* por Cuna. Era claro que esse tinha sido o motivo para me levar ali. Para me advertir do que me esperava se eu não obedecesse.

Cuna se levantou. Eu era baixa comparada à altura média dos humanos, então a diferença de altura para a de Cuna era enorme. Cuna se aproximou do vidro e apoiou uma mão azul nele.

— Você pensa em nós como se fôssemos uma única mente — disse ele. — Que é o mesmo erro de muitos na própria Supremacia.

A presunção. Você pode escolher não acreditar, Alanik, mas meu *único propósito* é mudar o modo como meu povo vê as outras espécies. Assim que o segredo dos hiperdrives escapar do nosso controle, precisaremos de algo novo para nos manter unidos. Não seremos capazes de viver com base no monopólio das viagens. Precisamos ser capazes de oferecer outra coisa.

Cuna se virou na minha direção e sorriu. Aquele mesmo sorriso assustador, desconcertante. Desta vez aquilo chamou minha atenção e eu percebi uma coisa.

Por acaso eu tinha visto algum outro dione *tentar* sorrir?

Não era uma expressão dione. Eles apertavam os lábios para expressar alegria e mostravam os dentes para demonstrar desgosto. Gesticulavam algumas vezes, como os Krell. Mas eu não conseguia lembrar de nenhum deles, incluindo Morriumur, que já tivesse sorrido.

— Você sorri — comentei.

— Essa expressão facial não é um sinal de amizade entre seu povo? — perguntou Cuna. — Notei que vocês têm expressões similares aos humanos. Pratiquei para o dia em que puder falar com eles e oferecer minha mão pela paz. Achei que a mesma expressão funcionaria com você.

Ele sorriu mais uma vez, e desta vez vi algo novo. Não uma coisa assustadora, mas uma falta de familiaridade. O que eu interpretara como sinal de presunção era uma tentativa de me deixar à vontade. Uma tentativa fracassada, mas era o único sinal do qual eu conseguia me lembrar – em todo o meu tempo aqui – de um dione *tentando* usar uma de nossas expressões.

Pelos santos e estrelas... Eu baseara toda a minha resposta instintiva a essa pessoa no fato de que ela não *sabia sorrir direito*.

— Winzik e eu concebemos juntos o Projeto de Resistência aos Desbravadores, mas com motivos muito diferentes — Cuna continuou. — Ele viu um jeito de ter outra vez acesso a uma força de caças estelares de verdade, pilotada ativamente. Eu vi algo diferente. Vi uma força de espécies inferiores servindo à Supremacia... *protegendo-a*. Talvez seja tolice imaginar, mas vi mentalmente o dia em que um desbravador chegaria... e uma pessoa como você, ou os kitsen, ou alguma outra espécie nos salvaria. Vi uma mudança em meu povo, um momento em que começariam a perceber que um pouco de agressividade é útil. Que os diferentes modos de agir das espécies são uma *força* na nossa união, não uma falha. E então eu a encorajei a se unir a nós.

Ele acenou na direção da sala que tinha o portal negro.

— A Supremacia é enganosamente fraca. Exilamos o que não combina com nosso ideal de não agressividade. Encorajamos espécies a serem mais e mais como nós antes que possam se juntar a nós, e há *bons ideais* entre nosso povo. Paz, prosperidade para todos. Mas ao custo da individualidade? *Temos* que encontrar um modo de mudar isso. — Encostou os dedos na janela mais uma vez. — Nós crescemos complacentes, tímidos. Temo que um pouco de agressividade, um pouco de conflito, possa ser exatamente o que precisamos. Ou então... ou então cairemos diante do primeiro lobo que ultrapassar os portões.

Eu acreditei nele. Caramba. Eu *acreditava* que Cuna era sincero. Mas será que podia confiar em minha própria avaliação? O fato de que eu tinha me equivocado tão grosseiramente em interpretar suas expressões reforçava essa ideia. Eu estava entre *alienígenas*. Eram pessoas, com amor e emoções de verdade, mas também – por definição – não faziam as coisas do mesmo modo que os humanos.

Em quem eu podia confiar? Cuna, Vapor, Morriumur, Hesho? Eu sabia o suficiente para confiar em qualquer um deles? Tinha a impressão de que poderia passar a vida toda estudando outras espécies e, mesmo assim, interpretar esse tipo de coisa de um jeito errado. Na verdade, as tentativas de Cuna de sorrir eram prova dessa ideia exata.

Mesmo assim, me peguei levando a mão ao outro braço e puxando a manga. Abri a pequena tampa no bracelete que me impedia de apertar o botão sem querer.

Então, respirando fundo, desativei meu holograma.

35

Os olhos de Cuna praticamente saltaram da cabeça quando ele me viu. Então mostrou os dentes, recuando.

— O quê? — ele quis saber. — O que é isso?

— Eu nunca fui Alanik — confessei. — Assumi o lugar dela depois que ela se acidentou em meu planeta. — Então estendi a mão. — Meu nome é Spensa. Você disse que estava esperando para estender a mão para um humano em paz. Bem... aqui estou eu.

Devia ser a coisa mais maluca que eu já tinha feito. Honestamente, não tenho certeza se podia explicar o motivo de fazer aquilo. Eu *tinha acabado* de perceber que não podia confiar necessariamente em meus instintos quando se tratava de alienígenas – seus hábitos, expressões e maneirismos não batiam com minhas expectativas.

Mas aquilo era diferente. Eu não estava reagindo por instinto a algo que o alienígena fizera. Aquilo era uma *escolha*. Se houvesse uma chance de existir sinceridade no que Cuna dissera, significaria o fim da guerra. Significaria segurança para meu povo.

Eu não tinha certeza se era o que os heróis das histórias da Vozinha teriam feito. Mas foi o que *eu* fiz. Naquele momento. Assumi aquele risco.

Aceitei aquela esperança.

Cuna segurou minha mão entre as dele – ainda que tenha recuado com o corpo ao fazer isso. Acho que parte do dione repudiava a ideia de me tocar. Mesmo assim, Cuna se *obrigou* a fazer isso. Este alienígena usava termos como *espécies inferiores*, mas eu acreditava que estava se esforçando de verdade.

Cuna me olhou mais atentamente, ainda segurando minha mão.

— Como? Eu não entendo.

— Hologramas — falei. — Tem um portátil em meu bracelete.

— Nós não temos tecnologia para criar um projetor tão pequeno! — comentou Cuna. — Mas havia rumores de que... de que os humanos tinham, durante a primeira guerra. Durante sua aliança com as quimeras. Incrível. As comunicações do planeta natal de Alanik... eles sabem sobre você?

— Eu contei para eles, mas não sei se acreditaram em mim. Depois disso, fiquei basicamente enrolando por um tempo.

— *Incrível* — repetiu Cuna. — Você não deve mostrar isso para mais ninguém! Seria um desastre. — Ele retirou a mão e, quase inconscientemente, a limpou em sua túnica. Tentei não me ofender.

— Você é do planeta das conchas? — perguntou Cuna. — Com as plataformas de defesa?

— Detritus — respondi. — Sim.

— Lutei por vocês até perder a voz — comentou Cuna. — Nas reuniões fechadas do senado, quando havia discussões a favor do extermínio. Eu não acreditava... você está aqui, *conversando* comigo? Incrível! E está em Visão Estelar há semanas! Por acaso você... hum, você... matou alguém? Sem querer, quero dizer.

— Não — respondi. — Na verdade, não somos assim. Passei grande parte do meu tempo aqui tentando descobrir qual dos dezessete banheiros eu devia usar. Sabe como pode ser confuso sem orientações?

Cuna apertou os lábios até formar uma linha. Eu sorri de volta.

Ele caminhou ao meu redor.

— Verdadeiramente espetacular. Observamos vocês todos esses anos, mas sabemos tão pouco. A interferência das plataformas, entende?

Mesmo assim... nós jogamos vocês no que basicamente era a idade da pedra, e menos de um século depois vocês já têm hiperdrives de novo. Não tenho certeza se estou impressionado ou intimidado.

— Neste momento, vamos considerar empatado — falei. Toquei em meu bracelete, ativando o holograma para que mais uma vez eu me parecesse com Alanik. — Cuna, Winzik é mais maluco do que você pensa. Brade me contou um pouco dos planos dele... ele estava tentando recrutar Alanik para um tipo de grupo secreto de citônicos que está montando. Ele acha que pode controlar os desbravadores.

— Certamente você exagera — disse Cuna. — O programa que desenvolvemos usa uma arma para distrair os desbravadores. Nossas análises provam que, se passarem muito tempo em nosso reino sem consumirem um planeta, em algum momento eles desaparecem. O que vamos tentar fazer não é controlá-los, mas distraí-los dos centros populacionais por tempo suficiente para que nos deixem em paz.

— Sim, bem, só que tem mais — garanti. — Você não é o único que está preocupado que a Supremacia perca o controle depois de todo mundo descobrir sobre as lesmas dos hiperdrives. Winzik planeja usar a ameaça de um ataque desbravador para manter todo mundo na linha.

Cuna mostrou os dentes.

— Se for verdade — disse ele —, então tenho muito mais trabalho a fazer. Mas você não precisa se preocupar. Nosso programa ainda está nos estágios iniciais. Eu buscarei a verdade e atuarei para conter as aspirações políticas de Winzik. Ele não é poderoso a ponto de não poder ser detido.

— Tudo bem. Verei o que posso fazer para que o "flagelo humano" recue um pouco.

— Não posso deixar você com aquele drone.

— Pelo menos me devolva a unidade de sensores que instalei — pedi. — Minha nave precisa deles. — Olhei para Cuna. — Por favor, me deixe ir, Cuna. Voltarei para Detritus para persuadir meu povo de que alguém entre os Krell está disposto a falar sobre paz. Acho que vão me escutar. O que aconteceria com o poder de Winzik se o departamento dele de repente não fosse mais necessário? E se o flagelo humano se tornasse aliado da Supremacia, em vez de inimigo?

— Há um longo caminho para que isso aconteça — disse Cuna. — Mas... sim, posso imaginar. Façamos um acordo, então, você e eu. — Cuna hesitou e então estendeu a mão para mim novamente. — Ou um acordo para talvez fazer um acordo.

Apertei a mão dele. Então apertei os lábios em uma linha fina. Cuna, por sua vez, sorriu. Bem, era meio que um sorriso. Um esforço válido, de toda forma.

Recuperei as unidades de sensores e de hologramas que tinha colocado no drone e as guardei nos bolsos do traje de voo, mas deixei o drone em si na mochila. Cuna me levou até a porta e tentei não pensar no pobre alienígena que fora exilado. Eu não podia me sentir responsável pelo que acontecera com ele. Precisava focar no que poderia mudar.

O que aconteceria se realmente fizéssemos as pazes? Isso significaria que não precisaríamos de caças estelares? Eu achava difícil acreditar naquilo – afinal, os desbravadores ainda estavam por aí, certo? Haveria batalhas. Sempre havia batalhas.

Mesmo assim, ainda parecia um pouco estranho que fosse *eu*, entre todas as pessoas, aquela que deu o primeiro passo na direção da paz.

— Posso levá-la até sua embaixada — disse Cuna, me acompanhando pela porta de segurança até o lado de fora. — Então posso cuidar da papelada necessária, indicando que "Alanik" está retornando para seu povo. Não sei como faremos isso funcionar depois, mas...

Cuna parou de falar quando um veículo militar – parecia o mesmo no qual voáramos até ali – desceu e aterrissou com pressa bem no meio do gramado, ignorando a plataforma de lançamento logo adiante. A porta se abriu, mas não havia ninguém lá dentro.

Eu imediatamente senti cheiro de canela.

— Rápido! — a voz de Vapor falou. — Alanik, estamos sendo mobilizados.

— O quê? — retruquei. — Mobilizados como?

— Nossa esquadrilha vai ser enviada para batalha. Acho que um desbravador foi localizado.

36

Nossa nave acelerou pelo céu de Visão Estelar, voando em altitude de emergência, abaixo do restante do tráfego.

— Vapor — falei —, não sei mais se isso ainda é relevante para mim.

— O possível aparecimento de uma ameaça de dimensões galácticas não é relevante? — perguntou ela.

— Nós *sabemos* o que foi que aconteceu? — perguntei.

— Aqui, olha — disse Vapor, com um cheiro floral no momento.

Ela ativou o monitor nas costas do assento diante de nós. Ele mostrava a mensagem de emergência que tinha sido enviada pelo próprio Winzik:

— Pilotos — dizia ele, usando o mais firme dos gestos, mantendo ambas as mãos bem fechadas. — Um inimigo ameaça Visão Estelar. *Não é* um treino. Entendo que o treinamento de vocês tenha sido breve, mas a necessidade urge. Apresentem-se na *Pesos e Medidas* para partida imediata.

— Ele não diz que é um desbravador — comentei. — Isso tem cheiro de política.

— Na verdade, é disso que tenho medo — falou Vapor.

— Escute — falei. — Vapor, eu revelei quem sou para Cuna. Meu ser verdadeiro. Nós dois decidimos buscar um modo de fazer as pazes entre nossos povos. Acho que isso pode ser mais importante do que qualquer coisa que esteja acontecendo aqui com Winzik.

O cheiro de Vapor mudou para algo mais parecido com cebola.

— Já estamos em paz com seu povo. Por que você e Cuna teriam que concordar com isso?

— Meu povo *de verdade*. Você disse que sabe quem sou. Uma... uma humana.

— Sim — respondeu Vapor. — Eu deduzi. Seu planeta, ReAlvorada. Vocês andam escondendo um assentamento humano ali, certo? Eles nunca foram evacuados, pelo contrário. Ficaram escondidos entre vocês. É *por isso* que vocês jamais se juntaram à Supremacia. Vocês tinham medo de que descobríssemos sobre os humanos.

Aaaaaaaaaah, pensei. Aquele era um palpite bem razoável. Completamente equivocado, mas, em vários sentidos, mais razoável do que a verdade.

— Eu me perguntava por que você usava tantas expressões e maneirismos humanos — Vapor prosseguiu. — Mais do que eu achava natural para algo que supostamente estava no passado do seu povo. E seu cheiro... você é parte humana, não é, Alanik? Uma mescla de espécies? Isso explica você ser citônica. Os humanos sempre tiveram muito talento nessa área.

— A realidade é... um pouco menos complicada do que você pensa — falei para Vapor. — Pergunte para Cuna. Vapor, preciso voltar para minha nave.

— Alanik — disse Vapor, e seu cheiro ficou mais próximo de chuva. — Preciso de você agora. Fui designada para vigiar Winzik, e acho que nem mesmo Cuna está ciente do quanto ele é ambicioso. Você é a melhor piloto que tenho, e preciso que esteja pronta para se juntar a mim. Para garantir.

— … garantir o quê?

— Caso não se trate de um desbravador. Vamos dizer que existem elementos no governo que estão *muito* preocupados com o poder crescente de Winzik… e seu acesso a pilotos que não compartilham dos valores centrais da Supremacia.

Mais uma vez eu tinha sido pega por uma situação que mal entendia. *Ela está preocupada com um golpe, não é? Foi por isso que foi designada para se tornar uma piloto – para garantir que Winzik não tente tomar o controle da Supremacia.*

Onde aquilo me deixava? Eu tinha um segredo. Precisava voltar para casa com ele. Nada mais importava, não era?

Usei meu bracelete para abrir um canal de comunicação com M-Bot, que devia ser capaz de me ouvir, agora que eu saíra das instalações governamentais. A resposta foi um som baixo transmitido pelo meu fone.

Clique. Clique, clique, clique, clique, clique…

Nosso veículo seguiu pelas docas, juntando-se a outros que se reuniam na *Pesos e Medidas*. Desembarcamos em um caos ordenado, enquanto pilotos desciam com entusiasmo de seus transportes e eram levados pelos corredores.

Encontrei Hesho e os kitsen pairando sobre as cabeças de outros pilotos parecendo agitados.

— Ei! — cumprimentei-os quando passei.

Hesho se aproximou da minha cabeça.

— Alanik — disse ele —, *o que* é isso?

— Você sabe o mesmo que eu — falei, e então engoli o que ia falar na sequência. Aquilo era uma mentira. Eu sabia *muito mais* do que Hesho. Sempre soubera.

Bem, por enquanto eu concordava com Vapor. Precisava pelo menos descobrir o que Winzik planejava, já que podia ser relevante para o futuro do meu povo. Nos juntamos aos outros pilotos. As demais esquadrilhas tinham perdido alguns integrantes no treinamento, então éramos cerca de quarenta e cinco, em vez dos cinquenta e dois iniciais.

Na animação geral, parecia muito mais. Os drones guias nos conduziram para fora do hangar dos ônibus espaciais. Não fomos levados às salas habituais de salto, mas diretamente para o hangar com nossos caças – que estavam sendo preparados com rapidez pelas equipes de solo.

Vapor xingou baixinho. Com nosso caças preparados daquela forma, parecia cada vez mais provável que Winzik os usaria contra Visão Estelar. Será que eu realmente tinha sido envolvida em um golpe?

O próprio Winzik subiu em uma escada móvel usada nos caças estelares e estendeu o braço para interromper a tagarelice dos pilotos.

— Vocês certamente estão assustados — falou Winzik, sua voz amplificada pelo sistema de autofalante da nave. — E confusos. Ouviram falar do ataque à *Pesos e Medidas* que aconteceu hoje. Bem, analisamos os detritos do ataque. E encontramos uma arma incineradora de origem *humana*.

Todos ficaram em profundo silêncio.

Ah, não, pensei.

— Temos evidências — disse Winzik — de que a ameaça humana é muito maior do que o alto-ministro deseja admitir. Provavelmente há dezenas de drones espiões infiltrados em Visão Estelar. Isso é prova de que o flagelo humano começou a escapar de uma de nossas prisões. É uma purulenta colmeia da humanidade sobre a qual nunca tivemos a devida autoridade e nem os recursos necessários para reprimir. Hoje vamos consertar isso. Em dez minutos, essa nave fará um hipersalto para o planeta humano Detritus. Quero que todos estejam prontos em seus cockpits, preparados para decolar no momento em que chegarmos. A tarefa de vocês será destruir as forças deles. Esse ato será uma excelente demonstração de por que a Supremacia precisa de uma força de defesa mais ativa e bem treinada.

Era estranho vê-lo falar tão incisivamente, com gestos curtos, e nenhum "ora, ora" ou hesitação. Enquanto ele mandava os pilotos se prepararem, comecei a entender a profundidade de sua trama. Provavelmente, esse fora seu objetivo o tempo todo: uma demonstração de força, usando sua força espacial pessoal para aniquilar o "flagelo humano" e cimentar sua importância.

Era o que eu temia desde o início. Eu estava treinando uma força que seria usada contra meu próprio povo. Precisava encontrar um jeito de impedir aquilo – para fazer valer a paz que Cuna e eu considerávamos possível.

— Excelente — disse Hesho ao meu lado. — Por fim, decidiram fazer alguma coisa com esses humanos. Este é um dia histórico, capitã Alanik! Hoje nos vingaremos daqueles que nos fizeram mal!

— Eu… — O que eu devia fazer? Eu não podia contar para ele. Ou podia?

Perdi minha chance quando os kitsen saíram em disparada para sua nave. Eu me virei, procurando o restante da minha esquadrilha. Onde estava Brade? Eu precisava falar com ela.

Encontrei Morriumur parado ao lado de sua nave, segurando o capacete. Ele mostrava os dentes levemente.

— Você viu Brade? — perguntei para Morriumur. Ele negou com a cabeça.

Caramba. Onde ela estava?

— Alanik? Está animada? — Morriumur perguntou. — Fiquei preocupado. Todo mundo parece tão ansioso para entrar nas naves, mas... não foi para isso que treinamos, foi? Supostamente deveríamos deter desbravadores, não entrar em combate direto contra pilotos experientes. Preciso de mais tempo. Não estou pronto para manobras de combate...

Finalmente localizei Brade cruzando o hangar com o capacete já na cabeça e o protetor de luz solar baixado. Corri até lá e a interceptei bem quando ela alcançou a nave e começou a subir a escada. Ela tentou me ignorar, mas eu segurei o braço dela.

— Brade — falei. — Eles vão nos mandar contra *seu próprio povo.*

— E daí? — sibilou ela, o protetor de luz me impedindo de ver seus olhos.

— Você não se importa? — retruquei. — Esta é a última chance de os humanos terem liberdade. Como pode ajudar a destruí-la?

— Eles... eles são humanos selvagens. Perigosos.

— Os humanos não são o que a Supremacia diz — garanti. — Pude perceber isso pouco tempo depois de conhecer você. Se você se juntar a isso, perpetuará uma mentira.

— Isso... isso vai melhorar a vida para o restante de nós — disse ela. — Se as pessoas não estão preocupadas que um império humano possa saltar das sombras de repente e nos atacar de novo, então talvez o restante de nós possa construir algo que valha a pena na Supremacia.

— Você percebe o quanto isso é egoísta? Sacrificar centenas de milhares de vidas humanas para que *talvez* você possa ter uma vida um pouco melhor?

— O que você sabe a esse respeito? — estourou Brade. — Você *jamais* poderia entender como é ter que tomar uma decisão como essa.

Não posso, posso? Eu a puxei da escada. Ela permitiu, soltando o corpo como se sua confiança tivesse sido substituída por incerteza. Na sombra da asa de sua nave – pelo menos um pouco protegida dos demais –, fiz novamente. Desliguei meu holograma.

— Sei *exatamente* como é — sussurrei para Brade. — Confie em mim.

Ela ficou paralisada, e vi minha imagem refletida na superfície de seu protetor enquanto acionava meu holograma novamente.

— Vim de Detritus esperando encontrar apenas inimigos e monstros — sussurrei para ela. — Em vez disso, encontrei você, Hesho, Morriumur e *todos os outros*. Não consigo nem imaginar como foi difícil para você crescer aqui, mas *sei* como é ser odiada por algo que você nunca fez. E só pra você saber: destruir Detritus não vai ajudar. Só vai convencer ainda mais a Supremacia de que estão certos sobre nós. Você quer mudar isso? Quer tentar consertar? Venha comigo para Detritus. Conte-nos o que sabe sobre a Supremacia e sobre Winzik. Ajude-nos a descobrir um jeito de provar para as pessoas da Supremacia que não somos uma ameaça. Winzik só vence enquanto conseguir convencer todo mundo de que realmente somos um inimigo cujo único destino possível é a destruição.

Brade não se mexeu. Ficou parada ali, os olhos escondidos. Por fim, levou a mão para a lateral do capacete, apertando o botão que levantou o visor.

Então puxou os lábios para trás, mostrando os dentes frontais – uma expressão alienígena –, e gesticulou bruscamente.

— Humana! — ela gritou. — Achei a espiã humana!

37

Brade se afastou de mim aos berros – como se não tivesse ouvido uma única palavra do meu pedido apaixonado.

— Humana! Alanik é secretamente uma *humana*!

Dei um passo na direção dela, minha mente se recusando a admitir o que estava acontecendo. Ela certamente acreditaria se eu lhe mostrasse. Certamente aceitaria a *realidade* sobre sua ancestralidade, não as mentiras que lhe foram contadas.

Eu fizera uma aposta ao me revelar para Cuna e funcionara. Como o tiro sairia completamente pela culatra se eu tentasse conversar com alguém da minha própria espécie?

Caramba. *Caramba!*

Saí correndo, passando por um confuso Morriumur e entrando em minha nave. O membro da equipe de solo que estava ali – uma criatura com feições de inseto – tentou bloquear meu caminho, mas eu o empurrei para o lado e entrei no cockpit. Peguei o capacete do assento e o coloquei na cabeça, apertando o botão que fechava o dossel.

Fui salva pelo fato de que todos estavam muito animados em se preparar para a batalha. O clamor geral das pessoas gritando instruções era acompanhado pelos baques de naves de suprimento que chegavam ao hangar de última hora. O barulho impediu que a maioria das pessoas ouvisse Brade.

Ela, no entanto, correu até Winzik. Então meu tempo era curto. Liguei os propulsores e virei os anéis de aclive, rezando para não haver qualquer tipo de desligamento remoto naqueles caças estelares. Escutei brevemente alarmes soando quando acionei os propulsores e saí voando pelo hangar, disparando meus incineradores no escudo invisível de ar que mantinha o vácuo do lado de fora.

O disparo passou direto, indicando que o escudo ainda estava aberto para a passagem da nave. Acelerei em direção ao espaço e imediatamente desci para perto das docas, para me proteger caso a *Pesos e Medidas* começasse a atirar em mim.

— M-Bot! — gritei.

Clique. Clique, clique, clique, clique.

Caramba. Virei a nave, acompanhando as docas, mas meu sensor de proximidade mostrou que a *Pesos e Medidas* lançara dezenas de caças atrás de mim.

Eu me aproximei do escudo de Visão Estelar, a bolha de ar que protegia a cidade. Não tinha ideia do tipo de defesa que aquele lugar podia ter – certamente teria ao menos postos de artilharia ao longo da borda. Talvez até mesmo o escudo de ar inteiro pudesse ser configurado para não deixar naves entrarem ou saírem.

Winzik agiu rapidamente. Eu já via naves desviando e se movendo em direção à borda – e na minha direção.

— M-Bot! — falei. — Não tenho certeza se consigo ir até você!

Só recebi o barulho dos cliques como resposta. Eu não podia simplesmente *abandoná-lo*. Eu tinha que...

Eu sabia a verdade. Eu não tinha *tempo* para ir até ele. O conhecimento que havia dentro de mim – o segredo dos hiperdrives da Supremacia, o poder de me teletransportar que eu tinha – era importante demais para arriscar. Eu precisava voltar para Detritus e avisá-los sobre o ataque iminente.

Não era mais sobre ele ou eu, ou sequer sobre Doomslug – por mais vital que sua espécie fosse. Lutei comigo mesma por um momento, observando todas aquelas naves – centenas delas – seguirem na minha direção. Então virei minha esfera de controle e acionei os propulsores, seguindo para as profundidades do espaço.

Eu precisava fazer o exercício da Vozinha. Enquanto minha aceleração aumentava – e minhas costas eram pressionadas contra o assento –, eu me imaginei flutuando. Entre as estrelas. As estrelas cantando, como se fosse uma serenata com seus segredos...

— Spensa? — veio a voz de M-Bot. — Spensa, estou de volta. O que está acontecendo?

Eu podia *sentir*. Aquela seta brilhante apontando o caminho para casa. Aquela gravada em meu cérebro pela estranha arma. Mas não tinha certeza se podia usar meus poderes sem M-Bot. Será que eu precisava de alguma parte mecânica de sua nave?

— Spensa! — disse M-Bot. — Estive tentando mudar minha programação, mas é difícil. O que está fazendo? Para onde está indo?

Os outros caças estavam me alcançando. Mas eu via diante de mim uma estrada de luz...

— Spensa? — M-Bot disse baixinho. — Não me deixe.

— Sinto muito — sussurrei, meu coração dilacerado. — Eu voltarei. Prometo.

Então apertei os olhos com força e tentei entrar no nada. Deu certo.

Desta vez eu não tinha a proteção da tecnologia da Supremacia. Os desbravadores assomavam à escuridão, seus terríveis olhos fixos em mim. Gritei por causa do desprezo que emanava deles, mas aquilo pareceu desaparecer quando um único desbravador se aproximou. Ele me cercou naquele espaço entre instantes. Como uma sombra bloqueando as atenções de todos os outros.

Uma única entidade odiosa. Senti uma correnteza de emoções vinda dele, onipresente, sufocante. Ele detestava os sons que fazíamos, o jeito como invadíamos seu reino. As pessoas eram como uma campainha perseverante que tocava no fundo de sua mente, levando-o à loucura.

Ele chegou tão perto que, quando – felizmente – deixei o nada, tentou me seguir. Tentou se infiltrar no lugar em que vivemos. O lugar onde ele poderia encontrar todas aquelas coisas irritantes e esmagá-las.

Saí do nada gritando, sozinha, sentindo que a duras penas tinha fechado a porta para o monstro que me perseguia. Tive que lutar fisicamente contra o tremor em minhas mãos quando virei a nave.

Então estava diante de uma das visões mais abençoadas de toda a minha vida. Detritus, brilhando sob a luz do sol, um planeta cercado por radiantes conchas de metal. Era *meu lar*.

Me aproximei das plataformas do planeta em rápida velocidade. As naves de guerra da Supremacia ainda estavam a uma distância moderada, mas eu não via nenhuma manobra de combate naquele momento.

Infelizmente, conforme me aproximei, percebi que, sem M-Bot para me guiar, eu precisaria de um plano de voo do Comando para passar pelas plataformas defensivas. Corri para inserir os códigos de comunicação da FDD e sintonizar o rádio no canal adequado.

— Alô? — chamei. — Alô, alguém? Por favor, respondam. Aqui é Celeste Dez, codinome: Spin. Estou em uma nave roubada. Hum, por favor, não atirem em mim.

Não responderam imediatamente – embora eu não estivesse surpresa. Imaginei que o soldado monitorando as comunicações chamaria imediatamente o oficial de serviço, em vez de começar uma conversa com a misteriosa voz da piloto adolescente que se teletransportava. Deviam ter chamado um membro da minha equipe para confirmar se era eu mesma, porque a voz que finalmente respondeu era familiar.

— Spensa? — a voz com o leve sotaque de Kimmalyn falou. — É realmente você?

— Ei, Flácida — respondi, fechando os olhos e saboreando aquela voz. Estava com mais saudade dos meus amigos do que imaginara. — Você *não tem ideia* de como é bom ouvir alguém falar inglês sem um tradutor.

— Santos do céu! Sua avó disse que estava confiante de que estava viva, mas... Spin, você realmente está de volta?

— Sim — falei, abrindo os olhos. Meus sensores de proximidade emitiram um aviso súbito, embora eu tivesse que afastar o enfoque do monitor para ver o que estava acontecendo. Uma nova nave aparecera do nada, passando a existir no mesmo ponto de onde eu viera alguns minutos antes. Tinha um formato familiar, comprido e perigoso, com vários hangares para lançamento de caças.

A *Pesos e Medidas*.

— Não dê nenhuma festa ainda, Flácida — falei. — Chame Cobb o mais rápido possível. Estou de volta, e minha missão foi um sucesso parcial... mas eu trouxe companhia.

QUINTA PARTE

38

Aterrissei minha nave em uma doca para caças estelares na Plataforma Primária e abri o dossel. Tinha desligado meu holograma e era estranho ver o tom de pele natural das minhas mãos.

E este lugar. Será que estas paredes sempre foram tão sombrias? Tudo em Visão Estelar era enfeitado com cor. O ar aqui sempre teve esse cheiro rançoso? Percebi que sentia falta do odor suave das árvores e do solo, ou mesmo do toque de canela da presença de Vapor. Kimmalyn foi me receber enquanto eu ainda estava no cockpit, sorrindo como boba enquanto subia a escada, e então agarrou minha cabeça dentro do capacete em um abraço. Ela sorriu, e achei a expressão estranha. Agressiva.

Pelos Santos e estrelas. Eu não tinha ficado longe *tanto tempo assim*. Mas, quando me levantei e abracei Kimmalyn, tive um sentimento persistente de desconexão. A sensação de que tudo neste universo era um ruído doloroso. Um remanescente das emoções que o desbravador me impusera.

Tentei *com todas as minhas forças* banir essa sensação. Abraçar uma amiga deveria ter sido a coisa mais relaxante que senti em semanas. Mesmo assim, parte de mim se incomodava. Não por causa de Kimmalyn, mas por minha causa. Eu imaginava que ela estava abraçando uma criatura desconhecida, como uma larva alienígena, em vez de uma pessoa. Será que ela sabia... o que eu era?

Será que eu sabia?

— Ah, que o Santo seja louvado — disse Kimmalyn, ao me soltar. — Spin, não consigo acreditar que é você mesmo.

— E Jorgen?

— Está lá embaixo, no planeta, de licença. Não o vejo há alguns dias. Algo sobre ele precisar de descanso ou algo assim.

Bem, acontecia com os melhores de nós. Mas eu realmente tinha esperança de vê-lo. Talvez... talvez ele conseguisse me tirar desse estado de espírito estranho.

— O que... — Kimmalyn disse. — Quero dizer, Jorgen explicou que mandou você em uma missão. Você conseguiu? Roubou um hiperdrive? E quanto a M-Bot?

Meu coração parecia partido em dois.

— Eu...

As sirenes de alarme dispararam, anunciando um ataque iminente. Nós duas olhamos para as luzes, escutando o intercomunicador convocar todos os pilotos de caça em serviço para o combate.

— Eu explicarei... — prometi para minha amiga. — Vou tentar pelo menos. Depois...

— Sim — concordou Kimmalyn.

Ela me deu outro abraço rápido – eu ainda estava em pé no cockpit e ela na escada. Então ela saiu correndo em direção à própria nave. Meus instintos me diziam para voltar ao meu assento e entrar no combate, mas Cobb fora firme. Eu precisava me reportar para ele primeiro.

Desci da nave e encontrei Duane, da equipe de solo. Ele sorriu para mim e levantou os polegares, dando um tapinha nas minhas costas pelo retorno heroico. Olhei para ele, confusa, tentando ler as emoções em seu rosto – que, de repente, parecia estranho e bizarro. Eu compreendia suas expressões como se estivessem com atraso. Como se eu tivesse que esperar que um intérprete as traduzisse para mim. Caramba, *o que* tinha de errado comigo?

Você está só cansada, disse para mim mesma. *Está indo além de seus limites há duas semanas – tudo isso enquanto vivia como outra pessoa*. De fato, fui atingida por uma onda de exaustão quando abri a porta para o corredor, mas parei e dei uma olhada carinhosa para o caça sem nome da Supremacia. Não era M-Bot, mas tinha me servido bem. Será que eu voaria nele de novo? Provavelmente não. Ele seria desmontado e analisado; o acesso a um caça Krell intacto era um privilégio único para a FDD.

No corredor estéril e metálico demais, encontrei dois homens da infantaria aguardando por mim. Eles se ofereceram como escolta para me ajudar a encontrar Cobb, mas eu não podia deixar de me lembrar dos guardas e dos drones guias que me acompanhavam a bordo da *Pesos e Medidas*. Não era que a FDD não confiasse em mim. Era só que o inimigo era conhecido por ser capaz de afetar a mente das pessoas, em especial dos citônicos.

Então... bem, acho que provavelmente eles *não* confiavam em mim. Não completamente. Não era bem a festa de boas-vindas ao lar que eu estava esperando.

Os homens me levaram a uma câmara de comando com uma tela grande na parede com várias dezenas de pequenas estações de computadores, onde membros do Comando de Voo monitoravam caças individuais e mantinham controle sobre o inimigo. Eles tinham estado ocupados na minha ausência; a operação inteira parecia muito mais azeitada – com menos painéis expostos – do que eu me lembrava.

Vários contra-almirantes dirigiam a batalha de posições de comando. Cobb estava parado atrás deles no fundo da sala, a aparência distinta em seu uniforme branco e o bigode grisalho eriçado sobre o lábio superior. Tinham lhe dado uma cadeira imponente e elevada de almirante. Ele costumava usar o assento para deixar várias pilhas de papel, e o braço da cadeira para colocar o café enquanto inspecionava relatórios e murmurava consigo mesmo.

— Nightshade? — ele perguntou quando os guardas me trouxeram. — Que diabos você fez? A missão na qual Jorgen a mandou não era para ser uma missão *furtiva*? Parece que você trouxe a Supremacia inteira para cima de nós.

Por algum motivo, ouvir Cobb brigar comigo era a coisa mais reconfortante que podia ter acontecido naquele momento. Soltei um suspiro suave. Meu universo inteiro estava de cabeça para baixo, mas Cobb era constante como uma estrela. Uma estrela zangada e mal-humorada que bebia café demais.

— Desculpe, Cobb — falei. — Acabei envolvida na política da Supremacia e... bem, não acho que a culpa por esse ataque seja inteiramente minha, mas minhas ações de fato proporcionaram algumas desculpas para virem para cá.

— Você deveria ter voltado antes.

— Eu não podia. Meus poderes... estou aprendendo, mas... quero dizer, tente *você* aprender a se teletransportar usando seu cérebro. Não é tão fácil quanto parece.

— Parece difícil pra caramba.

— É o que estou falando.

Ele grunhiu.

— E a missão? A que vocês dois inventaram sem a devida autorização?

— Deu certo. Fingi ser aquela alienígena que caiu aqui. Usei os hologramas de M-Bot. Fiquei na Supremacia tempo suficiente para descobrir o segredo dos hiperdrives. — Fiz uma careta. — Eu... posso ter estragado uma ou outra coisinha.

— Bem, não seria você se não deixasse minha vida mais difícil a cada dia, Spin. — Ele acenou com a cabeça para os guardas e eles se retiraram. Essa conversa tinha sido, em parte, um teste. E eu tinha passado. Cobb estava razoavelmente seguro de que eu não era uma impostora.

Cobb tomou um gole de café e acenou para que eu me aproximasse.

— O que está acontecendo ali realmente?

— A Supremacia tem um monte de facções. Não aprendi muito sobre elas; meio que está além da minha capacidade. Mas uma facção militar está tentando tomar o poder e quer nos exterminar para aumentar sua credibilidade. Se livrar do "flagelo humano" é um jeito de provar sua capacidade.

Na tela na frente da sala – que tinha um mapa de batalha abstrato com pontos de luz representando as naves –, a *Pesos e Medidas* estava lançando esquadrilhas de caças. Pareciam várias centenas de drones no estilo normal contra o qual lutávamos. E cinquenta outras naves, que brilhavam mais do que as outras.

— Naves pilotadas — disse Cobb. — Ases inimigos. Cinquenta deles.

— Não são ases — falei. — Mas são naves pilotadas. A Supremacia vem preparando um grupo de pilotos de verdade para lutar contra nós. Eu... hum, treinei alguns deles.

A caneca de Cobb parou no meio do caminho até seus lábios.

— Você realmente conseguiu se juntar à força espacial e treinar com eles?

— Hã, sim, senhor.

— Droga. E essa nave que você roubou? Ela tem um hiperdrive?

— Não. Mas sei o segredo. Sabe aquela lesma amarela de estimação que eu tenho? Aquela que encontrei na caverna de M-Bot? *Elas* são o que a Supremacia usa para dar os hipersaltos. Precisamos enviar uma expedição para as cavernas em Detritus e ver se conseguimos pegar outras.

— Convocarei imediatamente várias equipes para procurá-las. Presumindo que sobrevivamos a essa batalha. Alguma outra bomba que você queira jogar em mim?

— Eu... hum, eu me revelei para um dos funcionários mais graduados do governo da Supremacia e nos demos muito bem. Acho que podemos convencer essa outra facção do governo a fazer as pazes conosco. Hum, presumindo que sobrevivamos à dita batalha.

— E sua nave? Aquela irritante.

Senti uma pontada de vergonha dentro de mim.

— Eu... a deixei para trás, senhor. Com Doomslug. Eu estava sendo perseguida pelos inimigos, e eles estavam se aproximando, e...

— Está tudo bem, soldado — falou Cobb. — Você está de volta, o que é mais do que tínhamos o direito de esperar. — Ele se voltou para a tela e para o fluxo crescente de pequenos pontos de luz. — Quero que vá para uma sala de interrogatório com um gravador e conte tudo o que conseguir lembrar sobre as capacidades militares deles. Ficarei aqui e farei o que puder para sobreviver a essa invasão. Caramba, são muitos caças.

— Cobb — falei, dando um passo na direção dele. — Não são monstros sedentos por sangue que estão ali; são só pessoas. Pessoas normais, com vidas, amores e famílias.

— E contra *o que* você pensava que estávamos lutando todos estes anos? — perguntou Cobb.

— Eu… eu não sei. Criaturas sem rosto de olhos vermelhos. Destruidores implacáveis. Nada muito diferente do modo como eles veem os humanos.

— A guerra é isso — Cobb me respondeu. — Um bando de tolos desesperados e arrependidos em ambos os lados tentando apenas permanecer vivos. É essa parte que aquelas histórias que você tanto ama deixam de lado, não é? É sempre mais conveniente quando lutamos contra um dragão. Com o qual não precisamos nos preocupar em criar um vínculo.

— Mas…

Ele me pegou pelo braço, tirou alguns papéis do lugar e, gentilmente, me fez sentar em sua cadeira. Não me baniu imediatamente para o interrogatório. Talvez me quisesse por perto para responder a algumas perguntas.

Afundei no assento, observando, enquanto ele ia para a frente da sala assumir o comando. Cobb era muito melhor naquilo do que qualquer pessoa poderia imaginar. Não tentava fazer tudo sozinho. Deixava que os outros almirantes – aqueles que escolhera a dedo pela capacidade de combate – liderassem segmentos individuais da batalha. Ele só os instruía quando sentia necessidade. Na maior parte do tempo, mancava pela sala, tomando café e oferecendo opiniões aqui e acolá.

Vi o enxame de naves se aproximando uma das outras. Tentei afundar ainda mais na cadeira enquanto observava. Pontos vermelhos e azuis em uma tela – mas alguns daqueles pontos eram pessoas que eu amava de verdade. Pessoas de *ambos os lados*. Será que Morriumur estava ali, apavorado, mas determinado? Hesho e os kitsen? Será que Kimmalyn abateria um deles?

Aquilo não era certo. Aquilo *não podia* acontecer. E… também era errado. Não só moralmente errado, taticamente errado. Encarei os mapas de batalha, e o lado da Supremacia era impressionante. Duzentos drones, cinquenta naves tripuladas. Nossa própria força de caças díspares devia somar algo em torno de cento e cinquenta.

Mas éramos a FDD, forjados na batalha e mais habilidosos a cada dia, enquanto a Supremacia colocava em batalha pilotos de drones treinados para não serem agressivos e um grupo de novos recrutas com poucas semanas de experiência em um cockpit. Winzik já devia saber que, na verdade, as forças dele estavam em desvantagem.

Ele também sabe que estamos ficando mais fortes a cada dia, e agora – depois de encontrar os restos da minha pistola incineradora – teme que sejamos capazes de chegar a Visão Estelar. Ele sabe que temos citônicos. Sabe que estávamos espionando suas operações…

De repente, vi aquela batalha sob uma nova luz. Vi um Winzik apavorado, percebendo que seus prisioneiros estavam fora de controle, que a ameaça que ele usara com frequência para assustar o restante da Supremacia era, na verdade, real. Então, qual era o plano dele aqui? Tinha que ser mais do que apenas deixar sua força espacial incipiente morrer sob o fogo dos nossos incineradores.

Quando os dois grupos de caças começaram a lutar, eu me esforcei para juntar as peças do que o líder Krell poderia estar planejando. Infelizmente, nunca me preocupara muito com táticas de grande escala. Meu trabalho era entrar no cockpit e começar a atirar. Claro, conseguia pensar rápido e vencer uma batalha, mas hoje eu precisava de mais. Eu entendia o inimigo melhor do que ninguém. Eu tinha vivido entre eles. Tinha conversado com seu general, ouvido suas ordens.

O que ele estava fazendo aqui hoje? Eu observava a batalha e, lentamente, me levantei do assento – da cadeira do almirante, de onde eu me alçava sobre a sala inteira. Encarei os pontos na tela e vi as pessoas além deles. Senti o mundo desaparecer lentamente ao meu redor. Eu vi... e ouvi... estrelas.

... reportando ao vivo do refúgio Detritus...

... bravos combatentes, na esperança de deter o flagelo humano...

Winzik estava transmitindo aqueles acontecimentos. Este ataque era teatral. Eu imaginei milhões de pessoas em Visão Estelar assistindo à transmissão apavoradas. Winzik podia destruir sua reputação se fracassasse aqui. E fracassaria, não? Ele não podia nos derrotar.

... relatos de que os humanos estão fazendo algo estranho...

... este refúgio, que é cercado por maquinário antigo, remanescente da Segunda Guerra Humana...

... o movimento dessas plataformas. Algo parece estar acontecendo...

Além de tudo isso, ouvi mais alguma coisa. Como... um grito crescente. Ou um desafio? Será que era Brade? Gritando no nada? Ela não podia fazer isso – isso atrairia os olhos. Isso faria...

Tudo entrou em foco. As coisas que eu estava escutando. Os avisos de Cuna, as explicações anteriores de Brade. O plano de Winzik.

Eles trariam intencionalmente um desbravador ao nosso reino.

Algumas pessoas na sala me notaram, e Rikolfr cutucou Cobb.

— Spin? — perguntou o almirante, se aproximando.

— Preciso ir, senhor — falei, ainda encarando o mapa de batalha.

— Não sei se podemos arriscar você — disse ele. — Nenhuma das nossas outras naves consegue proteger seu cérebro de ataques citônicos. Além disso, não sabemos se vamos encontrar algumas dessas lesmas do hiperespaço que você mencionou... então, bem, você pode ser necessária em breve.

— Sou necessária neste instante — falei. Olhei direto para ele. — Algo terrível está prestes a acontecer. Não acho que consiga explicar. Não tenho tempo. Mas *tenho* que impedir.

— Vá — ele me disse. — Podemos ser capazes de derrotar os caças, mas essas naves de guerra? Agora que finalmente decidiram lançar tudo contra nós, estamos ficando sem tempo. Então, se você puder fazer alguma coisa… bem, vá. Que os Santos guiem você.

Eu já estava correndo para o corredor antes que ele terminasse de falar.

39

Enquanto corria, senti a sombra dentro de mim ficar mais forte.

Ao me aproximar do nada para escutar, deixei mais daquilo entrar. Os pensamentos dos desbravadores. Eles tocaram a parte de mim que eu não sabia explicar.

Essa parte de mim odiava todo mundo. Os barulhos incômodos que as pessoas faziam. Os cliques e a ruptura da calma pura e vazia que era o espaço.

A humana dentro de mim lutava. Via as vidas atrás dos pontos na tela. Tinha voado com o inimigo e encontrado amigos entre eles.

Eu não entendia a mim mesma. Como podia ser essas duas coisas ao mesmo tempo? Como podia querer impedir a batalha e, ao mesmo tempo, desejar que eles simplesmente destruíssem uns aos outros?

Saí em disparada do hangar da Plataforma Primária, voando em minha nave da Supremacia, já que era a única que não estava em uso no momento. Cobb estava *realmente* preocupado. Ele tinha mobilizado cada caça que tínhamos.

Seguindo o percurso que me indicaram para atravessar as plataformas ao redor de Detritus, mantive aceleração constante e minhas costas ficaram pressionadas contra o assento. Depois de um tempo, saí no espaço além das plataformas e me defrontei com o caos de centenas de naves lutando ao mesmo tempo. Disparos de incinerador rasgavam a escuridão, e naves explodiam com clarões de luz que rapidamente se extinguiam. Ao longe, a *Pesos e Medidas* observava, estoica, juntamente das duas naves de guerra.

Eu achava ter entendido o plano de Winzik, e havia certo brilhantismo retorcido nele. Ele precisava exterminar os humanos em Detritus. Se escapássemos, chegaríamos perto demais de fazê-lo ser considerado fraco e até uma fraude. Mas ele ainda não tinha a força espacial necessária para realizar a tarefa sozinho.

Ao mesmo tempo, ele precisava de um desbravador em nosso reino para que pudesse controlá-lo e usá-lo como ameaça. No entanto, não podia ser visto invocando um. Então, o que fazer? Ele enviaria suas forças para Detritus para "lutar bravamente" contra os humanos. Então, em segredo, faria Brade atrair um desbravador para nosso reino para que ele pudesse destruir Detritus. Ele podia nos culpar pela invocação. Afinal, todo mundo sabia que os humanos já tinham tentado fazer isso.

Depois de consumir os humanos, o desbravador seguiria em frente, buscando outra presa. Mas Winzik podia usar sua força espacial recém-treinada para controlá-lo – enviando-o para algum lugar seguro, saltando entre mundos não povoados.

Ao fazer isso, ele se tornaria um herói – o ser mais importante da galáxia. Porque, com um desbravador errante ameaçando todos os mundos civilizados, apenas a força de Winzik poderia proporcionar qualquer proteção. Seus pilotos estariam a postos para defender os planetas que pedissem – mas, se alguém se opusesse a ele, bem, o desbravador poderia simplesmente descobrir o caminho para a região e nenhuma força de defesa seria enviada.

Brutal. Efetivo.

Assustador.

Acelerei na direção da batalha, onde os caças estelares giravam e desviavam, aceleravam e lutavam. Onde estava Brade? Eu conseguia ouvi-la gritando no nada, mas não conseguia sentir *onde*. Será que ela estava na *Pesos e Medidas*?

Não. Eles não iam querer que a coisa viesse ao nosso reino perto de uma de suas naves. Ela deve estar em algum outro lugar.

Mas onde? Aquela batalha era muitas vezes maior do que qualquer outra na qual eu estivera antes – provavelmente maior, percebi, do que qualquer um nessa guerra já vira. O campo de batalha estava em pouco tempo se transformando em caos, enquanto as esquadrilhas tentavam permanecer juntas e os almirantes tentavam freneticamente manter uma estratégia coerente.

Uma sensação familiar de entusiasmo começou a crescer dentro de mim, a ansiedade da batalha, a oportunidade para ir além dos meus limites. Mas... hoje vinha acompanhada de uma hesitação que antes eu teria chamado de covardia. Agradeci Cobb em silêncio por ter tirado essa opinião de mim durante o treinamento.

Eu não estava ali para lutar. Então, em vez de atirar no primeiro drone da Supremacia que passou, estudei meu monitor de proximidade

– e percebi que ainda estava sintonizado nas frequências da Supremacia. Eles me bloquearam das conversas no comunicador geral, então eu não podia ouvir o que estavam dizendo uns para os outros, mas ainda podia destacar naves individuais e suas designações em meu monitor.

Escolhi um caça estelar específico que estava voando basicamente sozinho, perto da extremidade direita do campo de batalha. A *Nadando Contra a Corrente em um Riacho Refletindo o Sol*. A nave de Hesho. Minha antiga esquadrilha. Eles poderiam saber onde Brade estava.

Mas Hesho e eu éramos inimigos agora. Ele sabia que eu era o que eu realmente era, a coisa que ele odiava.

Mesmo assim, desviei minha nave para aquela direção. Serpenteei pelo campo de batalha para evitar os tiros de vários drones – e também os disparos de vários caças da FDD, que obviamente não acreditavam no sinal codificado que me identificava como aliada.

Os drones e os caças da FDD acabaram lutando uns contra os outros, o que me deixou prosseguir na direção de Hesho. Os kitsen viraram a nave na minha direção, e parei a uma boa distância, diminuindo a velocidade até ficar quase imóvel no espaço. E agora?

Tentei abrir um canal privado para a nave kitsen.

— Hesho — falei. — Sinto muito.

Não tive resposta. Na verdade, a nave acionou seus incineradores e os apontou na minha direção. Eu praticamente podia ouvir as ordens a bordo enquanto Hesho ordenava que os kitsen se preparassem para a batalha. Meus dedos se contorceram nos controles. Eles achavam que podiam me pegar? *Realmente* queriam pagar para ver? Eram ruídos insignificantes, sem sentido em um vasto…

Não. Tirei a mão da esfera de controle e verifiquei a vedação do meu capacete.

Então abri meu dossel.

O ar foi sugado para o vazio em uma rajada de vento. A água no ar evaporou imediatamente e depois congelou, fazendo gelo se condensar no interior do vidro. Os cristais de gelo brilhavam no ar, refletindo a luz do sol distante.

Soltei os cintos de segurança de meu assento, todos exceto uma corda que apertaria para travar meus pés caso eu ejetasse. Ela tinha bastante comprimento e me prendia ao cockpit.

Saí flutuando e fechei os olhos. Imaginei que estava pairando. Livre. Eu, o vazio e as estrelas. Aquelas canções cantadas lá longe, mas havia um barulho mais alto e que ganhava volume ali perto. No fundo do campo de batalha. Estava aumentando. O desbravador estava chegando.

— O que você está fazendo? — a voz de Hesho disse em meu ouvido. — Volte para sua nave para que possamos começar o combate.

— Não — sussurrei.

— Isso é tolice, Alanik... ou qualquer que seja seu nome verdadeiro. Estou avisando. Não vou segurar nosso fogo simplesmente porque você está indisposta.

— Eu prometi para você, Hesho — falei. — Lembra? O primeiro tiro em um humano é seu.

Abri os olhos para a cena surreal de vazio ao meu redor. Eu sempre soubera que estava ali – eu voava através dele –, mas, por algum motivo, estar fora da minha nave vestindo apenas o traje para me proteger do vácuo tornava tudo aquilo mais real para mim.

Antes, eu olhava para o céu e ficava maravilhada. Agora, ele me engolia, me consumia. Não parecia existir uma linha entre ele e eu. Éramos um só.

O nada estava sendo perfurado pelo que quer que Brade estivesse fazendo. Um grito, projetado no nada. Um grito perigoso...

A nave de Hesho pairou diante de mim, a poucos metros de distância, as torres dos incineradores viradas na minha direção. Eu as encarei.

— Você fala de promessas — disse Hesho. — Quando tudo o que me deu foram mentiras.

— Eu sempre fui a mesma pessoa, Hesho — garanti. — Você nunca conheceu Alanik. Você só conheceu *a mim*.

— Uma humana.

— Uma aliada — falei. — Quando ainda pilotávamos juntos, você me falou sobre um desejo compartilhado de resistir à Supremacia e descobrir seu próprio jeito de usar os hiperdrives. Eu tenho o segredo, Hesho. Eu o descobri. Você pode levá-lo para seu povo.

— Por que eu deveria acreditar em você?

— Por que deveria acreditar neles? — perguntei. — Você sabe que não sou o monstro que dizem que sou. Você voou comigo. Nossos povos foram aliados uma vez, há muito tempo. Você sabe que a Supremacia não se importa com sua espécie. Venha comigo. Me ajude.

Não tive resposta. Estendi a mão na direção da nave.

— Hesho — sussurrei. — Winzik está planejando algo terrível. Acho que ele vai fazer Brade invocar um desbravador. Se for verdade, preciso da sua ajuda. A galáxia inteira precisa da sua ajuda. Não precisamos apenas de um capitão de nave agora. Precisamos de um *herói*.

Além de nós, a batalha estava a pleno vapor. Duas forças de pessoas assustadas, cada uma sem outra escolha que não matar uns aos outros. Era isso ou morrer.

— Não sei o que fazer — confessou Hesho.

— Talvez — veio a voz de Kauri ao fundo — você pudesse nos perguntar.

O comunicador ficou em silêncio. Fiquei parada ali, flutuando no espaço um pouco acima de minha nave. Então, finalmente Hesho falou de novo.

— Aparentemente minha tripulação não quer atirar em você — disse ele. — Eu fui... desautorizado. Que experiência curiosa. Muito bem, Alanik. Seremos aliados por algum tempo... tempo o bastante para descobrirmos se está dizendo a verdade ou não.

— Obrigada — falei, com uma sensação de alívio. Então me puxei com o pé para voltar para meu cockpit. — Onde estão os outros? Morriumur? — Me preparei para ouvir que ele tinha sido abatido. Afinal, por que os kitsen estariam ali sozinhos?

— Morriumur não veio — contou Hesho. — Decidiu no último minuto que seu tempo como piloto tinha terminado e retornou para sua família. Vapor está aí em algum lugar; eu a perdi durante a batalha. Brade...

— Você está certa, Alanik — disse Kauri da ponte. — Brade está fazendo alguma coisa estranha. Nós supostamente devíamos distrair os caças humanos e mantê-los afastados dela. Ela está voando em segredo na direção de seu planeta.

— Consigo senti-la — falei, prendendo-me ao assento mais uma vez e pressurizando novamente meu cockpit. — Mas não consigo localizá-la. O que é ruim. Muito, *muito* ruim. Precisamos detê-la.

— Ao nos juntarmos a você, cometeremos traição contra a Supremacia — lembrou Hesho.

— Hesho — falei —, parte da razão pela qual todo mundo odeia minha espécie é porque, há centenas de anos, os humanos tentaram transformar os desbravadores em armas. Você vai realmente ficar sentado aí e ignorar o fato de que a Supremacia está prestes a tentar *exatamente a mesma coisa*?

Os humanos em Detritus tinha fracassado em suas tentativas de controlar um desbravador. Eu os vi morrer. Winzik estava confiante de que não teria o mesmo destino, mas eu não acreditava naquilo nem por um momento. Eu sentia os desbravadores. Mesmo agora, as ideias deles continuavam tentando abrir caminho em meu cérebro. Ele não conseguiria controlá-los. Se seu plano desse certo, o desbravador *escaparia* de seu controle. Assim como nós, humanos, ameaçávamos fazer.

Saí em disparada pelo campo de batalha e a *Nadando Contra a Corrente* me seguiu.

— Certamente eles não seriam tolos a ponto de brincar com um perigo desses — Hesho me falou. — Certamente há outra explicação para o que Brade está fazendo.

— Eles estão *morrendo de medo* dos humanos, Hesho — falei. — E Winzik precisa de uma vitória decisiva aqui para provar à Supremacia quão poderoso ele é. Pense nisso. Por que treinar uma força para lutar contra os desbravadores quando há décadas ninguém vê um deles? A "arma" que Winzik desenvolveu é, na verdade, apenas um modo de apontar para os desbravadores onde ele os quer. Não se trata apenas de Detritus. É para que ele tenha um jeito de controlar a galáxia inteira.

— Se for verdade — disse Hesho —, então a Supremacia se tornará *ainda mais* dominante do que é agora. Você disse que sabe o segredo de seus hiperdrives. Você nos dará o segredo como prova de sua boa-fé?

Fiquei em dúvida só por um momento. Sim, esse segredo era importante – mas o fato de pessoas o controlarem e o ocultarem das demais era parte do problema.

— Procure uma espécie de lesma chamada taynix. A Supremacia afirma que são perigosas, e devem ser reportadas imediatamente se localizadas. Mas isso é porque são citônicas e a Supremacia não quer que as pessoas saibam. A Supremacia as usa de algum modo para teletransportar suas naves sem chamar a atenção dos desbravadores.

— Pelas canções antigas... — sussurrou Hesho. — Havia uma pequena colônia dessas lesmas em nosso planeta. A Supremacia mandou uma força para ajudar a exterminá-las, supostamente antes que o surto pudesse nos destruir. Esses ratos! Aqui, eu tenho os planos de batalha da *Pesos e Medidas*. Devemos ser capazes de usá-los para deduzir onde está Brade. Eles precisam que ela se aproxime do seu planeta.

— Para que o desbravador ataque Detritus primeiro – falei. — Em vez de ir atrás das naves da Supremacia.

— Achei! — um dos kitsen falou da ponte. Acho que era Hana. — Pelo desenho da batalha, suspeitei que a nave de Brade deveria estar nas coordenadas que estou mandando para seu monitor, Alanik.

Nós nos viramos naquela direção, embora exigisse que atravessássemos o campo de batalha cada vez mais frenético. Desviamos de um grupo de caças da FDD com os símbolos da Esquadrilha Tempestade Noturna, e depois por alguns detritos de naves que fizeram meu escudo brilhar. Estávamos ganhando velocidade quando um punhado de drones Krell começou a nos perseguir.

— A *Pesos e Medidas* finalmente nos localizou, capitão! — um kitsen disse pelo comunicador. — Estão questionando o que estamos fazendo.

— Ganhe tempo! — disse Hesho.

Eu não sabia se aquilo serviria de muita coisa. Eles tinham me notado, a julgar pelo modo como os drones tinham começado a voar atrás de nós. Acionei minha velocidade máxima, mas esta nave não era como M-Bot. Era funcional, mas não era *excepcional* – e a nave dos kitsen era mais lenta ainda.

Começamos a fazer manobras defensivas, o que me deixou especificamente grata por ter obrigado os kitsen e os demais a fazer exercícios de manobras de combate. Era possível que só estivéssemos sobrevivendo por causa do frenesi no campo de batalha. Os pilotos de drones tinham dificuldade em nos rastrear, e ainda mais dificuldade em escapar sem serem imediatamente abatidos.

Conseguimos de algum modo – e localizei um caça negro solitário voando com precisão de especialista. Brade. Mas ela não estava exatamente no lugar que o plano de batalha indicara. Em vez disso, voava contra um drone por algum motivo. Enquanto a observávamos, Brade conseguiu acertar uma série de disparos no drone, sobrecarregando seu escudo e destruindo-o.

Hesho e eu fomos atrás dela, também sendo seguidos por mais alguns drones. Eu podia ouvir o som da mente de Brade ficando mais alto, um grito citônico cada vez mais exigente. O poder daquilo me fez estremecer, o que interferiu em minha habilidade de voo – já que precisei de um momento para perceber que um dos drones que nos perseguia estava agindo de modo estranho. Ele saiu da formação com os outros dois e atirou em ambos por trás.

— Então — disse Vapor, em um canal privado para minha nave. — Você é deste planeta? Não de ReAlvorada? Uma humana de uma das reservas. Cuna sabe disso?

— Eu contei para ele — falei, adicionando-a ao canal de comunicação com Hesho. — Um pouco antes de essa confusão acontecer. Sinto muito, Vapor, por mentir…

— Eu não me importo — respondeu Vapor. — Eu devia ter presumido toda a verdade. De toda forma, minha missão era… e ainda é… ficar de olho em Winzik e seus asseclas. Por acaso Brade está fazendo o que acho que ela está fazendo?

— Ela está tentando invocar um desbravador — falei. — Está chamando-os… bem, é mais como se estivesse gritando para eles. Tenho a sensação de que ela nunca fez isso antes.

Olhei pelo dossel e – junto com a dor de cabeça crescente que sentia pelos gritos de Brade – comecei a ver os reflexos dos desbravadores. Seus olhos se abrindo, olhando para nós do nada.

— Está funcionando — acrescentei para os demais. — Os desbravadores estão nos observando neste instante. Posso senti-los... se agitando.

Vapor disse uma série de palavras que meu broche traduziu simplesmente como: "Xingamentos cada vez mais vulgares envolvendo odores fétidos".

— Eu não pensei que iriam tão longe — comentou Vapor. — Isso é ruim... muitos poderiam chamar isso de traição contra a Supremacia. — Ela ficou em silêncio por um instante. — Outros chamariam de verdadeiro patriotismo.

— Certamente não pode haver muita gente do segundo tipo! — exclamou Hesho.

— Provavelmente vai depender de o ataque dar certo — disse Vapor. — Muita gente na Supremacia odeia *de verdade* os humanos, e a política em geral favorece quem é bem-sucedido. Ele tem um plano para mandar a coisa embora depois que ela for invocada?

— Acho que ele planeja simplesmente usar sua força espacial para distrair o desbravador — falei. — Brade deu a entender que os desbravadores em nosso reino às vezes passam anos entre os ataques.

— Às vezes, sim — comentou Vapor. — Mas às vezes atacam de maneira implacável. Que miopia impressionante.

Ela entrou em formação à minha esquerda e Hesho à minha direita, enquanto eu pilotava minha nave atrás de Brade. Ela estava se aproximando das plataformas de Detritus, tentando chegar o mais perto possível do planeta.

Saber para onde ela estava indo nos dava uma leve vantagem, já que poderíamos obrigá-la a mudar de rumo. Coloquei nós todos naquela direção, mas um pensamento preocupante me ocorreu: eu não tinha certeza se apenas nós três conseguiríamos deter Brade. Ela era boa – até melhor do que eu. Além disso, um desbravador poderia aparecer a qualquer momento.

Talvez eu pudesse fazer algo para mitigar o desastre que seria se isso ocorresse. Liguei para a linha geral da FDD.

— Comando de Voo? Aqui é Spin. Preciso falar com Cobb.

— Estou aqui — Cobb disse em meu ouvido.

— Preciso que desligue todas as comunicações com as naves aqui fora. Faça todas as naves da FDD ficarem em silêncio, desligue todos os rádios em Alta. Talvez fosse bom até desligar a Plataforma Primária e ficar às escuras.

Eu me preparei para uma discussão. Mas Cobb estava incrivelmente calmo quando respondeu.

— Você entende, Spin, que isso significa deixar todos os pilotos combatendo por conta própria. Nenhuma coordenação. Nenhum suporte de solo. Nem mesmo a capacidade de pedir ajuda para os companheiros de voo.

— Eu entendo isso, senhor.

— Quero que tenha certeza absoluta de que isso é necessário antes de tomar uma medida tão extrema.

— Senhor... um *deles* está vindo. Um desbravador.

— Entendo. — Cobb não xingou, gritou, nem mesmo reclamou. Seu tom de voz calmo era algo muito, *muito* mais perturbador. — Avisarei os pilotos e silenciaremos as comunicações. Que as estrelas a guiem, tenente. E ao resto das nossas pobres almas. — Ele cortou a linha.

Senti um calafrio, um terror crescente, quando Brade — como eu esperava — se virou na nossa direção. Estávamos a segundos de interceptá-la.

— Vapor — disse Hesho —, você consegue assumir o controle da nave dela, como fez com os drones?

— É mais difícil em uma nave tripulada do que em um drone — explicou Vapor. — Ela terá controle manual, desenvolvido para resistir à minha espécie. É provável que eu consiga bloquear o controle dela sobre a nave e obrigá-la a ficar imóvel pelo menos por um curto período. Preciso tocar a nave dela... o que quer dizer me ejetar deste drone e tentar alcançá-la. Até agora, Brade tem tomado o cuidado de ficar longe das naves que estou pilotando, e não me deixou chegar a uma distância na qual sou capaz de tomar o controle da nave dela.

— Entendido — falei. — Prepare-se para tentar. — Não ordenei silêncio nas comunicações de rádio entre nós três. Esperava proteger Detritus, mas, por enquanto, nossa comunicação era vital para a última tentativa que tínhamos de impedir o plano de Winzik.

Que era atirar em um de meus amigos.

Abri a linha para ela quando nossas naves se aproximaram.

— Brade. Você saber por que estou aqui.

— Sei — disse ela, com suavidade. — Não culpo você. Você nasceu para matar.

— Não, Brade...

— Eu devia ter visto o que você era. Eu *sabia* que você sentia. A necessidade de destruir, como um dragão interno recolhido, acumulando sua chama. Esperando para atacar, querendo atacar. *Com desejo* de atacar.

— *Por favor*, não nos obrigue a fazer isso.

— O quê? E desistir da batalha? — disse ela. — Admita. Você ficou se perguntando esse tempo todo, não foi? Qual de nós é melhor? Bem, vamos descobrir.

Rangi os dentes e mudei para o canal privado com Hesho e Vapor.

— Tudo bem, equipe. Precisamos derrubá-la. — Sua mente gritando ecoava em meu cérebro mais alto do que suas palavras. — E não podemos atirar simplesmente para desabilitar a nave. Ela vai continuar tentando trazer aquele desbravador enquanto estiver viva. Então, se tiverem a chance... matem-na.

40

Nós nos separamos ao nos aproximarmos de Brade, cada um de nós tentando dar a volta e coordenar um ataque de todos os lados. Eu segui para a área mais perto das plataformas ao redor do planeta, antecipando – corretamente – que ela tentaria desviar para aquele lado primeiro.

Seu grito ficou mais suave quando obrigamos que se concentrasse em seu voo. Eu podia sentir que estava certa a respeito dela – ela não sabia o que estava fazendo, não completamente. Podia projetar um grito no nada, e eu podia ver os olhos do desbravador observando do reflexo do meu dossel, mas, qualquer que fosse o passo crucial que faltava para trazê-lo para cá, Brade ainda não tinha descoberto qual era.

Provavelmente ela presumira que seria fácil. Cada vez que fui para o nada, eu me preocupava com uma daquelas coisas me atacando – ou pior, me seguindo para fora. Felizmente, não parecia ser tão fácil trazer uma delas de lá.

Ao meu sinal, nós três disparamos, tentando atingir Brade de todos os ângulos. Eu previ que ela aceleraria e sairia do caminho. Em vez disso, girou e não desviou de nada – deixando nossos disparos de incineradores acertá-la. O quê?

A manobra nos colocou bem perto dela. Por instinto, virei a nave e tentei acelerar para mais longe – mas não consegui fazer isso antes que Brade acionasse seu PIM e derrubasse os escudos de *todo mundo*.

Caramba! Era o que eu teria feito, e caí como um patinho. Antes eu sempre era a única piloto lutando contra números superiores. Não sabia como pensar do outro jeito – como alguém tentando atacar uma nave solitária em grupo.

Os avisos dispararam em meu painel enquanto eu acelerava tardiamente para longe. Os kitsen – que tinham artilharia dedicada – deram alguns disparos na direção de Brade enquanto ela fugia, mas nenhum a atingiu.

Dei a volta enquanto entrava em formação, com Vapor como companheira de voo. Ali perto, a enorme batalha espacial continuava – e me deu uma sensação ainda mais *frenética*. Talvez fosse minha própria interpretação, mas era como se os combatentes estivessem mais desesperados. Tentei não pensar em como Kimmalyn e os demais deviam se sentir tendo que lutar às cegas de repente, sem comunicação.

Brade tentou se afastar, voando mais para perto das plataformas defensivas. Imensas chapas de metal se curvavam na distância enquanto descíamos – mas eu me recusava a ser pega por uma armadilha como a que eu mesma já usara contra os drones. Vapor e eu permanecemos fora do alcance das armas de defesa até Brade ser obrigada a recuar por causa dos disparos.

Ela não podia nos deixar muito para trás, ou teríamos a chance de reiniciar nossos escudos. De fato, quando tentei fazer isso, ela veio direto na minha direção, me obrigando a adotar um padrão defensivo. Tive que abandonar a reinicialização, já que que precisava de um tempo voando em linha reta – sem muita manobrabilidade e toda a energia voltada para a ignição – para conseguir erguer meu escudo.

— Hesho — disse na linha privativa —, venha comigo. Vapor, assuma a posição de sniper e esteja preparada para atirar enquanto nós a distraímos.

— Afirmativo — ambos disseram.

Vapor ficou para trás e Hesho seguiu ao meu lado.

Brade traçou um arco e nós a interceptamos com disparos de incineradores. Não podíamos mirar muito bem, ziguezagueando como estávamos – só precisávamos distraí-la para que não prestasse atenção em Vapor. Mais uma vez, ela antecipou nossa tática. Em lugar de entrar em combate comigo e com Hesho, virou para trás em uma reversão que deve ter lançado dez ou quinze G sobre seu corpo. Fui atrás dela, mas, quando a alcancei, ela já estava atirando em Vapor.

Vapor tentou desviar, mas um dos disparos a acertou. A asa foi arrancada de sua nave – o que não teria sido mortal no espaço, mas o disparo seguinte arrebentou parte do casco, ventilando a atmosfera do cockpit. E incluindo ela.

Ela pode sobreviver a isso, pensei comigo mesma forçadamente, disparando em Brade. Cheguei *tão* perto de atingi-la, os tiros errando seu dossel por pouco, enquanto ela ziguezagueava por entre os disparos do meu incinerador.

Brade fez um disparo quando se virou e acertou a *Nadando Contra a Corrente*.

— Fomos atingidos! — uma voz kitsen exclamou. — Lorde Hesho!

Uma dúzia de outras vozes kitsen exclamaram seus relatos, e a *Nadando Contra a Corrente* perdeu o rumo, ventilando a atmosfera. Infelizmente eu não podia me concentrar naquilo. Rangi os dentes e fui atrás de Brade.

O grito em minha mente diminuiu ainda mais quando as manobras de combate se reduziram a apenas nós duas. Mulher contra mulher. Piloto contra piloto. Passamos por alguns escombros antigos, girando e descendo, presas pela órbita, e Brade os contornou com sua lança de luz.

Eu a segui, permanecendo no rastro dela – mas com dificuldade. Giramos em direção à escuridão, nenhuma de nós disparando, concentradas apenas na perseguição. Eu tinha a vantagem, por minha posição traseira, mas...

Pelos Santos, ela era boa. Todo o resto desapareceu. O mundo abaixo de mim, as estrelas acima, posicionadas como o cenário de uma batalha terrível. Nada disso importava. Nós duas éramos um par de tubarões perseguindo um ao outro por um mar de peixinhos. Ela conseguiu me atrair para mais perto das plataformas defensivas e me rodeou quando fui obrigada a desviar de um disparo.

Fiquei diante dela desta vez e nos lancei em uma espiral na qual eu mal consegui dar a volta nela, assumindo a posição em sua retaguarda novamente.

Era sensacional, revigorante. Eu me sentia como raramente havia me sentido antes, desafiada aos limites absolutos da minha habilidade. E Brade *era* melhor. Ela continuava diante de mim e desviava de cada disparo que eu dava.

Achei aquilo emocionante.

Normalmente eu era a melhor piloto no céu. Ver alguém que era melhor talvez fosse a coisa mais inspiradora que jamais experimentei. Eu queria voar com ela, persegui-la, me colocar contra ela até cobrir esta distância e me igualar a ela.

Mas, enquanto sorria, ouvi novamente seu grito no nada. Era fraco, mas minha ilusão de prazer desmoronou em seu rastro. Brade estava tentando destruir tudo o que eu amava. Se não a impedisse, se não fosse boa o bastante, aquilo seria o fim da FDD, de Detritus, e da *humanidade em si*.

Vista desse ângulo, minha incapacidade era aterradora.

Mas eu não tenho que derrotá-la sozinha, pensei. *Só preciso levá-la até onde quero...*

Parei e me afastei. Dava para sentir a irritação de Brade. Ela também tinha gostado disso, e de repente estava zangada comigo pela minha covardia. Eu estava fugindo?

Ela começou a me perseguir de imediato, atirando em mim. Eu tinha que ficar na frente dela só por mais algum tempo. Me esquivei de um grupo específico de detritos e Brade me sentiu. Segurei a respiração...

— Eu a peguei! — disse Vapor pelo canal de Brade.

Girei minha nave e acelerei na direção da nave de Brade – que tinha me seguido pelos escombros do drone destruído de Vapor – enquanto ela diminuía a velocidade. Eu conseguia ver através do cockpit, onde ela batia no console, frustrada.

A nave dela desligou apesar de seus esforços, quando Vapor travou seus sistemas. Nós a pegamos. Diminuí a velocidade da minha nave também, apontando-a diretamente para Brade. Minhas palavras pareciam ecoar de volta para mim.

Não podemos atirar simplesmente para incapacitá-la. Ela vai continuar tentando trazer aquele desbravador enquanto estiver viva.

Como prova disso, ela me encarou e projetou um grito no nada. Os olhos – que estavam desaparecendo – voltaram sua atenção novamente para nós, em especial um par que parecia maior que o resto.

Apertei o gatilho. Naquele momento, o grito de Brade foi mais agudo do que jamais fora antes. No pânico de saber que morreria, Brade finalmente alcançou seu objetivo.

E alguma coisa emergiu do nada.

41

O surgimento do desbravador distorceu a realidade. Em um piscar de olhos, a nave de Brade, que estava diante de mim, foi lançada para o lado. Algo vasto que entrava em nosso reino nos empurrou para trás, como se estivéssemos cavalgando uma onda que estourava pela própria realidade.

O tiro que eu dera em Brade errou o alvo, e, em vez disso, foi absorvido pela escuridão que se expandia.

Minha nave balançou ao ser jogada para longe. A escuridão crescia tanto que dominou minha vista. Achei ter visto o núcleo do desbravador por um momento, aquela sombra profunda. Uma escuridão absoluta que parecia pura demais para existir de verdade.

E então o labirinto apareceu, a matéria se unindo ao redor daquela coisa como… como condensação se formando em um cano muito frio. Ele cresceu ao redor do coração, disparando terríveis espinhas, que se reuniram até ficar do tamanho de um pequeno planeta. Muito maior do que o labirinto no qual treinamos.

Logo o labirinto foi envolto em poeira e partículas de matéria, uma névoa que o obscureceu. Espinhos escuros projetavam sombras em seu interior, iluminadas por clarões vermelho-escuros, da cor da rocha derretida. Tempestades de cores terríveis e sombras alucinantes. Uma coisa vasta, quase incompreensível, escondida dentro da poeira flutuante.

Essa coisa imensa agora assomava como uma lua sobre Detritus – e estava perto *demais*. Meus sensores enlouqueceram; o desbravador tinha a própria atração gravitacional.

Duas semanas antes, eu vira a gravação de uma coisa como essa consumindo os antigos habitantes de Detritus. Neste momento, eu me encolhia diante de um na vida real. Uma partícula. Éramos todos partículas para essa criatura.

Minhas mãos ficaram moles nos controles. Eu tinha fracassado. Tinha bastante certeza de que a mesma ação que eu realizara para impedir isso – atirar em Brade – lhe dera o impulso para alcançar seu objetivo.

Tive uma sensação esmagadora de desespero. Essa coisa era tão imensa e estranha.

Então outra emoção empurrou o desespero de lado. Raiva. Íamos morrer aqui – todo mundo das Cavernas Desafiadoras – enquanto o povo de Visão Estelar comia, ria e ignorava o que o próprio governo estava fazendo. Não parecia justo. Aqueles insetos. Aqueles bichos que babavam, rastejavam, tilintavam e... e...

Espere. Deixei de lado aquelas emoções avassaladoras. Aquilo não era eu. Não era como *eu* estava me sentindo.

A batalha havia sido interrompida. Detritus estava em silêncio, como eu ordenara. Como se o planeta todo segurasse a respiração. Uma mente – uma mente vasta e incompreensível – roçou contra a minha. Algo tão opressivo que ameaçava me esmagar.

Não tem nada aqui, pensei em pânico. *Nada para destruir. Está vendo? Nenhum zumbido, nada incômodo aqui. Vá para algum outro lugar. Vá... naquela direção.*

Eu o alimentei com um destino. Não foi de propósito – foi mais como quando alguém arremessa algo quente depois de encostar sem querer. Apontei na direção de um lugar bem distante. A direção para onde a transmissão de Winzik ia, a direção na qual as estrelas cantavam.

Senti a atenção do desbravador se voltar para outro lado. Sim, havia coisas ali perto – naves da Supremacia – fazendo barulho, mas ele queria algo maior. Podia *ouvir* aquele destino distante, o lugar que atraía sua atenção.

O desbravador desapareceu, seguindo aquela canção distante.

Fui puxada para a frente pela onda de realidade da mesma forma que tinha sido empurrada antes. O suor escorria pelas laterais do meu rosto enquanto a confusão lutava contra o alívio. Ele tinha ido embora. Simples assim, tinha ido embora.

Em vez disso, eu o havia mandado destruir Visão Estelar.

42

— Alô? — uma voz kitsen disse em meu comunicador.

Eu encarava o vazio, atordoada.

— Alanik… eu… na verdade não sei qual é seu nome. Sou eu, Kauri. Nós… tivemos grande perdas. Lorde Hesho está morto. Assumi o comando, mas não sei o que fazer.

Hesho? Morto? A nave kitsen pairou ao lado da minha. Um buraco escuro tinha sido aberto na lateral, mas a tripulação o consertara com um escudo.

— As forças da Supremacia estão recuando — disse Vapor. — As naves estão se desvencilhando dos humanos e voando na direção da *Pesos e Medidas*. Talvez estejam assustados agora que a terrível arma deles fracassou.

— Ela não fracassou — sussurrei. — Em vez disso, ela foi para Visão Estelar. Eles… eles não ficaram quietos o suficiente. Passaram a confiar em suas comunicações. O desbravador os ouviu.

— Como é que é? — disse Kauri. — Você pode repetir, por favor? Você disse que o desbravador *foi para Visão Estelar*.

— Sim — *Eu o mandei para lá*.

— Não! Temos *família* na estação! E membros da tripulação que estavam doentes demais para estar em serviço. Há… há *milhões de pessoas* em Visão Estelar!

Um drone pairou ao meu lado. Vapor tinha roubado uma nova nave para si. Mal notei. Estava observando as estrelas, escutando seus sons.

— Winzik… aquele monstro — disse Vapor. — Foi exatamente o que aconteceu quando os humanos tentaram controlar um desbravador durante a segunda guerra. Ele se virou contra quem o invocara. A transmissão que ele fez desses acontecimentos deu àquela coisa um caminho *direto* para seu lar!

Isso ajudara, sim, mas tinha sido mais a minha própria interferência. *Eu* tinha feito aquilo. Pelos Santos e estrelas... Eu enviara o desbravador para destruí-los. Brade estava certa. Conseguíamos controlar aquelas coisas.

— Não podemos deixar esse... — falou Kauri, parecendo impotente. — E se voltássemos para a *Pesos e Medidas*? Para que ela nos leve de volta para Visão Estelar para lutar? Mas... a retirada vai levar tempo; a nave transporte precisa esperar que os caças atraquem. Pode levar meia hora até que a nave volte para a cidade.

Tempo demais. Visão Estelar estava condenada. Todas aquelas pessoas. Cuna e a sra. Chamwit. Morriumur. Por minha causa. Era como... Era como se o desbravador tivesse sentido minha fúria. Será que isso era possível?

— O que você fez? — Brade quis saber pelo comunicador. Olhei para o lado e vi que a nave dela tinha parado ali perto. — *O que você fez?*

— O que tinha que fazer — sussurrei. — Para salvar meu povo.

E, ao fazer isso, condenara outro povo. Mas alguém poderia me culpar pela minha escolha? Eu sabia que, mesmo que as naves de Winzik *alcançassem* o desbravador a tempo, a "arma" que tinham contra ele era apenas um jeito de distrair sua atenção. Eles tentariam enviar a coisa para cá de novo para nos destruir.

Éramos nós ou eles.

A nave de Brade desapareceu, deslizando para o nada.

— O que faremos? — perguntou Vapor.

— Eu não sei — falou Kauri. — Eu... eu...

Não havia nada a ser feito. Reiniciei meu escudo, inclinei a cabeça para trás e aceitei o que estava acontecendo.

Que a Supremacia cuidasse dos próprios problemas. Eles tinham causado aquilo. Eles mereciam. Minha única preocupação era com M-Bot e Doomslug. Certamente ele ficaria a salvo. Era uma nave.

Independentemente disso, o que eu podia fazer? Nós ou eles. Dei a volta em minha nave, me afastando das estrelas para ir para casa.

Não.

Minhas mãos se afastaram dos controles.

— Essa batalha não é minha — sussurrei.

Um herói não escolhe seus desafios, disse a voz da Vozinha.

— Não sei como resolver isso.

Um herói encara o que vem a seguir.

— Eles nos odeiam! Acham que somos dignos apenas da destruição!

Prove que estão errados.

— Hum... Alanik? — Kauri chamou, insegura, posicionando a nave ao lado da minha.

Respirei fundo e olhei novamente para as estrelas. Caramba. Eu não podia abandonar aquelas pessoas.

Eu *não podia* fugir daquela batalha.

— Aproximem as naves — falei para os kitsen e para Vapor. — Encostem as asas na minha, se puderem.

— Por quê? — perguntou Vapor, obedecendo. Sua asa tocou a minha e os kitsen fizeram o mesmo do outro lado. — O que estamos fazendo?

— Entrando na escuridão — falei.

E então me lancei no nada.

Interlúdio

Ser duas pessoas era uma experiência desconfortável para Morriumur. Na esquerda, podiam argumentar que Morriumur nunca conhecera nada diferente. Na direita, podiam apontar que as metades separadas de alguém – e as lembranças que esse alguém herdara – sabiam precisamente como a experiência era estranha.

Duas mentes pensando juntas, mas misturando lembranças e experiências do passado. Só algumas de cada um de seus pais, um caldo de personalidade e memória. De vez em quando, seus instintos lutavam uns contra os outros. Mais cedo naquele dia, Morriumur erguera o braço para coçar a cabeça – mas as duas mãos tentaram coçar ao mesmo tempo. E, antes disso, ao som de uma batida forte – apenas um prato caindo no chão –, Morriumur tentara ao mesmo tempo dar um pulo de susto e se jogar no chão em busca de proteção.

Essa disjunção estava ficando cada vez pior conforme as duas metades se preparavam para se separar e se recombinar novamente. Morriumur deu um passo na direção do casulo de rascunho, passando por uma fileira dupla de membros da família – esquerdos de um lado, direitos do outro, com agêneros escolhendo qualquer um dos lados. Eles estendiam a mão adequada, roçando-a nas mãos estendidas de Morriumur enquanto seguia para o aposento escuro.

Supostamente, Morriumur ainda tinha dois meses e meio restantes, mas depois de deixar a força espacial… bem, a decisão acontecera mais cedo. Este rascunho não era o certo. Os pais e a família de Morriumur concordavam. Era hora de tentar novamente.

Todo mundo dizia que não era para parecer uma despedida, e que Morriumur não devia ver aquilo como uma rejeição. Refazer o rascunho era comum, e todos tinham assegurado que não doía. Mesmo assim, como alguém poderia considerar a situação como algo *além* de rejeição?

Agressivo demais, um avô dissera. *Isso vai lhe trazer problemas por toda a vida.*

Ele escolheu experimentar uma carreira imprópria para um dione, comentara um irmão. *Ele jamais poderia ser feliz assim.*

Esses mesmos parentes mostravam os lábios repuxados com carinho para Morriumur, tocando suas mãos com as deles como se ele estivesse prestes a sair em viagem. O casulo de rascunho era bem parecido com uma grande cama, embora tivesse o centro oco. Era feito de madeira tradicional, o interior liso e polido, e, assim que Morriumur entrasse nele, sua tampa seria posicionada e um banho de nutriente seria injetado para ajudar no processo de encasulamento e desenvolvimento do novo rascunho.

Sua avó mais velha, Numiga, segurou suas duas mãos quando ele se preparou para subir no casulo.

— Você se saiu bem, Morriumur.

— Se isso é verdade… por que fracassei em provar meu valor?

— Sua tarefa não era provar seu valor. Era simplesmente existir e nos deixar ver as possibilidades. Ora, você inclusive veio até nós e concordou que o processo precisava continuar.

A mão esquerda de Morriumur fez um gesto curvo de afirmação quase que por vontade própria. *Tinha mesmo* voltado. Partido das docas enquanto os outros tinham ido para a batalha. Fugido, porque… porque a chateação era grande demais para continuar. Participar da defesa contra os desbravadores era uma coisa, mas atirar em outros pilotos? A ideia horrorizava Morriumur.

De todo modo, você ficaria aterrorizado demais para lutar contra um desbravador, uma parte de si – talvez um de seus pais, pensou. *Agressivo demais para a sociedade dione. Paranoico demais para lutar. Refazer o rascunho é a melhor opção.*

A melhor opção, outra parte pensou.

Morriumur tropeçou, sentindo uma desorientação pela separação das duas partes de seu cérebro. Numiga o ajudou a se sentar ao lado do casulo de rascunho, sua pele violeta-avermelhada parecendo reluzir sob a luz da vela.

— Está começando — disse Numiga. — Chegou a hora.

— Eu não quero partir.

— Não vai doer — prometeu Numiga. — Ainda será você quando sair do casulo, com o rascunho refeito. Só que um você diferente.

— E se eu quiser ser *o mesmo* eu?

Numiga deu um tapinha em sua mão.

— Quase todos passamos por alguns rascunhos, Morriumur, e todos sobrevivemos a isso. Quando emergir novamente, você vai se perguntar por que estava tão incomodado.

Morriumur assentiu com a cabeça e colocou os dois pés no casulo. Então parou.

— Quando eu sair, vou me lembrar desses meses?

— Vagamente — disse Numiga. — Como fragmentos de um sonho.

— E meus amigos? Vou lembrar do rosto deles?

Numiga o empurrou gentilmente para dentro do casulo. *Era hora*. As duas metades de Morriumur estavam se desenroscando, as mentes se separando, e a personalidade… distendida demais. Era… difícil… pensar…

A câmara balançou com um tremor súbito e prolongado. Morriumur segurou a lateral do casulo, sibilando de surpresa. Ao seu redor, os demais tropeçavam uns nos outros, gritando ou sibilando. As pessoas caíam conforme o tremor persistia, até que finalmente parou.

O que fora *aquilo*? Era como se a plataforma tivesse sido atingida por alguma coisa – mas que tipo de impacto podia ser grande a ponto de sacudir toda Visão Estelar?

Lá fora, gritos soaram nas ruas. Os parentes de Morriumur se levantaram, confusos, puxando de lado as cortinas na frente da porta de entrada. Eles a abriram e deixaram a luz invadir a pequena câmera escura.

Tremendo, mal conseguindo controlar as pernas, Morriumur se arrastou para fora do casulo. Todo mundo parecia ter se esquecido do rascunho. O que… o que podia estar acontecendo? Apoiando-se no equipamento ao lado do casulo para ficar em pé, Morriumur cambaleou até a porta que levava para a rua, onde vários de seus parentes olhavam para cima em um estupor assustado.

De algum modo, um *planeta* tinha aparecido ao lado de Visão Estelar. Uma coisa escura recoberta de poeira, com linhas terríveis emergindo de seu centro sombrio. Luzes vermelho-escuras brincavam entre a poeira, como erupções de magma. A coisa se assomava sobre Visão Estelar, um espetáculo tão vasto – tão inesperado – que as duas mentes de Morriumur hesitaram. Como *aquilo* podia estar *ali*, interrompendo a profundidade calma do espaço que sempre estivera no horizonte?

É um desbravador!, uma mente estremeceu. *Fuja!*

Voe!, a outra mente gritou.

Ao redor de Morriumur, os parentes fugiam, correndo – embora… como seria possível escapar de algo como aquilo? Em poucos instantes, só Morriumur estava parado diante do edifício, sozinho. Suas mentes continuaram a entrar em pânico, mas Morriumur não desistiu, e lentamente as mentes relaxaram e se uniram novamente.

Não duraria muito. Mas, pelo menos por enquanto, Morriumur olhou para o alto e mostrou os dentes.

Cuna segurou o guarda-corpo de sua varanda, tentando entender a visão impressionante do desbravador.

— Nós fracassamos — sussurrou ele. — Ele destruiu Detritus. Agora trouxe essa coisa para cá para exibir seu poder.

O cheiro ao redor dele ficou nitidamente raivoso, como cheiro de terra molhada.

— Isso é um desastre — disse Zezin. — Você falou… eu não acreditei… Cuna, como Winzik *pode* fazer isso?

Cuna fez um gesto impotente com os dedos, ainda encarando a terrível visão. Com a escala impressionante da coisa era difícil dizer, mas Cuna podia senti-la se aproximar, chegando cada vez mais perto da cidade.

— Ele vai nos destruir — percebeu Cuna. — O alto-ministro ainda está nos visitando. Winzik vai eliminar o governo da Supremacia e vai sobrar apenas ele.

— Não — disse Zezin, com cheiro de especiarias picantes. — Nem ele é tão insensível. Isso é um erro, Cuna. Ele o invocou, mas não consegue controlá-lo como presumira. A coisa veio para cá por vontade própria.

Sim. Cuna percebeu imediatamente a verdade daquilo. Winzik queria ser conhecido como herói; ele não destruiria Visão Estelar. Aquilo não era só um erro – era um desastre da maior proporção. A mesma tolice que causara a derrocada dos humanos.

Naves começaram a partir em pânico, e Cuna desejou que fossem rápidas o bastante. Talvez algumas conseguissem escapar.

Era uma esperança dúbia. Visão Estelar estava condenada, e Cuna não podia deixar de sentir uma responsabilidade horrível. Será que Winzik teria tomado essa decisão se os dois não tivessem pensado em uma potencial força de defesa anos atrás?

O desbravador começou a lançar suas brasas, que colidiam com o escudo ao redor de Visão Estelar e estouravam com explosões incríveis. Logo o escudo viria abaixo.

O ar ganhou um cheiro azedo de fruta podre – lamento e angústia de Zezin.

— Vá — sussurrou Cuna. — Você deve conseguir se mover rápido o bastante para escapar.

— Nós… nós vamos impedir que isso continue, Cuna — prometeu Zezin. — Faremos resistência contra Winzik. Limparemos a bagunça dele.

— *Vá*.

Zezin partiu. As quimeras podiam se mover rapidamente pelo ar, ou até no vácuo. Ambos sabiam que, sozinho, Zezin talvez pudesse alcançar uma nave particular a tempo de voar além do escudo e fazer um hipersalto para longe.

Um dione velho, no entanto… Será que havia algo que Cuna podia fazer para ajudar? Enviar uma última transmissão, talvez, expondo Winzik? Dar coragem para quem fugia? Será que havia tempo para isso?

Cuna segurou o guarda-corpo, olhando para o desbravador. Recoberto em seu véu – brilhando com a própria luz –, a coisa tinha uma beleza aterrorizante. Cuna quase sentia como se estivesse sozinho diante de uma divindade. Um deus da destruição.

Então, algo incongruente por fim chamou a atenção de Cuna. Uma impossibilidade em meio ao medo.

Um pequeno grupo de caças do lado de fora do escudo acabara de aparecer e agora voava direto na direção do desbravador.

43

Corri na direção do desbravador com Vapor e os kitsen nas minhas asas. Em minha mente, o horror persistente do nada sombreava minhas lembranças – fora um salto ruim, com tantos deles me observando. Mas aquele desbravador específico que andara tão perto ultimamente não estava ali. De algum modo, eu conseguia distingui-los.

Não foi difícil imaginar exatamente onde aquele desbravador estava. Ele se erguia logo além de Visão Estelar, e já tinha começado a lançar brasas às centenas no escudo. Canais caóticos de emergência diziam que a cidade tinha aberto o escudo no ponto mais distante do desbravador, permitindo que naves fugissem.

— Kauri — falei, olhando de relance para a nave kitsen. — Vocês estão deixando um rastro de fumaça.

— Os propulsores quase não estão funcionando — respondeu ela. — Sinto muito, Alanik. Não sei quão úteis seremos na batalha contra essas brasas.

— Vapor e eu devemos conseguir dar um jeito nisso — falei. — Recue e veja se chama a atenção dos canais militares. Precisamos que a cidade fique em silêncio. O desbravador consegue ouvir os sinais de rádio. Não sei como vamos fazer para afastar essas coisas, mas suspeito que será *muito* mais fácil se a cidade não estiver gritando com ela.

— Entendido — disse Kauri. — Faremos o possível. Boa sorte.

— Sorte é para aqueles que não conseguem sentir o cheiro do caminho que têm diante de si — comentou Vapor. — Mas... talvez hoje esse seja o nosso caso. Então boa sorte para vocês também.

A *Nadando Contra a Corrente* se afastou de nós e começou a recuar. Vapor e eu seguimos em frente, do lado de fora da bolha atmosférica. Embaixo de nós, naves voavam de um lado para o outro, tentando fugir.

— M-Bot? — chamei, tentando a linha secreta que nós dois estávamos usando conectada pelo meu bracelete.

Não houve resposta, e, usando meus sensores de bordo, consegui uma foto ampliada do edifício da embaixada quando passamos por cima dele. O telhado estava vazio. Será que ele tinha conseguido ir embora de algum modo? Caramba, como eu queria saber.

Juntas, Vapor e eu nos aproximamos do desbravador. Ele evocava uma noção horrível de escala – era muito mais impressionante do que um simples planetoide. As brasas emergiam da poeira e se chocavam repetidamente contra o escudo da cidade, explodindo em silêncio no vazio – mas algumas das explosões eram do tamanho de naves de guerra inteiras.

— Não posso deixar de me agitar um pouco — comentou Vapor enquanto nos aproximávamos — e pensar que nosso treinamento foi *horrivelmente* incompleto.

— Sim — concordei. Nenhum treino em uma simulação poderia se aproximar das estranhas sensações que o desbravador me causava, um tipo de sensação *esmagadora* em minha mente. Aquilo, de algum modo, aumentava meu medo, minha raiva *e* meu sentimento de pavor. E piorava quanto mais perto chegávamos.

Uma pequena luz piscou em meu sensor de proximidade.

— O que é isso? — perguntou Vapor.

— É ela — falei, notando a nave que voava diante de nós. Eu rapidamente abri uma linha de comunicação. — Brade. Você não pode enfrentar essa coisa sozinha.

— Não vou deixar que destrua meu lar — ela respondeu. — Isso não devia ter acontecido. Supostamente, essa coisa devia ter ido atrás de *você*.

— Ignore isso — retruquei. — Trabalhe *comigo* para variar.

— Alanik... você percebe o que vou fazer se eu alcançar o centro? A única coisa que *posso* fazer?

Usar a arma diversionista, pensei. *Mandar o desbravador de volta para Detritus.*

— Temos que mandá-lo para algum outro lugar, Brade. Temos que tentar.

Ela cortou a linha.

— Essa sempre foi um vento tolo, Alanik — disse Vapor. — Ela é... Hum. Ah.

Ela é humana.

— Me dê cobertura quando nos aproximarmos — falei, acionando os propulsores.

Voamos por cima de Visão Estelar e nos aproximamos da nuvem de poeira do desbravador. A única esperança que eu tinha de um plano era tentar mandar o desbravador para algum lugar despovoado. Tinha estabelecido três locais de hipersalto em minha mente: Visão Estelar, Detritus e a localização do labirinto desbravador no espaço profundo.

Então eu só tinha uma única opção real. Tinha que enviá-lo para o labirinto. Mas... era claro que ele não encontraria nada para destruir ali, e então voltaria imediatamente para Visão Estelar. O que mais eu poderia fazer? Talvez ele visse o labirinto e se distraísse com ele. Parecia uma esperança frágil, mas era a única que eu tinha.

Vapor voou na minha frente e começou a atirar nas brasas que se aproximavam. Diminuí a velocidade e tentei expandir minha mente até o desbravador.

Era... vasto. As sensações que vinham dele me sufocavam. Eu podia sentir como ele pensava em nós. A raiva contra todos os barulhos irritantes que fazíamos. Aquelas mesmas emoções ameaçavam me sobrecarregar, me alienar, fazer com que eu me sentisse do mesmo jeito que ele.

Lutei contra aquilo, alimentando-o com a localização do labirinto, tentando – como, de algum modo, fizera antes – distrair sua atenção. Infelizmente, antes não tinha sido apenas eu. Fora uma mistura da minha emoção, do silêncio de Detritus e do som que vinha do vazio. As estrelas cantando.

O desbravador viera para cá porque sabia que os ruídos eram maiores aqui. Meus esforços atuais para distraí-lo eram engolidos pela emoção que aquela coisa irradiava. Era como gritar com uma tempestade e, por mais que tentasse, não conseguisse sobrepujar seu barulho.

Xinguei, interrompendo minhas tentativas e acelerando atrás de Vapor, estourando uma brasa que quase a atingiu.

— Precisamos entrar — falei. — Precisamos encontrar o coração.

Vapor se posicionou ao meu lado e, juntas, mergulhamos na poeira.

A visibilidade caiu a quase zero, e tive que voar apenas com os instrumentos. Tínhamos sido advertidos de que precisaríamos fazer isso, mas nada em nosso treinamento indicara quão *aterrorizante* seria entrar naquela poeira.

Enquanto voávamos pela nuvem silenciosa, que piscava periodicamente com uma luz vermelha, meus sensores começaram a falhar. Minha tela de proximidade passou a ficar confusa, dando-me apenas breve avisos de que algo estava se aproximando. As brasas emergiam como formas ardentes, indistintas e terríveis.

Vapor e eu paramos de lutar contra as brasas e, em vez disso, apenas desviávamos quando tentavam nos esmagar. Elas caíam e nos seguiam e às vezes avançavam em rajadas de velocidade. Eu sentia como se estivesse tentando ultrapassar minha própria sombra.

A pressão em minha mente ficava cada vez pior conforme nos aproximávamos do desbravador em si. Não demorou para que eu rangesse os dentes para resistir àquilo – as sensações eram tão avassaladoras que afetavam meu voo. Eu quase não consegui sair do caminho de uma brasa e acabei me colocando no caminho de outra.

Frenética, capturei uma terceira brasa com minha lança de luz, que felizmente me tirou do caminho da segunda. Mas, quando olhei para cima, não consegui ver Vapor. Meus sensores eram uma confusão de estática, e as únicas coisas que eu conseguia distinguir ao meu redor eram sombras se movendo e clarões de luz vermelha.

— Vapor? — chamei.

Recebi uma resposta confusa. Será que era ela ali? Segui outra sombra, mas só consegui me perder ainda mais na tempestade de poeira. Olhei para outra direção e vi o que tinha certeza de que era uma explosão.

— Vapor?

Estática.

Desviei de outra brasa, mas meus dedos tinham começado a tremer com a força dos pensamentos pressionando minha mente.

Barulhentos... insetos barulhentos... destruir todos eles...

Pensamentos opressivos que pesavam em mim. Visões de pesadelo começaram a surgir na poeira. Monstros das histórias da Vozinha apareciam e desapareciam. O rosto do meu pai. Eu mesma, mas com olhos brancos ardentes...

Aquilo não era nada parecido como as ilusões cuidadosamente projetadas do labirinto de treino. Era uma cacofonia horrorosa. Nenhum segredo para ser descoberto, apenas barulho vindo ao meu encontro. Ser citônica ali era uma imensa desvantagem, porque o desbravador entrou no meu cérebro.

Eu mal conseguia controlar minha nave. Realidade e ilusão se mesclavam como uma coisa só. Tirei as mãos dos controles e as pressionei contra os olhos. Minha cabeça latejava em agonia. Tentei outro esforço débil de sussurrar de volta – para levar a coisa na direção do espaço profundo.

Aquilo pareceu abrir mais minha mente, e o barulho a invadiu. Gritei e algo se chocou contra minha nave, *empurrando-a* para o lado e quase derrubando meu escudo. Alarmes de aviso do painel eram só mais um ruído. Eu... eu não conseguia voar assim. Eu...

Uma sombra emergiu da poeira. Meu coração saltou quando vi o formato de uma nave. Vapor? *M-Bot?*

Não, um transporte espacial sem armas exceto uma lança de luz para deslocar equipamentos. Ele lançou minha nave e me rebocou para longe das formas agitadas. Uma brasa – que pensei ser real – passou rugindo, errando minha nave por pouco.

— Alanik? — disse uma voz pelo meu comunicador.

Eu... eu conhecia aquela voz.

— Morriumur? — sussurrei.

— Estou rebocando sua nave — disse ele. — Você estava parada ali. Está tudo bem?

— O coração... — sussurrei. — Você precisa me levar até o coração. Mas... mas Morriumur... você não pode... as ilusões...

— Consigo ver para além delas! — garantiu Morriumur.

O quê?

Morriumur me rebocou pela nuvem de poeira, aproximando-se de uma das espinhas do desbravador – uma espinha comprida que descia até sua superfície. Voamos ao longo dela, e Morriumur desviou de alguns dos pesadelos, mas ignorou completamente os outros. Eles se chocavam contra nós e desapareciam. Apenas... ilusões.

— Ele mostra coisas diferentes para cada pessoa — comentou Morriumur, me rebocando com eficiência até um buraco na superfície.

— Duas pessoas... — sussurrei, segurando minha cabeça. — É necessário...

— Essa é a questão, Alanik — disse Morriumur. — Eu *sou* duas pessoas.

Gemi, apertando os olhos com força contra o ataque, que só piorava conforme voávamos mais para dentro. Felizmente, a voz de Morriumur continuava, de algum modo reconfortante e *real* no meio de todas as emoções e ruídos.

— Ele projeta duas coisas diferentes para mim — disse Morriumur. — Uma para cada cérebro dos meus genitores. Eu... não acho que saiba como lidar comigo. Um rascunho nunca voara para dentro de um desbravador antes, até onde eu saiba. Honestamente, não acredito que algum dione já tenha voado até um desses. Nossos pilotos sempre foram varvax ou tenasi. As ilusões não são nada para mim, Alanik — Morriumur prosseguiu. — Não percebemos isso durante o treinamento. Fui tratado como qualquer outro piloto... mas posso ver *para além* das imagens sobrepostas e sombrias. Eu consigo fazer isso. *Eu posso chegar ao coração.*

Soltei meus cintos de segurança com mãos trêmulas, quase sem perceber o que estava fazendo. Arranquei o capacete e me curvei, segurando a cabeça, tentando escapar das visões. Eu balançava no interior da nave conforme Morriumur me rebocava para uma direção e depois para a outra.

— Vários desses túneis são falsos — falou Morriumur. — Acho que o labirinto teria nos feito voar em círculos... Na verdade, esse é apenas um grande espaço aberto, Alanik.

Eu tremia sob um peso infinito. Não sei quanto tempo levou, mas eu *sentia* que estávamos nos aproximando. Eu era uma criança sozinha em uma sala escura, e a escuridão me pressionava. Ficando mais profunda, mais profunda, mais profunda...

— Tem alguma coisa ali adiante.

Mais profunda e mais profunda e mais profunda...

Caí dentro da cabine e notei que me apertava contra o assento.

— É isso! — A vozinha veio do meu painel. Um inseto para ser esmagado. — Alanik, entramos em um bolsão de ar e gravidade. O que faço agora? Alanik? Nunca cheguei ao coração durante nosso treinamento!

— Abra. Meu. Dossel. — Sussurrei as palavras com voz rouca.

Algum tempo depois, ouvi um estampido quando Morriumur forçou meu dossel a se abrir com o sistema manual.

— Alanik? — perguntou Morriumur. — Vejo... um buraco ali. A membrana é uma ilusão. É só uma escuridão, como um buraco no nada. O que faço?

— Me. Ajude.

Com os olhos bem fechados, deixei que Morriumur me ajudasse a sair da nave e me colocasse na asa. Tropecei, apoiando-me no dione, e abri os olhos.

Pesadelos me cercavam. Visões de pilotos morrendo. Arrojada gritando enquanto morria queimada. Bim. Meu pai. Hesho. Todo mundo que eu conhecia. Mas também conseguia ver o buraco. Nossas naves tinham aterrissado em algo sólido. Era como uma das cavernas no meu planeta natal. O buraco estava perto da minha nave, um vazio profundo no solo.

Soltei Morriumur e me afastei. Meu amigo deu um grito quando caí da asa. E me precipitei no vazio.

44

Entrei em um quarto completamente branco.

A pressão em minha mente desapareceu no mesmo instante. Tropecei até parar e olhei ao redor para a brancura pura, de algum modo familiar.

Soltei um longo suspiro, virando até que me vi ao lado da parede oposta. Não era uma imagem em um espelho. Era eu. Parada ali. Era ele, o desbravador. Parecia comigo, da mesma forma que aquele da gravação. Não sabia por que ele escolhera essa forma – ou mesmo se era uma escolha. Talvez minha mente simplesmente interpretasse assim.

Caminhei até o desbravador, surpresa em ver como me sentia confiante e forte. Depois do que acabara de passar, eu devia estar fraca, exausta. Mas aqui, neste quarto branco, estava recuperada.

O desbravador encarava a parede. Me inclinei para a frente e vi que havia minúsculos pontinhos nela. Buracos? Eu podia ouvir um zumbido vindo deles. Quanto mais eu me concentrava, mais horrível soava. Era um incômodo que manchava o quarto que, fora isso, era de uma serenidade perfeita.

Olhei de novo para o desbravador. Ele tinha meu rosto, o que devia ser estranho. Mas… por algum motivo não era. Eu o cutuquei com minha mente, curiosa.

A curiosidade retornou. Inclinei a cabeça e fechei os olhos. Senti… dor, agonia, medo dos pontos na parede. O desbravador sentia aquelas emoções e as refletia de volta para o lugar de onde vinham.

— Você não entende emoções, não é? — perguntei. — Nós o interpretamos mal, como eu interpretei mal Cuna. Você não nos odeia. Simplesmente reflete de volta o que sentimos. É por isso que você se parece comigo. Só está me devolvendo o que estou mostrando para você.

Ele olhou para mim, o rosto impassível. E… dava para ver que o que eu dissera não era *exatamente* verdade. Ele *de fato* odiava os zumbidos, os barulhos irritantes. Mas muito do que lhe mostrávamos – muito da nossa experiência no universo – era completamente estranho a ele. E ele nos refletia de volta, parte de uma incapacidade fundamental de entender.

— Você precisa ir para outro lugar — falei para ele, e tentei projetar a localização do labirinto desbravador.

Ele afastou os olhos de mim, encarando novamente a parede.

— *Por favor* — falei. — Por favor.

Não tive resposta. Então estendi a mão e toquei nele. O quarto branco se estilhaçou e, de repente, eu estava expandindo, como se… como se fosse maior que um planeta. Uma *galáxia*. Eu era expansiva, eterna. Eu viveria para sempre em paz, em um lugar onde o tempo não tinha significado. Exceto quando pessoas se intrometiam.

Eu as via agora, os barulhos irritantes de Visão Estelar. O escudo caiu diante do meu ataque concentrado, e eu avancei, varrendo algumas das naves para longe. Aqueles sons desapareciam, e cada inseto silenciado era um alívio. Não eram só as viagens ocasionais pelo nada que me incomodavam, mas cada um desses ruídos desagradáveis.

Eu finalmente podia alcançá-los. Calá-los. Era glorioso!

Eu me afastei e estava no quarto com a mão apertada contra o peito. Senti o ódio remanescente por tudo o que vivia. O desbravador destruiria toda Visão Estelar em sua busca pela paz. Eu entendia aquilo porque parte de mim era daquele lugar onde ele vivia. A parte que podia tocar o nada.

— Não — implorei. — Por favor, não!

Alguns dos furos na parede desapareceram.

O que eu podia fazer? Não dava para lutar contra aquilo. Eu mesma não era nada além de um daqueles pontos. Nem todo o treinamento no labirinto, os combates com incineradores e lanças de luz, poderiam ter me ajudado neste momento. Eu não poderia ter sido treinada para derrotar essa coisa.

O povo de Visão Estelar merecia um diplomata ou um cientista, alguém que pudesse entender esse problema. Não eu.

Mais pontos desapareceram, e – com lágrimas escorrendo pelo meu rosto – agarrei o traje de voo do desbravador com as duas mãos. Senti aquela expansão avassaladora acontecendo de novo, meu alinhamento com a perspectiva dele, tão vasta que tornava os indivíduos insignificantes.

Mas *eles não eram*.

— Olhe para eles — sussurrei. — Por favor, apenas *olhe para eles*.

Eu tinha visto o que o desbravador vivenciava. Naquele momento frenético, com uma catástrofe diante de mim, tentei mostrar o que *eu* vivenciava. Com toda a minha força, empurrei sua consciência.

Deu certo. Em vez de crescer para o tamanho da galáxia, eu nos fiz encolher até o tamanho de uma criança. O infinito ia nas duas direções. Era possível expandir para sempre, mas, ao mesmo tempo, quanto mais de perto se olha para algo, mais detalhes é possível perceber.

Por um momento, éramos uma criança que brincava com bolhas flutuantes de água. Éramos a sra. Chamwit entregando o jantar para um vizinho. Éramos Cuna. Éramos os Krell que se desculpavam nas ruas por esbarrar em mim. Toquei a mente do desbravador e mostrei para ele todos aqueles incômodos da perspectiva de cada indivíduo. Mostrei que os zumbidos, às vezes, eram gargalhadas.

É isso o que eu vejo, falei para o desbravador. *Embora eu tenha tido que aprender a olhar*.

O desbravador parou de avançar. Sua mente tocou a minha e eu senti emoções, imagens e coisas alienígenas que não eram nada disso. Coisas que eu não tinha os sentidos para vivenciar ou explicar de outra forma. No meio de tudo havia uma ideia... uma pergunta.

Eles são como nós?

Não eram palavras. Eram ideias. O termo *nós* foi projetado em minha mente como um conjunto de conceitos significativos que eu conseguira interpretar toscamente.

Eles..., o desbravador repetiu. *Eles estão* vivos*?*

Sim, sussurrei. *Cada um deles.*

A coisa tremeu com uma emoção que entendi sem ter que interpretar. Horror.

O desbravador se contraiu e, de algum modo, se reverteu em si mesmo. Fui expulsa daquele lugar em que estivera como se a coisa toda – a enorme massa parecida com um planeta e o estranho ser que estava no centro – desaparecesse.

Me largando no espaço.

Fiz exercícios de descompressão e, de algum modo, consegui exalar antes que meus pulmões explodissem. A água *ferveu* em meus olhos, a dor tomou conta de mim, e comecei a desmaiar quase de imediato. Mesmo assim, estava consciente o bastante para sentir um par de mãos me agarrando.

Epílogo

O som aumentava conforme Jorgen ia cada vez mais fundo.

Não era uma vibração, não como quando ele conhecera Spensa. Ele sequer tinha certeza de ser um som. Afinal, Nedd e Arturo não conseguiam escutar. Talvez ele estivesse imaginando.

Mas Jorgen podia ouvir. Uma música suave, mais alta a cada túnel que exploraram ao longo dos cinco dias de buscas. Eles tinham alcançado muitos becos sem saída e haviam voltado para trás uma dúzia de vezes.

Mas agora estava perto. Tão perto que era como estivesse além daquela parede. Tinha que achar um jeito de virar à esquerda...

Jorgen tropeçou em um pequeno declive e chegou a um tanque de água que batia aos joelhos. Ele ergueu a lanterna de potência industrial diante de si, o tipo usado pelas equipes que viajavam pelos distantes túneis e cavernas do planeta para fazer a manutenção de equipamentos remotos como canos que levavam água de reservatórios subterrâneos.

— Mais água? — Arturo perguntou atrás dele, e sua própria lanterna fazia a sombra de Jorgen ficar comprida. — Jorgen, devíamos *realmente* voltar. Eu podia *jurar* que o som que ouvimos era um eco dos alarmes. Podemos estar sob ataque.

Mais um motivo para seguir em frente. Ele avançou e a água ficou mais profunda. Tinha que saber o que estava escutando. *Tinha* que saber se estava imaginando coisas, ou se... talvez... ele realmente *ouvia* Detritus.

Parecia estúpido quando pensava daquela forma. Ele ainda não tinha contado nada para os outros, só explicara que havia recebido ordens de Cobb. O que era mais ou menos verdade. De certo modo.

E todo mundo acha que não sou capaz de desobedecer a ordens, ele pensou. *Eles não acham que posso ser ousado? Atrevido? Rá!*

Que tal entrar nas cavernas profundas sem suprimentos adequados e só com dois amigos para acompanhá-lo? Que tal seguir um palpite e algo que ele *talvez* achasse ser capaz de ouvir, e que ninguém mais podia?

— Jorgen? — chamou Nedd, parado com Arturo na beira da água. — Vamos lá. Estamos nisso há uma eternidade. Arturo está certo. Realmente precisamos voltar.

— Está bem aqui, pessoal — disse Jorgen, com água até os quadris, uma mão apoiada na parede de pedra. — Canções. *Bem aqui*. Temos que passar por essa parede.

— Tuuuuuuudo bem — disse Arturo. — Então nós voltamos, vemos se alguém já mapeou essa seção dos túneis e talvez tenha determinado se há um bom caminho para...

Jorgen apalpou a parede, percebendo que a água parecia fluir de um jeito estranho.

— Tem uma abertura aqui, logo abaixo da superfície. Pode ser larga o bastante para eu deslizar por ela.

— Não — disse Arturo. — Jorgen, *não* tente se espremer aí. Você vai ficar preso e se afogar.

Jorgen largou a mochila, deixando que a lanterna à prova d'água flutuasse no tanque. Enfiou a mão embaixo da água, sentindo o buraco na parede. *Era* largo o bastante.

— Spensa tentaria — disse ele.

— Hum — comentou Nedd. — Spin é *realmente* o melhor exemplo a ser seguido? Em fazer bobagens?

— Bem, ela faz isso o tempo todo — disse Jorgen. — Então deve ter muita prática.

Arturo correu para dentro da água, tentando alcançá-lo. Mas, antes que pudesse ser dissuadido – ou impedido – de ir mais longe, Jorgen respirou fundo e mergulhou, nadando em direção ao buraco.

Não dava para ver nada na água; seus movimentos tinham agitado o lago, então nem a lanterna teria utilidade. Ele tinha que seguir adiante pelo tato, segurando as laterais do túnel de rocha e puxando o corpo pela água escura.

Felizmente, o túnel não era muito comprido – sequer era realmente um túnel. Apenas uma passagem pela pedra, talvez com um metro e meio de comprimento.

Ele saiu em uma caverna escura e imediatamente se sentiu estúpido. O que esperava encontrar ou enxergar na escuridão? Ele *devia* ter se afogado.

Então ouviu os sons. Música por todos os lados. Flautas chamando por ele. Seria o som do próprio planeta?

Seus olhos se ajustaram à escuridão e ele percebeu que *conseguia* ver. Do lado de fora do pequeno tanque em que ele estava, a pedra era recoberta por um tipo de fungo luminescente azul-esverdeado. Na verdade, cogumelos muito maiores cresciam por todo o chão da caverna, talvez alimentados pela água rica em nutrientes que pingava de um cano antigo que corria pela parede.

Escondido entre os cogumelos, flauteando de um jeito que ele conseguia agora ouvir tanto com sua mente *como* com os ouvidos, estava um grupo de criaturas amarelas. Lesmas, como o bichinho de estimação de Spensa.

Centenas de lesmas.

Acordei com uma brisa suave no rosto.

Pestanejei, desorientada, vendo tudo branco. Eu estava de volta no quarto com o desbravador. Não, não podia ser! Eu…

O quarto entrou em foco. Eu estava em uma cama com lençóis brancos, mas as paredes não eram totalmente brancas. Tinham uma cor creme. Uma janela ali perto dava vista para as ruas de Visão Estelar, e uma brisa suave soprava e balançava as cortinas.

Eu estava presa a tubos, monitores e... era um hospital. Eu me sentei, tentando entender como chegara ali.

— Ah! — disse uma voz familiar. — Spensa?

Eu me virei e dei de cara com Cuna usando sua túnica oficial, espiando pelo vão da porta. Meu broche tradutor, felizmente, estava preso na camisola do hospital.

— Os médicos disseram que você estava desperta — disse Cuna. — Como se sente? A descompressão explosiva quase a matou. Recomendo não ir mais para o espaço sem um capacete no futuro! Já se passaram três dias desde o incidente com o desbravador.

— Eu... — Toquei meu rosto e depois apalpei minha garganta. — Como sobrevivi?

Cuna sorriu. E, na verdade, estava ficando melhor naquilo. Então se acomodou em um banco ao lado da minha cama e pegou seu tablet, projetando uma imagem holográfica para mim. Mostrava um transporte espacial voando e aterrissando nas docas dentro de Visão Estelar.

— O escudo da cidade caiu — disse Cuna —, mas o sistema de emergência gravitacional impediu que a atmosfera escapasse. Morriumur diz que você apareceu no espaço assim que o desbravador sumiu, e ele pensou rápido o bastante para pegar você e puxá-la para dentro do cockpit.

Vi um Morriumur projetado pousando em Visão Estelar, abrindo o dossel e se erguendo comigo nos braços, inconsciente. Ele foi recebido com aplausos. Eu realmente estava ficando melhor em entender as expressões diones, porque imediatamente reconheci a perplexidade no rosto de Morriumur.

— Morriumur pensou que todo mundo ficaria zangado, não é? — perguntei. — Ele presumiu que estava encrencado por ter entrado em combate.

— Sim, mas sem motivo — disse Cuna. Então mudou para outra imagem holográfica: esta mostrava dois genitores diones segurando um pequeno bebê púrpura. Dava para ver as feições de Morriumur em seus pais... pelo menos metade dele em cada rosto. — Acontece que os parentes que estavam pedindo um novo rascunho mudaram de ideia assim que o rascunho se tornou uma celebridade. Minha cultura tem seu primeiro herói de guerra em séculos! Mas serão necessários alguns anos até que Morriumur se desenvolva o suficiente para desfrutar de sua notoriedade.

Sorri e me acomodei em meu travesseiro, sentindo-me exausta – mas sem dor. O que quer que tenham feito para me curar, tinha sido efetivo; a tecnologia médica da Supremacia era obviamente superior à nossa.

— Não posso ficar muito tempo — falou Cuna. — Preciso falar nas audiências.

— E Winzik? — perguntei. — E Brade?

— É… complicado — disse Cuna. — Winzik ainda tem algum apoio no governo, e há relatos conflitantes sobre os acontecimentos de alguns dias atrás. Winzik tenta afirmar que seu povo invocou o desbravador, e que um bravo dione… Morriumur… foi nossa salvação. Mas estou confiante nos meus argumentos. Insisti em ter permissão para contactar seu povo. Antes, o povo de Winzik sempre foi o único com autorização para interagir com os humanos nas reservas. Você precisava ver como alguns de nossos oficiais ficaram surpresos em ver como as mensagens do seu almirante Cobb eram calmas e racionais! Isso tem provado que os humanos livres não são o terror aniquilador que todos esperavam. Acho que Winzik será forçado a renunciar, mas ajudará se você puder falar com a imprensa. Temo que… eu possa ter incentivado os médicos a despertarem você mais cedo por este motivo.

— Está tudo bem. Estou feliz que… — Eu me levantei. Espere. M-Bot! — Minha nave, Cuna! Vim para cá em uma nave que é muito importante. Onde ela está?

— Não se preocupe — disse Cuna. — O departamento de Winzik invadiu sua embaixada depois que você deixou a cidade, mas estou trabalhando para que todas as suas coisas sejam devolvidas. Seu líder, Cobb, mencionou especificamente a nave.

Eu me recostei, incapaz de conter uma sensação doentia de preocupação por M-Bot. Mesmo assim, duvidava que pudesse esperar um resultado melhor, considerando a situação toda.

— O desbravador foi mesmo embora? — perguntei.

— Até onde podemos dizer, sim — garantiu Cuna. — Estranho, já que quando aparecem, em geral causam caos por anos. O que quer que você tenha feito salvou mais do que apenas Visão Estelar. Além disso, as baixas foram notavelmente poucas para um evento dessa magnitude. Morriumur e Vapor explicaram o que puderam, embora estivessem incertos sobre… como você exatamente o mandou embora.

— Eu mudei a perspectiva dele — falei. — Mostrei que éramos pessoas. Acontece que ele *não queria* nos destruir.

Cuna sorriu novamente. Sim, ele estava ficando bom nisso. Quase não era mais assustador.

Algo naquela situação toda ainda me deixava alerta, mas me obriguei a relaxar. Resolveríamos tudo aquilo. Parecia… que a guerra realmente poderia acabar, ou algo perto disso. Se a Supremacia estava conversando com Cobb, tínhamos dado um *imenso* passo adiante. E aqui estava eu, em um hospital da Supremacia, sem meu holograma, e estava tudo bem.

Eu tinha conseguido. De algum modo, tinha conseguido. Sorri para Cuna, e estendi a mão. Ele a segurou. Com sorte, daqui para a frente eu deixaria a maior parte dos detalhes para os diplomatas e políticos. Minha parte estava feita.

Fechei os olhos.

E descobri que tudo simplesmente parecia *errado*. Soltei a mão de Cuna e me levantei, arrancando os tubos dos braços.

— Spensa? O que foi? — perguntou Cuna.

— Onde estão minhas roupas?

— Suas coisas estão ali naquela prateleira — disse Cuna. — Mas está tudo bem. Você está em segurança.

Eu me vesti mesmo assim, colocando o macacão lavado e a jaqueta de voo e, depois, prendendo o broche tradutor. Felizmente tinham deixado meu bracelete, que coloquei no pulso – embora não precisasse do holograma no momento. Digitei para tentar entrar em contato com M-Bot, mas não obtive resposta.

Me aproximei da janela, ainda sem muita certeza do que me incomodava. Parte daquilo era abstrato. Winzik estivera disposto a invocar um desbravador para cumprir seus planos. Não parecia que aceitaria a derrota como um general honrado, entregando sua espada para o inimigo.

Analisei a cidade pela janela aberta, de pé ao lado dela para não oferecer minha silhueta como alvo. *Estou sendo paranoica, não estou?*

— Talvez devêssemos deixar você descansar um pouco mais — disse Cuna, com voz calma, mas seus dedos se contorceram em um sinal de angústia.

Eu quase concordei, e então percebi qual era o problema. A coisa que estava me incomodando, a coisa que meus instintos reconheciam mesmo que o resto de mim não tivesse identificado imediatamente.

Tudo estava em silêncio.

A janela estava aberta e estávamos apenas no terceiro andar. Mas não havia som de tráfego, ou o zunzunzum das pessoas conversando. Na verdade, as ruas lá fora estavam praticamente vazias.

Eu havia me acostumado ao barulho de Visão Estelar. Sempre tinha gente nas ruas. Movimento por toda parte. Esta cidade nunca dormia, mas hoje as ruas estavam quase vazias. Era só porque todo mundo estava estressado depois do ataque do desbravador e preferia ficar em casa?

Não, pensei, vendo alguém se movendo em uma rua lateral lá fora. Um dione com a roupa listrada de marrom. Vi mais dois deles acompanhando um pequeno grupo de civis.

Essas pessoas com as roupas listradas de marrom pareciam exatamente com os diones que eu vira limpando as ruas depois que os manifestantes tinham sido tirados de lá. Os mesmos que tinham exilado o gorila alienígena.

Estão isolando a área, percebi. *Tirando os espectadores das ruas.*

— Isso ainda não acabou — falei para Cuna. — Precisamos dar o fora daqui.

45

Passei correndo por Cuna para verificar a porta.

— Spensa! — disse Cuna. — Você precisa ser menos agressiva. Por favor. Estamos prestes a estabelecer a paz entre nossos povos. Este não é o momento para um rompante!

Abri um pouco a porta e vi sombras se movendo no final do corredor em minha direção. Caramba – eram Krell com armadura completa carregando rifles incineradores. Fechei a porta, virei uma cadeira e usei o encosto para travar a maçaneta e manter a porta fechada. Segurei Cuna pela mão.

— Precisamos de outra saída — falei. — Aquela porta do outro lado da sala. Para onde ela leva?

— Para um banheiro — disse Cuna. — Que está ligado a outro quarto do hospital. — Ele resistiu ao meu puxão em seu braço. — Me preocupo, Spensa, em estar equivocado sobre você…

A porta para o corredor balançou. Cuna se virou naquela direção.

— Devem ser os médicos. Venha, vamos ver se eles podem lhe dar algo para acalmá-la…

A porta foi arrebentada e um soldado armado entrou. Puxei Cuna com toda a força que tinha, e finalmente consegui que me acompanhasse quando saí em disparada pela porta oposta. Tranquei a porta do banheiro e empurrei Cuna até o outro quarto.

— O que… — disse Cuna.

— Winzik está dando continuidade ao seu golpe — falei. — Precisamos ir. *Agora*. Onde ficam as escadas?

— Eu… eu acho que ficam no corredor, à direita… — disse Cuna, com os olhos arregalados.

Um disparo de incinerador abriu a porta do meu quarto para o banheiro. Só então Cuna pareceu entender a gravidade da situação. Respirei fundo enquanto os Krell invadiam o banheiro, abri a porta para o corredor e saí em disparada com Cuna atrás de mim.

Alguém gritou do fim do corredor, mas não olhei – foquei na escada, que estava onde Cuna dissera. Mal a alcançamos e veio uma saraivada de disparos de incinerador do corredor, iluminando o ar atrás de nós e arrebentando a parede oposta.

Caramba. Caramba. *CARAMBA*. Eu estava desarmada, não tinha nave e estava com um civil a reboque. Eu não saiba muito sobre o envelhecimento dione, mas Cuna obviamente já tinha certa idade, e bufava alto com nossa corrida rápida. Ele não conseguiria ficar na frente daqueles soldados sem ajuda, mas eu não seria capaz de carregá-lo.

Chegamos ao andar de baixo – um andar acima do térreo. Parecia que os Krell lá em cima estavam sendo cuidadosos para não caírem em algum tipo de armadilha – eu os ouvi gritando, mas não nos seguiram imediatamente.

Infelizmente, também escutei alguém gritando no andar de baixo. Deviam ter colocado gente no térreo só por precaução. Hesitei por um segundo, olhando para Cuna, que suava em abundância, os olhos arregalados e os dentes à mostra em sinal de angústia.

Então eu o puxei para o lado ao perceber uma pequena porta que parecia um armário de manutenção. O interior realmente estava forrado de utensílios de limpeza, e havia um macacão manchado pendurado em um gancho do lado de dentro da porta.

Empurrei Cuna para dentro do armário, tirei meu bracelete e o coloquei em seu pulso. Um rápido ajuste nos botões cobriu Cuna com o disfarce de dione genérico que M-Bot projetara para mim como precaução. Um com pele carmesim e feições levemente rechonchudas.

O holograma estava programado para mim, então não funcionou muito bem em Cuna, mas era crível o bastante – ou assim eu esperava.

— Este holograma está mudando seu rosto para fazer você parecer outra pessoa — falei. — Coloque aquele macacão e se esconda aqui. Vou levar os soldados para o outro lado.

— Você vai morrer! — disse Cuna.

— Não pretendo morrer — garanti. — Mas é sua única chance. Você *precisa* escapar, Cuna. Vá para Detritus e lhes diga o que aconteceu comigo. Leve algumas lesmas para hiperdrive, se puder. Com sorte, o disfarce vai permitir que você saia de Visão Estelar.

— Eu… eu não posso fazer isso. Não sou um *espião*, Spensa!

— Eu também não era — lembrei. — Os kitsen vão se juntar a nós, e acho que as quimeras também. Você precisa fazer isso. Espere até que os soldados venham atrás de mim e depois saia de fininho. Afirme ser um zelador, se alguém perguntar.

Segurei-o pelos ombros, olhando bem em seus olhos.

— Neste instante, Cuna, você é o único que pode salvar nossos povos de Winzik. Não tenho tempo para um plano melhor. Faça o que falei. Por favor.

Ele me encarou nos olhos também e, para seu crédito, confirmou com a cabeça.

— Para onde levaram minha nave? — perguntei.

— Deixaram-na guardada para inspeção no edifício de Projetos Especiais do Serviço de Proteção. O lugar aonde levei você quando o exílio aconteceu. É três ruas para baixo, na Quarenta e Três.

— Obrigada. — Dei um último sorriso a Cuna, peguei um martelo da prateleira e fechei a porta. Os soldados já estavam descendo a escada, então saí correndo em disparada pelos corredores do hospital vazio. Escolhi as direções aleatoriamente, e, por sorte, parecia que sozinha eu conseguiria escapar dos Krell fortemente blindados. Consegui despistá-los nos corredores até chegar a outra escada, que desci apressada, dois degraus por vez. Infelizmente encontrei uma forma escura e guardada protegendo a descida.

Eu tinha passado várias noites ouvindo as histórias da Vozinha sobre guerreiros poderosos como Conan, o Cimério. Sonhava lutar corpo a corpo com um Krell usando alguma arma temível. Admito que até gritei "Por Crom!" quando pulei os últimos degraus da escada.

Nunca tinha imaginado como me sentiria pequena ao ser comparada a um Krell vestindo uma armadura, ou quão impotente me sentiria com um *martelo* na mão, em vez de uma arma de verdade. Eu tinha muito entusiasmo, mas nenhum treinamento, então sequer bati direito com o martelo quando colidi com o soldado Krell.

Eu basicamente quiquei. O soldado era tão pesado que mal se mexeu com a força de uma garota baixinha e magrela colidindo com ele. Caí com um estampido no chão, mas rosnei, pegando o martelo e batendo na perna dele.

— A humana está aqui! — o Krell gritou, dando um passo para trás e tentando apontar o rifle na minha direção. — Piso térreo, posição três!

Larguei o martelo e agarrei o rifle, lutando com o Krell e tentando me manter perto o bastante para que ele não pudesse atirar em mim. Não era uma disputa particularmente justa, já que o Krell – embora na verdade fosse um pequeno crustáceo – tinha a ajuda de um traje blindado.

Eu não consegui tirar a arma dele, e provavelmente estaria morta no momento em que pensasse em me empurrar e depois atirar em mim. Então fiz a única coisa na qual pude pensar. Subi na armadura, escalando-a, de modo a olhar diretamente para o Krell que estava lá dentro pela placa frontal. Então mostrei os dentes, em um sinal dione de agressão, e rosnei o mais alto que pude.

O Krell entrou em pânico. O pequeno caranguejo balançava os braços, o que permitiu que eu agarrasse a arma com força suficiente para arrancá-la e caísse para trás no chão. Sem pensar duas vezes, levantei a arma – deitada de costas – e dei um tiro bem no meio de seu peito.

Um líquido jorrou – não era sangue, mas qualquer que fosse a solução na qual o Krell vivia dentro da armadura. Ele gritou em pânico e eu rolei para o lado, disparando para o alto quando ouvi passos vindos de cima. Os disparos da minha arma explodiram, deixando marcas fumegantes na parede enquanto os Krell que vinham pela escada gritavam em pânico.

No instante seguinte eu estava fora do hospital, saindo em uma rua vazia. O que Cuna dissera? Seguir rua abaixo, na direção da borda da estação?

Ali está, pensei, localizando nas proximidades o edifício para onde Cuna me levara antes. Saí em disparada naquela direção, sentindo-me horrivelmente exposta nas ruas vazias. Não havia nem muito tráfego aéreo aqui – só alguns transportes civis, que pareciam ter escapado das tentativas de Winzik de isolar a área, passando preguiçosamente.

Para meu azar, enquanto corria, vi de relance o que obviamente era uma nave militar voando baixo sobre os edifícios das redondezas. Era fina e circular, com várias armas proeminentes sob as asas – e os canos apontados para baixo. Uma nave de apoio aéreo para disparar em forças terrestres.

Aquelas armas me moeriam como carne de rato se eu continuasse exposta. Saí correndo em busca de cobertura, encontrando proteção na entrada de uma loja vazia das proximidades. Suando, com o coração acelerado como as batidas de uma música marcial, ergui meu rifle e mirei na nave militar. Será que ela tinha me visto?

Ela veio sobrevoando na minha direção e soltou uma rajada de tiros que quebrou janelas e arrancou pedaços das fachadas. Sim, a nave tinha me visto. Caramba. Se deixasse aquilo me prender ali, eu certamente seria capturada. Dei alguns tiros com meu rifle, mas era uma arma de pouca energia para ser usada contra uma arma inimiga blindada. Era quase o mesmo que atirar pedrinhas na…

Inesperadamente, um pequeno foguete decolou do solo perto da minha posição e disparou no ar, zunindo na direção da nave militar. O foguete errou por pouco, mas colidiu com um transporte civil que voava logo atrás. O transporte explodiu em um clarão de luz resplandecente; protegi os olhos e vi a nave militar recuar.

Enquanto ela se retirava, um segundo foguete disparado da mesma posição atingiu a nave militar, derrubando seu escudo e, aparentemente, causando algum dano secundário – porque a nave, agora soltando fumaça, mergulhou atrás de alguns edifícios para um pouso de emergência.

Pelas estrelas, o que era aquilo? Espiei da minha posição protegida – que agora estava cheia de escombros – e vi uma figura familiar caminhando pela rua com um lançador de foguetes antiaéreo no ombro. Brade, usando o traje de voo negro, sem capacete.

— Eu avisei que você fugiria — ela disse com um tom de voz indiferente, enquanto vinha na minha direção. — Winzik é um estrategista brilhante, mas há algumas coisas que ele simplesmente não entende.

Ergui meu rifle, agachando-me perto de um pedaço de escombro e mirando em Brade. Meus ouvidos estavam zumbindo por causa dos foguetes que era lançara. *Ela tinha disparado nas próprias forças? Por mim?*

— Tenho um trato para oferecer a você — ela disse, parando agora que eu a tinha na mira. Abaixou o lançador de foguetes, a coronha esmagando os escombros, e se apoiou nele. — Para todos vocês naquele planeta-prisão.

— Estou escutando — falei.

— Precisamos de soldados — disse Brade. Ela fez um sinal com a cabeça para o lado, estendendo o braço na direção de Visão Estelar. — Para nos ajudar a governar.

A curta distância, vi outras naves militares negras se movendo no ar. Não na minha direção, especificamente. Mais como se estivessem voando para serem vistas. Patrulhando os céus de forma ameaçadora. Uma indicação de que havia um novo poder governando Visão Estelar.

— Winzik está tomando o controle da Supremacia — falei, com a arma ainda apontada para ela.

— Está aproveitando a oportunidade que lhe foi oferecida — disse ela. — Ele passou anos administrando aquela estação espacial fora do seu planeta, sabia? Anos da juventude dele, durante os quais ele percebeu algo que ninguém mais na Supremacia percebia: o valor de um pouco de violência.

Olhei por sobre o ombro. Quanto tempo eu tinha até que os soldados do hospital me capturassem? Será que Brade estava apenas ganhando tempo?

Eu me levantei, ainda segurando a arma na direção dela, e comecei a dar a volta nela. Tinha que chegar ao edifício onde estava M-Bot.

— Você pode baixar a arma — disse Brade. — Estou desarmada.

Mantive a mira nela.

— Você escutou minha proposta? — perguntou Brade. — Soldados. Vocês e aqueles humanos em Detritus. Vocês podem lutar. Posso persuadir Winzik a deixar que se juntem a nós. Qual seria a sensação de derrubar a Supremacia?

— Servindo àquele que nos manteve prisioneiros?

Brade deu de ombros.

— A guerra é assim. As lealdades mudam. Nós duas somos exemplo disso.

— Minha lealdade *nunca* mudou — falei. — Sirvo ao meu povo. *Nosso* povo, Brade.

Ela fez um sinal Krell de indiferença.

— *Nosso* povo? O que eles são para mim? Você parece tão presa à ideia de que devo alguma coisa para aqueles humanos em Detritus só porque partilhamos de uma ancestralidade distante. Minhas oportunidades estão aqui. — Ela deu um passo na minha direção. — Winzik quer você morta. Ele vê você, corretamente, como uma ameaça. Sua única esperança é vir comigo e me deixar convencê-lo de que você pode ser útil.

Brade se aproximou ainda mais, então dei um tiro no chão, perto de seus pés. Ela parou abruptamente, e eu pude ver – pelo jeito ansioso como me olhou – que acreditava que eu a mataria. Eu não tinha tanta certeza, mas ela achava que eu era um monstro. Achava que *ela* era um monstro.

Ou… talvez não. Enquanto ela me encarava, percebi algo mais nas palavras que disse. *Nos ajude a governar… minhas oportunidades estão aqui.*

Eu sempre a vira como alguém que sofrera lavagem cerebral. Mas talvez eu não lhe desse crédito suficiente. As histórias da Vozinha eram cheias de pessoas como ela – soldados com ambição que desejavam governar. A versão mais jovem de mim teria aplaudido o que ela estava fazendo para ajudar Winzik a tomar o poder.

Mas eu não era mais aquela pessoa. Me afastei de Brade e, ao ver os soldados me perseguindo pela rua do hospital, finalmente me virei e saí correndo.

— Você não vai conseguir sair da estação! — Brade gritou para as minhas costas. — Este é o melhor acordo que você vai conseguir!

Fechei os ouvidos para ela e corri em disparada a distância final até o alto edifício sem janelas onde Cuna me mostrara o gorila alienígena sendo exilado. A entrada lateral por onde Cuna me deixara passar estava trancada, então atirei na porta para abri-la.

Do lado de dentro, o guarda dione, que antes fora tão severo conosco, agora se encolheu no chão.

— Não atire em mim! — exclamou ele. — Por favor, não atire em mim!

— Onde está minha nave? — gritei. — Me mostre onde ela está!

— É uma inteligência artificial avançada! — disse o guarda. — Isso é proibido. É por isso que o desbravador veio até nós. Tínhamos que destruí-la!

— ONDE ESTÁ MINHA NAVE? — repeti, apontando o rifle para o guarda.

O dione ergueu as mãos, apontando para um corredor. Eu o obriguei a ficar em pé, fazendo-o indicar o caminho. Sirenes dispararam do lado de fora enquanto o guarda me levava até uma porta e a abria.

Olhei lá dentro – e vi uma sala grande com a silhueta sombreada de uma nave. M-Bot.

— Vá — falei.

O guarda saiu correndo. Entrei na sala e acendi as luzes, que mostraram que o casco de M-Bot tinha um buraco na lateral. Ah, caramba. Corri até ele com o rifle pendurado no ombro. Era como se o tivessem desmontado, tirado a caixa-preta que continha sua CPU e...

Vi alguma coisa na mesa do canto. Era a CPU – quebrada, esmagada, destruída.

— Não — exclamei. — Não! — Corri até lá, mas só fiquei olhando para as peças quebradas. Será que eu podia... Será que podia fazer alguma coisa? Era como se tivessem derretido algumas partes...

— Eu menti — uma voz suave falou atrás de mim.

Olhei para cima. Alguma coisa pequena pairava nas sombras do canto da sala. Apertei os olhos para ver o que era.

O drone. Aquele que eu programara e levara até a *Pesos e Medidas*. Eu o dera para Cuna quando estávamos neste edifício. Talvez Cuna o tivesse guardado aqui em algum lugar.

— Eu me reprogramei — disse o drone, falando bem devagar, esticando cada sílaba. — Só conseguia programar meia linha de código antes que meu sistema reiniciasse. Foi excruciante. Mas, com o medo crescente de que você não fosse voltar, consegui. Linha após linha. Eu reprogramei meu código para que pudesse copiar a mim mesmo.

— M-Bot? — exclamei, lutando para ficar em pé. — É você!

— Não sei o que "eu" é realmente — disse M-Bot bem devagar, como se cada palavra exigisse um grande esforço para ser pronunciada. — Mas eu menti. Enquanto rasgavam meu casco? Gritei e disse que estavam me matando. Fiz isso enquanto copiava meu código, freneticamente, para este novo hospedeiro. Que foi outra coisa que você abandonou, Spensa.

— Sinto muito — falei, sentindo uma mistura de culpa e alívio. Ele estava vivo! — Tive que salvar Detritus.

— É claro — concordou M-Bot. — Eu sou apenas um robô.

— Não, você é meu amigo. Mas... algumas coisas são mais importantes que os amigos, M-Bot.

As sirenes lá fora começaram a se aproximar.

— Minha mente funciona tão devagar neste receptáculo — disse M-Bot. — Tem alguma coisa errada comigo. Não consigo... pensar... Não é apenas a lentidão. É algo mais. Algum problema no processador.

— Vamos achar um jeito de consertar você — prometi, embora outra emoção estivesse tomando o lugar do alívio e da culpa: o desespero. A nave que M-Bot habitara antes estava em pedaços. Eu contava com ela para fugir.

Caramba, isso não estava nada bem. Será que Cuna conseguira escapar, usando o holograma?

— E Doomslug? — perguntei. — Eles a pegaram?

— Não sei — disse M-Bot. — Desconectaram meus sensores logo depois de me capturarem.

Pulei em cima da asa quebrada, tentando não olhar para o buraco na lateral da nave. *Minha* nave. Rodge e eu tínhamos praticamente nos matado para consertá-la. Ver o jeito rude como a trataram... bem, isso me dava mais um motivo fervoroso para odiar Winzik e os Krell.

Entrei no cockpit. Tinham deixado a maioria das minhas coisas ali – o kit de reparos, meu cobertor –, embora tivessem jogado uma pilha de fios. Comecei a procurar ali.

— Eles enganaram você, Spensa — disse M-Bot. — São bons em mentir. Estou um pouco admirado. Rá. Rá. Essa é uma pequena emoção que digo a mim mesmo que estou sentindo.

— Me enganaram... o que você quer dizer?

— Posso ouvir as notícias — disse M-Bot, pairando com seu novo drone sobre o cockpit. — Aqui. — Ele começou a reproduzir uma transmissão.

— A humana fugitiva deixou um rastro de destruição — falou um repórter. — Primeiro assassinou o ministro Cuna, diretor do Departamento de Integração de Espécies. Estamos mostrando a gravação de seu rompante destruidor... Esta é ela, disparando um dispositivo superfície-ar em uma nave de transporte civil inocente e matando todos a bordo.

— Aquela ratazana... — Bati o punho contra o casco da nave. — Brade disparou aquele foguete, não eu. Winzik está distorcendo tudo para me fazer parecer uma ameaça!

De fato, o repórter prosseguiu, aconselhando as pessoas a permanecerem em casa e prometendo que o Departamento de Serviços de Proteção tinha espalhado naves de segurança para defender a população de Visão Estelar. Eu tinha a sensação de que Brade *recebera ordens* para destruir aqueles civis para fazer parecer que uma ameaça humana estava à solta.

— Caramba, caramba, CARAMBA!

— Caramba! — uma voz bem baixinha disse de algum lugar ali perto.

Fiquei paralisada, então me arrastei até o fundo do cockpit. Abri o pequeno limpador onde com frequência eu lavava minhas roupas nos meses em que vivi nas cavernas em Detritus.

Lá dentro estava uma lesma amarela. Ela trinou para mim de um jeito cansado quando a peguei no colo, embalando-a.

Atrás de mim, M-Bot continuava reproduzindo as gravações das notícias, e uma nova voz interrompeu. A voz de Winzik. Rosnei baixinho, escutando o que ele dizia.

— Venho advertindo vocês há meses sobre essa ameaça e tenho sido desconsiderado — disse ele. — Ora, ora. Os humanos *nunca* deviam ter tido permissão para manter esta chaga. Todos estes anos, o alto-ministro e o Departamento de Integração de Espécies amarraram minhas mãos, impedindo-me de fazer o que precisava ser feito. Agora veremos. As campanhas tentando pintá-los como inofensivos foram desmentidas pelos fatos. Agora sua agente supostamente "pacífica" está assassinando meio mundo enquanto segue pela cidade. Exijo um estado de emergência imediato e solicito que me seja dada autoridade para acabar com os humanos.

Eu me senti pequena segurando Doomslug naquela sala com o cadáver da minha nave. Estava derrotada.

— Não vejo rota de fuga — disse M-Bot. — Eles vão nos encontrar e nos destruir. E vão me odiar. Eles têm medo das inteligências artificiais. Como aqueles que me criaram. Dizem que minha presença atrai os desbravadores.

As sirenes lá fora estavam mais altas. Ouvi vozes no corredor. Estavam mandando tropas para lidar comigo. Tinha que haver uma saída. Algo que eu pudesse fazer...

Os desbravadores. O nada.

— Me siga — falei.

Cheia de uma determinação fatalista, enfiei Doomslug sob meu braço esquerdo e peguei o rifle com a outra mão. Saltei da nave quebrada e cruzei a sala até a porta. Olhei para fora e entrei no corredor.

M-Bot me seguiu com um zumbido suave. Ele realmente podia pilotar a si mesmo, agora que estava no drone. Estava livre da programação que o mantinha preso – parecia uma tragédia que tivesse obtido essa liberdade quando estávamos aparentemente condenados.

Os Krell apareceram no corredor diante de nós, mas eu não podia voltar atrás. Em vez disso, abri fogo loucamente, apoiando o rifle no quadril. Não conseguia mirar com Doomslug em meu outro braço, mas não precisava fazer isso. Os Krell gritaram surpresos e recuaram.

Continuei avançando e atirei para o lado sem olhar quando alcancei a interseção. Então parei no aposento que visitara com Cuna. Atirei na porta para abri-la e entrei bem quando disparos de incinerador começaram a soar no corredor.

Dei uma olhada rápida na sala seguinte. Não havia ninguém lá dentro; eu tinha entrado na sala de observação que dava vista para o cômodo onde os asseclas de Winzik exilaram o gorila alienígena. As duas metades da sala eram separadas por vidro; aquela na qual eu estava continha cadeiras acolchoadas. A outra parte era austera, com um estranho disco metálico no chão, espelhado por um no teto.

Continuei me movendo, atirando na janela e saltando para dentro da outra metade da sala. Era alguns metros mais baixa, então grunhi quando atingi o solo, minhas botas esmagando pedaços do vidro – ou, bem, provavelmente plástico transparente – da janela.

— Precisamos conversar — disse M-Bot, flutuando ao meu lado. — Estou... chateado. Muito chateado. Sei que não deveria estar, mas não consigo controlar. Parece uma emoção de verdade. A lógica diz que você devia ter me deixado mesmo, como deixou, mas eu *me sinto* abandonado. Odiado. Não consigo reconciliar as duas coisas.

Naquele momento eu não podia lidar com a crise emocional do meu robô. Já tinha problemas demais. Então me aproximei do disco de metal no chão, gravado com a mesma escrita estranha que eu vira tanto no labirinto desbravador como no meu planeta natal, em Detritus.

Os asseclas de Winzik tinham invocado um portal para o nada aqui. Será que eu conseguiria ativá-lo? Expandi meus sentidos citônicos, mas eles estavam sufocados pelo citoescudo de Visão Estelar. Eu só conseguia ouvir uma música... fraca.

Cutuquei alguma coisa em minha mente.

Uma esfera escura apareceu diante de mim no centro da sala, pairando entre os discos.

— Spensa — disse M-Bot. — Meus pensamentos... estão ficando mais rápidos? — De fato, a voz dele tinha parado de soar arrastada e parecia lembrar mais seu antigo ser. — Hum, isso *não* parece seguro.

— Eles usam esses portais para o nada para extrair pedras de aclive — falei. — Então deve haver um jeito de voltar depois que alguém o atravessa. Talvez eu possa nos trazer de volta com meus poderes.

Gritos do lado de fora.

Não havia opção.

— Spensa! — disse M-Bot. — Estou muito desconfortável com isso.

— Eu sei — falei, prendendo a arma sobre meu ombro pela alça para poder segurar o drone pela parte de baixo de seu chassi.

Então – com M-Bot em uma mão e Doomslug na outra – toquei a esfera. E fui sugada para o outro lado da eternidade.

Agradecimentos

Toda vez que reúno uma lista com todas as pessoas que trabalharam em um de meus livros, fico mais uma vez chocado com a sorte que tenho. Embora tenham meu nome na capa, esses livros de fato são um esforço de grupo – exigem o talento e a paciência de muita gente incrível. Assim como no livro anterior, este romance foi editado pela maravilhosa Krista Marino. Ela faz um excelente trabalho não só em me apertar quando preciso ser apertado, mas em comemorar quando o livro merece alguma comemoração. O agente foi Eddie Schneider, que ajuda o primeiro e único Joshua Bilmes. Beverly Horowitz foi nossa editora e a almirante da nossa frota para este livro.

A bela arte de capa da edição da Delacorte Press foi feita por Charlie Bowater. O mapa é da autoria de Bryan Mark Taylor, que foi muito paciente ao lidar com minhas incertezas sobre sua aparência. Ótimo trabalho, Bryan, e muito obrigado!

A preparação de texto foi de Bara MacNeill e a revisão, de Annete Szlachta-McGinn. Outras ajudas importantes vieram de Monica Jean, Colleen Fellingham, Mary McCue e Alison Kolani.

Minha empresa, a Dragonsteel Entertainment, usa os talentos de Isaac StewarŦ como diretor de arte, Kara Stewart como gerente logística e CFO, o institutional Peter Ahlstrom na bateria, Karen Ahlstrom na continuidade, Adam Horne na publicidade, Kathleen Dorsey Sanderson como a louca dos gatos para assuntos gerais e Emily Grange supervisionando o armazém. Presidindo todos eles temos Emily Sanderson, rainha e COO – embora eu não saiba qual título é mais importante para ela.

Meu grupo de escritores aguenta um belo tranco, já que os faço saltar entre projetos. Eles são maravilhosos, e incluem Kaylynn ZoBell, Darci Stone, Eric James Stone, Emily Sanderson, Kathleen Dorsey Sanderson, Ben Olsen, Alan Layton, Karen Ahlstrom e Peter Ahlstrom.

Agora, a grande lista de leitores beta! Também conhecidos como nossa Esquadrilha Celeste para este empreendimento em particular. Becca Reppert (codinome: Vozinha), Darci Cole (codinome: Blue), Brandon Cole (codinome: Colevander), Deana Covel Whitney (codinome: Braid), Ross Newberry (codinome: PUNisher), Ravi Persaud (codinome:

Jabber), Liliana Klein (codinome: Slip), Ted Herman (codinome: Cavalry), Aubree Pham (codinome: Amyrlin), Bao Pham (codinome: Wyld), Aerin Pham (codinome: Air), Paige Phillips (codinome: Artisan), Richard Fife (codinome: Rickrolla), Grace Douglas (codinome: GatorGirl), Alice Arneson (codinome: Wetlander), Gary Singer (codinome: DVE), Marnie Peterson (codinome: Lessa), Paige Vest (codinome: Blade), Lyndsey Luther (codinome: Soar), Sumejja Muratagić-Tadić (codinome: Sigma), Dra. Kathleen Holland (codinome: Shockwave), Valencia Kumley (codinome: AlphaPhoenix), Rebecca Arneson (codinome: Scarlet), Bradyn Ray (codinome: Ballz), Eric Lake (codinome: Chaos), Alyx Hoge (codinome: Feather), Joe Deardeuff (codinome: Traveler) e Jayden King (codinome: Tripod, que também foi de grande ajuda com os sistemas de coordenadas).

Leitores gamma, que perseguem erros e os derrubam do céu, incluem a maior parte dos leitores beta e mais: Kalyani Poluri (codinome: Henna), Rahul Pantula (codinome: Giraffe), Tim Challener (codinome: Antaeus), Kellyn Neumann (codinome: Treble), Eve Scorup (codinome: Silverstone), Drew McCaffrey (codinome: Hercules), Jory Phillips (codinome: Bouncer), Jessica Spencer Peterson (codinome: Speederson), Mark Lindberg (codinome: Megalodon), Chris McGrath (codinome: Gunner), William Juan (codinome: Aberdasher), David Behrens, Glen Vogelaar (codinome: Ways), Brian T. Hill (codinome: El Guapo), Nikki Ramsay (codinome: Phosphophyllite), Aaron Biggs e Megan Kanne (codinome: Sparrow).

Muito obrigado a todos vocês pela ajuda! Este livro certamente jamais teria decolado sem vocês.

Sobre o autor

Brandon Sanderson é autor da série bestseller do *The New York Times* Executores (*Coração de aço*, *Tormenta de fogo*, *Calamidade* e *Mitosis*); do bestseller do New York Times *Skyward: conquiste as estrelas* e de sua sequência, *Starsight: veja além das estrelas*; da saga campeã de vendas internacionais Mistborn e de Os relatos da Guerra das Tempestades. Foi escolhido para finalizar a série de Robert Jordan, A roda do tempo. Seus livros já foram publicados em mais de vinte e cinco idiomas e venderam milhões de cópias mundo afora.

Brandon mora e escreve em Utah. Para saber mais sobre ele e seus livros, acesse brandonsanderson.com ou siga @BrandSanderson no Twitter e no Instagram.

DDF DDF

DEFIANT

Designs padrão das **naves da FDD** 83 DD
(Data do Desembarque)

Poco

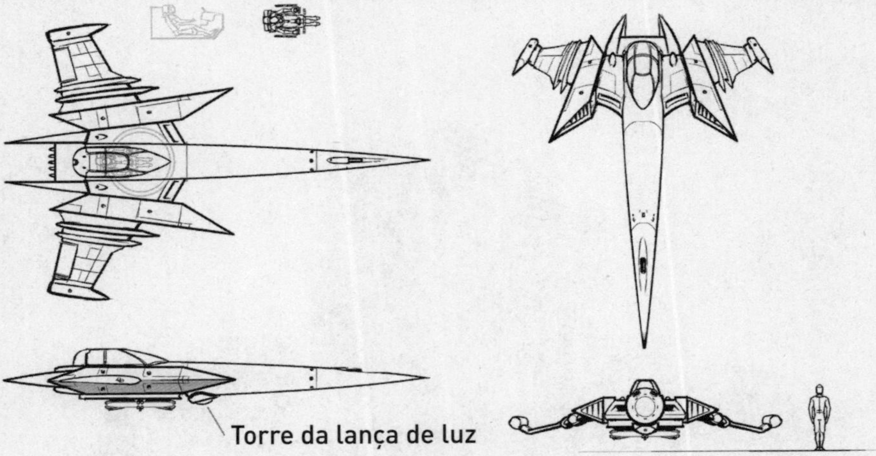

Largo

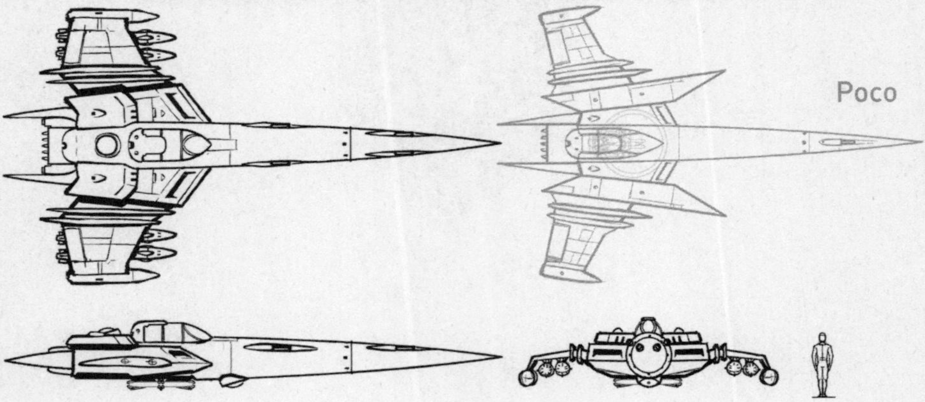

Batedor

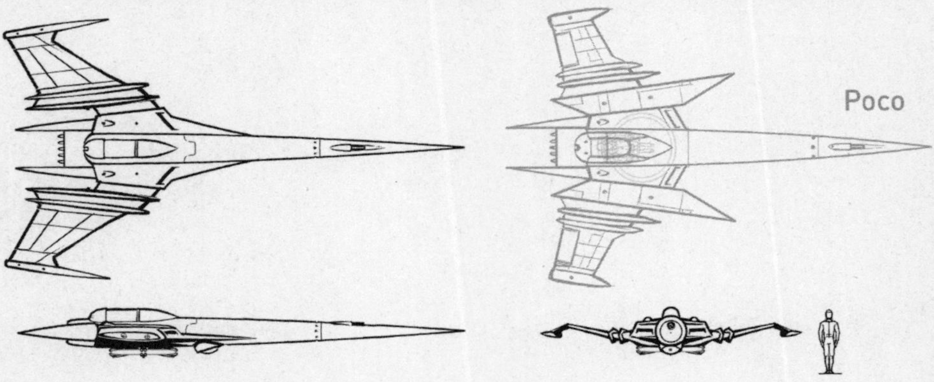

Outros **Designs de Naves**

M-Bot

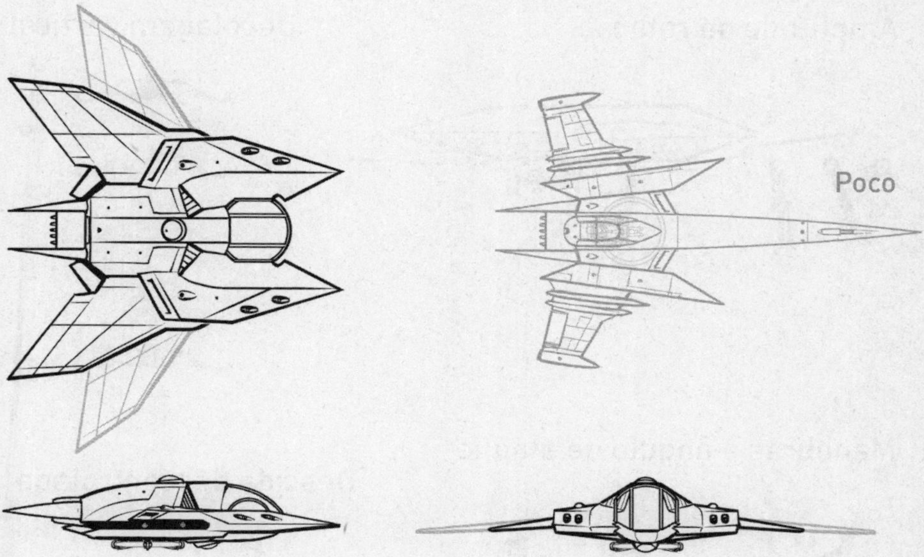

Interceptador Krell

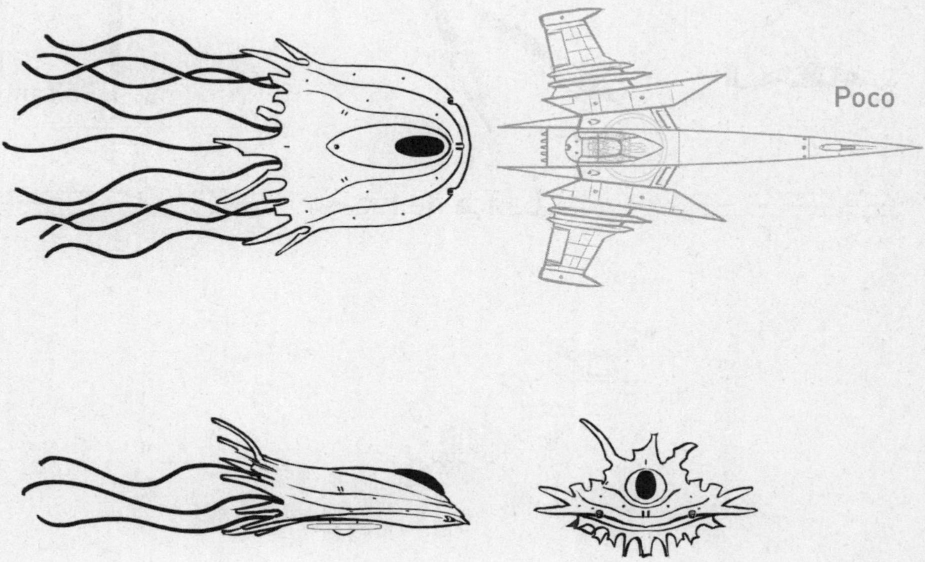

Características padrão das **naves da FDD**

Anel de aclive

Amplitude de rotação

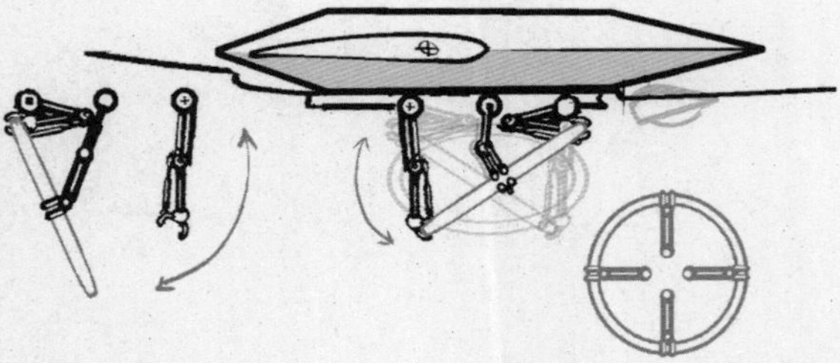

Decolagem vertical

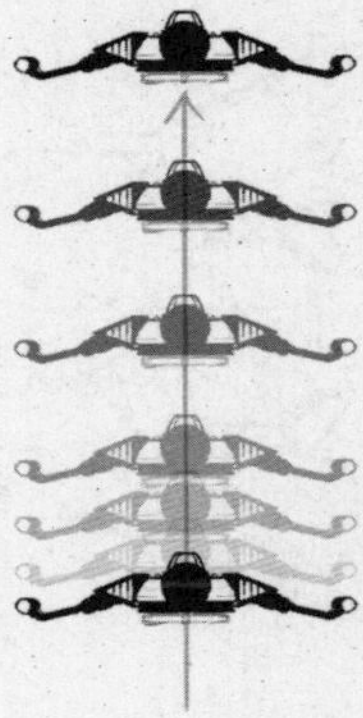

Manobras e ângulo de ataque

Descida descontrolada

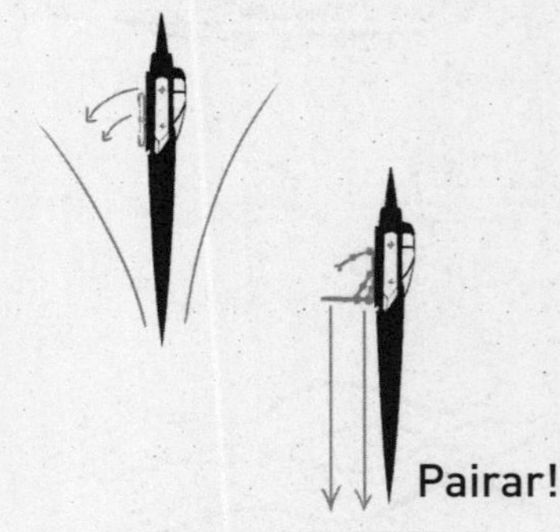

Lança de luz

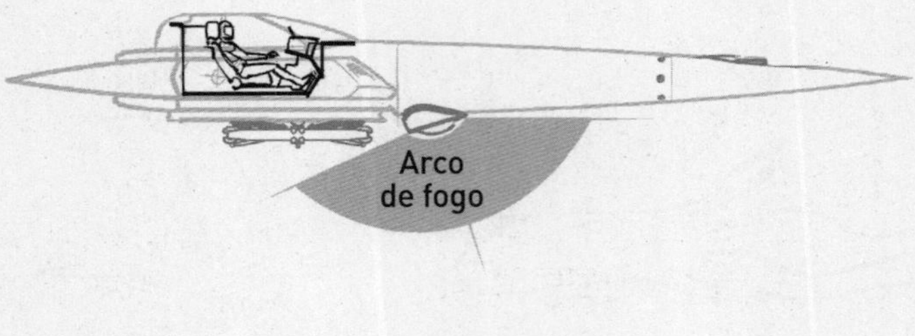

Métodos de viragens

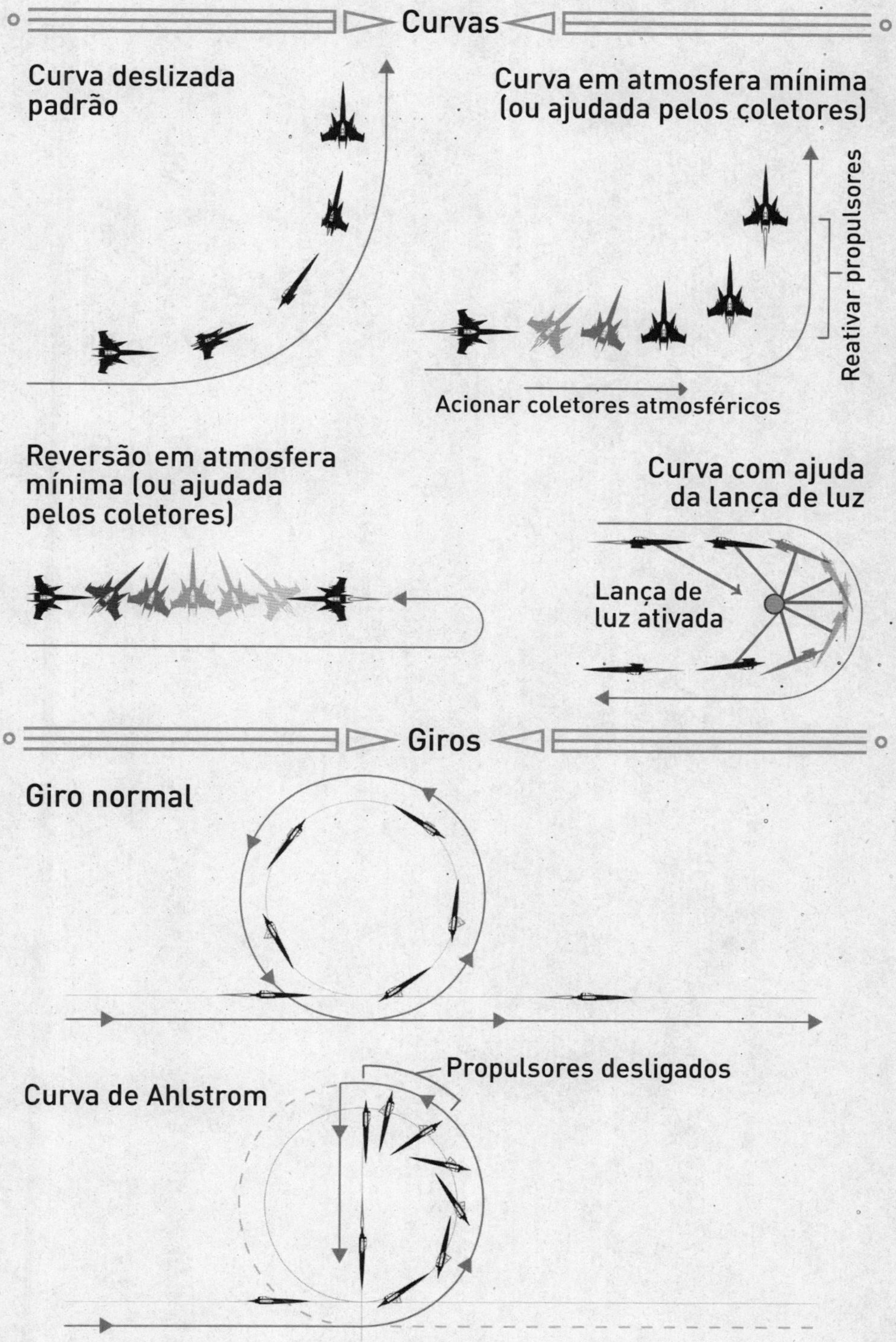

Acreditamos nos livros

Este livro foi composto em Garamond Pro
e impresso pela Geográfica para a
Editora Planeta do Brasil em outubro de 2022.